出埃及記
十故事

騎在魚背離去

武陵驛——著

獻給我的父親母親，他們從未聽過書中的故事，因為那是他們普普通通實實在在的每一天；當他們將我攜入其中，他們生命的原理構造從此被更新；有人把這稱為生活，而我則樂意把這稱為出埃及記。

導讀——俄羅斯套娃：揭示當代中國國民性的進路、結構和詩學

詩人、神學詩學家　劉光耀

1

一聽說武陵驛寫的小說，眼前一亮，即刻便想能取來捧讀：一個牧師寫的小說呀！他會怎麼寫呢？

當然，我不是覺得牧師不能寫小說。正像不少本不是牧師、基督徒的詩人或小說家，如大陸的北村、姜原來、張鶴、齊宏偉，美國的施瑋，新加坡的原甸等諸位，寫著寫著成了基督徒，有的還做了牧師或傳道人，且小說益臻善好那樣，武陵驛牧師寫小說不是無可大驚小怪嗎？

2

讓我對武陵驛小說好奇而殷殷期待的，既與其牧師身份相關，更重要的，卻是想要仔細地、幾乎是「窺視」般探幽燭秘地看他是怎麼寫的，看他與全球尤其是中國大陸基督徒作家（我沒用「小說家」而用了「作家」，乃因後者範圍更廣，除了小說家，還包括戲劇家，而我想著與武陵驛相對比著看的，華語基督徒戲劇家在心裡也占著不小位置）相比，會否有什麼不同。我覺得不少華語基督徒作家尤其是中國大陸這些年多采大體差不多的寫作樣式：人如何生活得罪惡齷齪，空虛無望，後來信主得贖；或者在天路旅程上掙扎輾轉，蒙恩重生。當然，這麼寫也很自然的，因這正是大陸上世紀裡八十年代以降普遍的事情。另一方面，這也可說是文學「永恆的主題」，甚至比過去常說的「愛和死是永恆的主題」還有過之無不及。因人心靈的潔淨、新生永無止境，愛和死也永遠地需要神聖的引導，故踏上朝聖之旅、旅途上磕磕絆絆的事情也遠無絕期，既然有說「文學是人學」，人對上帝由不知不信到知之信之的心路嬗變、人性演化，自然要總在作家們眼中了。

3

上述情形讓我感覺最大的不足，是大家幾乎清一色地聚焦在大體相當的畛域，聚於人怎麼被動、單向度地領受那些傳統的信仰理解，卻缺乏由個體當下的心性祈向對傳統教理教義等的更具主體性、創造性的問詢和推進。人之靈聆聽神之靈，學習向聖靈打開自己，求聖靈入住、充滿，自然是「永恆的主題」，但聖靈同時也要求人靈對之做出回應，聖言既要人言之牙牙學語，也要求人言對其發言、對談，就像陀思妥耶夫斯基的諸多小說所表明的那樣。因為不僅上帝是主體，上帝也同時要人成為充分的主體，獨立、平等地與之自由交談。當然，以陀思妥耶夫斯基為標杆來比照當代中國基督徒作家似乎不妥，甚至可能招致「矯情」之詬，因與陀氏相比，中國基督教信仰顯得歷史短暫，積澱單薄。誠然，這可能是個中原因之一，但卻也只能是「之一」。因且不說在資訊如此發達的今天，陀思妥耶夫斯基展現的生存和信仰的經驗、信念在多大程度上應已滲入、融入了今人，對高度仰仗個人心靈獨創性的文學，如果有什麼缺憾，作家觀念、理念、精神狀況豈不更應首加勘察？創作上的缺憾是否更應從觀念上的缺憾加以尋找？比如，即使在陀思妥耶夫斯基「時代」的俄羅斯，不也僅只是產生了「一個」而不是「一眾」陀思妥耶夫斯基嗎？

4　這讓我對武陵驛心生感激。因他讓我看到了與華語基督徒諸作家不同的詩學祈向和進路。

5　《黑暗篇　水月花園物語》（以下簡作《水》）寫國安特務愛上一個無緣無故捲入黑暗齷齪、凶機四伏的隱秘生活圈的女孩兒。這位國安可不是《巴黎聖母院》裡的沙威警長，懷揣法律神聖的可愛信念和懲罰犯罪的天真操守。他已有家室，在由權勢造作的泥潭中偷偷享受著愛情，也為自己的愛情和權勢而刀頭舔血，以命相搏。在這裡，沒有福音傳給他，沒有當福音資訊到來時主人公內心的風暴或漣漪，主人公也沒有最終邁向新生的彼岸。但當姑娘在國安腥風血雨的裹挾裡性命危殆之際，作者還是願意他眼前閃現一抹人性的光明，讓他至少還有些得以「回家」的可能和指望，儘管那光明很微很弱的。

6

牧師武陵驛的小說顯得沒有「文以載道」地傳揚信仰，就像有的基督徒作家所主張的那樣。他的小說與世俗作家的放在一起看不出有什麼兩樣。這就是武陵驛的詩學，像是對生活的如實「模仿」，並不直白地渲染什麼。

牧師的小說顯得像是與福音無關。這很有意思。

7

這意思也許可是：基督徒文學家當然要寫人在與福音直面相遇中的心性嬗變，但在這種人生處境之外，人性仍然存在，仍然五彩繽紛，仍需包括基督徒作家在內的作家去傾力辨識。而且，如果說基督徒作家因為信仰而擁有了觀照之光的話，那麼，眼睛隱匿於那光中而透視人性的諸種面相，便似乎是更為重要的。因唯有站於光中，方可能對人性有常人所難以企及的更犀利、深入的發現。陀思妥耶夫斯基篤信基督，他對於人性奧秘洞察之深入，多麼令人驚歎啊！

武陵驛的小說這種信仰不直接出場的或曰信仰隱匿的詩學，對於認識中國人的精神狀況也許是更為緊要的。不出場不意味著不在場。而且，在場卻不出場，豈不意味著其之出場更強而有力，勢不可擋？

這也許是武陵驛小說之有我們看到之成就的詩學根源吧。

8

當然，這麼做的不只武陵驛。

在長時間直白的信仰主題之後，北村的《安慰書》（2016年；廣州）表面看便像是信仰隱匿的。但在小說的這種寫法上，武陵驛的努力顯得更為自覺，更深謀遠慮。除了《水》，其它如《亲爱的仇敌》、《影子从墙上落到地上》、《紙貓》、《騎在魚背離去》、《屋頂上的有钱人》等寫法均與《水》相仿。即使寫教會生活的《鐘聲似血》亦然，甚至有過之。因該小說寫的不是信徒的信仰生活，卻是他們信仰生活中的完全屬人或「屬土」的東西，他們與世俗普通人沒什麼兩樣。武陵驛說到他的整體構思是以三個短篇小說的姊妹系列構築一部長篇。《騎》是第二部，第一部叫《水蜘蛛的最後一個夏天》（臺北，2020年版），第三部據說已然擬名《加略山》。《加略山》怎麼寫尚不得而知，但前兩部的寫法基本相同，即都是堪稱作者信仰隱匿的對諸般人生世相的敘述。與北村等中外華語基督徒作家相比，武陵驛此類詩學品格的小說，嘗試既久，漸成大觀，無形中顯得可具標杆意味吧。

9

但武陵驛小說打動我，令我深感震撼的，其在詩學上的用心雖然在先，卻不是最根本、最強烈的力量。詩學問題對作家、批評家親切，但一般讀者卻並不在意。讀者要的是作品有意思，能被其內在的思想力量、精神氣質或獨特的情感所吸引、攫住。當然，作家、批評家也是讀者。故若他們會對作品的詩學喜愛有加，則一般也多意味著作品的詩學路向將他們帶進了不同凡響的意蘊場域，即唯有那相應的詩學路向方能抵達的思想、精神的殿堂。易言之，由於文學是人學，作家與眾不同的詩學成就，也必源於其不尋常的人性發現。正是在這裡，武陵驛的這小說集令我倍感震撼，肅然起敬。

10

武陵驛讓我看到了所謂小粉紅之德性竟是如此恐怖、猙獰，看到他們淺薄輕浮、荒唐無聊得不值一哂的面影背後，掩著的原是令人恐怖萬狀的魔窟，是饕餮血口咔咔嚓嚓嚼骨吞人的真容。

11

武陵驛筆下的小粉紅堪稱海外小粉紅，或澳洲小粉紅。更貼切說應是「澳洲—大陸小粉紅」，即「生活在澳洲的大陸小粉紅」。因他們雖生活在澳洲，卻長成在大陸，其「小」、「粉」、「紅」均自中國大陸出。故也可說是「大陸—澳洲小粉紅」，堪稱心在中國大陸，身在外國澳洲的一種「兩地人」呢。

武陵驛取這種題材，也許與他早年在大陸求學、做公務員、跑商場，後來移居澳洲有關？但我揣想，作者的個人經歷在這裡應該只不過是個創作機緣，他完全可以不寫他們，就像他該小說集之外（也包括該集子）中的一些小說那樣。《騎》讓我們看到，作者著力于這種「兩地人」，像是別有深意的。

12

《騎》中著力描繪小粉紅德性的應是《紙貓》，其主人公叫東貞（「『東方』的『貞節』女子」之意嗎？）

小粉紅的「紅」首先是愛國。

東貞讓我們看到，小粉紅之愛國有三大面相，它們又各有相互呼應的A、B的兩面。

面相一。即相信官方准官方所說的一切，包括新冠病毒系美軍在運動會期間所投（195頁）。這讓東貞的小情人強尼說「她說話像中國外交部長」。這是A。與此相應的另一面，B面，則是恨惡所有與中國官方不同步調的外國：首先是美國，和「就知道舔美國的屁股溝」的澳洲。東貞眼裡「美國是一隻紙老虎，……澳洲是一隻紙貓」。

面相二的A面，是擁抱所有官方及迎合或符合及附和官方的種種准官方的對中國的頌揚，包括英語起源于中文，「西方人的始祖的夏娃」乃中國的女媧（215頁）等「正能量」。面相二相應的B面，自然是「負能量」，即與官方、准官方不那麼同調的東西，如疫情爆發武漢封城期間寫日記記了點兒所見所聞的作家方方，東貞看她「最蠢」，「竟然自己給紙老虎、紙貓製造污蔑中國的口實」。她的武漢人朋友容嬤嬤疑問中國只死了幾千人的官方數字，便讓她火冒三丈，立馬以「這屆中國政府是最棒的」頂回。東貞鄰居約翰的鸚鵡被她的貓咬死，令她哭得比母親去世時還凶，「也許因為死掉的鳥叫作『中國』」。

面相三則是一方面對事情不辨是非，再就是不論真假。這兩方面不用說是一體兩面的：既然無意甄別是非對錯，自然便無心求問或真或假了，因為判斷是非的最基本根據，顯然是事情的真假。另一方面，既然不在意真假，又何以操心於是非？這便是在同她年輕的澳洲情人強尼就中國和美國鬥嘴時，東貞的狀況：「美國與中國的是是非非，東貞死也想不明白，也懶得去想，是非真的有那麼重要嗎？小民百姓過日子又有誰講是非」。的確如此：既然如此愛國，東貞、老荒為什麼還要拿著永居住在外國而不是中國呢？紅而又多有諸如此類的打折扣，便使那紅只能稱為「小粉紅」了吧。這樣一來，他們做人的圭臬其實就剩下了一個東西：利益。小說裡說，東貞感覺澳洲和奈日利亞愚蠢的唯一原因，即他們的做法於己無利有害。

13

集子裡寫到小粉紅的篇什和人物當然不止《紙貓》和東貞。稍細緻些看，《屋頂上》的賈思敏、《騎在魚背離去》的霍軍、《草蜢獨自飛行》的「彝族妹子阿支」、《美丹的白天，一些有趣的事》（以下簡作《美》）的張博士等，也都是的。《紙貓》裡的小粉紅除了東貞，還有她同居了不短時日的性玩伴之一、「每年在墨爾本祭奠屈原」的老荒。東貞覺得「詩人老荒比她還愛中國。因為他是一個住在澳大利亞的反美者」。

當然，乍看《騎》寫的人物雜多，面色紛呈，絕非一個「小粉紅」所能了結。不過，小粉紅對這部小說集卻又無處不在，無有之處也是有。如《水》裡的主人公雖非「小粉」，但「紅」卻不言而喻，將之與東貞等的形象歸在一起，至少在感覺上並不生澀。而且如前所說，既然作者是在以短篇構築長篇，這自然意味著各篇的人物、情節其實都應是暗通款曲，暗套機關。這種暗中相牽的情形也許集子裡最後一篇《美》的結構可給人些提示：俄羅斯套娃。《美》即由一個俄羅斯套娃結構而成。小說由好幾段（或「個」）故事連綴起來，一段套著另一段，段段有異有同，異同相間，環環相扣，變化錯落之中給人目不暇接的意外的驚喜、訝異！

14

我得說，我這麼作比並非信口開河哩！小說作者既然要以短篇連綴長篇，又怎可沒有連綴之法呢？最明顯而又令人興味盎然的，是每篇小說的名字，或每篇小說「名字的名字」。我們看到，正如小說集的正名《騎在魚背離去》下面有一個副名「出埃及記十故事」，其實也就是正名、大名套小名、副名那樣，集子中每一篇的名字也都是雙的，是兩個名字套在一起的：

滅長篇　親愛的仇敵
黑暗篇　水月花園物語
瘡災篇　影子從牆上落到地上
畜疫篇　紙貓
血水篇　騎在魚背離去
虱災篇　我們都住黃色潛水艇

雹災篇　屋頂上的有錢人
蠅災篇　鐘聲似血
蝗災篇　草蜢獨自飛行
蛙災篇　美丹的白天，一些有趣的事

我們知道，每篇雙重名字的第一個都是聖經《出埃及記》之中一個相應故事的名字。這也就是說，每一篇小說其實都是套在聖經小故事裡的一個套娃；每一個小套娃則又出自一個「中型」套娃，《出埃及記》；《出埃及記》則套在更大的套娃《舊約》之中，而《舊約》不用說則套在《新舊約全書》之中啦。

15

因此，這部小說集最後一篇之取俄羅斯套娃結構，應深意寓焉，顯得像是對集子結構的一種暗示，對讀者解讀的一種提示。即使是作者無意為之，但對整部集子來說，說是自然天成似也並無問題。而且也恰是無為之為、不器之器，也才方顯其大器也。《美》作為集子的最後一篇既是壓軸之篇，也是終局之篇，是整部不為一部卻為一部、就像一出電視連續劇的「大結局」、「大揭秘」。誠然，集子的各篇也許不像電視連續劇那樣單線條地緊密有序，倒只能是後現代地拼貼成圖。但這種拼貼豈不意味著作品更豐沛旺盛、生生不息的生命，並給了讀者更開闊的感受、想像空間？

16

囉嗦這麼多，乃是覺得《美》對小說集全體不可等閒視之：失了它，便失了阿裡巴巴寶洞的鎮洞之寶。

簡單說，包括《紙》在內的諸篇，也許堪為這集子之中珍寶的一半，而《美》一篇卻當得珍寶全體的另一半。愚以為，前者為一半者，乃因所有那些篇什關於小粉紅的林林總總，也許主要的只在於寫出了他們的內在德性。或者用小粉紅推崇備至的儒家話語來說，即其之「內聖」。內聖的另一面即其向外施展的「外王」，《美》寫的應即小粉紅的內聖所開出的外王，且開出了國門，王到了中國萬里之外的太平洋島國「美丹島」。這一點，即從小粉紅的「外王」透視其之「內聖」為何，即對把握小粉紅之為小粉紅的內在德性是極為重要的。因人的行為才是講出來的連其內心甚至都不曾想到過的語言，是其內心無意識地存在，但卻暗中支配著意識，並最終化之為有意識的行為的語言。如果僅看到了東貞、詩人老荒等，便只僅只不過是看到了小粉紅的「小」和「粉」。只有看到了《美》裡的陽叔、老白頭、張博士諸公，看了他們如何掠奪島上土著，如何勾結政府，賄賂操弄員警，如何拿成群的土人做僕做妾，如何在國外對不馴從的同胞捏死一個螞蟻般冷漠地欲予欲取，生殺予奪，才能最後認識小粉紅之為小粉紅的「紅」：「紅得好像燃燒的火」。美丹島也真的燒起了一場大火。那大火雖然比不上《戰爭與和平》裡莫斯科大火以及《你往何處去》裡羅馬城的大火那麼大的規模，但其之驚心動魄更揪絕人心，更令人窒息。小粉紅的內聖外王都在美丹島的火裡燒到了高潮，燒出了本相。那本相讓人不能不想起喬治・奧威爾的《1984》和《動物莊園》，卻又不獨獨止於它們。《騎》是武陵驛的，是寫大陸—澳洲兩地人的《騎》。故若是《1984》和《動物莊園》，則是大陸—澳洲兩地人的特色《1984》和《動物莊園》。這是讀者前未有過的值得大力挖掘的的寶藏，武陵驛給與讀者的。但挖掘它卻並不容易。也許不是每一個讀者都能夠承受入洞探寶的恐懼，都能活著而踏入死地。在武陵驛這小說面前，閱讀是靈魂甚至是生命的冒險。

17

當然，我知道我愚拙遲鈍，我很是擔心自己看得不對，怕對小說理解得牽強或太隔，更怕會錯了小說的意思。我很長時間不敢相信美丹島的故事，更不敢相信那裡的故事會和小粉紅們連在一起。但我又轉念：如果趨利避害的利害真是他們的存在圭臬，沒有是非真假，那麼為了利，他們什麼會做不出來呢，包括變美丹島為食人魔窟？

故儘管美丹島的故事也許太過驚悚，怕會讓善良天真的讀者害怕甚至驚恐莫名，如活著便嘗了死味。但拿起來小說，讀吧！西方大哲海德格爾有倡先行到死，小說家武陵驛做牧師的基督教更執秉「出死入生」的信念，對於讀者，尤其是對基督教接觸欠深的讀者，先行進入某種死亡經驗，會有裨益的吧。

是為序。

2020年11月22日

推薦序——不選擇，毋寧死：武陵驛的出埃及回家之路

澳洲華人神學研究中心主任、澳洲神學協會高級研究院士
陳廷忠

武陵驛跟我說，他在《親愛的仇敵》的敘事上，描述喬賓的回憶像潑墨的中國畫，潑墨似的片段敘述，視角是散焦的。相信這能用來形容本書敘述的技巧，實體故事其實就是散焦的眾多片段，需要在腦海中細膩地整合，才能看清楚水墨的魔力。

十則故事給人的印象很深刻：經濟掛帥的道德無力感蠶食整個國家；官場流毒讓教育千瘡百孔，留下讓人笑話的悲哀；從一艘黃色潛水艇的幻覺到貧富逆轉、人際嫌隙的倫理，一直轉向破滅的大國夢，這一切的一切像人間道德劇場，但是武陵驛卻用《聖經》著名的埃及十災為經，世情百態為緯，背後不難看出他的悲情和控訴，這是一幕一幕的降災演繹，為了喚醒麻木不仁的現代埃及法老王，迫使他面臨天譴，釋放失落的子民，因為上帝的心靈裡面有他們。這些都是寓言，也是嚴峻的警告！

形形色色的人物粉墨登場，讀者若細讀投入，不難看出自己的曾經和現狀。十則故事一

脈揣摩下來，數十年時間的跨度、空間包含中西（澳）的人生劇場，以及政治與社會所使然的無奈，讓來有一種歷悲慘浩劫之餘生的回腸蕩氣。故事的主角們執著地追尋，有的因夢碎而屈服、有的因夢碎而頹廢，過程中作者生動地刻畫夢醒之後的反抗和茫然；逐夢和夢碎的個人，通過作者精巧的寓言演繹法，達到真實的高度，字裏行間的氣脈和格局卻讓人心碎，各人又是降災的受害者，也是降災的被贖者。

但是，作者並不是悲觀主義者，因為只有充滿對創造主仍具固執的盼望之心，才能在千瘡百孔之軀中，在處處出現的傷縫當中，看到一絲絲發出沾滿血色的曙光，所以他淌淚水默然低訴上帝的愛情。

全書通篇暢利的語言，精彩跌宕、懸念迭起的故事情節，有現實的、有黑色幽默的，讓人即便放下了書，心中還是記掛著。

到頭來，人生不能一味地說要自由。自由這個神話不是萬靈藥，活著原本就是活在一個有限制的時空，自稱完全自由只是放縱的別稱。還是要回到「選擇」這個舉足輕重的動詞。《聖經》上的出埃及事件就是「選擇」的故事：以色列起初選擇逃離饑荒而來到埃及；在以為能得自由的短暫歡樂中受制為奴；在這毫無選擇中，給人選擇的上帝差遣摩西進入宮廷抗禮，叫法老王釋放上帝的老百姓；法老王偏選擇霸權，結果發生了十災，十個故事；而之後被釋放的老百姓也在選擇是否追尋上帝的懸念中進入歷史的紅海……

正如武陵驛所說：選擇回家之路，一條太陽升起的河流。

目次

滅長篇

親愛的仇敵

1 喬遷之悲

這樣的天氣，陽光溫暖而充足，塵埃沐在陽光裡閃著光；馬路對過的日本樓沒拆掉，樓頭陽臺上，一個淺粉色人影在跳著熱烈的迪斯可，細看，只是一件晾在繩上的淺粉色衣裙，任風擺佈，很像美人紅英愛穿的，有那麼一點點可愛的髒。

我至今還記得多少次我曾站在塵灰四揚的上南路，朝西北眺望。我的目光竭力穿越越江老隧道，沿中山南路轉入中山西路，右拐入西城幹道長安路，過了中山公園，長安路1344號的紅漆剝落大門、照相店門面和那條長而幽暗的擺滿單車的過道都已不存在，取而代之的是碎磚爛瓦，荒草蔓蕪，蒼茫的廢墟下坐著一長排人，頸上戴著統一式樣的白圍兜，他們全都面目不清，順服地低著頭，一排推子、剪子在他們頭上飛舞。

大地起初的震盪非常微小，柏油路面裂開了數條蛇形黑縫，我覺得腳下地層深處如同大河那樣波濤劇烈起伏，玫瑰色天際線上出現了兩隻白象，一大一小，緩緩步行，厚厚皮膚上每一條淺粉皺褶如此之優雅，龐大的身軀如此不具侵略性，發動機似的低沉叫聲如此忠誠，告訴我它們從未離開，也從未回顧……

為什麼我養成傍晚站在上南路孤獨眺望的習慣呢，有一段日子，這問題令我常常感到困惑。假如我的祖父還活著，他是不是會面向西南，他那時候已經失明眼睛的瞳孔是不是會出現無數大小一致外觀雷同的六層樓房呢，我這麼問著自己，折磨著自己，卻無法把這些問題麻煩別人；那時候，上海的浦東才剛剛開發，我向西南眺望，在一些整齊複製的高樓中找尋一幢同樣不具任何備個性特徵的高樓，雖然我知道從上南路這裡根本看不見德州新村那幢高層。人的心智若是成熟，就樂意做一些徒勞無用的努力來尋求答案，哪怕找到的只是自我安慰。

長安路1344號，這所私房拆遷導致小爺叔家僅以三口之家就分到了最大的一套房——德州高層帶電梯的兩室一廳，這時小爺叔的兒子還不滿兩歲；而我家四口人被迫接受了六層樓裡最小的兩室戶，我和妹妹均已在讀大學，母親咽不下一口氣，而父親選擇了隱忍，如此委屈的態度與他受盡折騰的大半生保持高度一致，最終成就為鄰裡友朋讚譽的豁達美德。妹妹只得睡在陽臺上，陽臺封閉後變成小半個睡房，這一睡就睡到了她出嫁。她嫁得並不如意，至少我母親是這麼看的，她一直在反對，但妹妹去意早決。妹妹那麼急於把自己嫁出去，大概都是陽臺上的床惹的。而這一切的起源當然就是小爺叔喬長春。

當年上南路周邊沒有幾棵樹，樓前小草地光禿禿的，亂扔亂置一些黃葉紙屑，樹木全是不及我身高的苗，唯獨一排排單調的六層新村房子卻是簇新的。80年代末那個冬天是一個拆遷的季節，上海到處在拆，到處在建，到處是搬遷的人家。當搬家卡車經過越江隧道，將不多的幾件老舊傢俱卸在浦東這個專為拆遷安置的新村，儘管新房在三樓，不再有漏雨之危，但廣袤的荒涼和內心深處的積怨還是逼走了我那一點點喬遷的喜悅。

我急於拆箱，東尋西找，父親問我找什麼，我說白象。大象？父親奇怪地看我。我說就是黑眼圈的那只石膏白象，放在五斗櫥上面的。他說沒看到，他從不注意家居細節，母親說看到過，一直放在那裡，積了厚厚的灰，成了黑象。但她也說不上來。他們不理解我為一件擺設遺失生悶氣，我卻無法告訴他們象的來歷。

母親又在新居裡整日絮叨，父親聽煩了，大吼「有本事你去呀」。母親回瞪他，她不敢去找誰，哪怕是拆遷組，她消停了幾小時，掌燈時分，她在餐桌上又說，有本事的人怎麼搞不定你小阿弟呢。父親看她一眼，不再言語。

妹妹起先還哼著歌，但不知何時她靜默下來，突然冒出來一句：喬長春是流氓。所有人都掉入了沉默的深淵。那天我體會到了喬遷也可以不是喜，而是喬遷之悲。

一條瘦骨嶙峋的野狗在我家樓前晃悠，它像是在尋找食物或是愛情，但我發現了它暗藏著的刀子似的眼光。它在尋找仇敵，我固執地認定它想念家人，它的家人就是它的敵人。我家最大的仇敵是我的小爺叔喬長春，一個左撇子，喬家只有他是左撇子，祖父在世時候常常歎氣說，好好的右手不用，闖禍胚子！

長安路在上海浦西一度的西部邊陲，是我長大的地方。民風樸實而悍勇，縱橫交錯的小巷裡盤踞著滬上知名的幾個蘇北幫派。從資料上可知，蘇北人初始是搖著小舢板從蘇州河進入上海，在河灣港汊停泊，上岸拾荒、打短工。日子一久，棄船上岸，在亂墳堆裡落腳，去蘇州河沿岸工廠裡謀生。安東安西棚戶區就是那樣慢慢出現，公廁稀少、種滿了桑樹。一般人不會將桑樹（喪樹）種在家裡，但安東安西人不管，他們的後代不少在街頭玩刀子。一條褲帶似的大弄堂橫穿長安路南北，一個公共廁所像一個皮帶頭佇立在弄堂中間，皮帶頭以東是安東；皮帶頭以西在長安路北面則是安西。再往西則是中山西路和遼闊的大孚橡膠廠，再往北就到了發臭的蘇州河，唯有東面端莊些，一眼望不到頭的漫長鐵路線和一個老舊的西站。犬牙交錯的棚戶房子密密層層圍繞著長安路，有的巷子窄到只容一人堪堪通過，短到還沒有你伸開兩手間長度。

長安路邊上最高的建築是日本樓，孤島時期日本人修建。那是喬長春長大後第一個要征服的目標。凡是他想要的，他都能做到。在長安路1344號那幢紅漆大門老宅還存在的年代，喬長春是一個年輕的符號，一個奇跡戰士，雖然奇跡之類語彙不屬於長安路那樣下里巴人的地方，但我這麼說並不過分。

2 撿回一條命的小爺叔

父親從上海的師範學校畢業，在鄉下教書一生，終於把自己改造成了一個鄉下人。這是這個國家的奇跡，共產黨的驕傲。當他終於從郊縣調回市區，也終於入了黨。他得意地說，想入的時候入不了，現在老了偏偏非入不可。

他當上小學總務主任後，忽然告訴我學校裡有一個小特困生他認出來了，小小年紀戴斜視眼鏡，生就喬家標誌性的國字臉，還是個左撇子，說到左撇子的當口，他深深地吸了一口氣，這是喬家禍事的兆頭嗎，他說過，祖父在世時也說過。父親說利用職權給那個小特困生減免了學雜費，還申請了特困生補助。

我有點激動：爸，你忘了老房子拆遷時候發生的事？

喬家長安路老屋拆遷已經是十來年前的事了，時間長到連父親的記憶也模糊了。父親的黑框眼鏡上面，白光與陰影之間僵持膠著，我看不見他的眼睛。

他給我泡了一杯茶，用我送給他的法國水果刀削蘋果，削了一半，停下說，你小爺叔境況不好，他下崗在家，得了抑鬱症，天天吃藥。他兒子那麼小，轉學到我校，讀書不好，據說是智力發育障礙。我幫他一把不花什麼力氣，他還提著禮物特地來學校謝我。他四十多歲的人了，從沒送過我什麼禮物。

說出了這些，父親的坦然態度裡似乎再沒有什麼隱藏了。我對小爺叔喬長春的兒子幾乎沒什麼印象，我努力回想，只記得一個戴斜視矯正眼鏡的小男孩，國字臉還不明顯，但我不記得他是不是左撇子。我再看父親，他彷彿又回到了那個九月初的清晨——陽光透過層層樹葉灑在長安路上，有些晃眼，他扶著鳳凰單車書包架，示意我上車，我又興奮又害怕，我剛用一個暑假學會騎單車，初中開學第一天我就要自己騎車去上學，父親追在我車後，看我歪歪扭扭地騎著，他的聲音在後面熱風似的追著說，以前你小爺叔也是這樣學會的。風的阻力大了，我撇撇嘴，騎得更快了。

當父親來到人生的夜晚，回憶人和事常常顛三倒四，但其中孤零零的某些細節卻記得非常清晰。當他的體力無法再用單車載人時，他難得地像祖父那樣長歎一聲，他說起單車馱我上學的日子，我坐的位子就是小爺叔以前坐的。長兄如父，他剛工作的時候，小爺叔還在念小學。父親溫柔地笑著說著，又像是祖母的碎嘴嘮叨樣子，看不見怨恨，也沒有難受，我懷疑他故意遺忘，我始終不能接受他似乎老是把小爺叔當作他的兒子，而不是我。那時小爺叔與我父親的關係也很親近，他們不常交談，但似乎眼神交流一下就夠了。

遙想當年長安路的夏夜，起風時刻，兩側排滿了竹躺椅，小桌子和板凳，在路燈下打牌下棋的不少，搖蒲扇侃山河的最多，小人們迷戀四國大戰和飛行棋，成人們則熱衷於後來稱為八卦的街談巷議，話題永遠少不了街上最漂亮的姑娘紅英。有那麼一刻，他們張大嘴巴，呆呆望著青工喬長春駕著借來的火紅色幸福摩托車飛駛而過，後座上坐著美人紅英。

祖父在49年前當過國民黨員警，你不妨設想一下他年輕筆直的身形走在長安路上，一邊象員警那樣搜尋小爺叔，一邊詛咒：小赤佬總歸是只左撇子，當初還不如悶死好。

祖父對麼兒長春的寵愛複雜到遠不止於愛與恨。長春還在繈褓裡時，也是冬天，祖父回家按慣例額先看長春，卻發現愛哭愛鬧的他睡得很死，兩腮通紅嘴唇青紫，可以聞見濃濃的煤氣味，為了取暖祖母總是將煤爐移到室內，祖父嚇得蹦起來，立刻跑去打開門戶。長春被抱到室外，迎上長安路的刺骨寒風，哇地一聲哭出來了。

祖父攥著擀麵杖在天井裡來回轉圈，把祖母罵了個狗血噴頭。

長春撿回了一條命是如此僥倖，似乎註定了他的不平凡，我不知道父親在亦父亦兄的漫長歲月中是不是也嫉妒過小弟長春的好運道。

3 白象

那是夏天的事。天氣異常炎熱。出事的天氣。

一個漂亮姑娘在日本樓陽臺上預備跳樓，她剛跨出一條腿，隔壁陽臺發出了一聲慘叫，一個看熱鬧的男人先掉了下去。樓下和樓上圍觀的群眾爆發出洪水般的喧囂，接著是姑娘撕心裂肺的短促哭喊，她慌亂，不跳了，照理要跳也該先輪到她，水門汀上一灘盛開的櫻花似的紅紅白白，證明了世事發生通常都不照理。

我從眾人的腿之間鑽了出去，看見了同學彥子，還有野豬，他們在前面跑，好像什麼地方又有人跳樓一樣，我也跑起來，卻覺得什麼不對頭，接著我慢下來，野豬回頭告訴我那個想跳而沒有跳的女子就是美人紅英。說完朝彥子擠眉弄眼，我很氣惱，因為彥子在笑，他們笑的當然不是我，而是喬長春。長春加入了帶著刀子和三角鐵在街頭遊蕩的那群邊緣人。他們廢掉了這個世界的規則，代之以義氣二字。那種古老的幫會規矩簡單而有效，比這個世界中道貌岸然的法律更誠實，更有溫情。長安路上的居民們與其說對他們漠不關心，倒不如說或多或少默認了他們的存在。在我眼裡，他們從來都不是什麼邊緣人。他們總是處於我們這個世界的漩渦中心，代表了一種稀缺的資源。

小爺叔是如何一夜間成長為一個人盡皆知玩刀子的人，恐怕得追溯到我上學前。祖父在油毛氈搭建的灶間顛著大鐵勺炒菜，後院剛摘下的豆莢香味混著薄荷味在他的指縫間繚繞，我可以近距離無顧忌地研究他左上臂的那個鐵錨刺青，以及窗前那一株高大茂盛的桑樹；後院很小，除了桑樹枝葉的沙沙聲，就是院牆後面大孚橡膠廠職工浴室的白色蒸汽。

那一瞬，祖父昏暗的眼睛穿過白汽，穿過漫長的此後30年，直擊小兒子長春的災禍未來。他對推著自行車進入前屋天井的父親說，你做大阿哥的要是管不住，小阿弟遲早闖大禍。

父親放下手裡的黑色人造革包，扶正眼鏡架，一面洗臉，一面默默聆聽祖父說起小爺叔如何如何長期曠課，如何如何不服中學老師管教。

我那時還未入學，一個人穿過天井，到前屋，爬上閣樓。

閣樓天花頂高度剛到我頭頂，成年人站不直。小爺叔此刻像正兒八經的好學生那樣正襟危坐，借著天窗的光線，埋頭臨摹字帖。老實說，他寫毛筆字也就是姿勢好看而已；左撇子執筆的彆扭樣子祖父一直想糾正，但長春還是喜歡用左手，大家也只好由著他。

他隨口問我寫得好不好，我說好。他問為什麼好，我說字很大。

我翻著他桌上那本舊版直排的厚書《三俠五義》，第一次認識了正體字，父親已經教會了我幾百個漢字，全是簡化字，我由此連蒙帶猜一口氣讀下去，進入了五鼠鬧東京的熱鬧中。

他又問書好不好，我說好，他問什麼好，我說字很小。

長春是愛學習的，但不喜歡讀書，他的喜歡很特別，他喜歡除了書以外的許多東西。他遲疑了一下，也許臉色不自然起來，但那時候我還不懂得分辨。他鄭重委託我將一封信送到對面日本樓，別讓老頭子曉得。他總是把祖父叫做老頭子。他看見我的眼睛始終盯著他書架上的一對石膏白象不放，猶豫了一會兒，大方地說送給你可以，但只能給你一隻。

他比我大七八歲，不像叔叔，更像我的大哥；他不喜歡象，他喜歡的是冷冰冰的刀。我知道他的秘密，在他的書桌抽屜和床底下小箱子內收藏了各類奇奇怪怪的小刀，如果心情好，他會拿出來一件件逐一點評，他會遺憾地說裡面沒有日本刀。他的臉在天窗底下會閃著各種形狀尖銳的光。那時候，我覺得喬長春是喬家最有男子漢氣魄的人。

他像一個日本武士那樣從書架拿起一隻左腳在前作勢飛奔的白象，在象眼部位點了兩個墨團，高度僅僅手掌寬的小白象就此睜開了眼睛。但我一點也不喜歡這點睛之筆，黑墨團的眼睛裡滿是驚恐，愉快的象步變作了恐懼的逃跑。這只作為賄賂的白象沒多久失去了我的歡心，很快落滿了灰塵。

斜對門那幢日本樓在當時可是帶抽水馬桶的高級住宅樓，全部深色柚木地板，泛著一層暗啞的光。大白天樓裡也陰沉沉的，灌滿看不見的水，很重很緩地流動。

一扇厚重的深色木門吱嘎打開，一個淺色連衣裙赤腳的女孩好奇地望著我。紅英從小長得伶俐，除了不怎麼愛說話外，人見人愛，眼黑如同黑色算盤珠子，活絡得很，我看見她臉上一塊胎記大小的紫黑色陰影隨著身體擺動緩緩擴大。這也許是錯覺，也許與她父親死在白茅嶺農場的傳說有關，從她身後傳來一陣暗啞的嘡嘡聲，如同多年不換機油的發動機怠速運轉的那種滯澀感。

你是斜對面喬家的小人？紅英媽甩著一頭捲髮器搖擺著出來，眼角瞟著我，好像看一條鄰居家養的的好狗，她的聲音很嗲：嗯，長得有點像左撇子長春。蠻等樣的（滬語：端正）。

她要不是燙著一頭大波浪長髮，笑起來眼角呈現放射狀細紋，看上去也就像紅英的姐姐。我敢斷定那老舊發動機的轉聲絕不是她發出的。我留下信什麼也沒說，溜走了。你一定猜到了，我送的不是什麼雞毛信，而是一封出自喬長春毛筆親書的情書。

喬家人心裡多少默認了小弟長春有足夠理由做一個長相帥氣、胡作非為的逆子。父親說花園口決堤那年，同祖父一起逃難跑出來的還有祖父最小的弟弟，忘了叫什麼名字，那小子性子像長春一般野，逃難路太長，一下子跑散了，從此再也沒有找到；逢上三年大饑荒，老家另一個叔伯兄弟從農村大老遠跑來上海，面黃肌瘦，愁眉苦臉的，我祖父勒緊褲腰帶，吩咐祖母送了些錢糧，打發他走，祖父長籲短歎一段日子後，就此再也沒提起過回老家。喬長春長大沒按他的意思參軍，卻迅速崛起為長安路上的磨子（滬語：街頭混混的曆害榜樣）。每當日子艱難時節，祖父忍不住惦念黃河岸邊的老家，那個連我父親也未曾見識過的村莊，他會說作孽呀，長春的脾氣長相就像他跑散的麼弟，也是左撇子，也一樣無法無天，他跑散了，一定是打天下去了。

在喬家，每一代由色盲母親生下一個左撇子男孩，將是禍事來臨的兆頭。祖母是一個色盲，這事我很晚才得知，我想了許久祖母眼裡的世界缺少了什麼顏色，她為什麼縱容長春與紅英母女的糾纏，也許是因為她看不見的某些顏色才讓她一味容忍小爺叔吧。

4 紅英之死

中山西路、長安路口那時有崗亭，即使不站在高高的崗亭上，只要你站在理髮店和便民飲食店那兩個街角隨意掃視，你也會吃驚于紅文食品商店的生意特別紅火。大熱天躲在崗亭裡的大塊頭交通警也忍不住放下搪瓷杯裡的冰鎮酸梅湯，頂著烈日，走到十字路口，探視食品店的動靜。

美人紅英打小沒見過她父親，她中學畢業後在紅文食品店當營業員，從她站櫃臺賣水果那天起，食品店變成了伊甸園那樣的所在。絡繹不絕的時髦或正派青年有事沒事，從安東安西各條小巷湧向紅文，陰雨天那些不打傘的時髦青年吹著口哨，聚集在水果攤，空氣裡飄著爛水果的甜膩氣息，年輕的熱情真像費翔後來唱的一把火[1]，快把紅文食品店一把火燒光了。

小爺叔從中學起追求紅英頗有年頭了。他工作後，工人文化宮舉辦流行歌曲大賽，他抱著一把吉他參加了，當然，他落選了，但卻贏得了紅英的芳心。青工長春，披肩長髮，穿著敞胸的斑馬花襯衫，喇叭褲，尖頭皮鞋，戴超大蛤蟆鏡，與不三不四的人在電影院、公園一帶鬼混，他的摩托車後座坐著水果西施。如果沒有後面寫的事，這將成為80年代長安路上一段佳話。

那年夏天最大的新聞就是水果西施自殺事件，失足跌死了一個無辜看熱鬧的，來了一撥警察調查，但她還是未能逃脫厄運之手。員警走後不久，紅英還是死了。床上的棉被鋪了兩層在地板上，上面躺著一個踢倒的方凳，大白天，紅英披頭散髮吊死在吊扇下面，沒留下一個字，她媽還在上班。

1　指費翔1987年在大陸中央電視臺春節聯歡晚會翻唱高淩風版的《冬天裡的一把火》，曾風靡一時。

白象碎了一隻，就在那年的夏天。出事當天，我趁著人群混亂溜入紅英家，一個沒有男人的家，奇怪的事是門口放著兩雙男式拖鞋，鞋櫃上還有一雙尖頭男式皮鞋。我趴在紅英單人床底下，終於找到了一堆碎片，勉強可以拼出一隻右腳在前的白象。我撿了一塊石膏碎片藏在衣服裡，回家偷偷爬上小爺叔的前閣樓。我至今不能忘記青工長春接過碎片的那個時刻，他疼得怪叫一聲，他結滿老繭的手指把碎片狠狠捏成粉末，石膏細屑飄落在小閣樓的角角落落，下雪似的，覆蓋了白象哭泣的聲音。你不會相信我從那時起就聽見了白象的哭聲，類似古舊馬達轉動的滯澀。

一條街，從周家橋到中山公園，都在談論長安路喬長春逼死了紅英。長春的朋友們不像市井小民那麼庸俗，他們堅稱紅英不是垃三（滬語：阿飛女）。小爺叔證實此事的方法就是他被祖父趕出了家門，他搬起鋪蓋，乾脆住進了日本樓的紅英家，當時紅英喪事才辦完。流言蜚語的當事人從沒澄清過，長安路上的人搞不清楚來龍去脈，一致把矛頭戳向長春，紅英的追求者裡不乏有人揚言要騙了喬家小兒子。我沒有壓制住小孩子的好奇心，偷偷地問小爺叔，他如夢方醒，猛跳起來，咚的一聲，腦袋快撞破閣樓屋頂，他也不覺得疼，他說，喬賓，你年紀太小，不曉得那幢樓裡有鬼，日本樓你千萬不要去了。半夜裡老是有什麼東西開門關門，還有隆隆的奇怪聲音，好像動物園裡大象的哭聲……

我驚懼地想像著日本樓裡半夜出現的妖精。長春沒比我大多少歲，居然那麼迷信。我始終不懂紅英的死與妖精鬼怪有什麼關係，所以，我沒說我也聽見過那種怪聲。我從此非常害怕馬路對面的日本樓。

愛面子的祖父于盛怒中，不顧祖母阻攔，揮斧劈爛了天井中的雞棚，大大小小幾隻蘆花母雞上躥下跳，嘰噶亂叫，逃出1344號的時候，附近的小孩正在吃夜飯，全停下碗筷，象貓那樣轉動耳朵，大人們也走出家門往喬家張望，他們聽見喬家老頭累得呼呼喘氣，手裡提著斧子，還在不停大罵「日本樓裡的垃三」，他們臉上露出神秘的微笑。

流言沒有騙了小爺叔，卻先壓垮了喬家祖父。

這年冬天，一陣西北風刮來，祖父騎車像屋上的瓦片被風吹落那樣摔倒在路上，進醫院查出晚期骨癌。祖母把小爺叔叫回家，他回到祖父病榻前，做一個委屈的孝子，但他依然住在日本樓紅英家。祖母她們紅著眼睛，都不敢告訴祖父。她們相信喬長春的魂被騷貨紅英媽勾走了。

喬家擴建住房是祖父在世鎖定的最後一件大事。雖然建房發生在祖父往生之後，主意還是他躺在病床上親自制定。當時，他枯瘦的手抓住小爺叔的手，失明的老眼望著窗臺，他一定以為那是後院的大桑樹，其實從他的病床看不到桑樹，只能看到日暮殘照裡的一瓶花，長春即使再粗獷也能感覺到西天的光在花瓣上分分秒秒消逝，他預感到祖父的生命正在與光飛速分離。祖父說得斷斷續續，但思路清晰，口氣堅決，他吩咐祖母把棺材本全拿出來儘快給喬家建房，拆掉長安路1344號的門臉平房，改建為兩層樓，底層門面出租，二層給長春將來做婚房。祖父的新房計畫完全不考慮我父親，他也不顧忌我母親當場聽得明明白白。說完，他深深地吸了一口氣，好像他要把周圍所有的薄荷似的桑葉味全部吸乾淨。

母親回家就生悶氣，她虎著臉訓斥我和妹妹，不可與喬家人來往，講話也不可以。你們想一想喬長春是什麼人吶，他是怎麼欺負你們爸爸的。好像她完全忘了我和妹妹也是喬家人。父親週末從郊縣回家，故意走開，躲不開就死活不作聲，他當然明白這意味著什麼，我們全家四口擠在一間兩頭站不直的14平米中樓，而祖父卻一意替小爺叔安排面積更大的新房，好像徹底忘了父親還是喬家長子，我想，這件事徹底傷了父親的心，他以後很長的日子裡都是一個鬱鬱寡歡的鄉村教師。

祖父從病倒到往生只有短短半年，喬家大多數人都認定他是被小爺叔氣死的。雖然我不這麼看，但我也承認喬長春搬入紅英家後，日本樓開始鬼氣森森起來。深夜晚歸的人聽到樓梯上無緣無故重物移動的聲響，樓道裡窗戶莫名其妙一扇扇敞開，半夜裡一道白光從窗口射入……後來，乾脆玻璃全碎了，諸如電閘跳斷，水管爆裂和抽水馬桶堵塞等等災象不斷，樓內住戶披衣起來說半夜樓上樓下不斷有開門關門，有人說紅英家傳來神秘的噓噓聲，好像壞掉的摩托車引擎聲，連我妹妹一邊捂著耳朵，一邊也把這些事聯繫到了紅英自殺上面。

我告訴妹妹那是動物園大象的哭聲，她不信。

我當然不講那是喬長春說的。妹妹痛恨她的叔叔已非止一日了。

紅英媽請人來做法事，長春在場，法事的錢據說也是他出的，但這些馬後炮都不管用。紅英媽放棄了辯解，她突然變得無比厚顏無恥，她與長春手挽手出遊被無數乘涼的好事者看到。他們也不介意，他們頻繁出沒於中山公園附近的舞廳和電影院，那些甘草霜淇淋融化的深紫色夜晚，沒有小菜場臭魚臭蝦混合公廁的複雜氣味，也沒有大孚橡膠廠的可憎化學味道。群眾不由悲歎喬家那個左撇子逆子昏頭了，找了一個騷貨做媽還不夠。長安路上的人民愈發斷定紅英悲劇與這種亂倫關係脫不了干係。

整條街淹沒在關於長安路1344號喬家小兒子的流言裡。喬長春再也不騎摩托車了，他由此放縱了對刀的癖好，他玩起了刀。刀子是一種簡明快意的江湖解決方式。很快，他沒有用刀子斬斷流言，但他以膽量和智謀開始整合街頭力量，掃平一條條街道，人們習慣了喬家老大的文雅懦弱，都在驚懼中預期喬家老麼成為長安路未來的江湖大佬。但是，出人意料，這始終沒有出現。

5　年輕的戰士

我在天臺看飛翔的信鴿，聽見一陣涼爽的沙沙聲，小爺叔赤膊在天井裡埋頭磨著什麼，寬闊黝黑的脊樑上彈跳著水珠，蒸騰著白汽，掩蓋住幾條紅色蚯蚓似的傷疤，我下樓去看那種賞心悅目的打磨功夫，看著鋼制的刀鋒漸漸露出天空的青亮色。

他對我笑：喬賓，你以為這是刀嗎？

他搖搖頭，算是自我回答。他根本不屑與我這種文弱的中學生談論刀子。

讓我來談談成就他、也毀掉他的另一樣東西。這把刀外觀很樸實，半米多長，帶護手，背闊而重，兩面開有血槽，鋼質優良，採用汽車減震器矽鋼片，他親手用砂輪打磨而成。就是這把不祥的刀，擊潰了周家橋街頭混混的八卦陣，砍斷了天山飛龍兄弟倆的紅纓槍，也挑去了長安路上一枝花紅英的褲腰帶。

早在小學二年級，我遇到了我的死對頭楊白勞。他是一個老留級生，大名是楊明華，臉上長有白斑，愛柿子專揀軟的捏。不知何時起他鉚上了我。大概因為我不屬於安東安西的窄小巷子，而是住在他所痛恨的高尚一些的長安路。

有一次，在山河百貨商店，我碰上了他，他嘴笑歪了，搶走了我手裡攥著的毛票。我哭喪著回家，半路撞見小爺叔，他一把拉著我回去，楊白勞那廝還在山河轉悠，小爺叔當時身高還不如楊白勞高，胳膊沒他壯，但他上去就反擰住楊，給他腦袋猛砸一頓毛栗子。後來，楊白勞兇神惡煞帶人來尋仇，把長春截在小菜場的公廁旁。楊白勞那些人拿著角鐵木棍。路過的同學後來講起那次大戰的回合，我聽得不由寒毛倒豎。他們說你小爺叔亮出了一把鐵尺改成的匕首，但一上來匕首戳在磚牆上竟折斷了。畢竟還是鐵尺改的。不過，你小爺叔畢竟還是喬長春，一點兒也不怵，他負了點傷，奪過角鐵，還是打跑了那幫子嘍囉。

長春制刀的靈感來自他對日本刀的研究心得。他工作後，在車間裡利用進口機床，親自設計親自製造了他的專業武器。他憑著這把好刀，陸續收服了安東安西的蘇北幫。他不回家的日子裡，托人捎口信給祖母說他不混社會，他是廠裡的青工，在讀夜校，預備做電工。祖母聽了，嘮叨著外出找了小兒子好幾回，回家哭了好幾夜。我在樓上夜夜都能聽見祖母的哭聲，她哭得越傷心，越像罵街。街上的混混卻說長春是怪人，他混江湖，卻沒有小兄弟，他打架鬥毆，還去上班讀夜校；如果打架，他一定不在廠內；出手必然單挑，絕不打群架。他們都很崇拜喬長春，都看定他是一個大人物。派出所也沒少找他，可每次遇上他，他都翻著白眼反問：什麼時候我參與群毆了，我是見義勇為。樣子認真到連員警也只好笑笑。他們都曉得長春的老子在前朝也是員警。

改革開放忽如一夜春風來，紅英媽停薪留職，在長安電影院旁邊的弄堂裡把生意做開了，賣盜版錄音帶那一行誰也沒有她厲害。國營新華書店用大喇叭把《一剪梅》《我的中國心》《年輕的戰士》《乘風的歲月》播得震天價響，但她不動聲色，只消笑嘻嘻帶著客人（像我這樣的學生不少）去弄堂底轉一圈就把買賣全部搞定，新華書店一年的音樂磁帶營業額還及不上她半個月做的。金錢的氣味像水裡的血腥味，把外地的強龍如阜陽人也吸引來了。

阜陽來的疤眼帶著一群鄉下人闖上海灘。他們多是山上下來的，落腳在大孚橡膠廠老鄉的宿舍裡，一舉吃掉了周家橋的地攤，揮師東進，勢力範圍一度拓展到我們眼中的大世界，南到滬西體育場，北到中山路橋，西到天山，東至中山公園。紅英媽起初也像別人那樣老老實實向疤眼繳保護費，但很快她膽子肥了，她對長春說疤眼胃口太大，不止是保護費，他們要的是她的生意，壟斷長安電影院一帶所有錄音帶攤檔，阜陽人要的是全世界。對不起，那時候我們的全世界就是那麼大。

後來，長安路上的人們大多認為我小爺叔的災禍結局源于他的清高孤傲。長春頭腦發熱，他召來廠裡的一幫青工朋友不夠專業，隨身都是些水果刀螺絲刀之類傢伙，疤眼人馬操的全是西瓜刀和木棒上釘鐵釘的狼牙棒，外加兩管自製土槍。雙方一照面，青工們立刻暴露出酒肉朋友加烏合之眾的真相，全跑了，剩下長春一個人，揮舞著單刀，叫嚷著「單挑」。疤眼腰眼裡雖然插著一把發令槍改制的土槍，他仍然還是一個阜陽來的猥瑣漢子，他嘿嘿冷笑，說誰單挑誰傻逼。在我想像中，長春該是舞刀力戰，孤身不敵；紅英媽不顧一切上去，抱住疤眼大腿求情。疤眼說行呀，讓長春把他的左手留下來。說完，他把繳獲的長春的刀扔進了蘇州河，那把不祥的刀劃出一道充滿力度的銀色弧線，濺起一片嘲笑的水花聲，永遠不見了。

我怎麼也想像不到的是他們說長春一言不發，交出了他的刀。他是長安路上玩刀出名的佼佼者，竟可以默然不戰而降。目擊者們也有幸災樂禍的，他們總結說長安路上本沒有英雄，梟雄也沒有。疤眼挑斷了長春左手的筋，饒了他的命，長春後半生變回了右撇子，祖父做不到的事，一個粗壯猥瑣的阜陽漢子替他做到了。

長春在醫院裡。父親沒有去，因此被祖母罵了三天三夜。母親則很解氣地說報應來了。她再次嚴令我和妹妹不得接觸喬長春。也許是那時起，父親與小爺叔的關係也驟然惡化，但那主要是房子惹的禍。

喬長春出院，遠離了在長安街上揮刀拼殺的日子。兩層前樓在祖父死後數年落成，大部分建築費是祖母出的，建樓人手多是長春的朋友們，他們在我眼前砍倒了那株大桑樹。兩棟兩層新樓矗立起來，一前一后。後樓佔據了原來後院空間，由兩位孃孃居住；前樓貼著長安路，底層門面租給個體戶開了一間小照相館，小爺叔則在照相館樓上新房裡養傷。他迷上了電工和音樂，有時候跟樓下照相館老闆玩相機，但他老是無法學會對焦，照相館老闆說長春的手是拿刀子的，換了相機就會抖個不停。這話大概是開玩笑，但長春當真了。他對照相失去了興趣。

現在我能確認的事是從祖父在世時，喬家內部已經四分五裂，喪失了傳統的內向凝聚力。在大家族矛盾一天天激烈演變中，母親叛離了喬家兒媳婦的身份，從小哭小鬧發展到歇斯底里地禁止我家四口人（連我父親在內）與祖父說話。父親順從了她。祖父母對小爺叔的偏心母親無法忍受，但她又不願離開喬家，她甚至不許祖母偷偷送糖和點心給我和妹妹吃。直到今天我也無法理解她堅守在喬家只是為了區區一間房。

遠在郊縣的父親也終於揭竿而起，與祖父發生了衝突，雖然不大，卻延綿了數年之久，直至祖父放棄了大家族同堂的理念，被迫答應我父母親分家的要求。我家在天井裡另修了一個帶天臺的小廚房分開伙食，但我們仍得從同一個過道進出同一個大門。所有人的單車都放在過道。為了停車之類雞毛蒜皮小問題，兩個住在後樓的孃孃與住在中樓的我家之間摩擦爭吵此起彼伏，從未間斷。這裡不值得細述，大多數上海人家經過上世紀80-90年代都能明白其中的辛酸，圍繞的核心無非是房子。

祖父死後，小爺叔習慣于躲在祖母身後，從不介入家庭瑣事，像他那樣混江湖的不屑於處理雞毛蒜皮，他也不再理睬我家，最後，疏遠了我父親。他新購置的身歷聲音響整日價播放臺灣歌手楊慶煌的國語曲，《年輕的戰士》的歌聲從早到晚形容著像喬長春那樣悲壯的長安路年輕戰士，一直在反抗著什麼看不見的東西，或者說逃避著某種長安路人們無法回避的東西。

我與小爺叔之間失去了所有表面聯繫，但由於前後樓的位置相鄰，我每天在固定時間段與楊慶煌的歌聲一起讀英語寫作業。我會唱楊慶煌的全部成名曲，我也許比他更喜愛楊慶煌，誰知道呢。長春在前樓，我在中樓，隔著天臺，我是默唱，他是沙啞跑調。可我們唱的最熟最有感受的無非都是楊慶煌的《年輕的戰士》，我相信。但他不知道。

我的視線穿過磚牆，看見那個左手失去功能的長安路著名的失敗者在年輕的孤獨擠壓下，變得紙一樣單薄。他苦練右手，牆上的人影因為動作機械重複而顯得異常可笑。他在滿地散落的電工手冊、拉力器和啞鈴中間尋找做一名使用右手的普通電工的機會，他也像我那樣在海峽對岸飄來的旋律裡尋找跳下一個龍門的好運氣。我的身邊多了唱歌的楊慶煌和不唱歌的書本，喜歡熱鬧的他的身邊則多了玉蘭花的香氣——一個同樣喜歡楊慶煌的說蘇北上海話的長辮子姑娘。胡蘭身體健壯，眉目豪放。我的安西同學都說你的小爺叔因禍得福交了桃花運。胡蘭與喬長春才是天生一對。胡蘭父親是工人階級，在安西一帶蘇北幫裡面說話嗓門很大，屬於很搞得定的那類大老粗。他們說對了，小爺叔火速娶了胡蘭，因為拆遷分房在即。

他的婚房就在前樓二樓，一個窗戶開在我家天臺，他和新婦衣不蔽體上上下下都進入了我窺視的眼睛。當我在天臺上背書備考時，我的眼光無法不溜到那個窗口。在楊慶煌坦蕩的歌聲裡，我聽不清小倆口親昵的喃喃私語。

我又瞅見小爺叔裸著寬闊黝黑的脊樑，只穿一條深色游泳褲，在天井水池前擦身，猶如擦洗他的刀。喬家典型的國字臉上沒什麼表情，他只專注地唱著「唯一的信念就是不能回顧」[2]，歌聲還是老鴨似的不著調。

他顯得很反常地開心。他有多久沒那樣開心過了呢。但是，失去了刀的男人轉而對房子產生了興趣，這倒是很正常，我想到就煩躁，而且恐懼。

6 長春的右手握著菜刀

如果把喬家大危機的這一刻用鏡頭攝下，我想該是喬長春用身體堵住家門，黑色脊背閃著油油的刀光，耳根咀嚼肌線條異常突出，手裡握的不是讓他在安東安西到處揚名的那把

---

[2] 臺灣歌手楊慶煌成名專輯主打歌《年輕的戰士》中的歌詞。80年代到90年代初，楊慶煌為數不多的幾張專輯曾在上海年輕人中廣為傳唱。

刀，而是祖母磨快了的那把菜刀，刀口指向那些膽敢動他房子的人，不是拆遷組，而是他親愛的家人，其中為首的是曾一手撫養過他的我父親。

母親披頭散髮，面孔浮腫，她已經大哭過好幾回了，但沒有用，喬家的人已經沒人相信眼淚了。在分房子的關頭，每一個人的心都變得冷酷異常。她雙手緊緊抱住父親，使勁往中樓上拽——頭一個奇怪的問題是為什麼母親不簡單地關上廚房大門呢，喬長春還不至於失心瘋持刀強行沖入我家廚房，我在心裡乾著急。但我卻虛弱到無力移動。

第二個問題是妹妹在哪裡呢，我現在想不起來了，但我認定她不在還好些。我蹲伏在天臺上，從木欄間隙瞅著小爺叔英俊的臉扭曲成晦暗不明的人皮面具。我聽見祖母比罵街還難聽的哭聲，但也看不到她佝僂的身影，在場還有我的兩個從外地回滬搶房子的孃孃，但既看不到她們也聽不見聲音，她們都站在小爺叔那邊，也就是祖母那一邊，我家是被完全孤立的，她們都說儘管我父親是長子、人口最多、子女年齡最長，但也不可以老賣老，最大的那套帶電梯德州新村高層兩室一廳要分給祖父母最愛的小兒子長春才對。她們站在長春那一邊，一定是祖母的勸說所致，但長春堅決保衛兩個嫁出門的姐姐的分房權利也是一個原因。長春說不出大道理，但他的兩個姐姐一致斷定他結婚後懂事了，他比我做一輩子教育工作的父親更懂得維護婦女的平等權利。

每個上海人都不會反對，拆遷是一次大時代的危機。喬家的大危機時刻，一大家子蝸居在長安路1344號老宅的情形瀕臨解體，即便祖父死而復生，也無法阻止家族內訌。他氣得渾身發抖，連腿肚子也在顫抖，但一絲驚慌迅速掠過父親的臉，他伸了伸脖子，退縮了，他像祖父那樣駝背了，但他其實一點不像祖父，祖父駝背了也老是昂首望天；哪怕他被革命者打倒再踩上一隻腳，去食堂給人做大鍋飯，他還忘不了挺直腰杆做食堂大師傅。雖然父親也有暴烈的時刻，但那種時刻總是過於短暫，更頑固的懦弱使得他的成年時代一直難於面對倔強堅硬的祖父。

我與小爺叔早已生分。他拿起菜刀指向他亦父亦兄的大哥，那一刻他已經自甘淪為我家的敵人。當我為大學寒窗苦讀之際，他的刀他的人征服了長安路一條街，人們包括喬家人（除了祖母）都把他視為地頭蛇惡勢力，但那時我還堅定地站在他的一邊。街頭的幫派團夥爭奪的是地盤，依靠的是實力，勝出的是義氣。喬家這個普通市民家族爭奪的也是地盤，俗稱房子，依靠的也是實力，但輸掉的全是親情。從這一點上看，我並不反感長春右手拿著菜刀指向我父親時說的話：大阿哥，今天你要聽我一句話。老頭子死掉後，按道理是你老大做主，但你做事體不公正，所以，喬家還是靠刀說話！

祖父年輕時是不是用刀子說話，我不知道。小爺叔露出了右撇子的笑，右手不如左手穩定，在劇烈顫抖，我恍惚間看見了去世的祖父，他短暫的一生充滿跌宕起伏，他信奉的無非就是實力，在靠實力說話這一點上，長春最像祖父，因而我的父親沒有什麼機會。他毫無徵兆地發作，在樓下大聲咆哮，聲音嘶啞如同裂帛，我嚇得從天臺退到樓梯口，從這個角度可以清楚看見父親的雙腳儘管神經質地不停挪動，卻始終未曾離開廚房半步，他的手背上青筋突突直跳，我看出他很想去拿自家的菜刀，但他的手習慣了拿粉筆板擦，面對小阿弟的菜刀，他無論如何鼓不起勇氣，多虧母親拼死將他拉回到自家樓上，他才沒有進一步丟人現眼，但在弟妹們眼前，他長兄的顏面早已不復存在。我頓時聽見了1344號老宅內部的碎裂瓦解聲響，有什麼地方的木梁歪了，磚牆長出了裂縫，樓板支撐不住傢俱的重量……現在，我意識到這種瓦解聲早在祖父在世時就已經出現。

長安路動遷組裡面都是一些能說會道之人，他們繼續其挑撥離間之能事，直到喬家大家族從原先的三大門派分裂成六個小幫派，南通的二叔家只是掛了一個戶口在這裡，加入了分房子戰團，也算自成一派，六個家庭一時間吵得昏天黑地，但內鬥雖劇，總體上另外五派都會鬆散地團結在長春身邊，把主要矛頭指向我家。我對母親說，為什麼不多給我們喬家一套房呢，六個家庭只給五套房不是要打破頭嗎？母親說小人不懂，轉頭埋怨父親老實沒用，他們根本不當你是老大，憑什麼老大總是要讓，難道不曉得我們家人口最多，孩子年齡最長（我和妹妹），給我家一套最小的兩室戶明顯是故意刁難長子。鬥癟了的父親坐著半天不動。如果他吸煙，可能還有噴雲吐霧的解脫方式，如果他酗酒而且錢包鼓，他可以一醉方休，但他在母親脅迫下早就戒了煙喝不上酒，他只好盯著桌面咽唾沫說，吵吧吵吧，你們等著我死了好。

妹妹不認長春是她小叔，她一口咬定說，喬長春是流氓！

對親愛的小爺叔，我卻無法恨起來。討厭是一回事，但徹底憎恨不容易，視為仇敵更是另一碼事。也許是紅英媽那個騷貨或者那把不祥的刀子害了他，也許是紅英冤死的鬼魂還不時回來作祟，你沒聽見日本樓裡半夜傳來奇怪的哭聲？我問妹妹。

她沒聽懂，或者她根本不想懂，她搖搖頭說，他就是流氓！

多年以後，我才懂得拆遷組的計謀——如果大家族有6個家庭，就給5套房，製造窩裡鬥，對他們各個擊破，自然不會再找拆遷組的麻煩，但他們又是如何摸准了這些草民家族不會團結一致對外呢，上層的智慧底層摸不著，活該喬家為幾套破公寓房子打得頭破血流，從此老死不相往來。

長安路老宅動遷後，建起了內環線的一道亮麗引橋。如今你若是眺望中山西路內環線，就能看見長安路口的那段漫長的混凝土引橋。那裡是1344號消失的所在。那裡早已聞不到後院桑樹的氣息。

7　壞手

我記得那是在我家搬離老宅前，我騎車放學回家，門口圍了一大群閑漢。一輛警車停在長安路1344號門口，兩個警察冷著臉從前樓小爺叔的房間出來。

樓下照相店主在人群裡鑽來鑽去，他掩不住興奮，悄悄對圍觀的鄰居講：嚴打了，嚴打了。

大時代的轉變總是令人防不勝防。警方對黑惡勢力的嚴打整治行動忽如一夜寒霜至。疤眼的阜陽一夥大多落網，由於多條人命在身，疤眼被從姘頭的床上抓走，執行斬立決。喬長春居然逃過一劫，大約是因為他受傷殘廢，或者是他被廢後改邪歸正，政府給予寬大。長安路人們都說這小子運氣不錯。

長春成婚後，紅英媽回了娘家，她再也沒回來過。她家成了空房，被房管所收走了。在拆遷風中，日本樓也不能倖免，連同地段醫院、郵局、煤球店、紅文食品店和山河百貨店等等，隨著一個時代一夕都化為烏有。

臨到父親退休前，他偷偷要求我把一份煙酒禮物送還給小爺叔，附上兩千塊錢放在信封裡，錢是父親從私房錢裡攢下的。

我有意推脫：你還是自己送吧。我也不認識他家。

父親把手放在我肩上說，我送他不會收的。別讓你媽曉得。快去快去。

我提著禮品，走出隧道口德州高層的電梯，走道又舊又髒，防盜門很破，貼了不少小廣告。我遲疑良久，我有多久沒和小爺叔說過話了我記不清，按下門鈴。

沒人應門。鄰居開門出來打量我問：儂尋壞手的老婆？

我半晌才醒悟小爺叔如今連阿蘭的老公都算不上，他頂多算是一隻壞掉的左手。我尋到樓下居委會，站在窗外，我震驚無比。看見壞手他們夫妻倆都在屋內。大家都坐著，只有壞手和他老婆站著。胡蘭如今胖得沒了腰身，她的模樣很興奮，兩手誇張地比劃著什麼。壞手則象一棵樹杵在那裡，頭髮稀少花白，嘴角的法令紋很深。他不像是我的小爺叔，倒像是上鋼三廠門口的傳達室老頭。

屋裡坐著三個人，兩女一男，主要聽眾是一個睡不醒的僵屍模樣的男子，他一隻手拿著煙打呵欠，另一隻手從桌上的檯曆本上撕下一頁，又撕下一頁，每撕一次，好像他就清醒一點。我聽見這睡醒了的僵屍在嚷嚷：跟你們說了多少遍了，阿蘭你來都來了一千次了，國家特困補助就這點，這是政策，我有什麼辦法？提東西來也沒用，我不能收。拿回去拿回去！

桌上放著一份煙酒禮品，與我手裡提著的一模一樣。

胡蘭推搡著自己老公，嗓門很高：老徐，你們再想想辦法，我家長春天天要吃藥，醫生講要終身服藥，抗抑鬱藥太貴了，一個療程兩萬塊，我們倆都下崗了，做生意也賺不到錢，家裡上有老下有小，天天要吃飯要吃藥，你們不解決問題我們不走了！

小爺叔一直躲避著老婆的手臂，摸著自己的臉頰，好像臉上什麼地方很痛。

僵屍老徐將香煙往煙灰缸裡一拍說，發啥脾氣，阿蘭？精神病吃藥報銷比例低是事實，誰也沒辦法，你找領導也沒用，你帶著精神病人跑到街道來發精神病就有道理了？

胡蘭在旁邊椅子一屁股坐下，抹起眼淚。旁邊一老一少兩個女人都過來相勸，一個說老徐昨晚打麻將鈔票輸多了，另一個說阿蘭先回去我們商量商量。好一會兒胡亂後，裡屋出來一個戴眼鏡的小老頭，叉著腰卻不說話。胡蘭立刻不哭了，她撲上去扯住老頭說主任主任你做主。

主任說，你放開，好好講。

小爺叔喉嚨口呀呀地講不出完整的話，忽而，他面向主任跪下，速度太快，膝蓋骨撞得地面一陣子晃動。

主任尷尬地搓著手，拽他胳膊說：壞手你有毛病呀，站起來好好講。

我看著窗戶玻璃另一邊的那個從前玩刀子的人趴在地上，長跪不起，不知何時，他終於抬起頭，臉在窗玻璃上泛著粗糲的微光。我的心頭狂跳不止，完全認不出才四十來歲的小爺叔，那張早衰浮腫的臉屬於我家的仇敵，親愛的仇敵，你的臉是陌生的、卑微的，寫滿了無盡的驚恐，找不到仇敵的驚恐。更大的恐懼是你突然意識到你找不到你的仇敵，而他們其實處處皆是。

耳邊還是他老婆不停地說，主任，我家長春就是想找一個工作，他沒工作長遠了，只有一隻手可以用，天天胡思亂想，淨是擔心將來沒法養活小孩過日子，小孩子還在讀小學，將來不曉得要花多少鈔票……

我忘了怎麼將手裡的東西交給屋裡的某個人，他們當然會驚奇又窮又病的下崗電工喬長春怎麼會突然有個親戚來送錢送禮，但我顯得比他們更慌亂。我飛也似地逃走了。回家後，面對父親問詢的目光，我只說一切都好。

父親看了我好一會兒，沒有再說什麼。

小爺叔失業後被黑夜吞沒，或許是他這些年來自己吞噬了太多黑的夜色的緣故，他人生的底色變成了全黑，唯有那兩頭白象的純白在多年以前曾經那樣純淨地進入我的視野。

8　唯一的信念就是不能回顧

現在生活安穩下來的我在千山萬水之外定居。我一時興起，從網上下載了楊慶煌的成名曲《年輕的戰士》，當「唯一的信念就是不能回顧」再次在鼓膜上震動，我又看見一頭叢林野象黝黑健壯的軀體堵住喬家老宅的紅門，有些早已消失的事物投下的影子還完好地保留在一首歌曲裡。

有一晚，我的女兒告訴我，她發現一頭小象站在她臥房窗外，用鼻子不停地推著窗戶，發出叢林慣有的低鳴。女兒堅持說夜裡是小象在哭泣。她剛在網上看完一個紀錄片，村民們把鞭炮塞進鳳梨喂母象，三天后，母象死去的時候，還站在河中，小象繞著圈，不停地用鼻子推著母象冰冷的龐大軀體。

女兒不停地揉著她的圓鼻頭，溜溜的大眼睛裡滾動著熱帶暴雨的徵兆。

她說，沒有了媽媽，小象活不了的。

她的臉上佈滿了驚恐的神色，彷彿一隻彷徨不定的小象。

在她長大後，如果遇上適當的時機，我會告訴她發生在上海西城長安路上的往事，關於我小爺叔喬長春的故事，我不知道她會怎麼想，我知道現在她只相信象。隨著她和她的同齡人一天天長大，她們不可能知道楊慶煌是誰。我戴上耳機，耳朵裡楊慶煌再次毫不費力地上到高音，《年輕的戰士》已經不屬於楊慶煌，它屬於喬長春，屬於我，也許還屬於你，屬於每一個曾那麼熱愛楊慶煌的人。

聲音是一種可形塑的神奇物質，塑造出一個稀鬆平常、但我從未見過的場景：一個人在廚房水槽前，桑樹蔭下，埋頭專心地磨刀，刀鋒沿著雨後初晴的角度，折射出彩虹般的光芒，我認出他戴著我所熟悉的黑框眼鏡，他是我的父親，卻長著一張無比年輕無比光彩的臉。

這一霎那，我又聞到了桑樹葉的薄荷味，聽到了隆隆的吼叫，久違的雄壯低鳴，是象在哭泣。

寫於2020年9月18日墨爾本

改於9月30日

黑暗篇

水月花園物語

水月花園的春夜

從你這個社區出發，由煙霞路轉上水月路，往茅山路的方向約200米，右手邊一個小弄堂，兩扇銹蝕斑駁的大鐵門，門上橫幅大書「依法治國」四字，你覺得這幾個字原來面目不應該這樣，假如門上大書特書依權治什麼，不是反證這裡竟有一句大實話麼，於是，你愈發覺得這四個字假得有理；左邊掛著「水月高級中學」招牌，鐵門裡面右前方45度出現一幢紅色小屋，天色晚，彩色燈泡裝飾得煙花般絢爛，招牌打著「水月」字樣的地方就是。

在這名字柔情似水的地方窩了三四個月，你居然對水月花園一無所知。雖然從租房之前，水月啤酒花園就存在了。知道的人太少，你在上海縱有千里眼順風耳，也是依賴一家家地圖式搜尋才得以發現。

別去得太早。她上班很晚，大約九點到剛好。百威啤酒一罐35元，有點貴，但不會引人注意。如果發現一個客人都沒有，別緊張，這是常有的事，在社區裡，知道的人不多。小秦的人已經探查到了煙霞路附近，幸好你故意支開他們，想發現這裡，若是運氣好的話，還得幾天時間。你略略松了口氣，又叫了一罐啤酒。

想起第一次來水月，老闆主動跟你鬼扯，怕你是公安，先探底。你沒擺譜。常常有人把你的名字錯聽成警長。你說，誰是條子誰出門被車壓死。每天經過都沒發現，這裡竟是一個炮陣地，酒水不貴，小姐服務熱情，不滿意老闆還可以幫著找，80分以上的美眉價廉物美，當然小姐不能太年輕，未成年少女你從來不碰。你臺詞背得很熟，老闆笑了，給你點煙，送你酒，他斷定你是個混帳老司機。

你是天生的夜行司機，不回家的成功男人，身上挎著義大利Bridge皮包，擋住了一片光，投下一個搖搖晃晃的黑影。你的內心有兩個月亮，一個懸在上海夜空底下，另一個則落在水月路弄堂內，卡在兔牙妹小姐的門牙縫隙裡。

透過啤酒杯的折射看早春的水月花園，牆壁那麼硬，燈光那麼黑，那麼像月光。

你觀察剛上班的兔牙妹，其間有多少人經過，多少聲響喧鬧，你心裡只有空虛和蒼涼。從她煤塊似黑而硬的眼裡看不出異常，從她的法式寬簷女帽和上面的血紅色緞帶，可知她把恨藏得很好，有誰能不恨你這種人呢。

那一年夏律師戴著手銬從容踏出家門，你們手挽手擋住他的妻子，任憑她聲嘶力竭地要求你們拿出逮捕的法律手續。就在你離開之前，夏律師那個十來歲的女兒撲通跪在你腳跟前，她扯住你的褲腿，她什麼也不說，不哭也不鬧，她為什麼單單選上你呢，眼睛也是這樣的漆黑堅硬。你安慰她是假的。你若是真的，心會流血。你絕不能答應她，但你動了心，像這樣黑沉的眼睛再硬也會讓你動心，無論如何微小的動心都是危險的。你覺得是站在懸崖邊，看著眼前的危險，看著眼前月光洗過的兔牙妹。

你原相信表像對於世道如同啤酒花之於啤酒，雖然看上去差異巨大，卻還維持著微妙的穩定。可今晚上來的紅酒酸了。你沒來幾次，這裡的人已把你叫作「紅酒不隔夜」。

你把酒吐在杯內。紅酒隔夜變酸，絕不寄瓶在店裡。這是你的底線。

她與客人們低頭說話口齒清楚，再無漏風。你心內一驚，早該有所察覺，眼光落在她大得不相稱的胸，你暗笑自己若是假的，如何要求別人都是真的。瞅准她的客人去上廁所，你走過去，坐在她面前：你補牙了。

她瞟你一眼：我樂意。

她抿嘴一笑：怪了，今天你來得好早。

是嗎，以前我總是遲到嗎？

不是嗎，我說過你老婆管得嚴吧。

你說你老婆也曾是一個兔牙妹。你與兔牙妹結婚後，事業很快騰達。你認為是大牙縫帶來的好運。有一天，兔牙間的豁口不見了。老婆喜滋滋偷偷補了牙，讓你從此丟了魂。

她打了個呵欠：你說過N多次。

你去握她的手，但她閃開，你說這是你最後一次來這裡。她說隨便。

迄今她無法叫出你的名字，因為她根本不知道。今晚，她一身黑衫配粉色露肩連衣裙，長髮藏在法式女帽內，不吸煙，酒也不太喝，她當你是一個與其他客人一樣的臭男人。你不醜，也不臭，你揮金如土，替她買許多酒、水果和零食，付三倍台費小費，但你是假的。你若是真的，你的心就會流血。

她抿著鮮豔紅唇，宛如鮮血下一刻就要從嘴角滴落。兔牙妹再也不是兔牙妹了。你默默喝著青島百威柯洛娜，她完整無缺的門牙飛快地嗑香瓜子葵花籽開心果，面前很快隆起一堆果殼。

假如世上不存在需要繁瑣剝殼程式的堅果食物，她現在還會做什麼呢，你在想。別去得太早，但你還是早去早到了。你想到了紅會的奢華和沉淪。你到得最早的地方就是紅會。

紅會

你們第一次見面是在紅會。她穿服務生紅色制服，跪在茶几前給你老闆端茶倒水，你老闆戴著勞力士金表的肥手分開她的劉海，抬起她下巴頦。

她笑得勉強，有幾分迎合，兔牙很可愛。你並不意外老闆貪婪的眼神，但你極為意外于女孩眼內的倔強。如果夏律師的女兒長到二十歲，可能就是這個模樣，剎那間好像老闆的手也攥住了你的心。

你老闆姓傅，精通面相，講究行運改運，指著她的嘴巴。

兔牙妹大方地說她去找過醫生，牙縫大，吃東西老塞牙，都不敢笑了。醫生說很多人來補牙縫，不光是美觀，還為怕漏財。

傅老闆無論在什麼場合都蠻有權威：這說法沒有科學依據，但你講話真有點漏風。要不要介紹個醫生給你？上面補收費，下面補免費……

站在老闆身後的助手小秦笑嘻嘻說如果讓他補的話，上下都免費。

傅老闆大笑。他以發現別人的不完美為樂，必要時故意製造缺陷，他最忌諱漏財。他把一張百元鈔票塞在她手裡，沒有留意到你一臉怒色。小秦是你副手，近來他上位速度超快。你按遊戲規則做事，也可以隨時毀約，但小秦他們則生來蔑視一切規則。傅老闆一向是個明白人，他喜歡各取所長，熱衷挑起下屬們彼此爭鬥。

她掖好錢紅著臉退下，看了你一眼，這一點你很肯定。你無法再假裝。但在這種場合，你面目可憎，一個看上去與出賣笑臉的服務小妹沒什麼兩樣的下人。

以後，你找藉口單獨來過紅會多次。這裡人多眼雜，容易暴露身份。你從包廂走過，或者假裝在外面打電話，每次看到她兔牙閃亮，你心裡多一份安靜。一天的煩惱無聊似乎瞬間消失在她門牙深深的縫隙內。

當她離開了紅會以後，你為了找她，在名字柔情似水的社區秘密租了民房蹲點。憑你發達的嗅覺和天羅地網的眼線，卻沒有很快找到她，因為她居然燈下黑，就在你眼皮子底下上班，她從夜店服務生變成了坐台小姐，順理成章的事。

去紅會這麼頻繁，你不斷酗酒。你一個人在大堂喝酒，她每次經過都看你。你從廁所出來，在走廊拐角，滿嘴酒氣，攔著說跟她一起回家。她想繞過你。你說她像你老婆。她說你喝醉了。你說從現在起她就是你老婆了。她說滾開。你說老婆敢不敢跟你一起滾。她說你滾。後來，你在大堂裡迷迷糊糊睡著了，等到有人把你拍醒，你一看還是她。場子裡人都散了，你就由著她攙扶走出去。

那一夜，路燈光淡得彷彿落在另一個虛幻空間，她腰肢猶如船帆轉動，路人走過猶如波濤不斷，還有風從肋下穿過。你忘了如何到出租房掏鑰匙開門。燈亮了，又熄了。你把身邊發熱的肉體緊緊抱住，落海的人抱住一塊浮木，越抱越緊，耳邊風聲、呼吸聲變成了海嘯聲，海浪越升越高，你無法呼吸，嘴湊到氧氣最多的地方，潮濕而活躍；她在配合你，海豚那樣來回搖擺遊動，把你拖入大海幽暗的海藻深處。

你們沒有沉下去，卻冒出了海面。燈光大作。她一把推開你，你站不住，在牆邊如一堆腐肉，慢慢滑下去。她一件件穿回被你剝除的胸衣和外套，神色淡然。

你含糊不清咕噥著……不是……夏律師……

你們在紅會熟了以後，她習慣了你的奇怪言談。

每次等到她下班，兩個人坐在你常去的大排檔上，點一份牛腩螺螄粉分著吃，吃得滿頭大汗。你得知她叫許諾，來自張家港，父母都是農民，讀過旅遊專科學校，家裡還有一個小弟需要她寄錢念書。她跟夏律師家沒有任何關係。你不許她埋單，但你也不結帳。你對著她疑惑的眼睛說檔主是你朋友，隨便吃。她眼內的疑惑變成了崇拜。

許諾一直問你是作什麼的，怎麼不愛講話？你躲不過去說你做研究。研究抗日戰爭到1949年之間那段歷史。這倒不假，你曾是歷史系研究生。看上去沒有學者范兒，她卻不敢懷疑，你說起了抗戰勝利，那是好時光，入夜後弄堂深處紅燈高懸，夜生活剛剛開始。最有名的是會樂裡。

她瞪大眼睛聽你解釋會樂裡不是主題公園，也不是電影院，而是一個像紅會那樣的地方。彩牌樓上掛的不是毛澤東像，而是蔣介石標準戎裝像，四周也裝點無數電燈，光彩奪目，與紅玉香琴之類的霓虹招牌交相輝映。吉普車汽車代替了過去的三輪車黃包車，那是1946年的中國……

說這些與現實毫不相干的事情，你煥發了生氣，厚嘴唇如兩片早春搶先爆發的綠葉在晚風裡招搖。你的手放在她的手背上，手指輕輕地畫圓圈。許諾不好意思，把頭垂下。你覺得她的臉型應該配一頂特別的女帽，最好是法國式。但你沒告訴她。

後來呢，後來就是1949年新社會來了。窮人翻身當家做主。許諾說我家總是窮。改革開放後日子好多了，但我家還是年年借錢年年還。我從來沒感覺做過主。

你笑了。哪裡會沒有主人的感覺？感覺是一種思想上的病。新社會來了，就要治病，幫助會樂裡婦女治身體的病，但主要還是治思想的病。思想有什麼病？這個問題好。思想最容易得病，病了，就不會有當家作主的感覺。當家作主說到底只是一種感覺。你聽不懂，沒關係，我好好給你講講。思想太自由不行。你看會樂裡那些婦女就是太自由散漫，做事為人好逸惡勞。在這個國家裡，自由散漫行不通，人民素質太差，凡事得管著。不管就會出問題。這麼大國家，不管不行。許諾說越管越窮，你說話像我爸，老土。你苦笑說想想社會太自由會怎樣，官員自由地吃喝嫖賭，法官自由地解釋法律，員警自由地抓人，房子自由地拆除，教科書自由地修改，常識還自由地顛覆……

你是記者吧？她問，你有學問，懂英文，有涵養，一開口帶點官腔。不像其他客人那麼俗氣……

你搖搖頭，笑而不答。

我猜你是當老師的。

我是做生意的。大生意。

你笑得像四十歲的大男孩，眼袋和法令紋都鬆弛開來。

哈哈，我不信。她笑著說，也可能是當官的，你有一種厚臉皮講故事的本領。

你從旁邊攤檔上拿來一紙袋糖炒栗子，熱乎乎的，燙得她哇哇叫，她說她請客，你攔住她的手，輕輕握在自己掌心裡。你說這也是你朋友開的，隨便吃。

攤主兩手卷在袖套裡，呵呵地陪著笑：是啊是啊。

她說厲害了，我的哥。

你們從此兄妹相稱。她也許問過你的名字，你多次敷衍過去。你也許說過什麼名字，但她能看出你編假名哄她。許諾是不是也是一個假名呢，你覺得這不可能是假的。沒有理由，你相信，你就是相信她說的。

她說你多笑笑，不會那麼凶。你說業務忙，笑不出來吶。

你又去水果攤上拿了一袋大棚草莓，說還是你的朋友，不給錢，隨便吃。她愈發崇拜你了。你要的就是這個。這種崇拜不假。

她說你該回家了，老婆會疑心的。

你笑笑。與老婆分居多久了，你不記得，反正你100年沒回家了。

告訴我，小諾妹妹，你說說看，你對未來有什麼想法？

許諾先笑了，她不想回答。你也不勉強。

她注意到你走路的樣子很特別。你左顧右盼，時刻留意周圍，好像身後長了看不見的尾巴。

無比的冷

也許是紅頭文件浸淫太久的緣故，你對紅會的人性改造力量反而有些缺乏認識。你以為這地方就是青島一瓶80元，節目高雅，小提琴，鋼琴，薩克斯風，俄羅斯脫衣舞，小姐很多是大學生，經常爆滿……紅會屬於武警管轄地盤。小姐不是遊擊隊，不服務大堂，全是包房裡的正規軍。這對你老闆很重要。你們去的是紅會最私密的頂層包廂。開一瓶12年約翰走路[1]，包廂費2800元塊，正規軍出街絕對砍一刀，一炮喊到3000塊，但傅老闆以埋單為樂，還嫌這點錢不夠顯出客人的尊貴。

傅老闆信任你，派你替他朋友老孫挑選小姐。老孫不是省油的燈，他的事蹟繁多，比方說他偶染小恙，在高幹病房，女護士為其打點滴，老孫同志左手上輸著液，右手不閑著，三下兩下就解開了護士白大褂和胸罩。老孫同志帶病堅持工作的事蹟一時傳遍了醫院上下。但那天晚上，老孫像吃錯了藥，媽咪帶著幾十個小姐進來五六回，他橫豎都不要。

你出去接了一個電話，回來臉上馬上變了色，怕什麼來什麼，許諾居然坐在老孫身邊。想必進門他早就看中了她。

---

1 JohnnieWalker12yearoldblacklabel.

媽咪解釋說她是服務小妹，不是小姐。老孫看了傅老闆一眼，傅老闆對媽咪說阿彌陀佛，都一樣都一樣。

傅老闆信佛，初一龍華上頭香，家裡供著觀音和如來，辦公室掛了許多弘一法師的墨寶，據說還有一卷無價之寶的弘一手書《金陵十二釵判詞》秘不示人。

老孫眼中滿含深情，看著媽咪近在咫尺旗袍緊裹的雙峰，再轉頭又扳著許諾的肩膀問她幾歲。她一直低頭不說話，忽而抬頭看你，看得你跳起來說有點冷得受不了。

媽咪叫人去調溫度，兩手一拍說，給老闆換一個哈爾濱美女，冰火九重天、獨龍鑽樣樣拿手。

傅老闆湊到老孫耳邊小聲嘀咕。但老孫搖頭說，我看江南妹子蠻好，什麼漏財，什麼風水，我們黨不搞迷信。

深夜，老孫把許諾帶走了。

傅老闆看出你今晚很不對勁，對你說：像老孫那樣級別的領導幹部誰沒有這點事？這不僅是生理的需要，更是身份的象徵，否則，別人會打心眼裡瞧不起領導。

你答應著。老闆拍著你肩膀說，早看出來了，你小子不是好東西。別動歪腦筋哈，你老丈人把你託付給我，我得對得起老戰友！

老闆參股了老孫侄女做法人的裕實房地產公司，與老孫這一陣走得很近。那間空殼地產公司在成立當年就通過強制拍賣買下了南浦大橋的地標萬國廣場。你沒有在約翰走路瓶底安竊聽器，你知道派不上用場。老孫即使喝得爛醉，也不會在這種場合露口風。

你打開手機，阿忠報告說老孫他們去了郊外湖邊。你一個人駕車來到郊外那間江南水鄉酒店，幾萬元一晚上的地方。你在後視鏡裡看見一個面容扭曲的陌生人怒發聳立，眼冒火星。你一個人在湖畔竹林裡吸著煙，一支又一支，四肢百骸流淌著太多燃料，差點燒了竹林。

你不能不想著在一棟富麗堂皇燈火輝煌的明清古宅內，老孫把許諾睡了，說到底這算不了什麼，老孫那個級別的睡一個夜店女同志小菜一碟，他推窗就是你眼前的同一個湖，他也會看見天地間同樣的墨色正在慢慢收攏，消褪。

竹葉上的曙色來得比晨風早，你感到無比的冷。手機震動，是你老婆，你思忖著如何把竊聽器神鬼不知地送入老孫的臥房，問老婆什麼事，她急急說爸爸進醫院了，腦溢血病危，馬上來吧。

你回車上打了一個盹，直到被阿忠的電話驚醒。

傅老闆來的時候是午前，前腳後腳，還來了一個穿領導微服私訪標配的棉夾克的禿頭，他們都進了酒店包房，與老孫共進午餐。你買通了服務生，戴上眼鏡和小鬍子，換上制服，化裝成一個形容猥瑣的領班，看著服務生把盆底安上竊聽器的松江四鰓鱸魚送進去。關上包廂門前的一刻，你看到了許諾，也看清了禿頭的面目，約摸六十來歲，紅光滿面，身形魁偉，除了牙齒發黑以外，根本與壯年人無異，目光精確猶如阻擊步槍的瞄準鏡。

當你坐在車內監聽到大信銀行、萬國廣場，直至那間著名的新華拍賣行等關鍵字，你掂量著這剛錄下的音訊檔的分量。

你聽見傅老闆說，《紅樓夢》有金陵十二釵，你老兄呢，坐擁金陵十八釵，全是金陵大學本科以上，才貌雙全……

一個中氣十足的沙啞聲音說，愛江山也愛美人。在有生之年遇上有情有義的幾個女人，是前世修來的福分。

禿頭的聲音很熟悉，你想記下禿頭坐車號牌，但在停車場竟然沒有找到。但你想起來了，在電視上見過他給全國法學系統什麼慈善法治研究會揭牌，油脂過多的臉上仍然藏不住槍管上的瞄準鏡。他是市高級人民法院副院長，深耕政法系的政壇不倒翁。記得傅老闆曾說同那老傢伙握過手，要數一數是不是少了一根手指。你眼前反復出現位於世博會黃金地段的那青銅色玻璃幕牆和輝煌的燈火，如果說南浦大橋是控制上海東南大門的一張強弓，萬國廣場就是搭在弦上的那個熠熠的青銅箭頭。

綠顏色的紙灑了滿世界

這幢破舊的四層紅磚老房子，你一點兒也不陌生。你跟蹤她到銀行存錢，一路尾隨她來到她租住的頂樓房門口。她沒有察覺，直到她拉開房門一剎那，你以擒拿姿勢撲上去，將她撲倒撕碎，她大叫，抵抗，背包飛起來，燈罩打碎，窗簾脫落，屋內塵埃四溢。你把她扛起來，扔到床上，你狠狠地打她的臉，揪著她頭髮，你罵她跟姓孫的狗娘養的出臺不要臉。除了用打罵，你想不出別的法子教訓你的女人。她嘶喊著她不是你的女人，但你瘋了。屋裡的抽泣被壓制成嗚咽，最後沒有聲音了，只有你一個人的劇烈喘氣。

從開始到結束，你都看著窗外光禿禿的樹椏上最後的兩片黃葉。

冬天的太陽從頭至尾沒有發出半點聲音。

你流著淚，身體不停地哆嗦，裡面全抽空了。

你比她髒。

醒來，陽光不見了，你發現自己躺在地板上，渾身冰冷。你起身去廁所小便，到處找水喝。一雙漆黑的眼睛如堅硬的煤塊硌著你，你又想起了某個春夜，在酒店陌生的床上，床單雪白冰冷，你好像看見一個女鬼出現，不由怔住。

許諾嘴裡還塞著毛巾。你的手顫抖著掀開被子，她的手腳還捆在一起，你在部隊裡學會的雙半結，越掙扎會越抽緊。你好半天才把她的手腳解放，遞給她一杯熱水。你摸出煙。她盯著你，接過煙和火機，笨手笨腳點著了，猛吸一口，捂著心口大聲咳嗽。

窗外只剩下最後一片黃葉了。你也點上煙，慢慢吐著煙圈。

她把吸了一半的煙扔在地板上，惡聲惡氣說，幹嘛這樣，你要的我會給你。

你出神，半天才說，想賺錢也不能在紅會那種地方。

她說，別騙我了，你以為我不知道你是什麼人。

你還是覺得冷，替她一一扣好衣扣，你說，離開老孫，你不曉得那老頭是個什麼角色！

她說，他是法官！他與你老闆是做大生意的。我還曉得你是什麼角色，從你白吃白喝不花錢起，就曉得你不是老師，你是黑社會的！

你不否認，心裡震驚，老孫是虹口法院法官，她知道得太多了。

她還在顫抖。你說別怕，我是做大生意的。老實告訴你，我做的就是把那些仇視我們國家的人從人民中剔出去，像剔除牙縫內腐爛的食物殘渣。

你等了等，不妨嚇唬她一下：人一旦胡思亂想會很危險。有可能顛覆我們國家。我們這些人就像你們的村支書，幫村裡抓漢奸。

我們村裡沒見過不愛國的人，她說，哪有那麼多漢奸？

你說，組織紀律好比是商務邏輯。我們好比古代讀書人，為官老爺服務。做官雖好，卻是一個很危險的行當，好比天天走鋼絲，保不准什麼時候掉下深淵，我們就得替老爺們看著……

她跳起來扇了你一個耳光。

打得不夠疼。你嘴角一咧，期待她下一次更重的進攻，但她放棄了。你很想幫她打開小而圓的頭顱，刪除她那一天的記憶。你揉著臉說，你缺錢，可我比你更缺。

她望著你不再說話，眼裡全是恐怖。

你從她的瞳仁裡看見你自己的樣子更可憐。你說，你怕受窮，我也是。我很窮，除了一點點權和錢。

你老闆高效率地領導一整個部門，幹的活就是刪除人的記憶。統治的秘訣就是用納稅人的錢來控制納稅人。勿忘歷史、勿忘初心都是說給這個國家的奴才們聽的，假如不刪除人的記憶，他們必然會痛苦會糾結，不利於長治久安。但你對愛國已很隔膜，對天天掛在嘴上的政治術語深惡痛絕。你能做的無非是去尋找肉體中實在的愛，儘管你也知道那種愛虛無縹緲。

你說你喜歡她。真心喜歡的那種。

你的語氣很假。你從不談愛，愛那種玩意太高級太短暫，玩不起，也搞不懂。你，太理性；愛，太理想。跟她講這些作什麼，她懂嗎，但你還是說了，這不符合職業操守，但你就是說了，你想有一個人傾聽，一個什麼都不懂的陌生人才是可靠的傾聽者。

臨走前，你往她的包裡塞一迭美金，錢當然不說明什麼。你還塞了一個偽裝成充電寶的竊聽器。你說，我負責你弟弟念大學的所有費用，海外留學也可以。還有你父母的養老送終。你還有什麼需要，告訴我。我會對你的未來負責。

她把整個包扔到牆上，綠顏色的紙灑了滿世界，僅有一種綠色的世界不好看，但卻讓人多少可以安心。你看了她一眼，心裡感到缺了什麼。

你迅速下樓，走過一排亂停亂放的自行車。眼梢像是被馬蜂蜇了一下。那個影子從車棚前一閃而過，他戴著標誌性的紅色棒球帽，繡著一個五星，深陷的眼窩內的驕傲暴露了他。

你駕車離開，一輛紅色雅馬哈摩托車尾隨著你，你放慢速度，細細觀察後視鏡。

你把帕薩特開到西郊，停在人煙稀少的動物園附近，等到周邊看不到行人，你下車走到摩托車前面，拉開短大衣，讓他看你腋下插著的9毫米警用92制式手槍。

你說，操你媽，給我滾！

摩托騎士摘下頭盔，露出紅五星棒球帽和額角的疤痕，他把臉側過去，避開你惡狠狠的目光。

你嫉妒他的年輕與傲慢，掏出手槍，槍口對著他，握感極佳，他下意識舉起雙手。

你笑了，倒轉槍柄，給了他面門一下子。他摔倒在地，但馬上跳起來，眉骨開裂。他抹著臉上血跡，撿起頭盔。他二話沒說，朝你亮出一根中指，飛快地發動機車逃走了，留下一長串黑煙。

棒球帽眼內燃燒著的傲慢刻入你的記憶。

回到局裡，傅老闆不在。你調閱了電腦檔案，人臉識別技術很管用，一個小時後，你認出了這張臉，列印出檔案資料，讓阿忠帶人去派出所瞭解一下情況。

傅老闆的臉在眼前閃動，你老闆常說在這裡沒有真相，也沒有人在意真相。你吸了一支煙，不聲不響偽造了老闆簽字，去檔案室調閱了有關港商舉報萬國廣場的絕密案卷。你知道走出這一步非同小可，知道得越多越危險，但你深深吸了一口氣，翻開了卷宗。

萬國廣場的香港開發商實名舉報高院副院長利用司法權力巧取豪奪，在號稱全國法治最完善的上海發生了令人瞠目的大掠奪。皮包公司裕實房地產公司透過新華拍賣行拍下了萬國廣場，僅僅花了2億元，又將其租給了大信銀行。而萬國廣場市值不下20億元。裕實地產實際控制人就是經手法拍的孫法官。你又聽了一遍光頭在早餐會的錄音，證實大信銀行提供了2億元拍賣款，而裕實地產的股東全部是執行庭法官們的家屬，還有你的老闆，他是港商舉報上網後最後一個入股裕實地產的高官。

離開局裡的時候，你披著滿肩的星光，回頭望著堅實幽暗的辦公樓，抽煙抽得嘴裡發苦，心裡也苦。

許諾從紅會消失了。她的手機停機了。你也無法監聽到她。你還去紅會，但她再沒有出現。

一般從女人身上找突破口

好長時間，傅老闆望著你。

你保持老僧入定式的沉默。老闆並不知道你見過那個禿頭，那個人從狙擊步槍瞄準器死盯著人，幾秒鐘時間能把目標身上燒出洞眼。

時逢市委書記陳良宇東窗事發，上海官場接連地震，一時間風聲鶴唳，人人自危。老闆對你和小秦說，你們都是跟隨我出生入死打天下的好兄弟。現在，需要你們的時刻到了。

你們從來沒見過他這樣死灰的臉色。這年頭不太平。老孫在最高人民檢察院反貪總局派出工作組約談之後，就從18樓跳下去了，留下遺書稱不堪抑鬱症困擾。某刑偵專家認為遺書有太多疑點，寫遺書的時候處於非正常狀態。工作組剛剛約談AAA信用評級的新華拍賣行老闆，當晚老闆夫妻倆在家裡被殺，家中壁櫥裡7000萬元存摺和300萬現金分文未動。工作組轉而盯上與老孫過從甚密的傅老闆，但老孫死得乾淨，傅老闆很擅長與之劃清界限。

你和小秦一起點頭。小秦站在你身後，你看不到他的表情。

小秦及時表現自己，他說那個兔牙妹是紅顏禍水。她從紅會突然失蹤了，非常可疑。禿頭的事，傅老闆始終不說。幹這一行的底線是安全，而安全來自守口如瓶。小秦也不提禿頭，大家全是心照不宣，但都猜出了老闆的心事，兔牙妹是孫法官的女人，見過傅老闆與禿頭在一起，他們的密談她也許全記住了。調查老孫之死若是摸到紅會，很可能發現她和老孫的關係。如今反貪局抓貪官有竅門，一般都從女人身上找突破口，發現傅老闆和孫法官、高院副院長之間的關聯並不難。

兔牙妹只不過是一個夜店服務小妹，是老闆您送給老孫的玩具，一個犧牲品而已。剎那間，你的心裡滾過上千個念頭。但你的表情還是一潭死水。

老闆狐疑地望著你，你一臉苦相，捂著腮幫子：牙疼。

老闆揮動肉乎乎的手，做出砍人的姿勢。

太荒唐了。老闆一生革命，大風大浪都闖過了，命運如今竟然握在一個夜店女孩手裡。你們的職責就是替他搞定，不惜一切代價。成立了行動小組，你還是組長，小秦是副手，在最短時間內找到她。小秦他們行動力很強。而你也在紅會附近社區偷偷圖租了房子，隔三岔五就去附近轉悠。你必須搶在他們之前找到許諾。你料想得不錯，許諾沒有走遠。從你發現她之後，你就開始誤導小秦他們去她老家調查，打發得越遠越好。但你沒想到道上眼線這天帶給你一個消息。局裡串通地鐵幫搞你的人竟然是小秦。

你花了多少心思才來到水月路。不能讓小秦壞了一盤棋。你控制不住情緒，虎著臉警告小秦不可隨便動用黑社會壞了紀律。

小秦看著你，首次頂撞你說，這事你管不著。

他不是你手下了，歸傅老闆直接領導。這座城市一般不產生一把手，你小富即安，樂於做第二把手。但小秦不是。農村出身註定他要消滅這座大都市的比較優勢，他天生的自卑感也必然要摧毀官僚體系的內部平衡。

你回到辦公室，打電話找來了阿忠，加油添醋把事情告訴他，重點在於阿忠即將隸屬于小秦領導。阿忠滿臉殺氣，摔門而去。午飯前走廊裡人聲鼎沸，你聞聲趕到小秦辦公室，看到他躺在地上，脖子被絞在阿忠黝黑多毛的腿下面，發出斷斷續續的哼哼，臉上血跡斑斑，看來鼻樑骨斷了。

傅老闆大發雷霆：怎麼能對自己同志下這麼狠的手？不忘初心吶，你們辜負了党的教育培養！

老闆顯得十分痛心。他揮手趕走了阿忠等人，把你單獨留下來，拿出香港寄來的雪茄煙和紅酒，這煙很苦，這酒不酸。他指著牆上的法師真跡說，你曉得麼，弘一法師和李叔同不是同一個人。

你沉默。

老闆從卷宗取出一張照片，丟在你面前，夏律師寫給女兒信的高清照片，你如遭電擊，全身麻痹。

老闆像研究解剖臺上的死屍那樣端詳你老半天，才說，剛來報到的你也不是現在的你。他親自把你招進來的時候你年輕活躍，愛惡作劇，現在你沉悶無聊，內斂憂鬱，如同一塊萬年的石頭。你說這些年你沒閑著，想了許多問題。

石頭在風沙裡刺耳地摩擦。

老闆說，夏律師不聰明吶，我們想把他改造成我們的同志，他卻一意孤行，甘當人民的敵人。他剛剛確診晚期肝癌。可惜！

去得早與晚的一點點事情

女人在電話裡罵你沒良心，你岳父全身癱瘓，伴有高血脂、糖尿病、高血壓等。你說你馬上去醫院。女人說殺千刀你說馬上多少次了，哪一次做到了。你說這次一定做到，否則出門被車撞死。

許諾猜到了：你老婆。

你收線，轉移話題問她：你想家了？

許諾黑而硬的眼睛又硌著他了：你怎麼知道？

你看著她說，誰不想家呢，我不想，因為我沒家，或者說，有家難回。

她的眼神柔軟下來：這些天我老做同樣的夢，很奇怪，老家的路是一條太陽升起的河流，我戴著帽子，沿著河回家去，路上淨是些白色老房子，金色的草，小時候養過的黑兔子白兔子，搖搖擺擺的大白鵝……

你說，看來今夜我來得不早也不晚，正是時候。讓我帶你回家吧。

她的眼睛裡透出善意的笑。她是信任你的。你開始放下心來。

可惜，在水月啤酒花園的這個春夜註定是最後一夜。你被許諾描述的回鄉之路震撼了。

許諾離開紅會後，從紅衫換成黑衫，配以粉色連衣裙，還用一頂法式女帽藏起了長髮，你注覷著帽上的血紅色緞帶，她怎麼與你想到一處了呢，而且，她補上了門牙豁口，這讓你丟了三魂七魄。

不會有人比你更痛恨你自己，痛恨自己的虛偽和詭計。全是為了接近權勢，你展開全面手段，追求一個革命老幹部的女兒。可是，當你把「我愛你」三個字對著兔牙妹說出來，腦袋裡卻一片澄明，你想，即使她不是高幹的女兒，即使是一個門房老大爺或者民工的女兒，你還是要娶她。你不願意有欺騙你老婆的主觀故意。但在這個兩千萬人口的城市裡，住著超過兩千萬的孤獨者，找到一個你愛的人偏巧她也愛你，而且還能一直愛下去，概率渺茫得很。你喜歡你老婆不純粹為了她的大牙縫，你愛上了她那刷了一臉糨糊的父親——你岳父，對被搞大了肚子的女兒先厲聲訓斥，再哀聲歎氣。老頭子世事練達，早就洞悉你的目的，但對愛得死心塌地的女兒也不得不妥協。他一面安排女兒打胎，一面替你謀差事，讓你跟著傅老闆混。岳父革命戎馬一生，只有在這件事上被人革了命；你老婆名牌大學畢業，在國營保險公司做精算副總，只有在這件事上被你精算了。

過了好久，你才說，抗戰前後，會樂裡最有錢的是惠英老九，屋內傢俱全是龍頭龍尾，披著金燦燦的龍鱗。十號的筱雙珠、十二號的小玲瓏、二十二號的梁紅玉都比不上，但最紅的是二十號的克雷斯阿六，長三堂子的名妓裡只有克雷斯阿六叫洋名，講好幾國外語，一時門庭若市，紅極一時，後來，她呢？

你望著她，她埋頭嗑瓜子，你只看到她的帽子，看不到她的眼神。

你用一句話鋸開她的保護層：還不是一樣人老珠黃，一身重病，死在街頭。

或許是最後的春夜的原因，你的目光出奇的溫柔。你說遇見夏律師你才放棄內心的抵抗。你親手把許多好律師送進了監獄。大抓捕發生在那一年一個寒冷的午夜，你們沖進了夏律師家帶走了他，你避開了他妻子的抗議與蔑視，卻無法抹去那個女孩煤塊一般黑而硬的目光。耶誕節前，在看守所，夏律師偷偷將一封家書塞在你手裡。夏律師相信文質彬彬的你沒有白讀書，相信你對他家人的照顧處於良心上的愧疚，但他錯了。等到你將信交到他妻子手裡，他們的女兒已經去世大半個月了。

她還在嗑瓜子，你研究起帽子上的緞帶，血紅色緞帶紅得似乎馬上可以點燃。

你說夏律師是你一輩子所敬佩的好漢。現在他活不了多久了。

她的眼淚磕下來了，順著鼻測流向嘴角，你發現她的鼻樑很堅挺。

你說，我以為人生難得是糊塗，我以為各人自掃門前雪，我以為有錢有權無所謂是非對錯，但幾十年來，心裡始終沒有平安，好像得了抑鬱症似的，這一切都得結束。你話鋒一轉說，他們正在找你。必須儘快離開這裡。

他們？

他們想要你的命。

怎麼可能？我命賤，誰要！

他們！

他們的惡，超出你的想像。你看著她說，你必須信。我是你厲害了的哥。

說完，你對自己感到一陣噁心。因為你也是他們之一。你從Bridge皮挎包內取出一個信封，放在桌上，裡面是假身份證，假護照，飛往深圳的電子機票，一迭現金，銀行卡，手機卡，還有一張深圳酒店式公寓的房卡。

到時候你就清楚了。

我不信我不信。你是個騙子！她拼命拒絕。

你沒有害過人，但他們不是。他們的血管裡流著的是仇恨。你說得很慢很重：小妹，我當你是我妹妹，你只有相信我，因為我不能再失去你。那樣，我什麼都沒有了。

她在抽泣，你輕輕握了握她的手。你說，別再用你的手機。記住。

你的臉上疼起來，眼梢又被馬蜂螫了一下。

那個從她背後一閃而過的影子，紅色棒球帽和驕傲暴露了他。這裡不是地鐵幫地盤，他也沒帶馬仔。左手藏在身後，掐著後腰皮帶，好像隨時預備抽出一把匕首，你看也不用看，曉得那上面盤著一隻白虎刺青。東哥是小秦指派盯你的，但事情不簡單。桌面上有一塊巧克力蛋糕碎屑，你用手指去撣，撣了個空，那只是實木檯面上的一個結疤。對你效忠的部門來說，你現在變成一個無法抹去的結疤。

你擦去頭上的汗，背心全濕透了。你像終於爬上了山頂似的。該下山了。她在你背後問你的名字，你停頓了一下，回頭看她一眼。在她複雜糾結的目光裡，你一個人走出啤酒花園。

站在水月路上，像一個心虛的叛國賊那樣，你後悔了。你還是來晚了。小秦的人在四面八方卡好了位子。他們來得太快！你掏出香煙打火機，你在猶豫，甚至還在找小秦受傷的臉，但你失望了。

你仍然有一張底牌在手。你可以儘快離開。你退掉了出租房，銷毀了一切你逗留過的痕跡。把精心剪輯過的錄音和文檔做成副本交給老婆，囑咐她藏到娘家。而正本就在你身上這個義大利Bridge皮挎包內，還有兩本護照，一本中國，一本香港，貼的都是你的照片，但名字是陌生的。如果去南站做出搭高鐵的假像，從東南門進，從西北門出，阿忠開著一輛大眾計程車在那裡等你，天亮時分你就會在深圳；更為安全的做法不如金蟬脫殼，直飛香港，教他們去深圳撲一個空，而你會轉機直奔大洋彼岸自由世界。

可是，許諾還在場子裡，她對外面的狼和狐狸一無所知，你不能拋棄她，你拋棄的太多了。傅老闆家人赴美和財產轉移美國都是由你經手，你若離開他必不肯甘休。當初夏律師也是這樣孤立無援，如果是夏律師，他會怎麼做？你誰也沒告訴，永遠也不會說。你把夏律師的女兒帶到酒店，那個春夜，女中學生躲在雪白冰冷的被單下，你嫻熟地剝除她的衣衫，不敢多看那蒼白的身體，還是個未發育完的孩子。但你沒忘記給她拍裸照。你毛手毛腳辦完事，發現還不如吸一支煙快樂。你在桌上留下一迭美金，她眼裡轉著淚珠怯生生地追問幾時爸爸回家，你說很快。你走得飛快，從此躲著不見她，直到你將夏律師的信交到他妻子手裡，得知女孩已經跳樓自殺。你好言安慰女孩母親，假到連你自己也信是真的。假到連你自己也不信你對夏律師女兒做的事。

在世間，死亡其實也只是去得早與晚的一點點事情。在他們都跳下去了之後，時不時有一雙煤塊般黑硬的眼睛逼得你也往下跳。對於你這樣身負特殊任務的人，死亡可以變成像來水月花園喝酒這樣偶然的事。你拉開襯衫衣領，寒風勁吹，生出走投無路的悲憤。這裡沒人相信別人，也沒人在意小人物的生死。人人都在趨利避害，無人承擔那些害。如果今天就是生命最後一天怎麼辦，答案千奇百怪，但此刻你什麼都不會做，只望能看到一雙煤塊般黑硬的眼睛。

別去得太早。你打消抽煙的念頭，舉步穿馬路，重新走回「依法治國」四個大字。黑魆魆空蕩蕩的水月路震顫起來，如同飛機起飛發動機轟鳴，大燈光彷彿無數刺刀迎上來，你來不及舉手遮擋，也根本不躲閃炮彈般襲來的一輛大卡車。

你像一張紙片那樣飄起來；貨運卡車的輪胎發出吱嘎尖叫，駕駛室內白霧茫茫；卡車頭只是制動了一下，哭泣般震顫著，重新加速，朝右拐彎消失了。

寥寥幾個行人發出一片驚呼。

你口唇枯乾，大腦空白，四肢好像消失了。一個戴棒球帽的人與著粉色裙子的許諾一起走出弄堂口，棒球帽扣著她的手腕，棒球帽上面的紅五星和法式女帽上面的紅緞帶都在黑暗裡燃燒。走過中學校門，許諾朝你這裡看了一眼，你看不清她的表情。你對她聲嘶力竭地喊：他們來了，從後門走——

沒有人聽見。

那個男人躲在帽檐陰影下。你嫉妒那年輕的傲慢。

從前你也是那樣讓人嫉妒。

越來越多的人圍攏來。

一些你熟悉的臉。

皮挎包帶子斷了，一隻手迅捷地抄起挎包，不見了。

你餓了，盼著許諾也會飛奔過來。

你對她說，看，桌上兩碗熱騰騰的麵條。

你說你只會下麵，但不會拉麵。

她說，比日本拉麵棒。

你說，忘了放香菜。

她說，不加亂七八糟，味道更正。

你說可惜是買來的鹵牛肉，下次自己做白切牛肉。

她說小時候爸爸常做焖肉面，永遠忘不了家的味道。

你說張家港紅湯焖肉面真好味，多想嘗嘗她爸爸的手藝。

她低頭吃著，笑得無聲。

你面前的大碗剩下半碗麵湯，
她門牙間還是深深的縫隙，沒有工於心計的填補。
千萬不要破壞這一刻的安寧。
你很快樂，沒有人要求你什麼；
自由就是什麼也不用刻意，
由著暗紅色的生命液體源源不斷地流淌在路面上。
你像折斷的樹木倒下，
一片黑暗崩潰之後，你的眼睛亮了；
你看見回家之路是一條太陽升起的河流，
一個女孩在對岸，戴著法式寬簷女帽，
白房子，黑兔子，白兔子，金色的草，
搖搖擺擺的大白鵝……
早晨的事物一個一個壯麗起來，
空氣是新鮮的，透著真。

寫於2020年5月30日墨爾本鷹山

瘡災篇

影子從牆上落到地上

1 占了兩邊便宜

年輕男醫生以溫柔的眼神望著打針護士，他們熱切地聊著電影《知音》，講到蔡鍔和小鳳仙如何一見鍾情，女護士講醫生長得像蔡鍔那麼帥（電影裡的還是歷史上的，我很好奇，但不敢問），她嫵媚的勁頭彷佛這裡變成了北京的八大胡同。

蔡鍔醫生拿看小鳳仙護士的眼光注意我坐在角落，眼神就變了，當然，他也沒忘記查看我的病歷，查看我腿上的創面，那個瘡長大了，破了，爛了，臭的很。他皺起眉，連鼻子也起皺了，他瞟著我問：你叫喬賓？

我點頭很慢，怕這個名字引發什麼問題，那是一個名字不當會帶來許多麻煩的時代。

我記得我是坐在長安路地段醫院診室內，西北風拍打著窗戶，像一個罵街潑婦在外面一股勁地喊著我的名字，那是一個很冷的冬天。我幾乎坐不住椅子，好像馬上要翻窗逃走似的。其實屋裡很舒服，空氣暖洋洋，飄著一股甜香，屋中央小火爐連著一個長長的L形鐵皮煙囪，上面燉著的不是鋁制飯盒裡的針頭，一小砂鍋香噴噴的年糕粥熬得突突冒泡。我嘴裡含著一支水銀體溫計，不方便我咽口水，也生怕不小心咬碎了，吞下水銀會死的，我媽說的。我媽極其不願意談到死，死是最可怕的，但我覺得還不及屁股打一針難受，或者小腿上長一個瘡。當時我才上小學，對死的理解僅止於此，不如打針來得具體生動。

蔡鍔醫生又問我：小朋友，為什麼老皺眉？

醫生的態度變柔軟了，但還是保持威嚴，有點像我的班主任老師，他依然皺著眉，他也許是不明白我為什麼不來看醫生，直等到創面爛到不可收拾。我的父母太不負責任了，但我知道不是這麼一回事。我父親長年不在家，而我母親既當爹又當媽，很多事都顧不上。我嘗試放鬆眉毛，但眉毛不馴服。我沒想小小到眉毛也會惹麻煩。地段醫院的醫生一定把我當成安西學生了。我第一次意識到原來從小我就思慮過度，愁眉苦臉。不開心不是因為一個腿上的瘡，不開心也不是因為我的錯，我生在安西與安東之間的地方，既不屬於安東，也不是安西，那不是我的錯，誰也無法選擇生在哪兒。

在上海地圖上，長安路兩邊的安東安西這兩個牙籤頭大的地方，聽我祖父講1949年之前是一大片看不到邊的亂墳灘，時常出現打悶棍背娘舅的事。祖父知道得很詳細，但他不願細說。每當我向其他，眼前就會出現他握著鐵勺炒菜的場景，他的手腕上有一個鐵錨刺青，後來我得知杜月笙的手腕上也有一個。假如說舊社會裡祖父就是幹這個營生的，他會是拿棍子呢，還是背麻袋，這個問題我不敢直接問他，但父親堅持說你爺爺是警察。當過國民黨警察的祖父是脾氣很大的北方漢子，花園口決堤，從河南一路南下逃到上海；祖母是一個碎嘴的本地七寶人，嘮嘮叨叨，哭哭啼啼，偷偷給我和妹妹塞糖吃，這些自然元素註定了我生來就不屬於這裡。

安東安西的居民大半都是蘇北人。長大後，我得知蘇北人他們初始搖著小舢板從蘇州河進上海，在河灣港汊停泊，上岸拾荒、打短工。日子一久，棄船上岸，在亂墳灘頭落腳，去蘇州河沿岸工廠謀生。安東安西棚戶區慢慢形成。幾十年後，一條褲帶似的大弄堂貫通南北，一個小菜場旁的公共廁所像一個皮帶頭佇立在弄堂中間。皮帶頭以南，明明在長安路的南面，卻叫做安東；皮帶頭以北，在長安路的北面，則是安西。我覺得這裡的地理從一開始就是混亂的。安西往西是中山西路和大孚橡膠廠，安西往北就到了發臭的蘇州河，唯有安西安東往東端莊些，一眼望不到頭的南北鐵路線和老舊的西站。如果把這裡形容成上海灘的腹腔並不過分，安東是比較短的大腸，而安西則是漫長曲折的小腸。

長三小學位於小腸開始部位。我想不起當初如何進入長三小學，在上海話裡，發音宛如長衫小學，這裡小學生不穿長衫，相反，父母大多數都是賣苦力的短衫黨。安西棚戶區擠滿了灰頭土臉的百姓，遭到同樣短衫打扮、同為蘇北後裔的安東百姓極大看不起。安東和安西同時都忽略了他們出於租界越界築路的最遠端，同屬於上海的下只角。他們熱衷於在長安路的南北兩側分出上下兩隻角。

我家不是蘇北來的，喬家老房子在長安路的北側，緊挨著大馬路，處於上下兩隻角的分界線。安東人談論安西下只角時，自然而然把我算在安東；安西人咒罵安東人屈死鬼，也順便把我歸入安西，恰如我不是蘇北人，卻好像偏偏天生占了兩邊的便宜，久而久之，我弄懂了，原來自己是一個局外人，以至於我做了一輩子的局外人，這是後話。

2　既有中心也有思想

我正在看窗外不定性的雲，想著把教室改建成我所愛的樣式。我想到一個絕妙的點子，在教室後面黑板報牆壁後面修一道牆，攔出一間密室，只放一張小床，容我和一個女同學睡得下即可。我可以躺在牆裡面的床上聽課，老師同學絕不會察覺。該讓哪一個女同學和我一起同床共枕呢，由於兩人要天天抱在一起，看窗外淡淡的雲和不知道名字的樹，度過冗長無聊的課時，這個問題變得十分重要。

這一片秘密天地是我的；我也像超出了平常的自己，到了另一世界。我愛熱鬧，也愛冷靜；愛群居，也愛獨處。縷縷清香，仿佛遠處高樓上渺茫的歌聲似的……我的下身有一絲顫動，像閃電般，霎時傳過教室的那邊去了。猛一抬頭，我不覺與講臺上的王老虎四目對視。

我的腿不由自主哆嗦，然後直立，我的舌頭也哆嗦，請求老師再說一遍問題。通常在語文課上王老虎不會叫我回答問題，但那天該著我走運，她心情不好，一連兩個同學站起來都回答不上來，一塊黑板擦甩過去，濺了第二人一臉白灰（她不會扔粉筆頭，威懾不大，對眼力和腕力要求太高）。我一定是忍不住笑了，笑得太得意，我同桌那個女生注意到了，這些不尋常的細節讓班主任面無人色，她冤枉了我，我不是笑她的黑板擦沒準頭，我笑的是我的密室計畫，但她毫不猶豫點了我的名。

關於《荷塘月色》的中心思想，我在想……與我同榻的女生到底該是陳荻還是姚佩華，我的思緒如同月下幽僻的路，白天少人走，夜晚更加寂寞，繞著教室後面的密室和密室裡的床，妖童媛女，蕩舟心許。陳荻機智靈敏，姚佩華溫婉善解，都很漂亮，但各有各的長處，我喜歡姚佩華多一點，姚佩華這學期對同桌說喜歡與我同桌，搞得那新同桌火冒三丈，那個同桌就是老師最頭疼的班級一霸國平，揚言要擺平我。姚佩華成績一般，家庭出身普通工人，陳荻名列前茅，父母在劇團工作，實在很難決斷。鑒於班上相貌夠標準的佳麗候選太少，我考慮將2班、3班的列入一個加長名單。我在課堂裡的思想彷佛朱自清說的樹色，一團煙霧。

所以我回答說，朱自清一個人在月下繞著荷塘溜達，走到哪想到哪，沒什麼中心。

王老虎沒有把我的書扔在地上，也沒有罵人，但這節課，她的臉色也像月下樹色陰陰的。我承認我喜歡說話，上課說廢話，說出人意料的話，但那一次完全是無準備的迫不得已。

外面有人叫「王荷月」，她放下粉筆，瞪了同學們一眼，用手指一下我，就出去了。我知道我有中隊長的職責，幫老師保持課堂肅靜，然而，我無法約束唧唧喳喳的班級，班聲爆發之後，猶如校外的所有攤販男女老少全都扛著傢伙混進了課堂。我右小腿的爛瘡有些疼，又有些癢，我害怕稍一用力，創面會迸裂。

野豬仰著頭捏著嗓子叫了一聲「王荷月」，課堂裡突然鴉雀無聲。隨後，有人罵野豬我找死呀。班級裡又是一片吵吵，聲音比先前更大。大家都似乎在等著副班長女出面收拾天下。但我分明看見喬賓笑嘻嘻的甩著手，沒事人似的。我很生氣，愈發不想管了。

我忘了交代，班上共有兩個喬賓，性別相反。喬賓這個普通名字在班上變成一個無人使用的中性詞，就因為有兩個同名同姓的喬賓，我是那個男的，住在長安路；另一個女的，住在校門前。她家的門對著學校。她也是班級前三甲，成為我學習上的競爭對手，這學期她還當上了副班長。同學們為區分清楚，一概用職務稱呼我們倆，我是班長，她是副班長，因此我們這個班級在全校成了最重視行政職務級別的地方。

女喬賓個子很高，達到了班上留級生的高度，坐在最後一排，每次都是在後面監視前排我的後腦勺。我對野豬說，古人說芒刺在背。

野豬順著我手指，頭扭向後面，恰好撞上女喬賓的注視。

我說，懂了嗎，就是這意思。

彥子從後排竄上來附在我耳邊說，記得《長衫守則》嗎？

長衫？我還在發愣。

彥子又說，作為好學生，要麼說好話，要麼不說話。記住。

長衫小學是有秘密的。雖是一所位於蘇北人群居區的普通小學，但長衫小學生的智慧超過了許多重點小學。一些高智商的好事者在畢業前總結了十條《長衫小學生文明禮貌守則》，因為某些原因，從來沒有寫在紙上，倒是年年在每個年級間偷偷傳講，流傳至今。我有時候很蠢。彥子及時提醒這秘密守則，使我恍然有悟，班主任王荷月的名字不是恰恰說明了她為什麼如此重視《荷塘月色》。朱自清老人家既然給我老師起了大名，這文章當然對老師既有中心，也有思想。

3 這個班級的學生警惕性特別高

上學前我發愁要不要戴紅領巾。普通同學常常不戴，但我是掛著兩條杠的班長，必須天天向上。戴了，要不要戴端正呢，小隊長們都戴得歪歪斜斜，那樣才帥，但我是中隊長，按班主任的話，我是全班的學習榜樣。行事為人都要像一個共產主義接班人一樣端正，而且校門口天天有人執勤，檢查紅領巾佩戴。我趁著媽媽不注意，在大衣櫥鏡子前照了又照，把紅領巾擺正在榜樣的位置。等過了校門口檢查哨，我就把紅領巾扯歪了。

野豬和彥子在走廊另一頭等我，我看了他們一眼就笑了，他們的佩戴方式同我一模一樣。我帶著這兩個好朋友走進教室，好像司令帶著兩名副官，幹部的榜樣力量自然來了，我們走得慢，走路姿態很端正。我們朝四周一看，有的紅領巾是歪的，有的根本沒戴，男生的紅領巾全髒兮兮的；只有女生戴乾淨，而且戴正了，戴得最端正最乾淨的是副班長。我臉紅了，好像一個女生。

我當上班長不光因為老師喜歡我文靜、成績好、像女生，還因為同學們愛戴我，不是我長得帥，作文寫得好，給人抄作業等等，而是因為我是一個故事大王。80年代初沒什麼讀物，課間同學們無論安東安西，無論男女、留級生還是好學生，老愛圍著聽故事，那些故事總是從《少年文藝》、《水滸傳》、《三國演義》和《三俠五義》上開頭，然後七扭八拐，離題萬里，一忽兒科幻，一忽兒童話，一會兒反特，一忽兒冒險，那些最原始的粉絲們喜歡的、也是我講起來最忠實於原著的是《書劍恩仇錄》和《萍蹤俠影》（從長寧電影院門口書販手裡高價購得的地下翻印本），當時誰也想像不出世上還有武俠那種快意恩仇的生活，整天不用讀書，盡琢磨著打群架談戀愛。

這個班級的學生警惕性特別高。所有人一邊聽故事，一邊緊張地回望教室後門。後門上有一個小窗戶，一般在故事緊要關頭，會出現一張嚴厲的面孔，看不到頭髮長短，銳利卻飄忽的眼神，嚴肅的面部表情，凝固在窗框裡，活像一張中年男人的遺像。這女生男相的人馬上會出現在教室門口，捋一捋短髮，她是班主任王老師。某次班級集體去看香港電影《王老虎搶親》，我把王老師叫成了王老虎，王老師與王老虎同姓本家，且作風頑強有過之無不及，久而久之，班上背地裡都隨著故事大王管她叫王老虎。但是，學生們愛戴王老師是一個不爭的事實，我只給我特喜歡或特憎惡的人起綽號，王老師對學生特別嚴格，特別愛這個班，所以，大家都願意委託副班長做代表來表達對老師的愛意，前文說過副班長也叫喬賓，卻是女的，這一直讓我如蛆附骨。

王老虎上作文點評課，我的作文照例被老師指定為範文。我說錯話後，心情糟透，再也不願在課堂裡發聲，王老虎背著手板著臉，命語文課代表朗讀我的作文，但課代表的普通話實在太上海化，她讀得越起勁，我的頭埋得越深。我情願讓數學課代表陳荻來讀。可是，陳荻是教導主任喜歡的學生，班主任一般不讓教導主任的人干涉班級內政。第二篇示範作文還是我寫的，王老虎可能也意識到了什麼，她叫副班長起來讀，女喬賓朗讀之前還深情地望了我一眼，作為男喬賓，我恨不得立刻拉響下課鈴。

平心而論，王老虎非常親民。開學初，她從鄉下度假回來，一手舉著本子，另一隻手背著身後，在課堂上來回踱步，朗讀她親撰的散文。瓜田李下在老師的聲音塑造下變成了世外桃源，她拿著盛米和爛菜皮的碗，在竹籬瓦舍間，與土雞們一同散步；剛出生沒幾天的小雞，老師把它們放在手心裡輕輕呵護；即使小雨紛紛，老師還是依依不捨親愛的小雞們……

讀完自己的大作，老師拿出一袋水果糖。同學們就像那些雨中瑟瑟發抖的小雞，多麼需要王老師的愛心分享。凡是點到名上去領糖的同學都像是領三好學生獎狀那樣神氣。我照例是首先拿到糖的一批人，由此我須將成績維持在前三，但我當時總是能做到，不費吹灰之力，我也搞不懂為什麼。直到升入重點中學，我再也沒能進入前三甲，甚至連前十都很難擠進去，我才發覺長衫小學前三甲原來是一場夢。

王老虎的水果糖是另外一些學生的噩夢。凡是沒有吃到班主任水果糖的同學都眨巴著眼晴咽口水。好哥們野豬，長了個大豬腦袋，不管怎麼努力，成績總是紅燈高掛。後來，他嚴詞拒絕上去領王老虎的糖衣炮彈（通常也輪不到他），他嘀咕：早些年……我爸說要是早些年，肯定把王老虎架出去遊街示眾，頭上還戴一個高帽子！

他的說法不公平。我爸也是老師，也戴過高帽子，聽說鼓勵給共產黨提意見，百家爭鳴那時節，我爸頭腦一熱，也給學校領導提意見，師範一畢業就給發配到郊縣中學，至今還回不來上海。王老虎的確為班級操碎了心。她常常帶病堅持工作，親自部署同學們「一幫一、一對紅」，親自指揮大補課、大掃除，年年評為先進班主任。校長常說這樣的班主任是我們學生的福氣啊（校長的發音此處「啊」要拉長三拍）。

4 既不是安西人，也不是安東人

放學又逢雨後，我同野豬和彥子去城堡玩。我常常同朋友來尋寶，能夠找到彈珠、鋸片、彩色玻璃、爛草繩和破玩具之類好玩意。

城堡並沒有城堡，在長衫小學教學大樓後面，就是一小片空蕩蕩的泥地，雨後不好走，猶如一艘沉沒入湖底的船，裝滿了樓上窗戶扔出來的各類垃圾，僅靠東南角一株不知道名字的大樹好似錨鏈拴在碼頭上。在大樓和大樹的夾持中，城堡整日背陰，寸草不生，靠牆卻長著一溜高過我腦袋的蕨類植物。當我不喜歡和人講話的時候，就來這裡與植物對話。一次大雨後，我雙腳陷入泥濘，掙扎起來，滿身滿手是泥，以致雨後我不敢去那裡，除非穿上黑色大套鞋。

這次，野豬果然陷入泥沼，肥臉上肌肉扭曲，汗珠子滾動。

我對野豬說，戇度[1]，連走路都不會了。

就我一個人穿著套鞋，野豬說，走路無非是一腳前一腳後，誰不會？

報應來了，話為說完，他另一隻腳也立刻陷進去了。

彥子個子最高，但很機靈，他腳底像抹了膠水黏住似的，在入口處水門汀上不進也不退。

我聽到「小孩過來」的喊叫，起先還以為聽錯了，這裡沒人來曬太陽，也沒女孩子來跳繩。喊聲提高了分貝，人臉在蕨類植物巨大葉片間晃動，我不想理睬，但那個聲音似乎有一種班主任似的權威，把我一步步拽過去。

那裡蹲著幾個人，我都不認識，只有一張臉有些熟悉，野豬高叫了一聲「楊白勞」。那張臉笑了，唇上已經長出一圈黑毛，他是年級裡最著名的留級生楊明華，綽號楊白勞，因為他的左臉頰上有一塊白斑。

楊白勞站了起來，他比我高出一個頭，鐵塔一樣，他用著名的鬥雞眼瞪著野豬，直到野豬不得不低下頭去。楊白勞朝我招手，白眼珠瞪得比牛眼還大，白斑變成了金黃色。

1 滬語：傻瓜。

彥子突然大叫一聲。野豬拔出一腳泥，倒退著往回走。

可我邁不出腿，我嚇壞了。我想到口袋裡還有媽媽給的零錢，楊白勞經常敲詐低年級。你是3（1）班的？楊白勞口氣很凶。

旁邊不止是誰在打圓場說，人家是班長，好學生。

打圓場的是高年級的，也可能是鄰校的，反正那人長得也不像好人。我跑不掉了。後面又擠進來一個小個子，個頭與我差不多，外套裡露出大敞口花襯衫，手裡抓著一個香瓜子三角紙包，我頭皮發麻，最不想見的人出現了，班級一霸國平笑嘻嘻嗑著瓜子，他不開口，等於證明了我就是王老虎喜歡的學生。

他是安東的。不知道哪個多嘴的又插了一句火上澆油。

我急忙說不是，我住長安路那邊。

國平吐出瓜子殼說，赤那，那就是安東。

我要永遠記住國平落井下石的賤笑。《守則》第二條大意說安西學生要盡可能地修理安東學生，因為他們不謙虛不友好。憑什麼呢，安西安東還不是一樣是髒兮兮的腸子。楊白勞和國平等在場的人清一色全是安西人。我很尷尬，我強調說，我不是安東的！

楊白勞與國平相對而笑。

我既不是安西人也不是安東人，什麼也不是，這就是我的錯。如果老師喜歡修理差生，那麼差生就喜歡修理老師喜歡的人。這是《長衫小學生守則》第八條。我是一個老師喜歡的好學生，面對這麼多老師不喜歡的差生大聚會，看來在劫難逃。

有人扯我的衣服下擺，我回頭發現野豬堅定地站在我身後，這才是好兄弟的樣。彥子還在城堡入口處磨蹭，眯著眼向樓上看，有時候彥子就是太聰明。

楊白勞一把揪住我領口，紅領巾抽緊變成了上吊繩索，我喘不上氣。他笑著說，你們班主任喜歡發糖，話梅糖還是大白兔奶糖？

彥子還站在原地，對我大叫：第七條第七條。

我不想理彥子，我早忘了第七條守則，想也想不起，但舌頭不聽話還是說：水果糖。

拿來。一隻手攤開在我面前。上面圓珠筆歪歪扭扭畫了一隻王八。

吃完了。我說的是老實話。

那就拿錢出來，馬勒戈壁[2]。楊白勞要的就是糖果。他也說老實話。

我松了一口氣，但更緊張了，怕他發現我口袋裡的零錢。我想大叫呼救，王老虎若是在語文教研組一定能聽見。但向老虎求救太沒面子了。我還沒喊，三樓窗戶口多出了不少男男女女，朝下面使勁伸長脖子，同學們的出現阻止了我更多不明智的企圖。起碼，我不能失去班長的尊嚴。因為我還看到了副中隊長女喬賓笑嘻嘻地在樓上朝我眨眼，她的瓜子臉，白皙的皮膚，全都令我討厭，忽然不知從何處我萌發出一股大無畏的勇氣。不能在女喬賓面前丟

2 上海方言，意為媽X。

人。她老是逼著我放學後一起出壁報，害得沒法去三角花園踢球。

我對楊白勞說，你沒看過《書劍恩仇錄》吧。

楊白勞生氣了：誰沒看過？

他手上反而放鬆了些。我吃准了楊白勞肯定沒看，因為他老留級，基本上一個文盲。我說，我爸是武術隊教練，他教過我功夫。霍青桐的功夫。

我沒騙他，我爸爸早年靠邊站，沒課可上，就帶了一支中學武術隊到處表演長拳、太極拳、單刀對雙鉤之類。我沒正規學過，但好幾年我都是武術隊訓練的忠實觀眾。

活青銅？馬勒戈壁。楊白勞笑得犬牙都露出來了。

旁邊幾個人也來興趣了，紛紛要我露一手。

我說，一對一單挑，武林規矩。

楊白勞鬆開手，不相信似的打量著我。

國平把香瓜子放入褲袋，湊上來說好好好，我做公證人。一對一，不許賴。

我說楊白勞是留級生，比我高比我大，那樣比不公平。怎麼比？楊白勞朝掌心吐著唾沫，有點糊塗了。我要楊白勞站樁不動彈，如果能把他推倒，算我贏；推不倒，就是輸。這樣比雙方都不會受傷。楊白勞有點猶豫。國平笑嘻嘻對他說，赤那，你這麼高這麼壯，還練過長拳，站馬步還不會！

楊白勞馬上點頭同意，脫掉外套蹲下來，紮紮實實來了個馬步站樁。

我繞著楊白勞轉了三圈，楊白勞起初還跟著我扭脖子，脖子扭得酸疼，嚷嚷快點快點。轉到第三圈，到了他背後，他還在嘟囔，我抓住他雙肩，右腳大套鞋鐵錘似的朝他腿彎裡使勁一踹，兩手同時向側後方用力一拉，楊白勞膝蓋一軟，啪嗒仰面摔倒。地上全是泥漿，他立刻滾了一身泥，往臉上一抹，成了大花臉。好不容易狼狽爬起來，還沒忘了訕訕問我這是什麼招數。

我得意地拍拍手說，擒拿。

楊白勞說不行不行，你耍賴，重來重來！

國平一把拉開楊白勞，親熱地湊到我跟前，說一定要學一招。

我不屑地說，馬步還沒練好，怎麼學擒拿？

國平扭頭，指關節敲打著楊白勞的頭：馬步還沒練好怎麼學擒拿？

我和野豬、彥子離開時，那些人正在國平帶領下，開始練馬步站樁。

楊白勞一個人呆呆地望著我們，還在用衣袖抹著臉，嘴裡念念有詞。

我右小腿上的創面又癢起來，在醫院裡塗了一種藍色油膏，冷冰冰的藍油，果然很管用，創面開始癒合，有時候會非常癢，好像城堡裡所有的螞蟻都集中爬到小小的創面上大行軍。

5　榮譽這麼容易使人上癮

彥子摟住我肩頭大笑：沒想到喬賓武術這麼厲害。

我躲開了，又想起來什麼，忙問彥子第七條是什麼。

彥子記性好過我，嬉皮笑臉地解釋秘密文本《長衫小學生守則》說，安東學生要盡可能地修理安西學生，因為他們不文明不禮貌。這條寫得不好，我們安西哪有不文明不禮貌？

我說，我又不是安東的。

彥子說，那你也不是安西的。

我無助地望著野豬，野豬很爽快地表態：如果你跟我們安西人在一起，你就是安西人；如果跟安東人在一起，你就不是安西人。

我說，這個守則太古怪了，安東安西老要鬥來鬥去，不是存心叫天下不太平？

野豬左手握拳放到嘴邊，對著拳眼吹氣，他遇到想不明白的事，就會使勁吹拳眼。

彥子為自己是安西人感到自豪，他說這個簡單，什麼是天下？天下就是誰當老大的事。安東人從來當老大，現在我們安西人口比安東多好幾倍，房子也多蓋了那麼多，學校也在我們這裡，安西人不想嘗嘗當老大的滋味嗎？天下輪到安西人做老大了。

我皺著眉說，那安東人也不可能莫名其妙讓出來呀。

野豬不吹拳，改吹拳關節說，比一比誰的拳頭硬，赤那。

彥子說，好像《守則》第十條就是這麼說的。

我不相信。可不管彥子也好，野豬也好，大家都說不清《守則》第十條是什麼。這個守則從來沒寫下來過，也就是說，秘密文本根本不存在，守則就靠有心人口口相傳，難免有版本出入，尤其是第十條。誰也說不清第十條是什麼。彥子答應去問一下高年級，但我不太相信彥子。他這人就是太聰明。

第二天，我起大早在學校門口值勤，同學們不管認不認識，經過我身邊都不住回頭看我，還竊竊私語，他們不是笑我紅領巾戴得端正。我看見姚佩華和陳荻走過，她們都笑得非常好看，但哪一個笑得更好看，真不好說。半天工夫不到，一個三年級中隊長用擒拿手收拾了老留級生的消息早已傳遍了全校，一個好學生居然打敗了留級生，在蘇北小子橫行的長衫小學是一樁奇聞怪事。一夜之間，我譽滿全校。我真沒想到以這種方式，長衫小學是認拳頭的地方。

不久，王老虎找我來了。她把我一個人叫到辦公室去拿糖果，但辦公室內空無一人，桌上既沒有水果糖話梅糖，也沒有大白兔奶糖。

王老虎坐在鋪軟墊的木椅裡，問我和楊敏華打架的事。

我沒有反應，不曉得是不是該點頭。

王老虎端起茶杯又放下，和藹地說，下次不要這樣。你是班幹部，要注意形象。

頭很重，我把頭垂下，減輕脖子的負擔，脖子紅了，胸口也紅了，一直紅到肚子上，肚臍眼周圍熱烘烘的。

王老虎喝茶，接著，宣佈我的兩條杠換成了三條杠，我升為大隊委員。

走出辦公室，我還沒回過神來。我跳出了班級中隊，進入大隊部了。難道是王老虎異想天開，也想獎勵我打敗了校內歪風邪氣？儘管王老師對人一直比較嚴厲，但她並不厚此薄彼。她對教導主任也不給面子。作為小學校裡唯一正宗師範學院畢業的老師，她在語文教研組內挑大樑，不把任何人放在眼內。有一次，我親眼看見她用水杯投擲政治老師，因為政治老師埋怨物價漲太快，鈔票不值錢。校長趕來勸架，王老虎指著剛躲過水杯的女政治老師說，校長您評評理，她還是老黨員吶！王老師很驕傲，她一直是黨外人士，連她都沒二話的事憑什麼一個老共產黨員要這樣發牢騷。那不是證明她這個無黨派人士思想比政治老師更先進嘛。校長把兩人分開，沒說什麼。但我必須讚揚我們這位敢說敢做的女班主任蠻有正義感，也很公平。

自此，我開會要去教導處旁邊的大隊部，與大隊長和大隊輔導員一起開更高級的會議。我憋著尿，不停地偷偷跺腳，好不容易開完第一個會，立馬沖到廁所，對著小便池瘋狂掃射。大隊部的會就是不一樣，就是像老師們開會的樣子，有人做會議筆記，有人主持，有人批評，有人自我批評，一開起來就沒完沒了。我對著小便池的尿堿還沒發完開會感想，聽到門外有女生的聲音說他就是打架的中隊長嗎，另一女生說是呀，所以撤了他的中隊長，擺到我們大隊部來了。幾個人竊笑著走遠了。

我榮升後，變成了一個影子從牆上落到地上，躺在我自己兩腿之間。我胳膊上的袖標比原來多了一條紅杠，但奇怪的事是同學們經過我身邊時，再也沒有以前的敬畏眼光。此後去大隊部開會，我總是能躲則躲，不能躲就不說話。大隊輔導員有一次忍不住問我為什麼老是皺眉頭。我怎麼能說呢，總不見得告訴輔導員我懂了，這就是書上說的明升暗降。

女喬賓因此當上了正班長。我失去了天天清晨代表班級主持升旗儀式的權利，我含著淚，看著另一個喬賓代替我，穿著裙子，戴著中隊長袖標，驕傲地挺著白襯衫勒出來的小胸脯，在國歌聲中走過我面前，走過陳荻姚佩華還有別的許多人，在國旗杆前面舉手敬禮，昂首挺胸，目光隨著國旗一寸寸上升，直到再也無法上升。

榮譽原來這麼容易使人上癮。失去榮譽因此非常爽快。課間休息，我把彥子找來問《長衫小學生守則》怎麼說的，彥子摸著腦門想了想說有吧。

有嗎？

彥子肯定地說，大概有吧，第四條。

6　地球撞上了太陽

我大老遠就認出了王老虎的背影。她同我一樣住在長安路邊上，就在馬路斜對過紅英家所在的日本樓。她的住所證明她既不屬於安東，也不屬於安西。但她在班裡宣稱她是正宗上海本地人。這裡要找出幾個正宗土生土長的本地人比發現一條會上樹的狗還難。

我跟在王老虎身後，不讓她發現我。其實老師非常喜歡我，但我就是不想與她同行。我不是記恨她暗算我，不讓我做中隊長，我是嫌她腳大，41碼，比我爸還大，像我爸40／41混穿，關鍵看鞋子。她41／42碼的腳踏步有力，高高的個子，左手背在身後，右手有節奏地向後下方甩出，如同扭秧歌一般。經過公廁，到了菜場，腳的步調和節奏不自覺地加快。尿堿、爛菜皮、黃魚的混合怪味把所有經此上學的學生薰染成同一個味道。在我記憶裡，長衫小學生不幸都是一個味。王老虎也不例外。這雙有怪味的大腳踏入校門後節奏馬上不一樣了。同樣是快，前者是和風細雨的快，後者是幹革命工作的快，王老虎每天都像有很多國家大事著急處理。但今天班內還有更急的事等著她。

教學樓門口有人喊一嗓子：王老虎來了。

嘩啦一下，圍著的學生都散了。王老虎快步沖進樓內的時候，我才走進校門，拉著一個路過問，他說打架了。幾班的。你們班的。誰？有眼睛自己看。我腦袋也熱了，沒有反應上來。我爬上樓梯，跟著越來越多的人往三樓跑，我不敢信有誰能在上王老虎的課前幹架。比如，拿我們班最厲害的女生羊媽媽（由外號可知姓楊）來說。有一次，被人說偷拿了同學的鉛筆，羊媽媽領著她媽殺入學校，羊媽媽的媽媽左右兩手各抓著一捆彩色鉛筆沖進教導處，威風八面，對著主任抗議。但羊媽媽呢，她充其量也不過是躲在她媽屁股後扭捏著偷看。

等趕到教室，我徹底失望了，比同學們更失望，好戲早已結束。現場誰也不敢說話。女喬賓氣喘吁吁，整理衣衫，用手梳理頭髮，臉蛋紅彤彤，綴著一層光亮細密的汗珠。

躺在教室後面地上的人卻是小霸王國平，身邊歪著一根拖把，地上倒扣著一隻鉛桶。好一會兒，他一聲不吭爬起來，臉上有幾道紅色痕跡，襯衫掉了紐扣，他去抓地上的外衣，我們以為他還要再決雌雄，但他分開人群沖出去，回頭喊了句「赤那娘壁」[3]，所有人都一致扭頭看王老虎，班主任面色鐵青，背剪雙手，站在講臺前，完全沒有反應，連老師一時間也不能斷定國平到底準備操誰的媽。

事後，野豬說國平是一個戇卵。國平個子比女喬賓矮半個頭，乾瘦如柴，但他爆發力強，賽過厚厚的跳馬墊子，怎麼也踩不爛，是學校百米跑和擲鉛球的冠軍。當時情況危急，如果女喬賓手裡有兩把鉛筆，也許她還有戲，但她赤手空拳，連紮頭髮的蝴蝶結都掉了。她標槍一樣頎長的身體撐不住了，被國平牢牢控制住了長髮和一條胳膊，她卻一點兒抓不住他滑溜溜的寸頭。國平大吼一聲，擰腰把頭頂在她肚子上，把她一直頂到黑板報牆面動彈不得，眼看勝負已分，卻不料女喬賓隨手抓到兩個黑板擦，左一個，右一個，統統拍在國平面門上。他變成了一隻死命揉眼睛的白頭翁，隨後，一根拖把和一隻鉛桶重重落到他背上，連續幾下，差不多打斷了他的脊樑骨。

3 上海罵街方言，意思操你媽逼。

我沒想到新班長真的大打出手，擊潰了皮糙肉硬的班中一霸國平。我走路輕飄飄，如果國平打架輸給了女同學的話，離中國婦女解放處於水深火熱中的美國人民的日子還會遠嘛。彥子在我身後對野豬分析霸主慘敗對班內和年級形勢的影響，他著重提到：男喬賓對楊白勞一戰性質不過是自衛反擊，而女喬賓與國平公開打拳擊，被王老虎當場抓了現行，女班長的位子還能保住嗎？

我聽了，因而腳步飛起來，起先好像和風細雨，而後像幹革命工作。越跑越開心，跑過菜場，跑過公廁，跑過地段醫院，跑過日本樓和郵局，在郵局外面報欄站住，我大喘著氣讀報，我喜歡看報上小說連載，有時也會看看新聞，看完幾版，氣息平順了，也看到了有意思的東西。

《解放日報》上說某月某日，查良鏞十分興奮，鄭重其事，早早起床，梳洗一番，穿好西裝，打好領帶……我當時最崇拜的人是查良鏞，因為我知道他就是寫陳家洛和紅花會的金庸，是一個懂得許多絕世武功的大俠，住在資本主義世界的香港。這個世界有意思，兩個不同的人共用同一個名字，而同一個人也公開擁有不同名字的分身。文中說查先生是先穿西裝後戴領帶，我爸爸偶爾也穿西裝出門，總是先戴領帶再穿西裝，這先後秩序就是大人物和平頭百姓之間的差別。我感歎不已。

文章又說鄧小平以中共中央副主席的身份接見了香港《明報》社長金庸。我還不能領會文字後面的意義，但我知道兩個最了不起的人見面了，好像地球撞上了太陽，會發生什麼呢，我忘記了彥子的分析。男喬賓和女喬賓撞上了，發生的事也是匪夷所思（這個詞我是從金庸書裡學來的）。

7　窗外的鐵樹開花了嗎

王老虎把我單獨叫到語文教研組，辦公室裡面還是沒有別人，桌上面還是什麼糖也沒有。王老虎乾巴巴地說，作為大隊委員，你竟然沒有勇敢地挺身而出，制止壞同學欺負好同學。

我不響，手腳冰涼。

王老虎口氣放緩說，你不要老是看著窗外，窗外的鐵樹開花了嗎？

窗外鐵樹沒有開花，但我就算回過頭看老師，老師的頭上也不會開花。

王老虎有點恨鐵不成鋼地說，喬賓同學，為什麼老是皺著眉頭呢？

是呀，為什麼，我也想知道。我負擔了太多想法的腦袋重得抬不起來，肚臍眼周圍熱烘烘的，我聽不清老師說了些什麼，只記得最後她說，如果大隊委員位子要保住，去寫一份檢討書，交到老師這裡來。

我期期艾艾終於講出口：中隊長，她，她、打、架……

王老虎把眼一瞪截斷我說，中隊長為了抵制班內歪風邪氣，你難道不知道國平一貫欺負同學，干擾班長出壁報，班長是見義勇為，自衛反擊……

對我來說，寫一份檢查也不難，花不了半小時，也不是沒寫過。但我糾結在男女喬賓的差別為什麼那麼大，男喬賓打架做不了班長，而女喬賓打架就升為班長。我就是不想寫檢討書，我也不想見老師，更怕媽媽知道。但吃晚飯時候，媽媽還是知道了，長衫小學裡一直有媽媽布下的情報網。媽媽吃飯時候顯得心事重重，飯沒吃完，就把碗筷一放，找出兩條香煙和一桶油提著，往馬路斜對過的日本樓去了。

吃飯時媽媽一直在嘮叨，她說我爸不在家，她為我操碎了心。她還說女喬賓家雖然在學校對門，但她爸爸媽媽不住那裡，都在北京做官。這些話從我左耳朵進入，右耳朵出來。我出門前看到大衣櫥穿衣鏡裡面的那個小朋友一直皺著眉。我扯下紅領巾照鏡子，擠眉弄眼半天，還是學不會眉頭不打結。

野豬和彥子在門外梧桐樹下等我，路燈很暗，面目看不清。

野豬急急地說喬賓求你個事，檢討書怎麼寫？

我不解地看著他。

野豬對著拳眼吹氣說，我和彥子下課打鬧，追著玩，被教導主任看到，把我們交給王老虎，王老虎說我們是打架，屢教不改，要寫深刻檢查。不寫不能上學。

彥子附和說，是呀是呀，搞七捏三，我們又不是真打架。赤那，你曉得麼，王老虎辦公室一隻抽屜裡面塞滿了全是檢討書。我們將來可慘了！

連文質彬彬的彥子都罵人了，我對彥子說，《守則》第十條我曉得了。

彥子緊張起來，野豬說快講快講。

我說，長衫小學入讀的不光是小學生，上學的也包括他們的家長。

彥子搖頭說不對不對，不是這樣。

那你說是什麼？

彥子怔住了，好一會兒才說，第十條，說你打架就打架，說沒打架就沒打架，一切以老師的話為准。

野豬和我哈哈大笑。無風的傍晚，笑聲回音很大，我們笑得真開心。

彥子和野豬走了後，我也往學校走去。我走到學校門口，望著對面女喬賓的家，眼光彷佛穿透牆壁，看到她吃完晚飯在看電視。螢光好似許多白色的手在她美麗的臉上變換著光與影的組合。我很喜歡看這樣的女孩子。不可思議的事是以前為什麼我那樣討厭她呢。我看見她的孃孃[4]招呼她去洗碗，她兩手扭捏著說太累，孃孃生氣了，開始數落代她在北京工作的父母照顧她是多麼不容易。

到底是哪一位高智商的前輩在畢業前高度總結了做小學生的智慧，寫下了如此有效實用十條《長衫守則》，我實在想不出來。古人說述而不作，光是說，楞是不寫下來，看上去沒

4 滬語：姑姑，即父親的妹妹。

有道理，其實大有玄機。各年級代代口頭相傳，但老師、教導主任和校長都沒法抓住任何把柄。不過，如此一來也有個小小的遺憾，比如，《長衫小學生守則》第十條到底是什麼，眾說紛紜，誰也無法確定。如果在畢業前不能確定，就是畢了業，我也無法瞑目呀。

我站在路燈下，皺著眉頭苦苦思索。

天色完全黑了，女喬賓家院門吱嘎一聲打開，我嚇得轉身拔腿就跑。

不知何時起風了。我頂風跑起來，無形的阻攔越厲害，我跑得越帶勁，忽然發覺右小腿異常有力，瘡面既不痛也不癢，完全沒感覺了，原來糾纏一學期的爛瘡也可以一夜痊癒，像從來沒得過似的。我大口吞噬冷空氣，穿過黑魆魆的菜場，穿過公廁，跑過夜歸的行人，風像一個女同學熟悉而甜膩的聲音在耳邊咋咋呼呼，我用不著聽她囉嗦。跑著跑著，我絆了一下，彈跳腳步變成大步跨欄，僥倖沒有摔倒，但不得不慢下來，身體裡嘎啦一聲響，什麼關節錯位或散架的聲音，一定有什麼不對頭，步伐改成走路方式前進，但還是覺著不對勁，左右腳怎麼邁步怎麼不協調，先左手還是先右手，多少擺動幅度合適，左右手轉眼變成了船槳般沉重而彆扭。本來很簡單的肢體動作，一旦不自然起來，就像連續360度空翻那樣困難。我不會走路了。走在好端端平平坦坦的馬路也可以變成上平衡木一樣步履維艱。我站住，撩起右褲腿，小腿上留有一個雞蛋大小的褐色疤痕，邊緣深，中間淺，泛出粉紅的鮮肉，疤痕深深地烙在皮膚裡，要跟隨我一輩子了。

走慢些呀，喬賓，又不是充軍。後來，很多人（包括我媽）都這麼建議，但我走路越來越快，好在國家發展越來越快，我跟上了這個國家的節奏，但一旦慢下來，我就不會走路。喬賓，這算不算是一種殘疾呢，我就是不會好好走路。以後，我與野豬、彥子分道揚鑣，漸行漸遠，他們倆都跟不上我的速度。

野豬說得好，慢慢走路有那麼難嗎？左腳右腳誰也沒有特權，不能老佔先。走路無非就是一隻腳放在前面，另一隻腳放在後面，依次交換，輪流佔先。可是，我還是覺得走路是天底下最難的事。皺眉是天底下最容易的事。所以，我改不掉皺眉的習慣，久而久之，畢業前，我就成了一個走得飛快的少年老頭。

寫畢於2020年6月15日墨爾本鷹山

畜疫篇

紙貓

養金鱸魚的老詩人

3月25日是一個普普通通的日子。墨爾本圖拉穆林國際機場裡面人頭異常攢動，登機櫃檯前排隊長龍像被洪水沖散的蟻群亂七八糟，完全失去了墨爾本人的嚴謹和禮數。一個背嫩綠色雙肩背包的戴眼鏡女子飛快沖過東貞身邊，差點撞到一根四四方方的大立柱，來不及說對不起，似乎純粹為了百米衝刺，她只穿了健身房常見的黑色緊身褲，兩隻大行李箱的輪子發出吱吱尖叫，隨時要飛脫，幾縷栗色長髮甚至乘機飛進了東貞的嘴；一個赭色短袖恤衫的西人男子愣了一下，也跟著跑起來，背負一個碩大的野營背包，滿臉依然是不肯相信也不能相信的神情。好像突然意識到機場遭恐怖襲擊似的，越來越多的國際航班旅客推著拽著各式各樣的行李，肆意交叉奔跑起來。

東貞抱著胳膊，急急退到一邊，眼看著機場變成洪水發作前的大河，閃閃發光的魚在波浪間瘋狂跳躍。國際機場電視大螢幕上戴眼鏡的總理板著臉，一臉寒霜，從眼鏡角落瞟著機場裡的亂象。

東貞捏著手機，一時發怔，澳洲總理長著的不是貓臉，而是一張嘴角耷拉的狗臉。她這麼想著，就想偷笑，總理施高特．莫里森[1]長相看起來像一隻表情嚴肅的狗，但此公幹的都是帶眼鏡的貓才會做的隱蔽之舉。

東貞開始擔心老荒會不會有事。昨晚，澳洲總理莫里森打了澳洲人的臉，他緊急宣佈將旅行禁令升級到限制澳洲人前往海外。新聞未看完，老荒就從沙發上彈起來，從身後抱住她說，老夫神機妙算也。他嘿嘿笑著，手挪動到她雙乳上，東貞一掙扎，結果驚動了一旁打瞌睡的貓，打翻了半瓶美極鮮醬油，東貞一邊趕貓，一邊大嚷你個糟老頭子就會添亂。她也搞不清老荒到底比她大幾歲，她估摸著該有15歲以上。老荒說到他的年齡就像女人似的不老實，總推說自己護照上的出生年月是假的。還是東貞實誠，牢騷說歸說，隔天早上，照樣開著老荒的破尼桑車，準時把他送到機場趕12:00東航班機。

老荒去得早，想必已經過了海關。東貞撥打老荒手機，好長一會兒，老荒的聲音才出現，聲音很平靜：在登機口了。小貞我想你，你多保重。

這口氣正式得一點不像老荒，聽上去像是訣別。老荒來澳之前經歷了人生中幾番大起大落，從來不說保重，他說死就死吧，反正他也活夠了。他在湖南農村的父親和祖父都沒有活

1　澳大利亞現任聯邦總理。

到50歲。他已經夠本了。死亡是他作為詩人的最後一次行為藝術。關鍵時刻，他要與祖國站在一起。

送老荒一路上，她沒少數落他，別淨挑漂亮話說。這個時代最沒用最自以為是的人就是詩人，做詩人也罷，但詩人居然還異常愛國。老荒就是這樣一個每年在墨爾本祭奠屈原的愛國詩人，如今頭髮也快掉光了，頂門粉紅色的原始膚色上露出了老年斑。在遇到老荒之後，她不得不承認詩人老荒比她還愛中國。因為他是一個住在澳大利亞的反美者。他白天說著英語，紙面寫著漢語，夢裡罵著豬腦殼，哪怕對著心愛的一池塘金鱸魚，他也可以朗誦上一整天詩歌，充滿詩意地言說愛國之情。

早年，老荒毅然離開長沙，在美國拿到文學博士，卻始終沒能在大學或出版社找到工作，幾經輾轉，落到不遠萬里之外天涯海角的土澳，在墨爾本雅拉河的東北支流上弄了一個魚塘養魚，最後做了一個讀詩養魚的黃皮膚土著。

金鱸魚，澳洲人稱為盲鰽，像老荒一樣長著一個尖尖的嘴巴，一樣挑食，連性能力也一樣強。東貞有空就去魚塘幫忙，老荒天天吃完飯喂完魚就去寫詩，除了詩以外，不是屎就是死。東貞笑著罵去死吧屎人。老荒說我就是一個屎人。東貞說還不是因為美麗的美國拋棄了你。老荒不生氣，去廁所坐著，邊吸煙邊看手機，他大解完一身輕鬆地回來，手機裡又多了一首詩，題目是《致金鱸魚的哀歌》。

多不吉利，東貞想。

天也黑了，他站在棚子下面，一個高支光大燈泡照著他油亮的頂門老年斑，他對她說該回國了。東貞扭頭問魚怎麼了。老荒還在看手機。在花粉症還沒發作的日子，老荒早早訂了回國機票，睡眠少了許多，人也瘦了，每小時都注意手機AAP上疫情更新。所以一旦澳洲疫情爆發，一點沒耽擱他及時回中國避疫情。

他說是呀，全世界只有中國能集中全國力量辦大事，控制住了疫情，現在離武漢肺炎爆發地越近越安全，你懂個屁！

東貞忙著炒菜說，屎人！你少廢話，誰教你學川普壞樣叫武漢肺炎、中國肺炎的？

老荒呵呵一笑，自知失言，就說，是呀是呀，老婆你教訓得對，瘟疫很可能起源於美國。你看，美國這不已經徹底淪陷，黑人還起哄鬧事，美國爛了，快完了！

東貞揚起鍋鏟笑了，瞪他一眼說，誰答應嫁給你了呢。

老荒苦著臉攬著她的腰說，遲早的事。是呀，看看這頭頂明月，你還不知道我的心嘛，跟我一起走吧。

棚子底下的燈泡還孿像一輪偽造的明月。

老荒說得真心，也灰心。因為魚塘真的不行了。本來幾年經營下來，魚塘生意不錯，除了供應中餐館，還能開放給客人週末垂釣。新冠肺炎疫情如龍捲風來得如此迅猛，席捲全城，中餐館關門，沒有客戶訂魚，魚賣不出去，魚越養越多，越長越肥，池塘裡氧氣不夠，沒過多久，都浮上水面翻肚皮了。金鱸魚用最後的行為藝術讓老荒徹底清醒。一個老詩人在資本主義國家的退休發財夢不幸破滅了。

東貞看著肚皮朝天的一池塘死魚，歎氣說早知道魚會憋死，還不如送去佛光山放生了。老荒從來捨不得放生魚，魚統統死光也許就是老荒吝嗇的報應。但就算魚死光光，她也不能走，不是因為她不想走，也不是因為她不願嫁給老荒。其實，老荒搬來與她同居也就是今年的事。自從老荒搬來，她盤算與他結婚好長一段時間了。老荒的歷史很清白，他不像這裡許多華人那樣熱衷談論中國政治，他是為藝術而藝術，他跟國內妻子離婚好多年了，只有一個讀大學的兒子在長沙。老荒單身，嘴上花花，但素來膽小怕事，在自由的資本主義世界也沒有牆外插花，這一點東貞還是放心的。不嫁給老荒是她個人的原因，她還有些事要辦。但她沒法對老荒開口。到了她這個年紀，對結束單身生活還有什麼割捨不得呢，但是，有些事剪不斷理還亂。

東貞直等到老荒關機，才駕車回家。

她在家一個人吃午飯，開了一瓶四川辣脆菜心下飯，感覺味道還是淡，她加了一勺子辣椒醬，依然嘗不出什麼味道。她起了疑心。失去味覺，會不會中招，但自己沒有發燒，也沒有咳嗽。她找出泡菜來嘗味，嘗了好幾筷子，她自己也覺得好笑起來。

她移動泡菜罎子的時候，後院傳來一個拿腔拿調的尖細嗓音，喊著China China（中國中國）。這是「中國」在叫喚。隔壁是洋人約翰的後院，China（中國）是一隻漂亮的虎皮鸚鵡，約翰的心肝寶貝。一隻老愛把中國掛在嘴邊的怪鳥，明明知道鄰居是中國人嘛。

東貞非常討厭隔壁廊簷下這只吵吵鬧鬧的鳥，它該改叫America「美國」才是。她一直想跟約翰念叨念叨這件事。起名字從來都不是一件小事。管一隻破鳥叫什麼是你個人的事，但叫做「中國」則是一種對中國人的明顯歧視。當初她搬來這條坡頂小街時，這裡的白天靜得讓人發瘋；等到這只叫做「中國」的鸚鵡也搬進隔壁，她頓時覺得「中國」裝腔作勢比老荒帶著鄉音朗誦還滑稽百倍。鄰居老約翰很可憐，一個單身獨居老人橫豎不願去養老院，把一隻鳥溺愛成了老婆。白皮膚洋人是一個東貞在澳洲住了十來年也不太能理解的物種。

東貞轉圈找來找去。她的貓不見了。通常只要貓在籬笆邊溜達，舔舔爪子，「中國」就會閉嘴。但貓總是在需要它的時候拒絕出鏡。

布朗斯威克街的中國女人

如果一個人被迫封閉在有限的空間內，無聊就伺機倍數生長，演變成憂愁的癌症，封城就是這種培育人類心靈癌症的有害機制。東貞拼死拼活在全城最波西米亞的費姿羅區開了一家咖啡館，儘管現在也不得不關張，但她還是很想去自己店裡喝杯拉花咖啡，哪怕是自己伺候自己，坐在空空的店堂，看著空空的街道，宛如是一種身心的瑜伽。

在停車場鎖車，她聽見車後座上悉悉索索，一個薑黃色的絨線團在午後光暈裡翻了個身。她的貓躲在這裡伸著懶腰，發出膩人的招呼聲，讓東貞哭笑不得。

東貞的貓有一個可愛的英語名字叫做「紙」（Paper），無論她去哪裡，紙都像一隻狗那樣忠實地尾隨。它不僅是一隻行為像狗的貓，而且每次東貞寫字，貓就跳到紙面上來研究一番，它喜歡揉皺了的紙團，但更喜歡寫了字的紙。只要發現一張有字的紙，它必要千方百計得而消滅之。老荒常常嘖嘖半天合不上口，東貞唉，你養了一隻搞文字獄的貓。後來，老荒不得不改用手機寫詩了。封城以來，東貞幾乎不用車，紙貓養成了一個壞習慣，常常自說自話跑到車裡，躺在柔軟的布藝座椅裡，卷起身子睡覺。

東貞抱上紙貓，從單行小巷走出來，站住不動，心裡氣血翻湧，眼淚快掉下來了。街對面咖啡店樓上新掛出的大紅色橫幅一下子震住了她。容嬤嬤的美髮廳就在咖啡館二樓，窗口不知何時起打出了橫幅中英文雙語「樓下的咖啡超贊」。自己命運多舛的咖啡館因著這個大橫幅，終於露出了一抹亮色。

容嬤嬤穿著高跟鞋，像大喜鵲那樣跳著腳，下樓來找她，她比封城前瘦了白了，東貞有點生怕她摔倒。雖然美髮廳屬於生活必需行業（Essential Service），依法可以繼續營業，但看來也沒有什麼生意，把個容嬤嬤也憋悶壞了。

在這裡，東貞唯一可以說說心裡話的同性是這個離了婚的武漢女人阿容。當她想喝兩個人的咖啡時，她願意和容嬤嬤坐在一起。在本城單身華裔女人圈子裡，容嬤嬤既不帶針，也不惡毒，她貌不出眾，不會寫詩畫畫，不像其他女人那麼小心眼，也沒有武漢人的碼頭習氣，她不願意談她的離婚史，老是一句話：不就是不小心被男人打了一針麼。她算得上是一個好聽眾，得了一個雅號容嬷嬷。她願意靜靜地坐在那裡聽你講話，比方說現在，她說你怎麼來開店了。

東貞說，姐姐，我只是來這裡寫寫詩。

哦，被老荒傳染了詩情畫意吶，那我打擾你了？

哪能呢，你這麼大贊我的咖啡，我感動死了，一定要請你喝最好的咖啡，你要卡普奇諾還是拿鐵？

容嬷嬷似乎有些心事，捂著頭說，我最近睡不好，戒了咖啡。老荒呢，哦，他走了。你怎麼不同他一塊兒走？

喝少點。東貞手腳麻利地煮著咖啡說，他能怎麼樣，那麼自私的一個人，跑回中國避難去了。

是為了他的兒子吧？

世上沒有不透風的牆，看來容嬷嬷也聽說了。東貞告訴她老荒急著回去的確是因為他兒子被狗臉總理莫里森一紙禁令擋在澳洲國門外。他與國內老婆離婚後，放心不下的就是跟他前妻的兒子。寶貝兒子大學還未畢業，他就給他辦了墨爾本大學留學簽證。沒曾想趕上總理莫里森步步緊逼，宣佈從2月1日起，除澳洲公民和永久居民以及他們的家屬之外，所有從中國大陸起飛或過境的人員全部禁止入境。老荒的兒子在廣州新白雲機場登機前最後一刻被攔下。不過，不幸之中的大幸，這次老荒沒在墨爾本機場被攔下。

容嬤嬤呆呆地看著她一會兒，才說，小貞，你對他真好。難為你了，還接受他兒子來這裡一塊兒住。

東貞大不以為然，她說，這麼些年單身習慣了，咱們女人有房有車有錢有事業，為什麼還要男人呢？老荒回來，我就給他攤牌。我可不是他的帶薪保姆，伺候他老人家還一拖二！

容嬤嬤張大嘴看著她，東貞繼續高談：封城封在家裡，真可以讓你明白你身邊的人到底是一個什麼樣的人物，終於有這麼些用不掉的時間來想一想，咱們女人需不需要那麼多衣服化妝品包包，需不需要男人陪著？說到底，男人就是一種奢侈品，大多數時候都用不著，姐姐你說對不對嗎？

容嬤嬤在盤中擺上水果蛋糕，人明顯輕鬆起來。

東貞又說，如今又不是什麼原始社會，用不著男人打獵捕魚，男人事業有成，幽默風趣，有一棟豪宅，開一艘遊艇，這些與我們女人有什麼關係呢？我們選擇不選擇男人頂多就是某種生活方式的差別。

容嬤嬤點著頭說，老荒沒有錢也沒有事業房子，一輛二手尼桑，幾本自費印刷的詩集，說起來真是差火[2]，你跟著他何苦。我真佩服你瀟灑走一回。

東貞吃了幾口蛋糕，沒有胃口，就說，還不是他死纏著搬到我這裡來，好幾次都想叫他

[2] 武漢話：不像話，不夠意思。

出去，但想想他的魚都死了，年紀也大了，怪可憐的。接著，她噗嗤一笑說，現在越來越不曉得除了那根玉莖，男人到底還有什麼用處！

說得容嬤嬤也捂著嘴笑起來。兩人喝了咖啡，東貞拿出電爐火鍋，說最近出口中國少了，澳洲牛羊肉和龍蝦好便宜。趁機多吃點。

兩人一起涮肉片，東貞開了胃口，吃了一些。

容嬤嬤一邊拇指按動手機一邊說，你看中國外交部那個發言人，臉很凶的，他在推特上說是美軍把疫情帶到了武漢，全世界都在追問為什麼，你說武漢不是源頭，那為什麼瘋到板[3]不讓大家一起來查呢？

東貞說，那個男人我也看著不順，陰陽怪氣的。但他說的蠻有道理，調查源頭是一個科學問題，得聽專家的。

容嬤嬤心不在焉地說，中國的專家，那個鐘南山鐘老頭，頭髮染得烏黑，不像科學家，倒像個官員，成天跑來跑去揍籠子[4]賣藥，能聽他們那些人滴滴答[5]？

東貞把筷子拍在桌上。紙貓早就聞見肉香，埋伏在桌下，喵喵地叫喚起來。東貞生氣地踹了貓一腳。

3 武漢話：不按常理出牌。
4 武漢話：設局。
5 武漢話：滿嘴跑火車胡說。

容嬷嬷不說了，低頭回手機短信。

東貞感到胃不舒服，說姐姐，我覺得你變了。你對祖國有點冷吶。

容嬷嬷說，可能因為我是武漢人吧。你看武漢現在死了多少人都搞不清白，殯儀館裡死人的手機堆成了山。你真相信只有幾千例死亡？

東貞正色說，少傳謠言。這屆中國政府是最棒的！

容嬷嬷笑道：沒聽旁人說麼，在中國，真相永遠稀缺，謠言是遙遙領先的預言。美國人都說了，病毒可能是來自中國實驗室洩露。

你怎麼那麼信美國人呢？完了完了，你被美國洗腦了。東貞臉脹紅了說，假如老荒也長得像習大大那個樣，我立馬嫁給他！

唉，冇得辦法，我就是喜歡美國嘛。

容嬷嬷歎氣。東貞霍地站起：美國是紙老虎！

容嬷嬷有點慌：那《環球時報》還說澳洲是紙貓呢！中國以教育、旅遊和農業制裁來要脅澳洲這麼個小國家，有這個必要？

東貞的貓聽懂了似的，又磨蹭過來，喵喵地提醒她們它才是正宗的紙貓。

東貞拍著桌子恨恨地說，澳洲舔美，就是紙貓！

容嬷嬷反而笑著說，冇得事，澳洲就是紙貓嘛，來，紙貓過來。

紙貓乖乖地走過來，舔容嬷嬷的腳。容嬷嬷的細手指拈起肉片丟給紙貓，隨後走過來摟著東貞，把她按在椅子裡說，少看那些大外宣中文媒體，彎管子[6]。

東貞突然感到胸痛，她捂著胸口，面容難受地說，被你按這麼一下，胸口發悶，我有沒有得病？最近老覺得不舒服，累！

容嬤嬤也緊張起來：搞麼事。有沒有腹瀉？

東貞搖頭：沒有，還沒有。

這個Covid-19太邪了！容嬤嬤說，好多地方開始二次爆發了，看看國內有那麼多人還陽，有的還有嚴重後遺症。

東貞低頭看手機，對照著說，症狀大部分你都有，嗅覺和味覺喪失。流鼻涕、頭痛、肌肉疼痛……

容嬤嬤更緊張地說，沒有咳嗽唉。

東貞拼命忍著說，我現在想咳嗽。

等到東貞扭頭咳完了，容嬤嬤觀察著她說，我看，你是與強尼的事鬧得神經衰弱了！

東貞索性走到門外，大聲乾咳起來，嗓子裡冒煙。容嬤嬤猜得不錯。但她不想把與強尼的事告訴容嬤嬤。容嬤嬤忙上樓去拿來半瓶川貝枇杷露，東貞就著紐西蘭蜂蜜喝了兩大勺，止住了劇烈咳嗽，感覺氣順了些。她兩手托著自己火燙的臉說，軍運會，美軍投毒。中國是

[6] 武漢話：不正宗，極其蹩腳。

被美國誣陷的。

容嬤嬤收拾著桌上食物：我笤頭日腦[7]，算我沒說。

姐姐，我喜歡什麼就說什麼。生來就這樣。這不，最近我連著退出了五六個微信群，受不了那麼多負能量。東貞說，我祖上做過清朝大官，祖母是裹小腳的。那些負能量的人搞不懂，如果沒有了共產黨，中國就亂了，你說對不對？

東貞眼睛裡全是祖先榮耀的光彩。她祖上闊過貴過，做過晚清朝廷大官，祖母是鄉里立過牌坊的。容嬤嬤不想再談國家大事，就問起咖啡館生意。東貞的眼神暗淡下去。咖啡館開在這條波西米亞風激烈的布朗斯威克街本身就是一個挑戰。在旺街爭到一個旺鋪不容易，她不顧老荒反對，堅持虧了大半年（反正不是老荒的錢），苦苦撐到今年，以為苦盡甘來，卻遇上了百年不遇的全球大瘟疫。維州封城後，餐館都不許開張，聯邦和州政府對店主實行特殊退稅和現金補償計畫，但一旦關店，店裡七八個全職兼職員工就得全失業，除了領取救濟金外別無去處。東貞想不如把他們分成三組，輪流到店裡工作，只做外賣不堂吃，利潤都歸員工養家，既可留住員工，又保住餐館客流，可自由黨的狗臉總理莫里森和工黨的維州州長安德魯斯這一次卻莫名其妙團結起來，共同再次升級禁令，東貞不得不忍痛關店。

冷庫裡那麼多存貨，如果不儘快處理會統統壞掉。容嬤嬤說做個善事吧。東貞說行。兩

7 武漢話：很笨。

人收拾完桌子，容嬤嬤又幫著東貞把冷庫內數萬澳元凍品整理成三份，東貞打電話給店長，叮囑他明天來店裡安排送貨，一份贈送老主顧，一份留給失業員工，一份送給附近社區腿腳不便的獨居老人。

澳洲耐死小哥變成了杠精

東貞抱著貓回到家，天色已黑，她發現前門沒鎖，登時頭皮發麻。這才想到離開前忘了打開防盜報警。

她把紙貓放到地上，猶豫了一會兒，繞到屋後，從後窗她看見一個淺黃色頭髮的身影張牙舞爪，趴在屋內大冰箱上，嘜啉哐啷，像是在找什麼，黑色皮夾克背上標著英語花體字：地獄天使。

要死快了！她松了一口氣，打開洗衣房門，從雜物間抄起一根高爾夫球杆，像紙貓那樣無聲無息走到客廳門口。

強尼刷地跳起來，嘴裡的雞肉吐了一地。

東貞躲閃著，免得濺到，問他這麼進來的。

強尼去水龍頭喝了一大口自來水再吐掉，說門沒鎖呀。

強尼戴著墨鏡，外表上看就是個非常耐死（Nice）的帥哥。每次面對耐死小哥，好似看到一面魔鏡，這面鏡子只能照出一個事實，自己已老得成大媽了。她再不想過生日了，按容嬤嬤說法，可以少點精神壓力。

不可能，現在人都不上班，每次她是檢查完前後門窗才鎖門離家。她笑了，女人越老越賤，她扔掉高爾夫杆，在他手背上打了一記：Honey，你想我了？

老荒搬進來是在強尼搬走後兩年，但自從老荒搬進來，她卻常常惦念起耐死小哥的諸般好處。

強尼嘴巴又開始忙著咀嚼，頭也沒抬：為什麼不呢？

——沒見你的摩托車？

——車藏在樹叢裡。

——好哇，你想嚇死我？我差點報警。

——我們睡在一起時員警來得還少嗎？他們都跟我混得臉熟了。別忘了，費姿羅咖啡館店面是我替你找到的，我們同居時間長達5年！法律上說，我們還是de facto[8]呢！強尼又一本正經地問她：這麼說是真的，那個寫詩的倔老頭搬走了？

不曉得他是真傻還是裝傻。東貞想起這就忍不住氣惱。就是這個皮膚白得像牛奶的強尼害得她沒法同老荒一起回國去。有時候，她真想把強尼直接送去中國，但強尼會認真地說他

8 同居，在澳洲形同事實婚姻。

不會因為喜歡中國女人而愛上中國。洋人什麼時候能學會愛屋及烏呢，她可是因為老荒而愛上他的魚。她想自己是真的愛老荒，因為她與強尼的關係比較功利，她曾經需要他協助解決身份，而他則需要她解決性饑渴、愛饑渴和金錢饑渴，包括對東方熟女的好奇。

東貞用濃重口音的英語說，這些個晚上我都沒有睡好，昨晚直到淩晨四點多，才迷迷糊糊睡了，發現自己戴著口罩，原來感染了，輕症感染，我一點兒不怕，還覺得好笑。

強尼退縮開去，嚴肅地望著她，他覺著一點兒不好笑。

她說，別緊張。Honey，這是一個夢。好像你還外出，做了許多事，有一個白衣人一直跟著我，臉看不清，沒有腳，走路像是漂在水面上，好可怕，現在記不清了。

我看你狀態不太好，失眠，有沒有發熱？

我是感到累，心太累，可能感冒了。吃什麼都不香。墨爾本真是鬼天氣。

你最好去診所檢查一下。

她在地上簡單收拾了一下，在島形料理台坐下，手支著下巴說，最近很煩，老是在想我是不是太傻，跟你這麼個半大孩子糾纏不清，如果沒有你，我怎麼會在這裡，說到底，我與澳大利亞有什麼關係呢？

強尼抬起頭。她看不見墨鏡後面他那雙好看的藍眼睛，但聽見他少見地很認真地說，你跟這裡沒啥關係，你跟中國也沒啥關係，跟你有關係的是、美、國！

我從沒去過美國，跟美國有什麼關係！東貞跳起來反對。

強尼摘下墨鏡，一屁股坐在地上，把她拉下來，拽到自己大腿上說，我們同居的時候，你天天美國長美國短，連我也以為你是美、國、來、的！

強尼哈哈大笑，又開始大嚼牛肉餡餅，澳洲男人對餡餅的熱愛簡直超過了對女人的興趣。他從兜裡摸出一張紙展開，放在她面前，這是一張八百多塊錢的賽車摩托改裝報價單。

東貞不理他，打開電視，重播新聞中澳外交部長佩恩（Payne）表示，澳大利亞政府堅持要求對新冠病毒來源等問題進行獨立國際調查。她說，真不要臉。世界要中國對資訊保持透明度。美國什麼時候有透明度？她為什麼不對美國說？澳洲就知道舔美國的屁股溝。川普那個大嘴巴一直在撒謊！

強尼喝下一大口東貞特製的冰鎮胡蘿蔔汁，手背抹著嘴巴說，親愛的，我擔保你晚上做夢也忘不了美國。我曉得你愛的是中國，恨的是美國。不過，中國當官的愛的卻是美國，恨的是中國。要不為什麼他們把中國的錢都搬到美國去藏著呢，中國反腐敗得靠美國，中國調查疫情也得靠美國，老實說，美國希望向中國派遣一個專家組也不賴呀，我們澳洲人也有權瞭解一下病毒的起源問題，病毒是不是來自那個什麼什麼P3P4實驗室……

閉嘴！你去過中國嗎？東貞漲紅了臉說。

強尼當然沒去過。沒去過怎麼能瞭解了，沒瞭解怎麼說長道短呢？他很乖，但他也有詞：親愛的，你說話越來越像你們中國的那個外交部長。

東貞生氣了，像中國外交部長怎麼了，你這個小毛孩靠中國女人的錢養著還敢嘴硬，但她沒說出口，而是尖叫起來：天哪，你把我的料理台弄成什麼了！

她的手指著一塊蹭都蹭不掉大理石料理臺上的汙跡，這是紅油漆，她指著強尼機車夾克袖子和下擺上的紅色汙跡說：我看到火車站對面陳老師家車庫門上被人刷了紅漆大字「中國病毒」……

強尼一臉無辜，看著她說，是我們幹的。這個區我們一共刷了七八家中國人家門。活沒幹完，今晚我們再努力些。

東貞憤怒了。這個以前大事都由著她的澳洲耐死小哥變成了杠精，看來她對他的好他都忘了，看他白眼狼的德性，是不是他的祖先也是美國人！不對，以前住在家裡的那個女大學生房客說過美國人的祖先是英國人，不對，那怎麼美國人建國還跟英國人大打出手，同自己的祖國打仗，說明美國人骨子裡就是不忠不孝不仁不義。那麼，強尼是從什麼時候開始討厭中國的呢，也許就是他們倆同居那一天開始的。美國與中國之間的是是非非，東貞死也想不明白，也懶得去想，是非對錯真的有那麼重要嗎？小民百姓過日子又有誰講是非論對錯，但澳洲PR永居這麼多年，她還是堅持拿著中國護照不換。澳洲不是東貞的根，她這片葉子不管在這裡漂多久都是要歸根中國。這一點強尼無論如何也不能理解。

強尼把冰箱裡的大半隻烤雞和牛肉餅填進肚子裡，又打開了一瓶維多利亞黑啤，美滋滋地喝著。她肚子也餓了，強尼吃飽喝足，他需要另一種滿足。東貞推開他的手：去找聖寇達女神卡卡……

但他的手很火熱、很堅決，她明白強尼一定是沒錢了，她不想再給他錢去嫖妓了。老荒走後，她得同強尼徹底分手。她決心同他簽訂律師檔分手，哪怕分給他半套房子。很多女人嫉妒東貞搞定了這個比她小二十一歲的帥哥，但她們不知道這還是個屌毛沒長全的小傢伙，她給他買了全新的哈雷機車，不斷升級改裝，在他身上花了不知道多少錢，統統打水漂，容嬤嬤說對了三千遍，她必須與他一刀兩斷！她不如武漢女人精明，她也不想提心吊膽老去醫院檢查，強尼一天不能沒有女人，他饑不擇食，通常都不用套，此時此刻，蜜糖耐死小哥的手就是在她的要害地方停不下來。

約翰是第一個按她門鈴的人

半夜噩夢裡，那個白衣怪物又冒出來，無臉無腳，漂在半空種，向東貞不停問問題，從夢裡一直追著她問，追到東貞在大中午的枕頭上醒來，枕頭全濕了——她與澳大利亞這鬼地方到底有什麼關係呢，這個平常不願意問不願意想的問題，如同正午太陽的萬千條光芒手臂死死纏上了她。

她透過窗戶看著後院裡的菜瓜生命茁壯。她有多少天聞不到花香了。鏡子裡的臉潮紅鬆弛，昨晚她翻來覆去睡不著，索性爬起來坐在床上，打開蘋果筆記本。她預備寫一寫紙貓國的愚蠢，紙貓國帶頭批評中國在追查疫情源頭上不合作，殊不知會失去大麥牛肉的大訂單；

非洲人更蠢，奈及利亞黑人竟第一個向中國索賠，也不怕丟掉中國海量的經濟援助；當然，最蠢的是武漢老太太方方，竟然自己給紙老虎、紙貓國製造污蔑中國的口實。誰稀罕寫什麼武漢日記，一寫還寫六十多篇，不是拉肚子拉的嘛！東貞忍不住咳嗽，乾脆去找來紙筆，磨了幾個小時，到天亮還是沒有寫出一篇完整的封城日記。老荒也曾幸災樂禍說過，最怕女人拿化妝筆的手拿起筆打開電腦。

早上，她給老荒打電話，對方還是沒有開機。她想他一定是換了國內手機了，才發現自己不知道他國內手機號碼。她穿上帶頭套的運動衫，化了妝，灑了香水，戴上N95口罩和手套，出門去散步，遇見不少人與狗，他們全都沒有戴口罩，與她保持了一條狗的安全距離。大家全都擺上友好的微笑。在墨爾本全城封在家裡的日子，偶爾像犯人似的放放風，陌生人全都混了個臉熟。

隔壁門廊天花正中央有一個掛鉤，以前房東掛花盆，目前掛了一隻大鳥籠子。黃綠色虎皮鸚鵡拍打帶黑色條紋的翅膀，用約翰的英國口音叫著「中國中國」。約翰在門廊下與鳥說話，看到她沖她點點頭，態度冷淡。

不會把她當成了瘟疫感染者了吧，欺人太甚，她想上去聲明一下，但發現自己身後悄無聲息跟著紙貓。紙貓離她有七八米遠，撥弄著捕到的一隻蟑螂，蟑螂不曉得是傷了還是裝死，乾脆趴著不動，紙貓用爪子頑固地拍打著蟑螂身體。算了算了，洋人鄰居裡許多人不喜歡貓，更有人不喜歡養貓的亞裔女人。東貞早過了如花似玉充滿信心的年紀。她喉嚨癢癢，掏出紙巾吐痰。

她剛搬來這條街的當口，約翰是第一個按她門鈴的人，捧著一束花園裡新采的玫瑰花，灰藍眼珠沾著新鮮的陽光和水珠，回想起來他當時真像一個求愛者。但約翰不喜歡貓。他說貓破壞了這條街的生態平衡，貓不滿足於內陸疆域，它們上樹爬牆，到處惹事，虐殺取樂，總是在開疆擴土。

紙貓也是如此，它精得很，眼神鬼祟，若即若離地跟著，蟑螂也不要了，看來不懷好意。「中國」看到狗一點不怕，但對於貓則始終警惕。只要紙貓一接近，它就潑婦似呱呱大喊「中國中國」，好似馬上要遭到蹂躪，老約翰肯定會及時從天而降。東貞不喜歡一隻鳥老是愛自我表現，沒有個畜生該有的品行，不過，老約翰不在的週末，東貞也給鳥餵食，誰讓她心太軟，她喂鳥後有些自責，就反復地想，誰讓這只鳥叫中國呢。

去年在社區小公園裡，街坊鄰居耶誕節聚會，啤酒和紅酒輪番上陣，幫助東貞發現了老約翰特別男子漢的一面。東貞喝酒後，眼裡活泛，話多起來。有沒有講南中國海，有沒有說一帶一路，有沒有講男女平等，酒醒後她全不記得了，宛如夢中回了一次中國老家，她想頂多她講了些有關中文的歷史優越性，也許她還說了某些中國學者的發現：英語可能起源于中文。請別笑，為什麼他們那些講英語的人不能謙虛一些，中國學者發現證據並不少，比如，西方始祖夏娃的名字，夏就是中國的夏朝，娃取讀音，說明她有可能就是中國夏朝的女媧云云。

那次聚會後，約翰看見她至少保持三米的超長社交距離，幾個白人女鄰居也遠遠地躲著她，好像她才是瘟疫源頭。東貞對容嬤嬤說這不是種族歧視嘛。這只能再次證明他們心底潛藏的白人優越感。

當天下午，店長打來電話。東貞拿起手機，沒說兩句，說不下去了。東貞一面擦眼睛，一面開車去了咖啡館。店裡老主顧們取走了冷凍食品，把錢放在了桌上，有些人主動提出先付一兩千元現金，幫助咖啡館度過時艱，等店重張再來消費。她和店長一起發放員工工資和庫存食品，等到老主顧和店長他們都走了，她發現收銀台抽屜裡塞滿了他們留下的現金，她都有點數不清鈔票了。

這時店門被推開，一個鼻子尖細的矮個白人老頭拄著手杖進來，說他上午已經來過，有些話一定得當面同她說。她有些迷糊，認不出他是誰。老頭卻像老朋友那樣說，我在費姿羅長大，生活了一輩子，這是我最愛來的中國人開的咖啡館。你是一個了不起的中國女人！

老頭擁抱了東貞，攥緊她的手說，我三歲從歐洲來澳，是澳大利亞接納了一無所有連英語也不會講的我們一家人。武漢病毒最先傷害的是中國人，這不是你們中國人的錯，你在這裡也要像我們希伯來人一樣落地生根。我的孫子孫女都非常喜愛中國文化，你也是我們的家人，答應我你的店一定要活下去……

東貞噙著淚矯正他說，這不叫武漢病毒，也不能叫中國病毒。

猶太老頭已經走到街上，回頭大聲對她揮手說，我的父母是西班牙流感的倖存者。你我是中國肺炎的倖存者，上帝保佑你！

一塊揉搓髒了的黃綠色抹布

二樓美髮店依然沒有開門。她給容嬤嬤打電話，無人接聽。她決定把容嬤嬤的一份冷凍食品親自送到她家裡去。

20分鐘後，在北面一個普通社區，她看見了容嬤嬤的銀色豐田車停在車道上。她一迭聲叫著姐姐就去推門，大門鎖著，車庫門開著，她提著兩大袋子由車庫穿進去，客廳裡面無人，浴室裡有響動，什麼東西掉在地上，她剛進浴室叫一聲姐姐，便急退出來，臉漲得通紅，呆在走道當中。

不多時，浴室裡走出來的人是老荒，還是走時的打扮，人精神不少，鬍子刮乾淨了，兩手濕淋淋的沾著白色泡沫，東貞想起剛才看見這兩隻寫詩的手正握著容嬤嬤的黑色長髮細細地洗，不由得手一松，兩大袋子食物都掉在地上。

老荒叫了一聲「小貞」，東貞忽然醒了，問你怎麼沒走，老荒不答。只聽浴室裡容嬤嬤在問是誰來了，瞬間就無聲了。

老荒最初的慌亂消失了。他鎮定下來，解釋說那天都登機了，移民局的人過來和機場工作人員說話，他們宣佈說所有澳籍公民不能上這班飛機，後來又說澳洲永久居民（PR）也不能登機。我當時愣住了。我就去問移民局的，如果堅持回去會怎樣，他和我說你可以回去，放棄澳洲永居身份就行。澳洲疫情現在這麼嚴峻，怎麼能有這樣的事呢？這種決定不是胡來嗎？現在澳洲應該做的是限制入境而不是限制離境，離境的人不是減輕了澳洲的醫療壓力了麼？早知道是這樣，我還不如留在家裡除除草寫寫詩也好。

東貞冷冷地說，還不如留在這裡替人家洗洗頭也好。

老荒不作聲。

東貞繼續說，你不是要回中國去嗎，為什麼不放棄澳洲PR呢，你不是愛國嗎，拿出你的行動來！

老荒說，為什麼愛國就一定要放棄澳洲PR？你不也是澳洲PR！

東貞上前揚手朝老荒臉上扇，卻被老荒閃開了。東貞絕望地想那個武漢女人畢竟靠不住。就像那個武漢方方，美帝來了她們一定搶著給洋大人帶路，老荒被武漢女人迷了心竅，被賣了還替她們數錢。

東貞罵，老東西你這麼愛國，你不曉得那個破鞋是漢奸！

東貞在方向盤前坐了不知多久時間，才憋著一股氣開車回家。經過約翰門前，看見他站在門廊下的高大身影，凝固成一尊雕塑。她本不想理睬，但想起送獨居老人的食品不能久存，磨磨蹭蹭從車裡取出一大袋，走到隔壁交給約翰，這才發現老頭很反常，眼睛裡閃著淚光。

她驚異地看見門廊天花上的掛鉤空了，那只大鳥籠掉在一大蓬火紅的山龍眼上，籠門打開了，「中國」不見了。

她大叫幾聲China，廊下回聲空蕩蕩。

約翰伸出大手緊緊把她擁入懷中，這是第一次約翰這麼長時間擁抱她，她像食品冷庫斷電後剩下的最後一塊堅冰，慢慢融化在溫暖堅實的懷抱中。她忍不住哭了。

哭了好一會兒，她感覺舒服多了，發現自己的腦袋還深深埋在約翰露出胸毛的花格襯衫裡，就像當初她對老荒撒嬌那樣。可是約翰的背已經挺不直了。她輕輕推開他厚實的胸脯，不好意思地問約翰鸚鵡逃走了還是被人偷了。

約翰聳了聳肩說，上帝知道。

她埋怨說約翰，為什麼不把鳥改一個名字，你知道嗎，在中國文化裡這麼叫不禮貌。

約翰給她找來紙巾盒，還拿來酒杯，給她斟了半杯白葡萄酒。他說這只鳥笨，什麼也學不會，除了會說China。有時候，我也會想它是不是中國籍。

東貞揉著紅紅的眼睛笑了，喝了一口酒，試探著問：約翰，你認為澳大利亞是一隻紙貓嗎？

約翰驚奇地看著她。

她不好意思地解釋說，中國人說美國是一隻紙老虎，所以也有人說澳洲是一隻紙貓。

約翰的眼睛泛出淚花，每一條細密的面部皺紋裡都蕩漾著笑意。過了好一會兒，他才調整好情緒說，前幾天，中國也有人說澳洲是黏在中國鞋底的口香糖，當時我也很生氣。貞，你是澳大利亞的一份子，你覺得你是鞋底的口香糖呢，還是紙貓？

約翰退休前是一個地質工程師，為礦業公司勘測走遍了世界各地。東貞一直很敬重老約翰的學問見識。但他提的問題，她一般答不上來。這次也是一樣。這也是她喜歡老約翰的地方。

東貞急急回到家，裡裡外外找了一圈，她被堆滿走道的雜物絆倒了，為封城臨時搶購的貯藏物資：兩袋20公斤裝泰國香米，五十來包大卷衛生紙，咖啡，義大利面，餅乾，沙琪瑪，醬油，醋，麻油，辣椒油，油面，撈面，刀削麵，蝦子面……

紙貓不見了。

她從地上爬起來，忍不住沖到廁所，坐到馬桶上，腹瀉如水。好半天，她才虛弱地站起來洗手。然後，在洗衣房門外，她看見地上躺著一個無頭的鳥身體，像一塊揉搓髒了的黃綠色抹布。果然是她的紙貓幹的。聽人說家貓把抓住的獵物放到家門口是向主人納貢獻媚。它把「中國」害死了。

美國肺炎

過了許久，紙貓還是不見，夜深了，貓再也沒有出現。

東貞站在後院門口，許久許久，起了殺紙貓的心，但她什麼也沒看見，只有隔壁人家黑魆魆的磚牆，黑雲一樣微微顫動的常春藤蔓。

她回到臥室，撲到枕頭上放聲大哭，哭到無法呼吸，咽喉痛得厲害。她想著怎麼給老荒講紙貓殘忍地吃掉了約翰的鸚鵡，她用了無數紙巾擤鼻涕，胳膊有些痛。她為什麼那麼痛苦呢，她連母親去世也沒有哭得這麼凶，也許是因為死掉的鳥叫做「中國」。她不停地撥老荒的手機，但始終沒人接聽。她不死心，給老荒發微信，發現老荒居然把她拉黑了。她一直把老荒當作一隻紙老虎，而老荒也許把她看成了紙貓。鳥死了，老約翰一定也睡不著，她想過去同他說說話，但她又害怕見到他。她答不出約翰的問題，也怕約翰看出她自己的病態，猜到鸚鵡是被貓謀殺的。她更怕見到騙了她的容嬤嬤。她怕見到任何人，不管是熟人還是陌生人，她一概無法信任。

她病了，病得很重，從來沒有病得這麼重，這不是病的感覺，而是事實。

她抱著電話，撥了好幾次，才撥通疫情熱線，她說，我懷疑、得了美國肺炎，我得了……

什麼，請你慢慢講。什麼症狀？對方是一個很溫和的女聲。

我渾身無力，鼻塞、流涕、咽喉痛、胳膊痛，好幾天了，還腹瀉，我得了美國肺炎。

什麼肺炎，請慢慢講。

還要怎麼慢慢講！美、國、肺、炎！

你需不需要翻譯？我們可以幫你找說中文的翻譯，請問你說廣東話還是普通話？對方還是不緊不慢地說。

我說的是英語！
請你說英語，慢慢說。
英語？東貞才不想做什麼溫良恭儉讓，她可以痛痛快快地罵髒話：去你媽的美國！
她用中文說了一遍，又用英語說一遍，說得很清楚。

2020年6月25日寫於墨爾本

血水篇

騎在魚背離去

1　口罩關乎自尊心

如果你也像天真的美國人那樣初次蒞臨我們位於長江中游的桃縣，一定會驚訝於這個小城改變自我的速度之快、桃縣人民雪亮的眼睛和空前高漲的自尊心。十來年前，北京奧運會那年，桃縣人民貢獻了一段為國爭光的佳話。美國奧運代表團的體操名將首次應邀來名不見經傳的內地小城桃縣交流。當桃縣人民在電視上看到美國人下飛機時，淳樸的國際友情驟然發生了複雜的化學變化，從喜悅轉為錯愕，進而生出羞恥和憤怒，所有美國貴客竟然在電視鏡頭前統統戴上了口罩。桃縣人民經當地媒體的催化，群起指責美國人以下三濫的餿招侮辱國體，在世界人民面前丟桃縣的臉，也就是丟中國的臉。當地較為溫和的輿論儘管也承認桃縣大力發展工業化後空氣品質不如人意，卻認定外國人戴口罩有意貶損桃縣空氣，純屬矯情。桃縣的主流媒體經過協商後，幾乎眾口一詞，公開宣佈「美國運動員抵達桃縣後，被我市湛藍的天空、清新的空氣征服，他們不僅主動摘掉了口罩，而且向奧運會官員和我市人民致歉。這種鮮明的反差，讓有關污染的謠言不攻自破……」。

今年的桃縣是一座瘟疫之城，一處猛水之地。它雖然缺乏好奇心和想像力，卻永遠滿懷欲望和鬥志，奮不顧身撲向機遇。弘達醫材有限公司是桃縣外貿業界捕捉機遇的佼佼者，作為當地無紡布醫用口罩生產企業最亮眼的新秀，他們連續兩月完成出口創匯五千萬元指標，正朝著第一個億元銷售額大步進發。弘達國貿部的員工們一旦談起美國大選，立刻眉飛色舞，感覺立馬和國際接軌了。他們說到美帝總統川普如何瘋狂挑戰中國，如何自欺欺人不戴口罩，尤其不戴桃縣生產出口的美國FDA認證醫用口罩，似乎完全忘了不久前他們對美國體操運動員的譴責。

他們的腦袋齊刷刷轉向門口，目光齊刷刷落到一個人的身上，像手術刀解剖這個胖小夥子身上的部件。這個人也像川普那樣愚蠢到不戴口罩，當時他奔入大樓，渾身濕透，逢人就嚷，奔到弘達國貿部，上氣不接下氣，臉色像桃江洩洪水那樣黃裡泛紅，這個入侵者對他們瘋狂大喊：裂縫！大壩有裂縫，！

在桃縣，捲舌的北方口音是一種炫耀式的冒犯。在一片川建國如何操蛋的楚音吵吵裡面，宛如一把地質錘沉入河面，立刻見底。他們以為這個胖小夥子瘋了，但他們不曾想到桃沙江的水全紅了，變作血水，散發著腥臭，其實，桃縣沒人注意血紅的河水，這一年他們的生活拐入了支離破碎的災難歧路，先是疫情，繼之洪水，而他們的注意力卻全部盯在抗疫防洪運動的巨大收益上。桃縣人的財富平均水準趁著疫情和洪水悄然迅速攀升。

弘達公司外銷員們都是霍老闆親自挑選的桃縣人中的高學歷精英，他們戴著口罩，露出整齊劃一的眼神，從風吹草動就神經過敏過渡到普遍對疫情表現麻木，也就是幾個月時間；而發展到對國外疫情蔓延幸災樂禍，快到只花了一夜功夫。全球確診感染新冠病毒的總人數突破了1000萬，死亡人數也超過了50萬。偶爾有人議論說今年這個奇怪的病毒月均死亡人數超過了愛滋病，除此以外大家再無更多興趣。哪怕桃江水電站突然洩洪沖毀了下游許多個果園、村莊以及大片良田，造成人員傷亡，也引不起他們的談興，關於那個哈爾濱姑娘的記憶被時間給沖淡了，遺忘了。他們都不做聲，這不關他們的事，歷來都是上面決定的。可現在，這個入侵者手裡握有一把地質錘，貨真價實，鴨嘴烏黑油亮，面朝他們，一頭鋒刃顯得異常銳利。這個人還下意識地揮動著錘子，好像這不是錘子，而是一面戰旗。

跟設計院熟的一個人作出鎮靜的口吻說，你是設計院小賈吧？

——霍老闆在哪裡？

桃縣設計院的小賈默認了自己身份，而他驟然提出來的問題嚇住了他們。他們這才明白小賈是來找他們霍老闆麻煩的。但霍老闆沒有出現，相反，弘達公司的保安悄悄埋伏在小賈後面，他們糾集了車間十來個工人，提著繩索鐵棍從他背後一擁而上，奪下鐵錘，把他摁倒，抬到大壩上，把小賈捆豬公似的綁在一根旗杆上。

這些人得手後驚叫起來，戴著口罩大呼小叫的樣子顯得非常滑稽。他們看見了一隻貓。薑黃色皮毛都濕透了，貓眼裡面兩種不同的顏色嚇到了他們，他們幾乎是一瞬間就潰散了，正如他們的暴力出現一樣突然。他們逃走前仍沒忘給小賈臉上扣上一隻無紡布口罩。

桃縣是一個沒有貓狗的地方。沒有貓狗的地方，出現了一隻貓，這嚇壞了他們。桃縣人信天命，大災之年人們期盼會預兆連連，因而總是在尋找著各種預兆。城裡立馬傳開了謠言，把撞見一隻落水貓看作第一個大凶兆。

2 哈爾濱姑娘、飛車司機和貓

桃縣人習慣於高歌猛進，忍不住慨歎世道變得太快，他們一覺醒來，驚覺從前的世道已是幻象。他們不得不承認真正的改變始於大災之年，始于丁零的來臨。他們之所以把桃縣的潰敗與那只貓聯繫在一起，也因為那個膽大妄為的哈爾濱姑娘丁零。

旗杆上的小賈被桃江大壩洩洪的水流打得通體透濕，頭暈腦脹，因此，他對往事的理解像桃縣人一樣發生了邏輯混淆。在他錯亂拼湊起的記憶碎片中，那只貓總是同時與哈爾濱姑娘出現在設計院，又幾乎是同時突兀消失，此後，桃縣的潰敗與此前的興盛一樣迅猛。

在丁零到人事科報到的那天，你會看到三個男人圍著一份紅頭檔，不難認出小賈就在其中；那個高於桃縣平均身高的北方胖小夥子便是。當時新冠疫情還未開始，世界還處於無知和歡樂當中。小賈等三人按著本地人坐機關的節奏，喝茶讀報打呵欠伸懶腰，抱怨夜班開車進院也得繳停車費，辛苦一夜，夜班費還得給門崗提成，痛斥保衛科收取五元停車費，比槍斃犯人加收子彈費還可恥。

此時小賈眼前一亮，一個腳蹬閃亮白跑鞋的漂亮姑娘抱著一隻貓出現。小賈觸電般立馬跳起來，他慶倖自己脾性溫和，沒有像其他人那麼粗魯，那麼罵罵咧咧。小賈瞅著她懷裡的這只貓和身邊的行李，房間似乎一下子小到只能容納丁零和一隻薑黃虎皮條紋的貓。那只貓噌地跳下地，看上去瘦巴巴的，急吼吼在屋裡尋吃的。

屋裡的人不免吃一驚，桃縣人在糧荒時代一度吃光了所有可吃的東西，連自家養的貓狗也不放過，所以即使是在改革開放的盛世時代，桃縣的貓狗也只能在狗肉館和龍虎鬥菜譜上才能找得到，桃縣大街上不可能見到貓狗，這種共識使得在場三人都緊張地注視著那只大刺刺的貓。

隨後，進來一個戴眼鏡的白面老人打破了沉默。他身材保養適中，指甲修得精緻，臉上表情空洞，一副睡眼朦朧的樣子，梗著脖子掃視一圈，他說瞎吵吵什麼，同志們，院方不會坑害普通職工的利益，暫停收取停車費。

屋內幾個人鼓掌嚷嚷郝書記真棒。郝書記是他們頂佩服的領導。

同志們，叫我院長。郝院長謙遜地再次要求大家稱呼他的行政職務，他以手捂住打呵欠的嘴，盯著貓和行李。院內都曉得郝院長討厭貓呀狗呀之類。

丁零理直氣壯說貓和行李全是她的。郝院長左轉身360度，好大一圈，才看到一字平肩、英氣逼人的哈爾濱姑娘，你是誰，哦哦幾聲，新來的去測繪處吧。

小賈答應著，裝作鎮定。丁零還想說什麼，郝院長擺擺手，不容置疑。

小賈就是測繪處的。他搶著幫丁零提行李。等到無人處，小賈告訴她郝院長從小生得一個毛病，只能向左，不能往右，脖子不能右轉，人也不能，做什麼事都只能朝左，不能往右。院裡都習慣了他。看書寫字都在左邊，從左邊開始。走路遇上，他看不見右邊的，大家都努力靠左行。丁零哈哈大笑，轉瞬又捂住嘴。小賈說沒事，咱們這會兒靠右，他看不見。

小賈摸了摸貓的腦袋，貓沒有反抗。他又摸貓的脖根，貓似乎很享受。小賈試圖把貓抱過來，但貓毫不客氣抓了小賈一把，小賈手背立刻出血了，他一把抓住了貓的頸皮，把它拎到半空，訕訕地笑：你的貓好厲害！

丁零說這不是她的貓。這只貓在設計院門口溜達，看見她就一路跟上了。貓跳到丁零懷裡，團起身子，又成了乖乖。小賈打消了親近的念頭。從貓臉上的一撮白毛，小賈認出了這只孤獨的貓，桃縣還有那麼一個孤獨到倒行逆施的人，這只貓屬於那個孤獨的人。小賈對她說，你不知道桃縣不養貓狗吧，這肯定是霍軍的貓。這可是桃縣唯一的一隻貓。怎麼跑來設計院呢，他的貓最怕人，素來不待見咱們設計院！

那天下班，小賈領著丁零去了霍軍在北郊的小院子。南北向幹道出城時直接從環城大道下面穿過，桃縣人精明，為了降低造價縮短工期，以十字交叉的方式在地下挖出一條隧道，省下了高架成本，但缺點就是排水不良，下雨天積水，過往車輛都得涉水穿過，在這個雨天變成水塘的隧道後面是一長排灰不溜秋貼滿老軍醫小廣告的農家毛胚樓房，霍軍的家就是其中的一棟平房，門楣上紅底黑字「擁軍愛民」字跡斑駁。

院門由內一打開，丁零拍手大笑：你就是那個飛車瘋司機！

看著丁零手裡的貓，桃縣僅有的貓保護者似乎輕輕歎了一口氣。很深的雙眼皮大眼，一隻眼閃著亮晶晶的光，另一隻倒像是義眼，他臉上手上全是黑乎乎的，顯然正在忙乎什麼。桃縣作為中國新崛起的體操之鄉，先後走出了六位世界冠軍。霍軍也長成桃縣人那種體操健將版本，軀幹短小，四肢強壯，面貌精幹敏銳，天然有利於節約糧食消耗，減輕單位面積上的重力負荷，桃縣設計院不少本地職工是這種生理節約長相。

小賈這才知道丁零是霍軍親自開車接來桃縣的。丁零後來說高速公路什麼時候在眼前變成一個封閉的橢圓形賽車場，她就是坐上霍軍的車子的時候一下子弄懂了。就在從省城機場瞬間位移到桃縣的過程中，她把「桃縣歡迎您」錯看成「速度歡迎您」，眨眼的時間內，距離消失了長度；或者說，70公里距離內，時間停止了延展。她抓著車頂把手和保險帶，無法動彈，屏住呼吸，以免心臟逃出口腔。風馳電掣這個詞太弱，不足以形容這麼快的速度。及至設計院的黑色奧迪A6L到達桃縣高速出口，她五內翻騰氣血翻湧，抱著前座差點吐了，所幸頭腦還算清爽，肌肉繃得過緊，情緒如同嗑藥般興奮，這些異常反應，做醫生的丁零媽媽曾告訴女兒那是大腦分泌多巴胺，血液超量供氧。

霍軍是一個冷靜的退伍軍人，一點兒沒有內疚的意思。他面無表情，沉默寡言，如果不是右眼看上去像枚義眼，他外表全然是一個好司機的范兒。上車時，丁零問他什麼時候到，他不答，問他桃縣風光如何，他也不答，好像他作為機器人沒有設置講話功能，只乾巴巴擠出一句：拉好把手。車子就像一枚噴射火箭彈似的飛了起來。丁零手心握住的全是冷汗，忍不住感歎：世界末日的感覺！

霍軍用義眼似的右眼瞟了她一眼。她問會不會有罰單，霍軍說15分鐘70公里，超速拍不到；就算拍到了，交警大隊咱們也能搞定，咱們可是桃縣設計院。

丁零說，什麼鬼地方，切！

霍軍的貓和他一樣不喜親近人，但對丁零是一個例外，他側一下身。丁零跟著貓走進霍家雜亂的院子，一對沾著機油的石鎖旁邊，一台拆開的小型機器佔據了大部分空間，地上橫七豎八滿是奇奇怪怪的軸承零件、傳送帶和工具，她這時明白她看見了無紡布口罩製造線的最初面目，這種野蠻上馬的桃縣土機器後來迅速不脛而走名聞全國。霍軍父母早年去南方打工，留下一句話「找不到好工作念書有個屁用」；他們回鄉看兒子和老人次數越來越少，最後再也沒回來。等到祖父母去世後，霍軍成了真正的孤兒。他高中畢業參軍，退伍返鄉，來設計院給院長開車，平日喜好拆拆裝裝，靠給人修理機器賺些外快，不久成了遠近聞名的土工程師。

丁零給貓餵食，霍軍悶悶地說貓沒有名字，就叫無名氏。

丁零揉了霍軍一把，拍手喊起來：好名字。

小賈感到費解。空閒時霍軍也會來找小賈下棋，但從沒見他的貓跟過來。

3 出青魚精的地方

僅有的一隻貓走在桃縣街巷無疑是危險之舉。但無名氏是一隻特立獨行的貓，它對危險有一種奇怪的體認。從此它常來設計院，因為丁零在，它似乎不再害怕撞見生人。小賈開始無端擔心貓的安危。但貓卻徹底無感，它發出呼嚕聲，像狗那樣跟在丁零後面七八米遠，若即若離，它很滿意與一個漂亮的外地姑娘做了朋友。

丁零口裡發出喝彩，這是她初見富有朝氣的桃縣水利設計院的時刻。設計院在中醫藥專科學校綠茸茸的校園斜對門，主體大樓高大軒敞，白色主色調很乾淨，大理石地面整潔到纖塵不染，每一條接縫都被細心塗成了白色，與桃縣其它土氣建築形成鮮明反差。

丁零口裡的這個鬼地方全稱「桃縣水利勘測設計研究院」。桃縣完全不像是江漢平原上的一座普通縣級市，它有點神奇，也很有些神氣，一個把速度擺在一切之上的地方。設計院走廊充滿設計感，成為院內最有社會主義特色的所在，貼滿先進個人照片、先進思想彙報和先進事蹟，散發著正能量才有的獨特氣味，某種類似於海鮮的新鮮腥味。大影壁前，立著前任老院長的半身銅像，儘管他仙去多年，美麗的丁零每次走過像前，老人家好像都忍不住要出聲叫她。身為工程院院士的老院長的遺囑刻在像座上：

決不允許江河自由奔流，將史無前例的宏偉水利建設進行到底！

小賈很高興桃縣孤僻的愛貓人來了興致。霍軍破天荒提出帶丁零熟悉一下江漢平原的小城桃縣。貓不無妒意，一路跟著小賈們三人，看著他們吃了桃縣聞名的烤串、豆皮和米團子等，最後以小吃街一餐正宗米粉蒸肉作為圓滿收尾。霍軍說米粉蒸肉是當年桃縣起義軍陳友德的娘子發明的軍糧做法，丁零很聰明，她一下子就猜到蒸肉蒸的是貓肉狗肉。無怪乎桃縣鼠害嚴重，家家戶戶下鼠藥放鼠夾也不管用。

霍軍不會講故事，小賈這個河北小夥子講得頭頭是道。小賈講傳說桃縣得名於齊天大聖孫悟空。他偷吃蟠桃調戲宮女那一回，大醉後從天上吐下一枚桃核，落在這個地方，於是，桃縣人就與楚人秉性和而不同。如果說省城人是九頭鳥，那麼桃縣人就是又尖又滑的鳥嘴（在沉默的霍軍面前，小賈老是這麼胡說八道）。小賈還說元末天下大亂，群雄爭霸，桃縣漁民陳友德揭竿而起，以分田地號令天下，廣積糧，早稱王，在元末造反軍中脫穎而出，最終，在鄱陽湖大戰輸給鳳陽破落戶朱元璋，丟了江山，也丟了性命。那是桃縣人距離王天下最近的一次，從此桃縣人再無機緣逐鹿中原。

丁零問，這兒為啥到處找不到一個陳友德的塑像？

小賈揉著有些癢癢的眼角，他為這個小城屢敗屢戰的歷史著迷，信口答道，成王敗寇，陳友德縱然是本地出來的大英雄，但既然敗了，沒當上皇帝，樹碑立像就不大合適。

丁零撇嘴，不以為然。

霍軍終于開口說，咱們這兒說陳友德是青魚精投胎轉世，如果真的要給他塑像，難不成塑個魚頭怪？說到底，每一個桃縣人的心裡都有一個問鼎天下的陳友德。

丁零繼續挑霍軍說，我在想河裡是不是真的有大青魚。

霍軍說，小時候我看到有人釣到過，兩三米長，把一個人都拽到河裡去了。

不會是你吧？她猛地搡了霍軍一下，霍軍壯碩的身軀敏捷地閃開了，不像是一個開車的，倒像是一個桃縣陳友德。小賈有點不自然，霍軍的話顯得多餘。

桃縣市區的大小只夠小賈們半天逛的，最後一站，他們來到郝院長的傑作桃沙江大壩面前。龐大的混凝土壩體穩固莊重，猶如孫大聖當年遺留的一枚定海神針，壩上飄揚著一長排紅旗，宛如花果山頭的萬丈紅雲。

小賈說桃沙江在變成一條白裡泛黃的懸河[1]之前是一條水流湍急的黑水河，歷代素有魚怪傳說，數十條縣誌記載皆提到河中時有大魚出沒，長約三丈，銅頭青甲，興風作浪，傷人性命，當地人常以童女祭祀之。實際上桃江是九曲回腸之河，彎曲的河道減緩水速，造成近年來大量泥沙沉積，河床被迫持續抬升，形成危險的懸河。老院長對桃江作了詳細改造謀

1 地上河十分不穩定，一發生決堤，水往低處流，原先河道就會廢棄。在自然情況下，很難形成高出兩側地面很多的懸河。出現懸河往往與人類相關，為防止決堤，不斷加固兩側的大堤，河流與河床競相不斷抬高，最終導致高出兩側陸地很多的懸河。

劃，郝院長繼承老院長遺志，帶領新一代水電人自行設計建造以發電為主，兼有防洪、灌溉等綜合利用的大型水利樞紐桃江水電站，屬於桃沙江幹流九級開發的最末一級，安裝有8台85萬千瓦的水輪發電機組[2]云云。但丁零顯然對青魚精更有興趣，她在問哪裡能見到魚頭怪，小賈尚未回答，七八個小孩呼嘯跑過，小賈發現他們追趕的是一群黑霧般退卻的大老鼠，他們消失在大壩那一頭，隨即傳來一陣陣驚呼聲。

無名氏貓受驚了，它興奮到一個轉身，往大壩上跳躍，速度之快簡直插上了翅膀，丁零立刻追趕，圓圓的小乳房在恤衫裡上上下下。小賈他們只得跟上，越過亂石雜草，他們看見一個穿迷彩色雨衣的老頭揮舞著大鎬頭，正砸向壩體，每一鎬下去都是泥片和火星四濺。

貓不見了。丁零愣在當場。

老頭長著一把神氣的花白絡腮胡，手裡砸得更起勁。霍軍不知從哪裡來的神勇，猛踩老頭的腳，老頭吃痛身子歪斜，瞬間被他奪下了大鎬。老頭身形佝僂，一字眉毛濃重，，頭髮長而亂，像猢猻毛，他不怒，反笑問霍軍有煙嗎，霍軍順手把大鎬丟給小賈。

老頭掉頭瞅著丁零怪笑，口水也流下來：考考你這個漂亮女娃娃，有人養了一群雞，裡面有一隻公雞幹活最賣力，總是第一個上崗打鳴，主人很生氣，一刀就殺了那只公雞，你說

---

[2] 一般把裝機容量5000kW以下的水電站定為小水電站，5000～10萬kW為中型水電站，10萬～100萬kW為大型水電站，超過100萬kW的為巨型水電站。比如，三峽水電站大壩高181米，正常蓄水位175米，大壩長2335米，安裝32台單機70萬千瓦的水電機組。裝機容量達到2240萬千瓦。

是為什麼？
丁零撇嘴，抹著額頭的汗說，那只雞最肥。
老頭搖搖腦袋，轉向小賈笑，小賈拄著鎬頭，不情不願地說，吃得太多。
老頭忍住笑，喉嚨裡發出水管爆裂的聲音：傻瓜！那只雞太賣力了，老是提前一個時辰打鳴。叫得太早了。不守規矩！
孩子們的呼嘯聲又回來了。這回沒有老鼠，幾個警察尾隨那群孩子沖上大壩，旋風似的把老頭摁倒，上了手銬。一個老警察好心地對他們說離老瘋子遠點，老頭瘋了好多年了，老喜歡來大壩上轉悠，冒充護堤員。老頭瘋言瘋語說什麼大壩上有炸彈，他是跑來拆彈。警方徑直把老頭架走了。臨走前，他們還進一步警告丁零：你女娃娃不要逞強，老瘋子很危險，一鎬頭砸開過一個姑娘的腦殼！
呼嘯聲又起。貓弓起身子豎起毛，喉嚨裡哈氣作響，這回它自投羅網，落入了那群孩子的圍困。一個胸前留著鼻涕痕的小孩怪叫著撲上去，一把揪住貓尾巴，把貓掄起來，比劃著手槍形狀說，槍斃老殺人犯！
霍軍惡狠狠對小孩說，滾！
貓憑空擰腰，展開利爪，一個筋斗逃開了。那小孩把虛擬的手槍對準霍軍，嘴裡不斷發出虛擬槍聲。霍軍一把抓住小孩胸口：你們老師在哪？
丁零推開霍軍，小孩乘機滑魚似的脫逃。那群小孩子嬉笑著，一窩蜂散了。跑遠了還在喊：

老鼠飛，飛過天。天門關，飛過江。
江水白，飛過雪。雪花飄，飄過壩。
桃沙江壩炸翻天，天上天下齊遭殃。

丁零在大壩上轉了一圈，抱著雙臂低頭沉思說，看資料說共有900座水電站密佈桃沙江上上下下，許多地方濫建水庫，每公里建一座，汛期來臨，每一座都是一枚炸彈。桃沙江百來種魚快絕種了，把每一滴水榨幹用盡，商業開發能做到這麼極致地步嗎？我有時候真想親自問一問郝院長。

郝院長還身兼桃江水電開發公司董事長。小賈說，得了得了，哪裡的經濟發展不付出點代價。這兒發生神奇逆轉只是最近20年的事，從十年九荒的江漢氾濫區演變為改革開放最前列的省直轄市，桃縣靠出口歐美訂單一躍成為全國PPE物資最大生產基地。桃縣也就是最近才有錢開始投資老院長的大水電夢想。

丁零說，薩斯（SARS，也稱非典）蔓延時期，用廁紙做口罩濾布的就是這裡吧？

小賈說，嘿嘿，桃縣人膽子肥，全國聞名。

丁零說，膽大才會妄為，花這麼多錢修桃江大壩，真有必要嗎？

小賈說，修壩前是有人反對，說大壩沒有防洪能力，萬一遇上大洪水，洩洪毀壞力遠超自然洪水，環境評估也不過關，聽說是郝院長力排眾議，將設計院全體帶到江堤，對著滔滔江水，朗讀老院長的遺言宣誓……

貓蹲在一隻標著「北京」字樣的破舊旅行袋旁邊，舔自己的貓皮大衣。丁零走到去，腳踢了踢旅行袋，彎下腰翻看，不禁捂住鼻子，袋內冒出一股奇怪的腥臭，一本髒兮兮的黑面筆記本掉在地上。

貓好似發現危險似的一哆嗦，躬起脊背，毛髮倒豎，盯著筆記本，喉嚨裡發出低叱。霍軍快步撿起筆記本，翻看幾頁，裡面全是潦草的數位、計算公式和圖表，旅行袋內還有酸臭味的衣服毛巾和塑膠水杯等等，最後掉出來一雙鞋頭開口的男式翻毛皮鞋。

4 好人配享靜好歲月

人們常常有意無意往測繪室跑，流言包圍著哈爾濱姑娘。他們說哈爾濱姑娘畢業後在北京談了一個男友，不幸男友劈腿，又說她父母在外地遇交通事故身亡，她受刺激過度，變得神經兮兮，得罪了某位領導，才發配到千里之外的桃縣來。一個像桃縣設計院肌體臃腫卻生長快速的彈丸之地，很快讓這外地姑娘感到疲倦和缺失。

大白天人昏昏沉沉的，三四個月沒睡好覺似的。即使在上班時間，也有許多人在打盹，這裡辦事要麼非常快，一筆帶過；要麼老牛破車，能拖則拖。丁零做事大大咧咧，丟三落四，小賈趕在她屁股後面收拾也來不及。她通常早餐不吃，一天兩餐，甚至一餐，上班睡過頭遲到，下班卻不走，加班到深夜，為此遭到部門領導屢次批評。

院裡最重要的例會是每週的政治學習，往往呈現一種溫情脈脈的催眠狀態。大家一進會議室都往郝院長的左面輕手輕腳入座，如果沒有位子，寧願站著，小賈也站著，看遲到的丁零一個人坐在右面空落落的地方，他略略遲疑一下，慢慢挪到她身邊。主持會議的郝院長左面的一個上座永遠空著，面前放一杯熱茶。院長用沒有起伏的語調宣讀學習文件，重要地方停頓一下，看一眼左面那個空位，他的嘴巴開合，像脫水的魚拼命吸氣，也像催眠師以重複而誘導性強的說話使全場昏昏欲睡。期間有人進來換水續杯（包括那個永遠的空位）。如果有什麼重要事項需要表決，郝院長會說請老院長表態。一隻大老鼠從角落裡跑出來停住，打量著會場，大家齊齊看老鼠，再看那個空位，大家熱烈鼓掌通過。見實在無人理睬，老鼠沒趣地回到藏身處；散會前人人帶著滿面倦意，再次朝空位頷首致意。那是老院長精神永遠長存的所在。

丁零調皮貪玩，不參加學習，溜到院子裡，看霍軍洗車。無名氏貓好像心有靈犀，不管有沒有貓糧味道，它都會從某個角落裡及時跳出來。貓現在長肥了，身子圓滾滾的，消除了對小賈的敵意，但仍拒絕小賈的觸摸。小賈看到貓星人的神秘瞳仁裡總是有一個特立獨行的窈窕身影；霍軍敦實的影子一半在地上，一半落在奧迪車身上，那是另一個無法捉摸的彎曲身影。

郝院長派小賈來幫助丁零思想進步，她反而提高略帶沙啞的嗓門對抗：你這個年輕黨員別忽悠我，我沒問你黨建問題，對這種與政治無關的政治學習也沒什麼興趣。

小賈有點急：政治學習很重要，郝院長正帶領大家學習民主集中制的黨風建設。

丁零咯咯笑起來：設計院每一個人都怕院長，但他是無處不在，他無所不知，像上帝似的，裡裡外外他一個人說了算，就是獨裁。還學什麼民主集中制？掛羊頭賣狗肉？

小賈耐著性子說，桃縣是很現實的地方。只許成功，不許失敗。只要你做好技術活，在領導面前表現上進些，誰領導、是不是獨裁有什麼關係，院長很關心你的政治生命，他讓我問你上週五政治學習怎麼又沒見你，你要是真的參加有困難，我幫你請假吧。

丁零嘟起嘴，拍拍小賈的頭說，少使壞。人人對著老院長的鬼魂努力表現自己，這太搞笑了。我就是不參加，也不請假。

你要相信我，我是好人。小賈說，你看，我天天幫你喂貓。

丁零撫掌：那要看貓願不願意。也要看貓主人。霍軍，你同郝院長朝夕相處，你說他老人家一到週末老往省城跑做什麼去？

霍軍被逼不過，才擠出一句：週末去省城，他家眷在那裡。

丁零卻偏要打破沙鍋到底：咱們院長的老婆孩子可都是在美國呀。

院裡人都說郝院長的合法性不是源自官職，而來自於兩個傳說，一是說他爹是著名的某高層領導的親戚；二是說沒那麼大官，只是一位省委領導，不知道得罪了哪兒路神仙，被下放到這裡做市委書記，他在視察設計院時特意指示說向郝同志學習。在市委書記的親自關懷下，郝院長迅速上位，設計院也建起8層新大樓，編制增加到二十幾個部門上千名高工和工程技術人員，火速發展為一所全國聞名的水利設計院。無論上述哪一種消息更準確些，霍軍都不願意承認或者否認，他只說，郝院長公私分明，週末很少用車。他的私事你不清楚。

丁零說，少來，霍軍，桃縣主要市領導在省城有住房有二奶私生子不是什麼新鮮事。院長在省城有幾個家，你開車的都不知道那些壞事，還有誰知道呢？

霍軍撓著自己的臉頰，好半天才擠出一句话：我也是好人，我的微信號被封了好多次。惹得小賈和丁零止不住狂笑。貓及時地過來蹭小賈的褲管，好像也是為了證明它也不壞。小賈開始打呵欠，引得丁零及時伸了個懶腰，她說，奇怪！來了這裡怎麼睡都睡不夠。

小賈解釋說，桃縣是一個神奇的地方，做事快，效率高，大概就是因為這個原因，大家都很容易疲勞，白天也嗜睡。大家睡得多，想得少，就不那麼煩心了。

霍軍回歸沉默。這個寡言少語的傢夥真是無趣至極。他很神秘，他是丁零見過的僅有一個無論白天還是黑夜都精神奕奕的桃縣人，小賈卻不以為然，他敢打保票霍軍這人叫人夠煩心。

這裡像雨後雜草般冒出來許許多多咖啡館，大多成為本地人白天打瞌睡的地方。不瞌睡的地方要數夜裡的舞廳。桃縣青年揮汗如雨，聚集在那些火熱的夜裡。丁零主動邀霍軍跳舞。霍軍就算是跳舞也是悶悶不樂的樣子。即使是大眼睛笑彎了，眼仁裡還是一團迷霧似的孤獨。小賈對跳舞一竅不通，只好抓耳撓腮乾著急，看著丁零教霍軍跳國標舞。那兩個人的身形實在太不般配了，穿中跟鞋的丁零比霍軍要高半個腦袋，她的腿比小賈還長，仙鶴似的腿矗立在矮小的桃縣人中間，更襯托出霍軍狗熊似的舞姿。

小賈為此偷偷上網買了舞蹈課教程，但大半個月下來還是頻頻踩丁零的腳。她不生氣，吃吃地笑著，躲著小賈的腳，搞得小賈不想跳了，更不想看到丁零忍耐的眼神，那是姐姐照看一個不懂事的弟弟，理解裡面帶著點嘲弄，像水的柔性，始終無法把握。

5 瘟疫之城

無名氏貓在桃縣人昏然欲睡的大白天，來公安局食堂偷食後，悄悄爬入壩北公安局樓頂的隔熱層下面，這個觀測點比設計院更理想。貓瞳孔變細，耳朵竖立，鬍鬚張揚，望見通往省城的高速公路上燈光灼灼，煙塵滾滾，無數人戴著各式口罩，抓住封城之前的最後時間縫隙連夜逃離。省城被一場突如其來的奇怪瘟疫圍困，距離最近的桃縣擠滿了末日時刻逃出來的各路人馬。

世紀大瘟疫爆發在丁零報到的第二年。起初，關於省城奇怪肺炎的傳言最初只在設計院內科室角落流傳，接著，郝院長的指示赫然出現在當期院報上：以桃縣市委主要領導任指揮的疫情防控指揮部正式成立，發揮中樞神經作用，發佈第2號和第3號令，宣佈全面啟動突發公共衛生事件一級回應，科學決策，靠前指揮，一線調度的格局迅速形成云云。疫情很快上升到四級回應。桃縣被瘟疫圍困，陷入了狂熱的戰爭狀態。黑髮白髮的人臉隱藏在林林種種的口罩後面，包圍了桃縣人民醫院，發熱門診全是做核酸檢測的，但檢測僅有30%準確率。他們用談論恐怖主義的語氣談論穿山甲、蝙蝠和果子狸等等，在消毒水反復漂洗下，皮膚洗得發白脫色，臉上的表情空空蕩蕩，回家關門落鎖的聲音震耳欲聾。

抗疫是一場生死大戰。桃縣雖然是彈丸小地方，也快速挖斷了與省城連接的各種道路，封鎖住疫情社區進出口，而腦筋活絡的桃縣人則傾巢而出，大力發展抗疫用品生產，一輛輛集卡送往一千公里外的上海港。這一方，小民百姓被迫封戶封樓，蔬菜和糧食都不得不以軍管方式配給，以救火速度搶奪，工作無著，生活淒苦；另一方國營私營各類企業如雨後春筍冒出無數，日夜加班趕制PPE產品，春節無休，既內銷，也出口。短短數月間，桃縣從出口醫用口罩集散地一躍成為世界主要PPE生產基地，但這裡也淪為疫情爆發最猛、戴上口罩最快的瘟疫之城。桃縣人是現實主義者，他們忍受著每天沖高的確診率，咬緊牙關大幹快上，製造口罩隔離衣防護服手術衣等各類緊俏抗疫資源。當全國在新冠疫情衝擊下依次淪陷，省城淪為疫情最嚴重的起源點，桃縣PPE企業卻別開生面，開足馬力賺翻天，一家小廠一個月賺一個億已是少見多怪的事。誰也沒想到霍軍一聲不響，趁這時機停薪留職，下海造出他的超高速口罩機和點焊機，把一片片口罩以最快速度印成了一張張人民幣，甚至一張張美元。

報應來得也快。不少感染者和無症狀患者滯留在這裡。當院內第一例得新冠重症的年輕人住進了重症監護室，設計院上下被迫再次封禁，工作完全停擺。丁零和小賈被封鎖在宿舍樓裡，一切娛樂活動都中止了。只有老鼠，餓得吱吱尖叫的老鼠成群結隊，堂而皇之地出現在大街小巷。

丁零不再是剛來那副沒心沒肺的作風，她常常拿著軍用望遠鏡看窗外，觀察著人民醫院門前的排隊人流和急救車輛，時不時咕噥一句「老鼠」。小賈開始擔心她會不會悶出病來。

貓坐在對面舔著爪子，它剛抓到一隻餓癟了身子骨的老鼠，還不曾玩厭。

貓盯著小賈的臉看，一隻眼是紅瑪瑙，另一隻眼是藍寶石。小賈被看得發毛，回過頭，第一次見到丁零嚇著的樣子。她抱緊雙臂也盯著小賈，不，準確地說，盯著小賈的身後。她臉色緋紅，告訴小賈剛才外面有一個手指頭樣的東西在窗戶上寫字。小賈後來回想，大約就是那個時候，丁零開始出現幻覺幻聽。她說昨夜在宿舍看電視，遇上電視黑屏，電磁雪花過後出現的也是這個字。小賈走到身後的窗戶前，那天佈滿霧氣的宿舍樓窗戶上清晰地露出一個漢字：壩。

筆劃粗細不勻，看上去像是誰的惡作劇。

丁零質問小賈：桃江大壩為什麼突然洩洪呢？事先一點風聲也沒有，老百姓完全不知情，把下游的兩三個村子都沖走了，下游老百姓來不及逃命！小賈，郝院長兼任桃沙江水電站開發有限公司的董事長，他為什麼屁也沒放半個？

小賈很為難，他想了一下，裝作很懂的樣子說，如果不搞突然襲擊，老百姓不幹。他們萬一索賠，糧食，莊稼，農田，肥料，房子，財物……怎麼賠得完，但如果是天災，幾包速食麵幾瓶礦泉水就搞定了，老百姓還要感謝政府感謝黨。

你可是黨員吶。黨員得跟郝院長反應情況，她站起來說。

小賈打著呵欠說，大壩洩洪的事，我們管不了，郝院長也管不了，是上面決定的。就算管了又能如何，一個問題解決了，另一個問題又來了，疫情沒完沒了呢。

小賈笑了笑，就笑不下去，用指頭在窗玻璃上抹了抹，沒法抹去，顯然是在外面寫的，但他們是在三樓，誰又能大白天爬到三樓窗戶外去惡作劇呢？小賈摸自己的額頭，很正常。又探手摸她的額頭，覺得有點燙手。

窗外的水聲分不清是雨聲還是水流激蕩，桃縣白晝的天色變得像夜一樣猥瑣而曖昧，桃江大壩露出一角朦朧的微光，像鏡子與河流撞擊出的火花，或是河流在鏡子裡製造的幻影。丁零取出望遠鏡來觀測窗外，瘋了的老護堤員或者假扮的護堤員披著迷彩雨衣，又在大壩上現身了。大壩現在由一個排的解放軍駐守，鏡頭裡士兵們麻利地把瘋老頭綁到公安局大樓去了。

丁零讓小賈看，小賈說，不對，是公安局隔壁那棟灰色水泥大樓。

丁零說，我想去那裡看看。

小賈眼皮打架，慢悠悠說，別發神經，那裡是精神病院。

丁零調整角度，又觀察了一會兒，她說，你能肯定瘋老頭是被送進精神病院了？

小賈沒理會。她夢遊似的說，要麼這兒所有的人說假話，要麼是我一個人瘋了。

小賈倒在一把轉椅裡，假裝睡著了，腦袋耷拉在肩上，嘴角還流出一點口水，睡相很難看。無名氏貓出現在小賈腿跟前，貓毛聳立，毛色無光，丁零探出一根手指，發現貓的鼻子很幹，貓耳朵很燙。

小賈嘴裡發出嘶嘶聲，丁零輕輕拍了他的臉，他表面上睡得很熟。她留意到他的食指，半月板上一根肉刺拔斷弄出了不少血。丁零找出一把指甲剪，替他把肉刺連根除盡。

她停住了動作，仔細察看自己的手也起了變化，好似長時間在水裡泡過，發白蛻皮。

她拿出手機發短信，小賈從眼縫裡發現她很快收到了回信。她臉蛋紅豔豔的，那是戀愛中的女孩常有的，小賈懂。他感到鼻腔裡癢癢的，好像被貓毛堵上了。

無名氏貓喉嚨裡發出呼嚕聲，小賈心內有一種預感。貓這種生靈天生具有預感災難的能力。耳邊還傳來桃江大壩洩洪的隆隆聲，彷佛幾十億隻老鼠湧入桃縣大街小巷的聲響。小賈想這只貓可能同時與他一起預感到桃縣即將淪為猛水為患之地。

6 猛水之地

在紛亂如麻的回憶中，小賈驚覺其實是那只臉上有白毛的貓第一個發現桃沙江水變紅，不是晚霞溶解在江水裡的那種火紅，而是汙血幽咽的暗赤色。它只是一隻貓，雖然是一隻比人類更耐心更細緻觀察桃縣大壩的貓，但這無論如何不能阻止桃縣快速奔向無可回避的命運。

好多天了。那個花白絡腮胡老護堤員披迷彩色雨衣一再出現在大壩，無論如何看都不合情理。他明明已經被士兵們抓走了，但片刻之前，他明明還在大壩底下，揮舞一把銀光閃閃的大鎬，砸向堅實的混凝土。片刻之後，好似一隻綠黑兩色的螞蟻，爬入某條裂隙不見了。當時，除了丁零以外，這件事也讓無名氏貓傷腦筋，它想了很久，為什麼一再看到老瘋子，江水變赤和它的朋友丁零或者桃江流域連續暴雨有什麼關係。貓眯起眼，後爪舉起撓著脖頸上的毛，似乎它得出了某種不可思議的結論。

貓眺望著對面設計院的食堂。它的朋友丁零與主人霍軍都在。霍軍偶爾還來設計院請丁零吃飯，但丁零只把他帶到食堂裡，她不知與霍軍說些什麼才好，現在到處是山體因暴雨崩塌的壞消息，江漢平原1000多座水庫水位全超過了汛限水位。貓猜想他們倆也許談到了那些無知村民的死亡，因為設計院今天都在談論水利部不得不公佈26個省份全部遭遇洪災，如果涉及死亡人數，就會觸發某種集體敏感預警機制。食堂裡的人吃完的先走了，沒吃完的找藉口也離開了，最後只剩下丁零與霍軍，霍軍打了許多飯菜，但大部分都還剩在桌上。霍軍現在搖身變成了成功人士，衣著也變成了好幾千元一件的鹹菜色鱷魚夾克，他神經質地晃著手腕和手腕上的瑞士金表。

丁零的表情生動起來，不知道她說了什麼，霍軍突然躍起拽她的胳膊；丁零的眼光厭惡起來，她推開他，扭頭就走；他趕上去，攔在門口，她踹中他的什麼地方，他捂住一條腿的膝蓋，倒在地上。丁零沖出食堂和設計院邊門，轉過拐角，再也看不到了。

貓全身毛炸開，發出粗重的哼哼。雖然它聽不清那麼遠的聲音。但貓不是用耳朵才能聽見的，正如它不是用眼睛才能看見。貓的興奮不能維持太久，但它產生的預感比人類要準確得多。

貓再次看見主人霍軍是在當天天黑前。霍軍一個人在設計院邊門彷徨，他不願意貓礙事，賞了它一腳。這讓貓大為迷惘傷心，它不得不躲起來，主人的迷彩色雨衣很容易辨認，護堤員大多穿那種軍用雨衣，煙頭一明一滅。

不久，丁零出現了，迷彩色雨衣像一道大門，張開，吞沒了丁零。兩個人合成了一個人，在雨霧裡變成了地平上的一條線，隨後逐漸放大，重新變成一個清晰移動黑團，黑團滾動在夜色裡不容易分辨，但這難不倒貓。它判斷出他們靠近的是大壩北端的公安大樓，然而他們突然消失了，他們拐進了隔壁的回字形樓，貓知道。

貓弓起身，瞳孔縮小，貼近察看那幢淡淡煙霧纏繞的回字形樓。雨下大了，雨點猛砸公安局隔壁那棟建築物醜陋的水泥外立面，貓想起以前它跟著老鼠的蹤跡去探查過多次，牆面上刷著「社會和諧」大字，下面署有「桃縣精神衛生總院」落款。裡面刷成同設計院一樣可憎的白色，閃閃發亮不銹鋼柵欄和門戶如同監獄分區編號，樓裡的人按數字編號管理，他們雖然都長著人類的模樣，有的成天哼哼唧唧，有的來回跑圈，有的對著牆壁講話，有的乾脆跪在廁所裡磕頭如搗蒜……回字形六層樓，走廊裡都裝著鐵柵欄和鐵門。窗子玻璃都是防彈的，窗戶開不大，正常人鑽不出去。重症監護室跟普通醫院ICU不同，專為強烈自殺觀念或攻擊行為的患者預備，需要做無抽搐電休克的患者在治療前後2小時會在這個地方待著。

貓撥開了重症室窗戶，一股寒冷的氣流掀動了那個重症患者的絡腮胡，入院一段日子以來，他的鬍子連鬢長到了頭髮裡，濃重眉毛也連成一字型，一張嘴像是人猿在大笑，露出缺了兩顆門牙的血盆大口。貓躬身豎毛，連連後退，老瘋子的兇惡打消了貓潛入的主意。

貓的警覺與焦慮使它與主人日益疏遠。霍軍自己研發的超高速口罩機已增添到七條線，安裝在新購置的開發區大廠房內，就在桃江大壩下面，掛上了弘達醫材的中英文大招牌，哧啰哧啰齒輪傳送帶轉動，吐出一片連一片的口罩，配上外購的點焊機和包邊機，噠噠噠地焊上兩根橡筋，或者包上兩根系帶。霍軍忙得連家也不回，乾脆住在廠子裡。貓為此怨恨起主人，還有那個姓郝的眼鏡老頭。郝院長極力舉薦霍軍入黨，並將他送去參加市組織部舉辦的青年幹部培訓班，培訓為期一個星期，進修黨性、黨務和黨建課題。

霍軍作為骨幹青年黨員開會期間，貓回到霍軍小院子，它驚奇地發現主人也回來了。霍軍是天黑後摸回家，躲到門後角落抽煙，燈也不開，煙頭在黑暗裡一明一滅，他像一個對大人隱瞞所做壞事的孩子。

貓悄悄跟著霍軍去開會。會場裡即使是老鼠成群，但仍然是貓認為的人類世界裡最無聊的地方。經過偽飾的鼾聲此起彼伏，但貓沒睡意，也不關心老鼠，它注視霍軍翻著一本破舊的黑皮筆記本。貓覺得眼熟。會後，霍軍獨自駕車去了省城一次，回來後在他自已的工廠裡成立了黨支部，自任黨支部書記。霍軍的小院子和工廠不再是貓喜歡當作家的地方。

小賈刻意疏遠了丁零和霍軍，貓再也看不見他們三人同行，貓在小賈的怨恨與失落中理解了人類世界不如貓世界的地方，人類世界的悲劇在於它總是失衡的。

7 無症狀感染者

入夏以來，這一片苦難深重的土地交了好運。桃縣在類似軍管的嚴防死守下，疫情得以控制。疫情防控指揮部宣佈零感染的那一天，沒有歡呼沒有喝彩，全城人民冷靜得出奇。郝院長累得病倒了。院辦放風說院長不是新冠肺炎，是被哈爾濱姑娘氣的。

霍軍離開設計院之前，曾經拿一個黑皮筆記本來找小賈。小賈的態度很冷淡，以後他再沒來過。小賈現在記起黑皮本上記載著種種修建大壩的惡果，如景觀古跡被毀、珍稀物種滅絕、環境惡化、地震、滑坡、水庫淤積、航道堵塞等等，作者筆跡潦草，自述憂心忡忡，夢見在國際生態環境法庭受審，被判開除人籍，永墮魔道，發往陰司地獄，受淩遲之苦等等。小賈一旦想起這些，頭痛就發作，深入骨髓的頭痛發作後，腦袋裡久久驅不散筆記本上的一句話：大壩致命弱點在於一旦遇到強降雨……

這些日子雨量正常，小賈睡得不少，但睡不踏實，半夜聽見了嗚嗚的貓叫。丁零並不收斂，不聽小賈勸阻，自說自話隨外地來的地質隊去勘測山體滑坡。規模超過6億立方米的滑坡體現場在大壩下游一公里的沙河，如果一旦失穩崩塌，將直接造成桃沙江堵斷的災難後果。地質隊返回遇上山洪沖斷公路，全部被困在沙河鎮回不來。設計院正在謀劃如何搭救。

當天郝院長病癒趕回，主持一次緊急黨委擴大會議。會上一致通過郝院長提出的門禁停車決議，按小時收費，起步價5元，門崗由第三方公司承包，大家機械式鼓掌通過，正待散會回去洗洗睡，卻看見丁零推門而入，她穿著雨衣，渾身濕透，衣角滴著水。她可能燒還未退，滿臉緋紅，天知道她怎麼從沙河神奇地脫困返回。

郝院長換了新眼鏡，無框18K金鏡架，風采斐然，頭髮染得墨黑，像國家領導人那樣梳得紋絲不亂。他左轉360度，看清沒有戴口罩的她：你？

丁零說她有一份關於大壩的報告要請院領導在會上討論。

郝院長指關節敲著保溫杯蓋子說，這麼說，有人給省委領導寫報告說什麼潰壩危機，是真有其事。看起來有必要給人民群眾闢謠。

丁零咬著嘴唇說，報告就是我寫的。桃江大壩原可行性論證說大壩具有發電與防洪等五種功能，但我查明該大壩施工前就已知道大壩無法防洪，治水完全沒用。

全場譁然。

郝院長右面的那些人紛紛醒覺院長換了方向，紛紛挪動到院長左面來，只剩下小賈一人還呆呆坐著。

郝院長說，你是誰？說話這麼不負責？

丁零毫不放鬆：施工前論證中，德國水利專家曾預言壩體變形、滲漏和位移問題。洪災一旦來臨，上游要大壩放水，下游要大壩不放水。大壩現在就是這樣進退失據。

院長穩住陣腳，展開反擊：為什麼老是崇洋媚外，信德國人的，不信老院長？

丁零拿出一本軟黑面筆記本說，這是老院長的筆記本。上面記載了他的預判，水庫投入運行，下游河段洪水傳播特性會發生一系列變化，形成海嘯傳播。大壩洩洪破壞力將是自然洪水的25倍。洩洪在很短時間內增加了下游洪水的壓力，說明工程防洪規劃的資料全是錯的……

郝院長接過筆記本，快速翻閱：假的。

丁零說，同老院長的筆跡比對過，的確是他的筆跡。

有人夜裡爬進我的辦公室的事情是真的囉？

郝院長勃然提高嗓門。丁零臉更紅了，氣喘吁吁。

郝院長猛拍檯面：你居然私配我辦公室的鑰匙，趁週末潛入，案情已經被保衛處全面掌握。你不要抵賴，司機小霍離職前全部告訴我們了。小丁同志，你完全無組織無紀律。你要做檢討！

院長您身兼水電站領導，我請求您報告市政府，立刻向老百姓公示大壩潰堤隨時可能發生——

瞎胡鬧！你私闖院長辦公室的事還沒完……

院長的手拍疼了也不覺得。

關於鑰匙，我都接受。至於大壩危機，我也希望院長親自處理我，我希望院長親自處理，為了人民群眾的安危，如果院領導還是不聞不問，我寫報告給水利部。

郝院長氣得嘴角高速顫抖，笑容凍成了冰面。

當天深夜，保衛處幹事帶人沖進宿舍樓，將丁零強行押走，關進了汽車庫改成的隔離房。保衛處對外宣稱她是疫區武漢來的，而且還去過疫情重災區沙河，必須立即隔離14天。

整個設計院變成了一片死海。什麼東西都沉不下去，浮在表面，飄飄蕩蕩，無根無依。每一個科室終日用消毒液清洗，洗手液、滑石粉、酒精浸泡著得一雙雙手傷痕累累。小賈去汽車庫察看，車庫的唯一的窗戶已經被釘死，三餐和水由門上挖出的一個小洞送進去。看守的保衛幹事說院長指示丁零是無症狀感染者，是一個十分危險的人物。

長江中上游進入強降雨期，三峽水庫的水量驟然增多。為騰出庫容迎接預期洪水，三峽大壩於6月底開啟兩個洩洪孔，進入7月，三峽大壩和桃江大壩全都悄無聲息地開啟了所有洩洪孔，這一次依然是在半夜執行，沒有事先通知下游村落。不過，有一個小民警於心不忍，半夜裡一個人開著警車鳴笛而行，一路大喊，及時驅走不少百姓。

8 人魚傳說

小賈咧開嘴巴，孩子似的笑了。

他在混亂的思緒中回憶了瘟疫洪水如何侵犯這座小城，回憶了丁零如何被囚。他長時間盯著壩體上的裂縫，發覺這條裂縫是活的。裂縫的生長何其迅速。他在大壩的旗杆上被綁著動彈不得，不曉得在這裡被困了有多久，他聽到了貓叫，舌頭上嘗到了鮮血的味道，感官尚未收集完資訊，身體已經放棄了反抗。絕望的勁頭扼住了他的發聲器官。

仍是貓的首先發現。小賈的目光循著無名氏貓的蹤跡才無意中看見壩體裂縫。起先有蚯蚓那麼長，沒有切斷，就成倍數再生，長成了一棵樹；沒有生根，也不發芽，不在乎有沒有葉子；它先橫後縱，散發出盛夏草茂的氣息，它彎曲枝椏的方式是自由而自私的，與風霜雪雨、甚至觀察者小賈都無關，直到內部的嘎嘎響動鑽入他的耳朵眼，可是，當他奔入大壩下面的弘達醫材公司，他的報警引不起任何人注意，他們把他當作老瘋子那樣擒住，綁在大壩的旗杆上，桃縣人喜歡這種粗野豪爽的私刑方式，這讓他們懷念當年全縣鬧革命促生產的火紅年月，也讓他們紀念先祖英雄陳友德懲罰義軍中叛徒的那一幕經典。

小賈想貓才是比較客觀的觀察者，自始至終觀測著桃縣發生的事。這些事只能發生在桃縣。桃縣出身卑微，但野心勃勃，一直蓄勢挑戰天下，這是地圖上非常不具存在感的地方，它雖隸屬于省城，但其實它不屬於任何地方。作為距省城最近的一個縣級市，它從不以此為滿足，它一直埋伏在長江的體側，瞭望著世界的入口。

雨落在他臉上癢癢的。大壩閘口全開，全力洩洪已有一段日子。紅旗在箭雨中猶如無數落水的紅衣漢子掙扎翻滾。與其說是數條赤巨龍從天上俯衝下來，不如說是江上連綿的大雪山發生了漫天紅雪崩塌。

大壩值班室當班認出了小賈，值班支支吾吾的，為他的袖手旁觀尋找理由，對他囉嗦了一堆枯燥的資料，諸如今天水位超過汛限2.66米，開啟了7個洩洪閘，出庫流量僅有入庫流量的1/3。數字對小賈的專業有意義，對他的處境卻毫無意義，值班員猶豫再三，不敢替他鬆綁。其實誰都明白水庫水位分分秒秒仍在累積潰壩風險，值班今天表現得很反常，他焦躁不安，他在等著什麼，他不知道什麼會來，小賈卻知道。

桃沙江變成了一條血水河。在老院長行書金字「桃沙江水電站」下面，小賈又看見那只貓，姜黃色虎皮斑紋，眼睛是迷彩綠色，如同老護堤員常披的軍雨衣那顏色。他還看見了瘋狂的老護堤員，他舉著一把寒光閃閃的大鎬砸地面，混凝土非常結實，金屬撞擊濺出火花。

值班也看見了，他大喊著飛奔過去攔阻。老護堤員的雨帽吹落了，那張被水洗滌得過度白皙的俏臉砸開了小賈濕冷的記憶——哪裡是什麼瘋顛的老護堤員，他認出了丁零，但他卻叫不出聲。他看見她神經質地發著抖，濺落著水珠。她的武器掉落了，她把值班撞倒在地，雨衣前襟敞開，露出裡面濕漉漉緊裹著曲線的藍條紋睡衣。

桃沙江傳說中的大魚，就是在這個時候出現了。起先是轟隆隆的水聲，水邊的樹莓帶刺的枝條上撲簌簌掉下一串串深紫色漿果。巨大的黑色背鰭如利刃劃開水面，一尾大青魚躍出水面，估摸它滾圓的身體足有六七米長，背部很深，腹部灰白，青灰鱗片發出咔咔的甲冑聲響，粗壯的大頭骨上探照燈似的魚眼瞪著倒在地上的值班。

小賈不知道丁零是不是發現了他，他只看見她助跑起跳，一口氣躍上魚背，是的，是他親眼所見。非常確定，她的表情是那麼神秘，身姿是那麼飄揚，遠遠的看上去就像是一個嬌小輕盈的桃縣採蓮姑娘。後來他們都說是桃縣唯一的那只貓撥開天窗爬進汽車庫，咬斷了捆綁丁姑娘的繩子，還引著她發現了那條壩體裂縫，裂縫已經長得實在太大了。但是，小賈總懷疑一隻貓做不了那麼多壞事。

小賈在壩頂感覺自己像一條白浪裡逃竄的小魚，眼睛被咆哮奔騰的洩洪瀑布撞疼了。腦後側神經刺痛波濤般此起彼伏，堤岸上翻滾著一把風吹倒卷的花傘——不對，不是傘，而是一隻像人那樣站立行走的貓。薑黃虎紋毛皮彷彿打濕了的錦緞。貓很妖，不怕水，不知從哪裡鑽出來，竟然像狗那樣跳入白水中游起泳來，貓水淋淋的樣子好似史前滅絕的某種恐龍魚。它奮力遊近大青魚，然後，彷佛一條飛魚，飛落在青魚頭。

丁零美麗的臉在雨霧的光裡是一團模糊的白，她在輕叱，她在揮手，血色的大水淹沒青魚身體大部分。她像什麼事也沒發生似的，騎在大魚魚背上，一手扳住黑色鑌鐵背鰭，高舉一臂，彷佛舉起一面看不見的戰旗，她像駕駛一艘巡洋艦離去。駛向洪水的源頭。

大魚扭動一下，隱沒水中。

小賈聽見貓在噭噭尖叫，聲音經久不去。

桃縣不會再有貓了，小賈絕望地想。

9　凡是閃光的都消失得快

石鎖、荒草、碎瓦、軸承零件等等統統浸泡在積水中，荒廢多時，臭氣熏天，這是霍軍的小天地，院門未鎖，小賈迎著斜雨，像霍軍以前常做的那樣從窗口爬進屋子。單人床對著的天花板上貼滿了美女海報，佈滿了黴點，床上扔著好厚一本英漢字典和一大堆英語資料，那是霍軍遇到丁零後萌生的瘋狂念頭，一個高中生竟然買來字典和英語考試資料，預備去美國留學，全因為丁姑娘說好男兒志在四方。但那種理想必然荒廢。

小賈發現霍軍果然在這裡，他抱著腦袋，盤腿坐在門背後角落裡。

小賈說，個婊子養的，這些時，你死到哪裡去了？

但話一出口他就後悔，對方早已不是洗完車來找他下棋的司機霍軍，他現在是市里有頭有臉有錢的青年才俊。他戴著口罩。從口罩上邊看不出他的表情，他的臉彷佛與牆面上的陰影融為一體，他的眼睛是大水淹沒下的兩個深洞，盛滿了驚懼絕望，還有迷惑。

小賈把他拉到一個小板登上，自己坐在床邊。

霍軍望著潮解起殼的牆壁，開口說了第一句話：這樣突然全力洩洪，和潰壩有什麼兩樣？

他拉掉口罩，露出亂蓬蓬的鬍鬚，那個熟悉的霍軍望著小賈笑了，笑得古怪，眼光入定。小賈打開手機，屏保上一張照片，一個抱著一隻薑黃貓的女孩笑得可愛，並不是長得特別美，平肩，窄腰，長腿，眉心籠罩著一團不祥的烏雲。

在窗戶的鐵柵欄後面，天地似乎隱藏在一隻水淋淋的巨大口罩後面。小賈指著窗外雨幕中某個模糊的方向，那個看不清的遠方有一根飄揚著紅旗的旗杆，小賈痛罵著霍軍公司的員工居然把他當作瘋子綁在大壩上，幸虧設計院的同事聞訊趕來解救，才使他避免曬成魚幹。

霍軍聽著，像是完全沒聽懂。小賈說你可以認為我瘋了，真的，我見到她了。

他把丁零騎在魚背離去的事說完，手腳和腦袋感覺很重，其實他也想倒在門背後，好好睡一覺，但他不得不再次挖掘記憶，他清醒地記得丁零騎魚離去時看起來與平日不太一樣，雙耳削尖，魚鰭似的。手指間像鴨蹼連在一起，臉頰像魚鰓蓋，硬而亮。

她是一個魚人。小賈告訴朋友霍軍。他很確定。

霍軍的雙眼皮大眼睛亮了一下，又滅了。他把食指放入口裡舔著，手指上沾著的叫做記憶的東西正在一點一點融化。霍軍的手機響了，他堅決地摁掉，煩躁地起身在屋裡尋找著什麼，然後停住，他忘了自己要找什麼東西，但他說小賈講的全是瘋話。他認為小賈神經錯亂。

因為霍軍是知道真相的。他條理清楚地講述了7月1日發生的事。設計院參加省城一個活動，慶祝建黨節以及抗疫勝利。郝院長特意安排將丁零帶去現場，接受黨和人民的再教育。為防止丁零逃跑，保衛處派了三個人看著，沒想到還是出事了。當時在省城地鐵站候車，有個女人帶著一個小孩子。那个熊孩子一直在哭鬧，他看見丁零手裡拿著烤串，就跟他媽吵著說要吃烤串。女人看了丁零一眼，對孩子說你去問姐姐要吧，小孩就向丁零要烤串，丁零說小朋友講衛生，不吃別人吃過的東西。女人就很生氣，偷偷對小孩說瞧她什麼人吶，打扮得像個小姐。小孩對著丁零扮鬼臉，罵她小姐。丁零沒理他們。等到地鐵進站時，小男孩突然沖過去雙手猛推，丁零猝不及防，被推落月臺……事發實在太意外，保衛幹部們也沒反應，那女人拉著小孩子淹沒在地鐵車廂的人群中。

小賈慢慢走到雨中，站在霍軍的院子裡，揚臉聽著，聽到北方的老家也在下雨。雨絲是斜的，世界也是斜的。

分手前，霍軍情緒好多了，他拿出電動剃鬚刀收拾鬍鬚和鬢角，他還問小賈要不要也拾掇一下。他已經原諒了朋友的瘋言瘋語。

小賈說他相信他親眼見到的才是真的，丁零騎在青魚背上離開了這個骯髒的世界。他說這話的時候發著狠，聲音哽咽。他發現霍軍那只義眼似的右眼非常醜陋。

不知何時，雨停了，天空顯出一道濕漉漉的彩虹，桃縣的景物瞬間飽滿挺立起來。小賈注意到一隻模樣謙卑的流浪貓，它悄無聲息穿過長草，蹲在屋簷下，默默舔著爪子，它一點兒也不像桀驁不馴的無名氏，貓頭上有一道血痕，一隻眼睛腫成一條線，綴著眼屎，全身骯髒，分辨不出原來花紋顏色。貓腦袋雷達似的轉來轉去，警惕地分辨著雨水沖刷得特別鮮豔的天空。

丁零在桃縣如彩虹一閃而過，凡是閃光的，都會消失得快，丁零不例外，貓也不例外。9月初，省城降特大暴雨，啟動防汛四級應急回應，此時三峽大壩謠傳變形已被證實，設計院內部人心浮動，長江支流桃沙江上大壩岌岌可危。桃縣在劫難逃，四樓以下的民宅均被淹，全市日夜浸泡在血紅色的大水中，開始長出一簇簇赤色小蘑菇和斑斑黴點。

關於大壩潰壩的傳聞一度甚囂塵上，桃縣從瘟疫之城陡然淪為猛水之地。所幸設計院及時在院周圍建起一條深而闊的護城河帶，防洪抗疫，阻斷交通，只留一條路和一座橋進出，將本院打造成一座城堡，所有家屬均遷入城堡。郝院長高瞻遠矚的末日計畫「一帶一路」震驚了全市人民，他們對設計院以及住在設計院內的人羨慕嫉妒恨。省電視臺的人乘船趕來採訪，讓外面的人羨慕設計院的優越性吧，羨慕設計院有一位像郝院長那樣默默為人民服務的好領導，將瘟疫和洪水阻擋在一帶一路之外，讓全世界的人抄作業去吧。

小賈看著電視上的霍軍，心內壓抑不住激動。霍軍像其他成功的富豪那樣對著鏡頭接受採訪，桃縣人特有的雙眼皮大眼睛讓小賈無法不認識到他曾經的朋友如今脫胎換骨了。那像義眼的炯炯放光，彷彿出生後第一次睜開；而另一隻正常的眼睛卻羞怯地躲避閃光燈。小賈想到自己內心隱藏的怨恨只是對朋友的嫉妒罷了。霍軍展現出只有成功人士才配有的謙虛謹慎。現在他是桃縣最有前途的弘達醫材公司的大股東和執行長，而且，他還是最富有想像力的桃縣青年企業家，為解決實現中國夢所欠缺的中國芯，他聯合北京上市公司，引進ASML掃描式光刻機和臺灣頂尖專業技術人才，鎖定14納米和7納米以下先進邏輯工藝晶圓製造服務，立志成為全球第二大CIDM（協同式積體電路製造模式）晶圓廠。晶片廠需要千億鉅資，小賈想了三天三夜，也想像不出霍軍怎麼能找得到那麼多錢，但據說他的策略與眾不同，相較於台積電晶圓代工模式，弘達公司可在不使用先進工藝的情況下，通過快速高效設計能力降低成本，實現彎道超車。霍軍像郝院長那樣簡潔有力地以擺手結束講話，大眼睛只往左看，不容置疑，那是正確的方向。坊間傳說他的長相舉止越來越像老院長，甚至詆毀說他是老院長晚年與服侍他的小保姆的私生子。每次看到網上鋪天蓋地這類荒唐說法，小賈都不由想起那幢回字形大樓，想起那個至今被關在裡面的白鬍子老護堤員，他不得不提醒自己老院長已經仙去多年了。然而，小賈頂佩服霍軍的地方是他的心裡始終有一個轉世的桃縣英雄陳友德。

天氣轉涼，消息傳來，霍軍要成婚了，即將成為前政協主席的女婿。疫情要漸漸平息，洪水也終將退去，桃縣人既然已經高唱抗疫凱歌，距離戰勝洪水還會遠嗎，桃江大壩依然巋然不動，證明丁零錯了，或者起碼是杞人憂天，在房產普遍低迷的市場裡，霍軍新組建的弘達地產已經圈下桃縣北郊一大片農地和住宅區。霍家小院子也要拆遷，而弘達半導體製造有限公司預備大水退卻就著手建設晶片工廠。這個疫情期間閃電般崛起的高科技新貴對未來的大手筆投資支撐起許多桃縣人的信心，美國大選川建國的民調大幅落後於喬拜登，如果川普如霍軍預言的那樣敗選，美中關係有望迅速趨於正常化。這個秋天，復興夢的希望像桃江邊的樹莓在漸漸成熟，你不能懷疑的事是桃縣人必將得到幸福。

寫於2020年7月21日

改於10月23日

虱災篇

我們都住黃色潛水艇

1　鑽石公主號

晨霧散去，她一個人走在空空蕩蕩的街道上，戴著口罩；沒有一個人一輛車經過，房屋，樹木，信箱，車道，山坡，連樹杈上躍起的大喜鵲都十分逼真，纖毫畢露。除了荒唐的人類，世上沒有生命需要口罩作防護；這些所謂重大的安全問題幾乎都是人造的。封城以後，露絲不用去上班養家，她把大部分時間投入園藝和散步。如此也有藉口不與老公呆在一個屋簷下。她以為在街上看到了船長所說的世界乾淨的本來面目，但她忍不住打噴嚏，連續打了七八個噴嚏，不得不取下口罩。風裡佈滿了看不見的花粉，她眼淚汪汪，眼皮也發癢。她沒有發燒咳嗽，也沒有肺炎症狀，只是花粉症發作，然而，她不明白自己為什麼不斷想起那個奇怪的船長老趙，老趙只是萍水相逢的陌生人，這件事本身很奇怪。

她回到家，屋裡沒有先生戴瑞克押著女兒婕西做功課，廚房裡也沒人，她家空間有限，就兩室一廳那麼大，她掃一眼就全看見了。

她沒看見是因為婕西不在屋內。婕西攀在後院籬笆上。也許是大風的緣故，她不像要爬過籬牆，倒像一隻風箏顫巍巍馬上要飛上天去。籬牆嘎吱嘎吱，搖晃不止。看不見的風箏線此刻緊緊握在她爸手裡，連同婕西的新ipad。那株半人高的金合歡折斷倒地，一株一米高的青楓葉上粘了一層血漬一樣的紅，木籬上到處畫著海水的線條，用婕西最喜歡的彩色水筆劃的，魚，海豚，海星，海龜……還有一隻倒掛大蝙蝠，塗抹成鐵灰色，所以，爸爸臉上的怒容很及時，也很正義。

墨爾本三月天，只要不出日頭就凍。戴瑞克也在風裡發抖。他搞不明白女兒為什麼下船後動不動就要假裝暈陸（不是暈船）要脅父母。為什麼那群瘋狂的蘑菇頭一直不停地口水那艘破潛艇？鄰居詹妮特的媽媽是一個超級披頭士粉絲，拜託，不僅是披頭士那麼老那麼土，而且還帶著朋友和樂隊全擠進一艘小潛艇，潛水艇裡沒有新鮮空氣蔬菜水果，連上廁所都非常難，與豪華遊輪相比，那根本不是一條船。

——是不是、是不是你幹的、你太不乖了、在學校不能幹的在家就能幹……？戴瑞克說話不經腦子似的，飛快重複了一連串問題，如果全部寫在籬牆上，足以繞院子一周。

風是起哄的，從籬牆板對面又搬運來一陣陣音響的喧嚷，同學詹妮特家的廚房仿佛已經變成了一艘船，一夥披頭散髮的幽靈在船上大聲唱《黃色潛水艇》[1]：

1 《黃色潛水艇》（YellowSubmarine）是披頭士樂隊60年代的一首著名歌曲，發行於1969年，傳達了他們一貫的愛與和平主題。

去浪下面討生活
在黃色潛水艇裡
……
你們都住黃色潛水艇

婕西失去iPAD的一刻，還沒來得及聽完杜婭・裡帕（Dua Lipa）的《別現在開始》（Don't start now）。千萬別現在開始，但真的，開始了。她左手偷偷按在胃部，狹小的後院裡彌漫著噁心的機油味，摻雜了海水的腥味。她臉色如同早上的牛奶全沒喝下去，而是塗在了臉上，彩條褲子上多了一灘黃泥，也像是剛從胃裡吐出來的，膝蓋在上下抖個不停，頭髮上的髮卡不知何時掉了，她抖晃更嚴重了。另一隻手撓著自己的後脖頸。她大叫一聲：知道了！

扭頭沖進了洗衣房，差點撞到手裡抱著髒衣服的露絲。恰巧這時門鈴叮咚作響，給了她再次逃離的一個好藉口。她一路跑過廚房和前廳，拉開前門，門口站著一個穿紅黃背心的快遞。

她一句話沒說，返身跑進廁所，幹嘔了一陣，回頭坐到小房間窗前，繼續做作業。當然，是假裝做作業，這時，發現自己耳朵發癢，堵得很，一根白色耳機線還一頭掛在她耳朵眼裡。她把另一頭也塞入耳朵眼，好了，這一下她聽不見潛水艇歌唱了。

她站起來踮起腳尖，從門縫看到前門，爸爸戴上藍色三層口罩，只露出兩隻還在生氣的眼睛，收下一個一米半長的棕色大紙筒。那個快遞很警惕，站得遠遠的，為免接觸，連簽字的程式也省略了。

她躡手躡腳拉開門，溜入走道，聽見客廳裡爸爸嘴裡嘖嘖有聲說，險不險，老婆，三個月前我們就在這條船上，我還拿了船上俱樂部乒乓球賽亞軍……

那條叫「鑽石公主號」的船使戴瑞克暫時忘了傷他腦筋的婕西。他拈一片消毒紙巾擦拭螢幕，遞給露絲——剛被沒收的婕西的新iPAD的覆膜玻璃上，視頻正播放那艘非常熟悉的日本造游輪高昂的船首，閃閃放光的海浪長髮美女標誌，許許多多穿藍條白防護服的人匆匆上下，看不清面目和行動。

電視上從2月起滾動播新聞，鑽石公主號豪華游輪停泊橫濱港，變成一座海上監獄。被同一個病毒圍困隔離，戴瑞克被迫在家上班超過一個月了，變得焦躁不安。

露絲拿起剛烤好的漢堡肉餅放入嘴裡：凱莉他們會在船上嗎？

戴瑞克厭惡地看著一盤肉餅和薯條說，別老吃美國垃圾食品。他們早回美國了。美國現在疫情也鬧騰得厲害，給世界人民添堵。

露絲瞪了他一眼：現在是三級封城，說不定很快升到四級，我們積蓄花得差不多了，每月還得還房貸，女兒私校費用也得存著，不能光靠著政府救濟，過日子得省著點！

戴瑞克也惱了：那還不是為了滿足你這個遊輪控的要求，咱們全家去公主號環游日本，你一定要訂陽臺套房，從神戶到北海道，再到東京大阪，要花多少錢——他似乎想到了什麼，突然不說了。

露絲不理他，放下半個肉餅，擦擦手，拿起自己的手機說，為什麼橫豎聯絡不上呢？凱莉的微信好久沒更新，也沒回復。她那麼活躍熱心的人，不會這樣呀！

凱莉沒打招呼就下船走了，是有點怪。戴瑞克說，打個國際長途到美國去問問——說到一半，突然改口說，我去找找凱莉他們的電話。你去看看樓上，你女兒又在裝病了。

露絲手裡的肉餅掉在地上，急得大喊一聲：不是裝，她生病！

婕西的肚子咕嘟聲又起來了，她把一個嗝硬生生咽回肚裡，她想像著一艘黃色潛水艇一直駛入海底最深處，那裡很黑很深，足以藏起許多秘密。他們無論如何是找不到凱莉的。風橫吹上窗臺，窗簾嘩啦搖動，她嚇得逃回房間去。

2　植物歷史學家

一個矮個短髮女人老遠同婕西打招呼：你媽媽呢？

婕西沒好氣地說，丟了。

丟了？短髮女人穿歐洲小品牌拼花素色洋裝，拍手笑道，那阿姨給你買一個新的。

不要。婕西拒絕。

三個月前，婕西遇上了凱莉阿姨。她們全家從墨爾本飛到日本，搭「鑽石公主號」前往北海道。船到知床半島那一天，氣溫驟降到冬天似的，船上遊客大多去甲板上看10月五彩斑斕的峭壁流瀑，婕西在12層甲板自助餐廳上吃蛋糕。

露絲端著一碗日本拉麵走過來。短髮女人拉著她說，你女兒就是靈，像你！坐下來後又說，那兩個女人同樣是澳洲來的同你就是不一樣，真受不了她們，一個整天喋喋不休教育小孩不輸在起跑線，另一個絮絮叨叨賺錢買房子買股票。明天是海上巡航，咱們倆可以有時間好好聊聊，在船上憋了這麼些天可把我悶死了……

說話像衝鋒槍點射的女人就是凱莉，每次遇見都猶如頭次見面那樣熱情四射，渾身塗了太多潤滑油止不住打滑似的。她指的那兩個女人是在船上新認識的另兩個華裔家庭，一個來自悉尼，另一個來自奧克蘭。

婕西並不討厭來自美國的凱莉阿姨。她記得頭次見面是上船前在橫濱港海關，他們家忙著填表格，凱莉拿著一支筆，一顛一顛跑過來說她注意到他們也是華裔，她剛下一個遊輪，又上這一條，她每年要坐好多遊輪，半年都不下船，她自稱是上海人，把世界遊遍了。婕西媽媽眼睛一亮，遇見上海人，索性說起上海話，凱莉面露尷尬，她改口說她其實是住在上海，老家是湖南。原來是新上海人，婕西媽媽也有點冷下來，凱莉忙說她移民美國，與崔哥也熟的，不是北美崔哥，崔是那個住在北京的天津人。崔永元沒移民吧，沒有沒有。凱莉很懂行地點頭。五分鐘內，凱莉就搞清楚澳洲來的這個家庭人口組成和來歷背景。婕西爸爸在旅行社上班，媽媽則是標準澳洲家庭主婦，這是一個普普通通的澳洲華裔家庭，日子過得有點辛苦，但再辛苦也要上游輪奢侈一把。

凱莉摟著婕西說，你才八歲，就上郵輪？

她的短髮居然也長到夠得著婕西脖子，噌得她癢癢的。在婕西含羞再次點頭後，凱莉指著不遠處另一個奧克蘭華裔家庭的兩個小男孩尖叫起來：我活到了40歲才開始坐遊輪，他們兩個小朋友今年才上船！你厲害了！

露絲松了一口氣，遇到個富婆，她壓力還蠻大的，這才留意到旁邊一名個頭一米八以上的高大男子，滿頭白髮，只穿著汗衫短褲，就像一棵灰暗皺皮的大松樹杵在那裡，一言不發，肌肉粗糙的手臂上綁著個GPS，綽號船長的老趙。

凱莉說老趙呀，他在希臘卡塔可洛島（Katakolo）能一口氣跑到奧林匹亞遺址。婕西媽媽問跑到了嗎，凱莉哈哈大笑，他要是能跑到，立刻給他發一個真的馬拉松獎。如果開車去，也要30分鐘哪。凱莉老公老趙沒什麼話，他默默地做起標準下蹲動作，好像不是登輪，而是跑步。凱莉阿姨說你們要投資找老趙，他以前是船長，現在是全球財富專家，最近在搞大專案。

初次見面，婕西爸媽只是「哦」了一聲。老趙也表情不鹹不淡，眼神不穩定，好像在夢遊，卻沒忘了時不時給小婕西一個咧嘴笑。

「鑽石公主號」的派克西畫廊（Park West）是一家純美國後現代風格的海上畫廊，戴瑞克上船後每天要去溜達一圈的地方。他可以老半天不動彈，站在一題為《夜航》的油畫前做思考狀。他無數次告訴女兒中學畢業他差點去考美專，足以證明他的藝術基因沒有衰變。

畫廊雇了一位文靜的大眼睛成都妹子，招攬華人顧客，用中文介紹這副後現代畫作……出自以色列一位先鋒畫家之手，上世紀末以來，以色列畫家紛紛走出了個人實驗的窠臼，不再滿足于極簡抽象，不再沉浸於尋求自我或以色列精神，他們把傳統猶太題材、宗教暗喻、多種新材料與新技巧結合起來，這是其中比較突出的一副作品，畫家畫得帥，人也年輕帥氣……

畫廊特意迴圈播放一首披頭士的《黃色潛水艇》渲染背景：

在我出生的小鎮
一個航海漢子
告訴我他的人生
他的領地是潛水艇
於是，他帶著我航向太陽
直至我們找到綠色的海洋

婕西拿一支筆坐在職員椅子上，在紙上瞎畫，畫沒畫完，倒是學會了哼哼旋律。戴瑞克走過去，發現女兒畫了一隻大蝙蝠，他發了會兒楞，意識到小孩子比大人更容易看懂這幅畫翡翠般夜光波濤的玄機，那些乍看是無數黑色螺旋指紋的細小圖案，占滿了整幅背景，遠看就會連綴成一隻碩大無朋的黑蝙蝠，展翅欲飛。

爸爸很樂意與有一雙會說話的大眼睛的成都妹子一問一答，等到婕西第三次拉他衣袖，他一轉身，才察覺背後站著一個穿休閒花襯衫的高大漢子。老趙眼神還是似在非在的，雙手環抱胸前，似乎可以在那裡站上一整天。看來他不止喜歡跑步，還是一個喜歡藝術的老船長——不是游輪上的，而是潛水艇上的船長。

某天，從函館山下來回到船上，露絲直接回房沖涼，婕西隨爸爸去24小時供應的國際自助餐廳甲板。過了晚餐時間，只有寥寥幾個人拿著披薩餅和料理盤在晃蕩，他們看見老趙一個人端端正正坐在船舷邊，像一個好學生，埋頭在一本很厚很大的英文書裡。

爸爸拿一盤青豆烤牛排，坐到老趙對面，改口稱他為趙老師，趙老師真抓緊時間學習哪，一天都沒下船，跑完步就來餐廳研究一下歐洲航海史。日本遊結束他和凱莉要去德國與兒子過耶誕節，他得在肚子裡先擱下點東西，免得被兒子笑話。您是航海史學者嗎？趙老師搖頭，不是。那您是，我以前服役，開過潛艇。現在是一個IT工程師。戴瑞克再次看著那本厚厚英文原版書，對趙老師的佩服立刻上升到了精神境界。研究大航海時代的資訊技術工程師？趙老師還是搖頭否認，頓了一頓，他慢慢說，與全球海洋擴張史有關。我研究的是被人忽略的植物擴張史。

植物學家？植物歷史學家？

老趙一字一頓地說：一般人只曉得人類擴張史，而我則研究植物擴張歷史，植物網的歷史與海洋霸權的關係。

婕西抱著一杯剛加滿的冰鎮可樂，乖乖在旁邊坐下。爸爸用眼神剜了她一眼，又去喝可樂這種垃圾，婕西吐了吐舌頭，但爸爸馬上忘了，他的注意力在老趙那裡。

這當然是秘密，但我可以透露一點。老趙的眼神停留在婕西身上，好像看到了一株珍稀植物那般說，戴瑞克老弟，像我們人類的萬維網一樣，植物也有萬維網（IoV: Internet-of-vegetables）。植物也有他們的語言系統。在動物身上，我們人類研究了幾千年，但大方向完全搞錯了。想一想植物吧，雖然像動物一樣天然具備求生意志，但他們根本不能移動。他們才是地球上真正蘊藏了上帝秘密的獨一無二的物種。在幾百萬年歷史中，面臨災難無法脫逃，在根本不能移動的窘境下，他們卻演化出了應對最惡劣環境變化而持續生存下去的超凡能力，遠遠超過了人類……

婕西也忘了喝可樂。爸爸嘴裡機械地嚼著牛排，嘗不出味道。

老趙的白髮鍍了銀似的，眼睛變回夢遊似的：如果將感測器插入土壤，通過藍牙接到手機上，觀測記錄土壤品質，水分，酸雨和空氣污染等等，描繪出有機農業生態系統，這是最初步的，歐洲五年前已經完成，但我們做的要複雜得多，與人類海洋霸權發展有密切關係。

婕西聽不懂，但她很喜歡聽。她覺得會開潛水艇的人都有銀光閃閃的頭髮，每一根都鍍滿了知識和雄心。

3　在濕冷的潛水艇裡面

——露絲，午安。今天墨爾本確診人數只有15人，封城果效還不錯。希望婕西在家沒有太無聊。在開始之前，先同你聊一聊嗎？婕西是從幾時起變得不與你們交流的呢？……發脾氣，摔玩具，亂塗亂畫，幾乎沒朋友，還砍樹……請別先下結論，自閉症是神經系統失調所致發育障礙……我們得一起合作，慢慢瞭解……我曉得婕西的好朋友是鄰居詹妮特，請告訴我她的情況，聽說詹妮特家是單親家庭，嗯，這個不好辦……

貝蒂是特約心理醫生，她在手機螢幕上展現出有點變形的笑臉。露絲頭上掛著耳機線，板著臉邊與醫生聊著，邊走進廚房準備洗菜，突然她尖叫起來，手裡揮舞著一張紙，那是剛從收到的紙筒抽出的。

戴瑞克聞聲趕來，拆開棕色紙筒，展開一大張畫布，赫然是一幅後現代油畫，筆觸奇崛詭異，夜半時分，一艘巨大的潛水艇鬼魅般穿行在暗黑海底，艇身的黃色粗糲的像是被淒厲的月色揉搓過。非常眼熟。右下角有一個字母簽名。

戴瑞克跳起來說，這是以色列那個誰誰誰畫的《夜航》，老貴的！

露絲匆匆關掉手機視頻說，真的寄來了，美國發件。她手裡的派克西畫廊（Park West）發票上寫著他們家在澳大利亞墨爾本的地址。

戴瑞克摘下近視眼鏡，細看一遍畫作，喃喃自語：不對，為什麼凱莉他們聯繫不上呢？

婕西一直站在廚房一角，手裡端著麥片，她一看就知道什麼地方不對。那幅畫翡翠般的夜浪太乾淨，本來由無數放大的黑色螺旋指紋連綴成一隻黑蝙蝠圖案不見了，宛如從來沒有畫上去似的。小孩子才看得出來。蝙蝠飛出來了。但她不說。她對爸媽很生氣，但說不清他們有什麼不對。

露絲發現女兒又沒在房間裡做作業，拉下臉沖她嚷嚷：別吃個沒完！快去把作業做完！貝蒂醫生時間快到了！

婕西大叫一聲：知道了！

她扔下碗，跑回自己小房間，跳到床上，把臉塞進那個記憶海綿枕頭裡，使勁往裡塞，直到聽不見任何外面的聲音，沒有了空氣，沒有呼吸，彷彿逃無可逃，又登上了那艘黃色潛水艇。

潛水艇裡面也是冷的，濕的。

別哭，婕西。潛水艇外面有一個聲音悄悄地喊她。似乎是詹妮特。但婕西還是哭了，她不是傷心，而是癢癢，脖子後面和背上非常癢。但她不想告訴爸媽。

她不說，她不能說。她想起鑽石公主號上的夜晚，在星空下面，露天銀幕的閃光和海浪聲一晃一搖。

4　秘密本不該說出來

婕西裹著毯子，睡在「鑽石公主號」星空電影院躺椅上，小聲哼哼著「我們找到綠色海洋」，露天銀幕的閃光和細碎的海浪聲全都封凍在一層暗綠色的冰中。她兩隻手卷成會拐彎的潛望鏡形狀，看頭頂上的遼闊幽深背後藏著什麼，星星們是不是有語言呢，它們一定會有，怎麼才能同他們聊天呢，也許是通過一隻夜飛的蝙蝠做翻譯吧。海風把天河拉得特別近，一搖一晃，微微的波浪起伏，婕西想我們每一個人都真的沉沒在海底，住在一艘潛水艇裡面，海面上陸地上的人都不曉得。

電影上人物不說話時，她翻個身，聽見左邊的老趙壓低聲音對戴瑞克嘀咕說，我們已做到能收集該植物以及周邊植物的信號，綜合分析，得出植物環境報告，彙編出植物網的語言……

秘密，本不該說出來。所以，船長老趙的聲音壓得更低：萬維網植物！植物之間的語言系統，他們獨有的萬維網。如果人類的語言可以通過電子信號駁接入植物網，你說會發生什麼？

婕西脫口而出：人與植物講話。

老趙轉過頭打量這個長了個小翹鼻頭的小女孩，他的兩隻眼睛變得像剪刀雙刃那樣銳利：你叫婕西吧，漂亮，聰明，過去我和你凱莉阿姨一直想要個這樣的女兒，卻得了一個兒子。

婕西沒說什麼，但很得意。其實這很簡單，很多小孩都知道花草植物什麼都聽得懂，只是懶得同人講話罷了。

老趙的臉上閃著光：婕西說得很對。我們研究植物的語言，語言可以改變生命，進而改變人類的未來，這可不是什麼科幻——已經在實現當中。而這種實現一定與地球表面面積最大的海洋有關係。

戴瑞克問老趙：你們？你們是一個投資高新技術的美國科學家團隊嗎？

老趙認真地回答：我有一顆中國心。一切投資專案都是為了讓科技為祖國復興服務。

戴瑞克在躺椅上坐起，雙手抓著毛毯，聲音激動：你們海外華人終歸是華人，心總是在一起。

老趙說得很慢：如果實驗能夠成功，我們會知道上帝、造、物、的、秘、密。

黑暗中看不清楚，但婕西感覺得出爸爸扭捏了好一會兒才說，老趙，我好說歹說也是個澳洲中產，但每次投資都拿不准，買房子也老是高買低賣，你這個項目太棒了，有沒有投資機會讓我湊湊熱鬧……我沒什麼錢，就是一點私房錢。

老趙望著他，第一次無聲地笑起來，原來他也會笑，不是居高臨下，而是一種儘管瞭解卻不願繼續多說的謙虛。他說，你是懂藝術的，你覺得那個以色列畫家畫得不錯？

話題轉得太急，婕西爸爸愣了一下說，我不太懂藝術，喜歡那畫家……趁他還沒什麼名氣時候買進一兩幅，將來說不定會升值也沒准……

你認為他畫得什麼地方好？

戴瑞克想了想，不知道說什麼好。只聽婕西說，我討厭那只大蝙蝠。

老趙最後說，明天我給你一個專案網址和一些資料，你先看看。不著急。

靜寂的銀幕上音樂驟然爆發，把婕西嚇了一哆嗦，陰森森的音樂預示著未來的兇險。

第二天，海上巡航。乘客都不登岸，在船上三五成群，四處消遣。爸爸拉著婕西又去畫廊裡轉一圈，成都妹子還是同樣周到有禮，迎上前詳細介紹，但牆上不見了那幅《夜航》。

成都妹子笑眯眯說畫賣掉了，那幅畫提前收起，送回美國總部上框包裝，加保險後發送。爸爸尷尬地說好好，準備去吃飯，成都妹子又說，買家是您朋友。

婕西說，是那個美國叔叔？長得像船長的那個……

成都妹子好像想起了特別有趣的事情：船長？

婕西一本正經地說，開潛水艇的船長！

成都妹子半天才搞明白，笑道，小朋友猜對了。那個大高個趙先生。他只看過一次，就買了。畫雖然是要送去紐約，他還跟我美國老闆再三糾正說他不是美國人，是中國人。

爸爸嘟囔一句：巨有錢，要四萬美金呢。

成都妹子又笑著解釋說年輕畫家沒多大名氣，有折頭，但成交價不便透露。
婕西悄悄說，Daddy，你後悔了吧，不該向老趙叔叔誇那幅畫！
戴瑞克拍了一下她的腦袋：小鬼頭懂個屁！
成都妹子笑著對他說，請您留下地址，趙先生說他看您很喜歡那幅畫，就買下送您了。

5　停電以後

14層甲板餐廳裡燈火乍熄，不一刻，將近4000人似乎一下子全湧上各層甲板，全船到處都是吵吵嚷嚷，變成了一個遊行示威的大運動。
露絲放下手裡的書，對從人群裡擠過來的凱莉歎氣說，這下六六的書又看不完了。
凱莉雙手捧著杯子說，倒楣！還沒喝完第二杯咖啡，就停電了。
露絲非常局促不安，她想了好久的措辭，臨了就是這麼簡單一句話：你家老趙太客氣了，這麼陌陌生生就送我們一幅那麼貴的畫？
凱莉眼神照舊活泛得到處跳來跳去：不客氣。你看老趙這人沒別的愛好，就是喜歡投資好專案，送人好東西。
露絲還在推辭：這可不行。這麼貴重的畫！
你別在意，他說去歐洲看完兒子就來墨爾本玩，到時候還要打擾你們家……六六寫得挺不錯，她是我老公的學生。你不知道他還會講課，在上海給他們講美國高科技……

老趙高大的身影從地裡冒出來，蓋住半個檯面，陰著臉訓斥：瞎說什麼你，六六什麼時候成了我的學生……早上聽見你還跟誰說趙本山請我去講課，哪有的事，我會東北二人轉嗎？

凱莉咯咯一笑，並不生氣。她對婕西露絲說，老趙就是怕我亂花錢，跟你搶著花錢，剛買油畫送你老公最好，省得他老是眼紅我……

老趙一旦生氣，就像船長在最後關頭潛艇無法上浮時那樣語無倫次：巴黎，在倫敦那一回，巴黎老佛爺，你買買買，家裡衣櫥，多少沒用的玩意兒，還到處炫富……

戴瑞克拍馬趕到，把老趙拽開了。他現在與老趙變得非常親近，大概就是那一幅以色列油畫的緣故。雖然露絲總覺得不該初次見面就受人如此重禮。戴瑞克私下裡說等他們下次來墨爾本咱們隆重還禮。潛臺詞露絲也懂，按他們家的經濟實力永遠也買不起那樣的畫，不要辜負了老趙他們的美意。

凱莉不理睬老趙，自顧自誇婕西媽媽長得像澳洲版趙薇。哪怕在船上遇到趙薇本人，她也要當面說，我就喜歡……

她把露絲說得既驚又臊。婕西從洗手間跑出來，把小手伸到露絲面前問，香麼，露絲說，什麼味，婕西不答，只是壞笑。

遊輪的外籍船長以嚴謹的英國口音在麥克風裡連番呼叫：各位停電期間無需慌亂。船方正在緊急尋求解決方案。目前沒有任何安全問題……

備用發電機只能保證樓道和電梯基本運作，其餘地方統統漆黑。甲板上，白制服的服務生忽然間統統不見了，幾道閃電照亮了落地大玻璃窗，世界變得自助餐區域那麼大，周邊環繞著茫茫的晦暗區域，沉悶的雷聲夾雜著寒風嘯叫翻滾，宛如七層甲板老虎酒吧深宵的爵士風。船身晃蕩厲害，婕西才懂得為什麼書上說沒有永遠馴服的大海。大海是一個可怕的地方。

凱莉邀請婕西一家去他們船艙坐坐，說她們住的是陽臺房，有一個套間，老大，小孩子可以玩。

老趙又像船長預備上船前那樣開始做下蹲動作。

婕西不想去，她使勁地甩露絲的手，從上鑽石公主號起，她發現了許多遊輪和船上形形色色的人的秘密。比如，美國阿姨，不，是凱莉阿姨，她發現凱莉特聰明，老是比別人少付一半錢，多玩一倍的船，第一個下船，天還沒有亮，到日頭老高，凱莉會回到船上來，吃完午餐趕忙再下船，凱莉阿姨每天比旁人多下一次船，玩上一整天，還照吃船上三餐（不另外付費）。到了景點不多的釧路港，她會比旁人多下兩次船，連船上的下午茶也不放過。露絲聽了，拉下臉說阿姨不是那樣的人。別老叫美國阿姨，多難聽。中國現在強大了，西方都眼紅得很，連凱莉阿姨自己都說她是中國人。你人小，可也別忘了你出生在中國。婕西最煩媽媽談什麼國家，她從來不認為自己與同學們有什麼不同。她就是不想與凱莉在一起，雖然她喜歡船長老趙。露絲只好說不麻煩了，先回房間去看一下有沒有電。

每層電梯口排隊等的人太多，爸媽拉著婕西的小手從樓梯走下去。五層甲板內艙房間裡同樣沒有電，內艙價格最低，但沒窗。他們仨離開黑暗的艙房，摸著樓道扶手回轉上樓，船中間的大賭場如今一片死寂，他們穿過主甲板酒廊，倒是燈火通明，撞見凱莉落單在喝酒，凱莉並沒有不高興的樣子，她說問過了，正在緊急搶修，沒個三四小時搞不定。要不要去咱們大套間坐一坐，看看海上的月亮。好像月亮沒什麼吸引力，她拉起婕西的手說，我跟你媽媽講過我們那裡有一樣好玩的寶貝，你從來沒見過……

婕西眨巴著大眼睛說，不就是電子遊戲嘛！

凱莉說，電子遊戲有什麼好玩，我們那個寶貝，先不告訴你……嗯，你想不想跟花呀草呀講話呢？

婕西稍稍心動了，媽媽說去兒童俱樂部的時間到了。

6　龜背竹事件

婕西與船上小夥伴們玩遊戲，打牌，十分無聊。房間裡燈光褪了色，連對面小朋友臉上的明暗都分不清，全船連小孩子都像真的住在一艘黃色潛水艇裡面，在浪下面討生活，可是，藍天綠海在哪裡呢？兒童俱樂部裡照明顯得有氣無力，電玩都玩不了，爸爸媽媽說好十點鐘來接。牆上掛著的日本海照片太假，掛鐘指針走得三心二意，好慢好慢。

她趁兩位淺黑皮膚的外籍女老師不注意，從小柵欄門溜了出去。電梯口還是不少人排隊，她索性一路走樓梯，下到八層甲板，從她眼前一個龐大身影一閃而過，非常熟悉的僵硬走路姿態，胸前還突出長長的黑魆魆東西，她緊追幾步，轉過拐角，借著樓道燈光，看清了，她屏住呼吸。想到了凱莉說的好玩的寶貝，興許她沒有騙人。

船長老趙還是穿著花襯衫，沒有穿鞋，看不清顏色的棉襪輕捷得彷佛四足爬行動物柔軟的腳掌，他手裡捧著一大盆植物，看上去是剛從電梯口抱來的。他動作停下，掉頭朝這裡招手，他已經發現了婕西，露出一個驚喜的咧嘴笑。

婕西幫著他從褲兜裡掏出房卡，替他開門。老趙示意她一起進去，他把那盆綠色植物放在客廳中央茶几上。果然是一帶陽臺的大套間，流動著稀釋的牛奶般的月光。婕西剛想說話，老趙用手捂住她的口，門外走廊盡頭傳來腳步響動，一個人沉重的喘氣和咋呼，她已經聽出了那是誰。

船長的兩隻眼睛又變得像剪刀的尖刃，他彎腰抱起婕西，拉開衣櫥，讓她捲縮起來，藏在懸掛的衣裳堆裡。他小聲說，咱們來做遊戲，開潛水艇，你來開船，我是船長……別作聲，不讓人知道！

老趙的聲音不容違抗，婕西左手攥緊右手，扣住膝蓋，興奮得兩頰火燙。

外面門開合響動。超過一個人踩在地毯上的細碎腳步。穿過衣服和櫥門縫隙，她看見老趙彎下腰與凱莉小聲嘀咕，像在拌嘴，又像在預備體育鍛煉，聽不清講什麼。老趙把窗簾全部拉開，房間裡立刻亮堂了許多。婕西記起來媽媽說過那是日本人很喜愛的一種常綠植物。

老趙不知從什麼地方找出一個四方盒子，落地長窗透進的月光如同海風彌漫，海底深處泛上來的鹹腥帶有濃重的機油味，熏得婕西直想吐，但在明處的凱莉和躲在櫥門後的婕西現在都是一眼不敢眨，盯著老趙有條不紊操作，把六七個帶電線的紅藍色夾子夾在葉片上。碧綠大葉片上佈滿形狀奇怪的黑色裂隙，婕西終於想起露絲管這叫龜背竹，好像烏龜背上的圖案。她的心臟砰砰直跳，額上濕漉漉的，鬢髮黏在臉頰上她也沒注意。

盒子露出裡面做工精細的儀錶盤，老趙按下開關，一個IPAD大小的彩色螢幕頓時亮了，顯出許多婕西不認識的字母和資料。他從盒子底部，取出一個炭黑色輕質頭盔，又是一番連線和調試。

凱莉不再與老趙鬧彆扭，她熟練戴上頭盔，按下一連串鍵，小盒子發出嗡嗡運轉聲，她盤腿坐在龜背竹前面的地毯上，兩手按在花盆沿上，嘴裡念念有詞，彷彿一個剛剛深海洞穴裡升起的女巫在念咒，粗壯的暗色莖節顫動了一下，接著又是一下，一下又一下，顫動漸漸連貫起來，龜背竹好似被看不見的手操控似的彎腰曲背，活轉過來。

婕西緊張得急喘起來，阿姨是在與它講話嗎，她有些後悔，如果不是預先藏起來，現在她蠻可以出去一起玩。

過了不知道多久，一個最大的綠色葉片不動了，慢慢卷起來，黝黑的裂隙不見了，稍後，好幾片依次收卷起來。當所有葉子都卷攏，已經發黑的莖稈上如同出現了一支支玩具紙風車，婕西忍不住眨了眨眼，就這麼錯過了半秒鐘時間，紙風車亮了，開始旋轉，轉得很慢，散發一種詭異的臘黃色螢光，越來越深，越來越亮，轉速越來越快，最後，什麼都看不清楚了，化成一個嗡嗡顫動的黃水晶球體，四方盒子也似乎顫動得要掉下茶几。

婕西很想站起來，上去摸一下，但她剛一動作，就被一聲淒厲的慘叫震住了：凱莉跳了起來，矮小身子觸電那樣彈起，粗腰彎折到幾乎要折斷的角度，像婕西見過班上同學羊癲瘋發作那樣頹然倒地，不停扭動抽搐，脖子僵直，眼睛翻起白眼，一灘白沫留在嘴邊。老趙坐著像件大傢俱，一動不動，默默觀察，看不到臉，只有一團濃黑的背影。凱莉突然又爬了起來，兩手伸向半空中。

婕西不得不將八根手指拼命按在自己嘴上。媽媽說過最害怕的時候要在心裡反復默念，她緊閉雙眼：我不怕我不怕我來開潛水艇——

砰然一聲，重物倒地，房間晃蕩得厲害，迫使她猛然睜眼，凱莉又伏在地上，喉嚨裡暗啞嘶吼，頭盔掉落一旁，眼睛黃光灼灼，據說狼吃人就是這種眼光。老趙俯身湊近，半邊臉也是慘黃色。凱莉的手臂伸向老趙，老趙後退著躲開，凱莉的身子開始魔術般縮小，宛如鹽粒溶解在水裡，她身子溶解在黃光的火焰裡，一點一點消散在光焰裡，旋轉和光芒都開始減弱，但房間宛如潛水艇內部那樣劇烈搖動，海水簡直要馬上倒灌進來。

婕西雙手死死蒙住眼睛。喉嚨被一隻無形的狼嘴給咬住了，害怕已經消失，她不再哆嗦，分明聞見了一股子烤制後融解乳酪的焦香，她看見露絲在廚房裡烤制她最喜歡的紅薯格和抹茶餅乾，戴瑞克在包裝給她的復活節禮物——一個全新的銀色IPAD，而詹妮特正在隔壁家餐桌上給她端端正正地寫生日派對請帖。沒有一個人知道婕西無法呼吸，無法叫喊，卡在黃色潛水艇內某個陰暗死角，動彈不得。

燈光轟然，如同暴雨大作，電力恢復了。凱莉不見了，房間不晃了，茶几上空空的，龜背竹，電線和大盒子等等，連同凱莉和老趙統統不見了。婕西腕上卡西歐表剛剛過了十點鐘，可以聽見層層甲板上發出一陣陣波浪狀鼓掌喝彩。黃色潛水艇重新變回一座海上不夜城。

四周一切白得驚人，白得迷離，千枝萬葉的死寂如同一個漩渦將婕西拖進去，她瞥見寫字臺上一幀相片裡凱莉側頭依偎老趙，兩人十指相扣，如同蝙蝠腳爪，全世界盡在掌握中。

7 《夜航》

露絲眼神裡充滿疑惑，捏著嗓子小心地問，凱莉阿姨變成了一株發光的龜背竹？

沒有回答。

貝蒂醫生私下裡告訴過露絲：婕西說後來她偷偷從8層樓道口跑過，那盆龜背竹靜靜地站在那裡，它已經不再神奇，不再詭異，葉片上裂開的深洞反射著慘黃的光暈。她摸著自己的脖子，那只無形的狼嘴沒有再出現。很可能是創傷應激障礙。

露絲坐在沙發裡，按醫生的要求說：婕西，給媽媽講老實話，。

婕西站在露絲面前，望向沙發，皮沙發破了，她掉頭看玻璃門外，好像在找後院籬牆對面的燈光，也好像什麼也不找，也不準備改變可憐的站姿。

戴瑞克走到窗前，手指輪彈著窗框，彷彿在找什麼音符；露絲則專心注視著女兒，使她被迫低下頭去看自己的手扭來扭去。露絲發現女兒脖子後面有不少紅色的小腫塊。那是蟲咬的嗎，女兒不易察覺地點了點頭。

四盞吸頂LED燈像四隻慘白的巨眼，將茶几上攤開的《夜航》油畫切割為明暗兩部分，破壞了畫裡原本的暗夜結構。婕西下船後不再在意爸爸的寵愛和媽媽的監管。她記不清是不是講給貝蒂醫生聽過，她連怎麼離開八層甲板也講不清楚。

露絲繼續說，媽媽問你上百遍了。我們發現你走丟了都急瘋了，在全船到處找，報告了船長，派了所有保安上上下下搜，老趙也幫著找……

風傳來某個角落貓磨爪子的聲響，將婕西的身子像樹葉那樣打顫。

戴瑞克從窗外流淌的墨色收回目光，對妻子說，有一樁怪事。你記得嗎，下船時候，的確只見到老趙一個人孤零零的，從停電以後，再沒見過凱莉。

露絲白了他一眼：沒什麼奇怪的，老趙說凱莉提前下船先走了。凱莉沒同我們打招呼可能是有什麼急事。她那人沒個准，風風火火的。

戴瑞克在喉嚨口咕嚕一聲，接著乾笑。

婕西小聲用英語說，凱莉……死了。

露絲猛拍一記沙發扶手，立刻起身，漲紅了臉大聲說：小小年紀好好說話，別瞎編故事！

戴瑞克的眼神顯得很難過，他扭頭不顧，好像發現女兒變了，全是上了鑽石公主號的緣故，與他無關，他也不敢相信，女兒的想像力淪落到這可悲田地。

婕西呼哧呼哧喘著氣，抓起幾支畫筆，扭身跑了，聽腳步聲又是去了後院。露絲對著女兒背影說，貝蒂醫生要我們回憶一下女兒的嬰兒期創傷……

戴瑞克取了一罐冰啤酒，垂頭喪氣扔下一句話：別老這麼說，誇大青春期問題！

他打開電視，有一搭沒一搭地看新聞，新冠肺炎全球感染人數以驚人速度持續上升，澳洲總理還在與維州州長爭吵不休，維州剛剛啟動4級封城措施。他老去吃午餐的那家咖啡館歇業了，上週末見到隔壁鄰居都自覺地站得遠遠的。他大學畢業找不到合適工作，就幹導遊，沒想到一干就放不下了，成了戴導。這些天封在家，鬆鬆垮垮沒法上班，戴導愈來愈擔心一旦解封旅行社會不會裁員。疫情全國蔓延已經殃及不少旅行社倒閉。但他對露絲什麼也沒說。那些日常帳單和房貸分期還款已經夠老婆頭疼了。

露絲的確在頭疼，發了一會兒呆，在手機上搜索著什麼說，發光植物[2]好像是有那麼一

---

2 Glow-in-the-dark plants.

回事，自然界有一種能使生物發光的酶，比如螢火蟲。要實現讓植物發光，先讓酶和螢光素相互作用，配上輔助劑裝入納米顆粒中，讓顆粒懸浮在溶液裡，將植物浸泡……

戴瑞克不耐煩地撓著自己的背：還有更簡單的，在植物表面噴灑螢光素，但植物隨時需要與外界交換能量與氣體，噴灑會堵塞植物表面氣孔，危害植株代謝。老趙做的肯定不那麼簡單……喂，咱們的床是不是有蝨子呀，怎麼我老是癢癢？

露絲不甘心作為家庭主婦沒有發言權，她也曾是一個學化工的本科生，拇指飛快地在電子螢幕上移動：……歐洲過去十年一直在研究生化植物，但成果不如美國，美國修改生物基因已經是一種小兒科了，把螢火蟲細胞核內的發光基因剪下，用聯接酶將其拼接到某種作移植媒介的細菌上，經過生化培養，感染煙草植株。等到長成，就會變成一株發光植物！

戴瑞克截斷她說，龜背竹是老趙從走廊裡隨便搬來的，不可能幾分鐘內完成修改基因，那絕不是什麼發光生化植物。也許是病毒感染，他掌握了某種技術可以令植物感染病毒，產生發光變異，再傳染給人，但話要說回來，凱莉又是怎麼消失的呢？變成了發光的龜背竹？

露絲蹙眉說，你想像力也太豐富了！相信小孩子的鬼話！

戴瑞克啪地關掉電視，坐到妻子身邊，摟住她的肩說，你不是也信了嗎，老婆，我告訴你一件事。你先別急。

露絲閃開身子問：旅行社停你職位了？

瞎猜！沒那麼慘！事情是這樣的，為著那個非常有前途的植物萬維網項目，前些日子，我給老趙帳戶打了兩萬美元投資款——

露絲立刻跳起來嚷嚷：老趙他們微信也不回，也不更新。聯繫不上，你膽子真夠大！

既然相信老趙給他打錢，為什麼不能相信女兒說的，老趙為什麼搞不出那種神奇的植物對話頭盔？戴瑞克老老實實收起油畫，裝入紙筒，小聲嘀咕道，不會，你得相信老趙是個愛國的科學家，這畫值四萬美金呢。

慢。露絲立刻搶過紙筒，重新打開油畫，翻來覆去地察看，終於在背面一個角落裡找到了一行淡淡的鉛筆字跡：441/1000。她在手機點擊一番說，怕就怕不是真跡。高模擬雕版複製品。價格大概是250-350美金。……起碼印了1000張，也許是手工精印，怪不得看不出。把畫送去鑒定一下。

女人的直覺像一枚飛彈擊中戴瑞克。他搶過手機，一隻手快速翻看，另一隻手拼命反到背後去撓癢癢。

露絲還在說，私校學費，分期房貸，醫療保險，真是有錢沒處使……你這個懶骨頭就是想不勞而獲，你以為他送你一幅畫四萬美金，你給他項目兩萬美金，你還有的賺……

要不是老趙留下的美國電話始終打不通，要不是國際斷航，戴瑞克真想立馬買票飛到美國找老趙去，但他說不出口。他的手就是夠不到背後的癢癢。他在沙發背上扭來扭去，起先像貓蹭著背，後來就像感染肺炎病毒那樣猛烈咳嗽起來。

露絲憤憤地瞪了不爭氣的丈夫一眼，然後有些擔心，她的目光似乎在問要不要去檢測一下，戴瑞克厭惡地瞪了她一眼。她撿起地上的一張紙，上面畫了一艘黃顏色的大潛水艇，艇裡一個穿裙子的女人躺在地上，旁邊還畫了一盆綠葉粗大的植物，潛艇在簡潔的藍色波濤線條中前行，海面上，彎月尖端掛著一隻奇形怪狀的黑蝙蝠。

她發了一會兒呆，忽然覺得自己身上也癢癢起來，她撓了幾下，發現指甲縫帶血，她煩惱極了，便決定忍著，問丈夫：哎——你說，要是當時我們跟著凱莉去他們艙房，會發生什麼呢？

這個瞬間，時間被抽去了，屋子裡突然間空了許多，他和她全都不作聲了，面色凝重地對視，心裡也空了，不約而同想到如果是自己戴上了婕西說的那個炭黑色輕頭盔……

戴瑞克忽然說，房間裡一定有蝨子，明天你去買藥殺一殺。

妻子說，你忘了封城4級？任何人離家不能超過5公里。

戴瑞克罵了髒話，隨後說，你給我撓撓背，這裡，這裡。

但妻子站著不動。

8　饑餓使人變好變乖

南半球秋季的夜空可以深得像馬里亞納海溝那樣不可見底。後院的高高桉樹脫完樹皮，葉子和秋蟲沙沙作響，猶如海浪退潮，漫過礁石上密密的砂眼和縫隙。

婕西踮起腳尖，掰開籬牆縫隙，看著詹妮特說，我們小聲點，免得被這棵樹聽見。她把秘密告訴了隔壁詹妮特——那個金頭髮戴眼鏡的小學究，從眼鏡上面盯著那棵根在婕西家而枝椏一多半在她家的桉樹，她說稍等，跑回自己家，回來時懷裡抱著長毛絨猴子玩具，她像猴子那樣跳躍了兩次，一眨眼，長毛絨猴子媽媽的長臂就吊在了樹杈上，猴媽媽背上還趴著一隻小猴子。詹妮特對婕西露出金屬牙箍的白光，笑容很鋒利：派兩隻猴子管住桉樹的耳朵。

婕西愣一下，聳聳肩說，我爸在家上班這些天，真煩人。

婕西爸媽堅持認為她編了一個富有想像力的科幻故事，無論她怎麼努力解釋。詹妮特壓制住笑意說，有一晚，我穿越到2060年，不聽話的小孩子都變成了樹，失去了自由意志，不能移動，不能玩，不能思考，只能隨風搖動，見人微笑，對人說我們很開心，後來，伐木工拿著鐳射鋸來了……我做噩夢一多，我媽就帶我去教堂，請牧師替我禱告，牧師常說做夢是因為人有自由意志，自由意志是一件好東西，樹沒有人有，你曉得什麼是自由意志嗎？

籬笆旁，那棵瘦高的桉樹在她們倆注視下正脫去一層皮，露出羞慚的蒼白底色。

婕西生氣了，吃力地說：……你哪裡知道，凱莉被龜背竹吃掉了……她融化了，像冰化成水……不是這樣。你不知道……反正同自由意志沒關係……

詹妮特忍不住捧著肚皮笑了一會兒，才問，好吧好吧，你說Covid-19真的有這麼可怕嗎？

婕西更惱了，她撓著自己的後脖頸，那裡被看不見的小蟲子咬出許多紅腫塊。詹妮特是好朋友兼好鄰居，怕她嘲笑，婕西使勁壓制自己不說出貝蒂醫生的事。就算詹妮特不笑了，婕西也不打算告訴她了。詹妮特也不會懂。婕西的胃又抽搐了，聞到了窒息的機油味，混合了海底的氣味。她眼前又看到衣櫥門無聲拉開了，那團濃黑的龐大影子向她壓迫下來，蝙蝠的笑聲是聽不見的，但他肯定在笑，蝙蝠的大耳朵在旋轉，小圓眼睛是兩個閃閃放光的剪刀尖，在衣櫥裡聲音聽上去就像蝙蝠在磨牙：遊戲還沒完，婕西，別動……你走不了，像凱莉阿姨那樣都走不了……我們都住在潛水艇裡面，出去就會淹死在海裡，我是你的船長……

一隻鋼鐵般冰冷的蝙蝠大爪子探進了她的褲子裡。下面很疼。眼淚在眼眶裡打轉。別出聲，遊戲就是這樣，沒有疼就沒有開心。你不想開心坐船嗎……絕對不能告訴你爸媽，他們都很喜歡你，船長會讓你爸爸賺錢，很多很多錢，那樣你才能坐船，去許多許多好玩的地方……

她想起不是自己溜出兒童俱樂部，當她研究掛鐘長短不一的手臂的時候，船長高大的身影從天而降。他又給她一個咧嘴笑，每一根銀髮好像蘸滿了知識，充滿了驕傲，他的大手冷到凍僵了她的小手，不可抗拒的冬天就這麼近了。

詹妮特還在說，我媽也是。老在家管著我，還去買了一大堆的廁紙和義大利面橄欖油，一天到晚瞎忙乎，不去上班不幹正經事。就靠政府救濟為生，疫情來了，福利金翻倍拿，她也不覺得羞恥。

婕西輕輕歎氣，小聲問詹妮特：什麼是上帝的秘密呢？

詹妮特說，我媽說什麼時候你想知道上帝的秘密，就說明你不好玩了。

但婕西不這麼想，她十歲還未到就發現了，只有她自己一個人知道，一個人相信，全世界的人都住在一艘黃色潛水艇裡面，像一群傻瓜似的自以為是，搖頭晃腦唱著，沒有一個人是駕駛員，歌裡唱的全是根本看不到的藍天綠海。跳舞的人看不見船外面全是黑蝙蝠。是船長把蝙蝠放出來了？她不知道。

詹妮特原地摸高跳，做出跳過籬牆的樣子說，週末我去問問我爸吧……你過來我家吃夜宵吧。媽媽做了芝士蛋糕。

詹妮特父母早就離婚了，她只能在週末見到她爸爸，但她似乎並沒有不開心。她又說，我爸以前出海，走過無數地方，見過無數奇怪的事，他懂得如何同海豚講話。他說你不要老想著長大，你是小天使，等到你長大了，變得像我們大人們一樣，聰明面孔笨肚腸，老想著改變什麼，卻不知道越改變小天使會越長越醜……嗯，我記得他說過變醜的原因是我們有自由意志，也許這就是上帝的秘密吧，我爸常說自由意志是上帝賜給人的好東西，這回疫情全球大爆發，他就說只有自由意志才能產生高科技，那些沒有自由意志的地方製造出來的只有病毒……他說得太複雜了，我也弄不懂。

他開過潛水艇嗎？黃色的那種？婕西問，詹妮特的爸爸也許是一個比船長老趙更厲害的角色。夜風收縮得如鞭梢，抽得她渾身哆嗦，卻像是跳舞。

——黃色潛水艇？哈哈……我想想，好像坐過，他好像說過那時他們都住在一艘黃色潛水艇裡面，朋友們也上了船，他們組織了樂隊，沒日沒夜地開派對，唱呀跳呀多開心……

——我不信，他們找到了綠色海洋藍色天空嗎？

——他們才不管什麼海呀天呀，因為，他們快樂呀……

——我不信，你騙人。潛水艇裡那麼小的地方，呼吸都很難，連新鮮水果都沒有，怎麼可能快樂呢，自己騙自己……

詹妮特一反常態，舉雙手表示放棄辯論。她餓了。婕西也餓了，她們猜想詹妮特家裡一定也餓了，詹妮特家廚房那邊飄來乾酪加熱融化後與咖啡糾纏不清的一股香味。

饑餓使人變好變乖。我們無法逃離黃色潛水艇。沒有新鮮蔬菜水果空氣，沒有藍天綠海，哪怕全嘔吐光，我們也得吃，邊吐邊吃，忘掉蝙蝠，忘掉藍天綠海，忘掉新鮮，婕西決定忘掉一切，立刻爬過籬牆，兩個人先去填飽肚皮。她開始攀爬桉樹，籬牆另一邊的長毛絨猴媽媽和小猴子都顫抖不止。

2020年3月寫于墨爾本封城之際

雹災篇

屋頂上的有錢人

1　有錢人家的狗，思想和吠叫都是豐富無比

氣溫升高，正午陽光白花花，如同雅拉河不小心灑濺出來的一大片水。早上的確飄過一些墨爾本典型的陣頭雨，水泥地上暗綠苔蘚閃著汗珠似的光；赭色琉璃瓦面踩上去滑滑的；幾棵檸檬樹壓彎了苔蘚色的枝椏，仿佛天上真有一棵大樹掛黃燦燦的果子，影子一直垂落到李奇的面門上。他瘦削如檸檬樹枝椏的身子搖搖晃晃，爬上豪頌恩最惹眼的這幢法國新古典洋樓的一樓房頂，拆開了簷頭蓋著的落葉網。站在這個高度，可以看清許多平日裡無法看清的東西，比如，女人粉色吊帶衫吊不住跑動中跳蕩不止的白嫩乳房。

女人正追著小鬥牛犬，短褲和大腿閃著白光，好像魚兒躍出水面。小鬥牛犬對李奇裝滿奇奇怪怪工具的麵包車失去了興趣，跑得特別快。女人後面還跟著一個三四歲的小男孩，李奇暫時失去了欣賞白皙美女的心情，儘管他喜歡看小男孩跌跌撞撞張牙舞爪（還一個勁發出呵呵的叫聲，多像他的兒子離開時的模樣）。

女人對屋頂上的李奇說，你那個朋友窮瘋了！在我的花園裡隨、地、小、便！

從女人不曉得在這裡窮人不可以叫窮人，可知她還沒入鄉隨俗。墨鄉習俗，把窮國尊稱為發展中國家（是不是發達國家就不需要發展了），把窮人稱為有需要的人（其實誰沒有需要），富人也不能赤裸裸地叫有錢人，而雅稱豐富的人（大概窮人真的很無趣很乏味）。有錢人家的狗，思想和吠叫也是豐富無比。女人其實追的不是狗，而是一個穿著骯髒工裝短褲的工人，此刻，鬥牛犬在李奇的梯子底下堵住了那人狂吠，可知那人也是一個有需要的人。長期生活高壓、隨時保持警覺和威懾，使那人臉上溝壑縱橫。李奇知道沒有一個地方會讓維克特那樣的朋友產生歸屬感，李奇像維克特一個樣，在這個富人區裡，都是他媽的有需要的人。李奇沒想到維克特會在他東家的花園裡如此隨便地上廁所，但他轉念一想，如果維克特不這麼做，那就不是維克特了。

維克特不跑了，他滿不在乎地朝小狗扭屁股吹口哨，對女人做了一個無辜的表情，雙手一攤，在屁股抹了抹，扭頭大聲對李奇說，芝麻，開門！

他彎腰做出撿石頭的動作，鬥牛犬呆了一下，叫得更為瘋狂，開始退卻，從而讓維克特輕輕鬆松穿過復古雕花大鐵門，大搖大擺地跑了。

女人厭惡地瞪著維克特的背影，用手遮著濃烈起來的陽光。

什麼芝麻開門芝麻關門？她問李奇。

李奇笑了笑，往屋頂架設可攜式小梯子，左腳工作靴踩在梯子上說，他不是我的朋友，他是我以前的老闆維克特，常照顧我些活兒幹。

女人說，這兒的活都幹不完，找你作什麼！

李奇撓著鬢角冒出來的胡茬說，借錢！

你老闆找你借錢？你比你的老闆有錢？

我是Rich[1]。行內人叫我「屋頂上的李奇」，有錢人李奇。

李奇忽然自豪起來。他被人叫做屋頂上的有錢人不是吹牛。

哈，稀罕！一個大財主來幹這活，放得下身段。修屋頂發了財？

李奇又撓著長鬢角說，他們喜歡去皇冠賭場，他們輸錢我賺錢，該著我發財。

女人哦了一聲，放電的眼睛滴溜溜又在李奇身上轉悠。李奇四十五六歲，自覺除了臉黑些、皮膚粗糙以外，外表基本過得去，但他頗有些心虛地說，瞎開玩笑哈。我這個有錢人，是站在富人屋頂上的。一個窮修屋頂的，永遠發不了財。

女人白了他一眼：看你樣子還算老實，原來也這麼貧嘴……

李奇的虛榮心又被激發了：不瞞您說，我還真中過樂透二等獎，幾十萬塊錢呢，他們中的頂多幾千塊錢。墨爾本修屋頂這一行，我中的獎最高。他們都說我是一個屋頂上的有錢人。

---

1 李奇的英文名字Rich意思是富有，有錢。

——看不出嘛。

——跟您比，我這種算什麼？打打口炮窮開心罷了。本來中了個獎，可以玩上三四年，沒想到跟我的老闆維克特去賭場，不吃不喝不睡覺，大殺幾天幾夜，一頭栽倒賭桌上，就這樣了。

李奇亮出自己的左手，彷彿騎士向美女亮出他戰功累累的寶劍，那根無名指斷骨沒長好，第二節關節朝外突出一截，見證了那個賭得滿嘴起泡、手氣背到不可思議的黑暗時刻，他拼命撚牌，把手皮磨破了，憤然砸牌，敲斷手指，留下一個終生記號。

女人又哦了一聲，不曉得是不是信了。

李奇說維克特雖一直當老闆，但比他還慘。所有家當裝進一隻行李箱，頂多再加上一張折迭床，在人家的後院租一個祖母房[2]住著，每次離家前，在箱內衣服底層壓一張百元鈔票，如果運氣不好，那就是他下面大半個月的生活費。

女人的目光恨鐵不成鋼，落到他綻線的綠色套衫和髒兮兮的紅色螢光背心上。修屋頂清天溝這行當在澳洲被尊稱為生意人（Tradesman），算是尊重呢還是諷刺，這種正兒八經的職業稱呼，按李奇的想法就是苦力；按維克特說法，那屬於技術工種。他說這活可不是誰誰誰都能幹的，可維克特自己從來不幹，他是一個自由自在的生意人，雇了許多像李奇這樣

2 GrannyUnit：在澳洲民居後院的空地上，另外搭一間房。一般不跟原來的房子挨著。有獨立的衛浴，小廚房，品質比較差，冬冷夏熱。

的人幹活。李奇給維克特打工，好不容易熬到做工頭，還是天天上屋頂，後來，李奇出來單幹，仍不時從維克特那裡攬活。

為什麼每個修屋頂的都濫賭呢，女人問。李奇的自尊心疼了一下，他開始專心幹活，再也不說話了。

女人一跺腳，也不理他了。她左手中指上一顆粉色大鑽戒閃閃放光。生氣也能給美麗加分，要是維克特發現的話，一定會掏出手機拍視頻上傳臉書微信。她雖然生過一個孩子（李奇猜的，也許不止一個），左手腕上內側還有幾道蚯蚓狀粉色傷痕，可身材依然帶著海浪的曲線，眼神依然一旦黏上再也無法擺脫。李奇其實是怕看女主人的。財富與美麗使她有豐富的資源小視別人。她家的大房子掩藏在濃蔭中，七個睡房七個浴室，車庫擺了五輛豪車，每個豐富的窗口都開向這個城市引以為傲的雅拉河。不像李奇在西區貧民區的簡陋租房，只有一個孤零零的窗口。

半夜醒來，月亮永遠是一枚冰冷的硬幣。沒來由的，硬幣會變作一張特雷薩修女似的老臉，皺紋宛如池塘層層迭迭的漣漪。李奇抓起手機摔向小小的月亮，然後點上煙，無聲無息地抽起來。

毫無例外的一天又過去了，李奇離死亡又近了一天。

2 一面月白色旗幟迎著他飄揚

李奇在屋頂上做活，要是不說話，就喜歡胡思亂想。他回想起維克特來找他是在當天上午早些時候，維克特不胡鬧的時候看上去完全是一個做大生意的主兒。

維克特攀著扶梯，爬到齊屋簷說，這裡真是好地方，現在我不想死了。

李奇差點從琉璃瓦上滑下來：你溜進房子去了？找死！

維克特說，房門開著嘛。操！房子好大，女主人好水靈好正點。

小心她報警！

以前我也住這種房子。維克特說。操他媽！墨爾本上房頂的人裡面有誰比我更牛！

這話不假。在遇見李奇之前，維克特早住進了布萊頓海灘燒著大壁爐的豪宅，紅色真皮扶手，金枝鏈子吊燈，銀餐具，高房頂，雕花立柱，車庫裡停著限量版瑪莎拉蒂，碼頭邊穿熱褲的靚妹清洗銀色遊艇……他的血管裡流著的不是血液而是賭性，後腰上運行著一顆湖南小夥子的腎臟。他特意花鉅資去株洲換了一顆20歲的腎。他說想想些老傢伙，定期換年輕人的血，有需要還可以換一顆心臟。李奇無法想像有錢人豐富的世界。維克特交了兩個大陸來的很有立升的神秘朋友，在皇冠賭場的豪賭歷史立刻捎帶著躥上了頂層私人博彩廳。博彩業七成收入來自貴賓廳。角子機、大廳哪裡比得上伺候鮑魚龍蝦的頂層貴賓廳。灣流噴氣機，千萬籌碼，高級按摩女轉運等等，不光是這些，維克特說總統套房，多少錢一晚，三萬澳幣！李奇，我介紹你幾個迭碼仔玩玩？

李奇輸光錢後，有了點自知之明。有人大贏大輸，李奇不然，總是小贏大輸，不贏大輸。三萬澳幣或十三萬澳幣有多厚他知道。但這又有什麼用，老婆不是照樣帶著孩子跟人跑了。留給他一個隻還利息的房貸，一輛等同於報廢的二手車，還有堆滿了後院和睡房的中國造保溫材料：為了做維克特接下的一單政府項目，他特意從中國進了一個貨櫃的廉價保溫材料，沒想到專案取消了，搞得他天天摟著保溫材料睡覺，半夜都會熱醒。他說疊碼仔我也認識好幾個，他媽的存心害死我。

維克特壓低聲音說，兄弟，沒錢生不如死，好消息！我接了一單大生意，你也來，一起幹，有錢大家賺！

老闆不是你又輸了吧？李奇停下手裡的活。

操，李奇，不吉利！我怎麼會拿自己的血汗錢去賭，我是去買工具裝備，我和他們日日夜夜辛辛苦苦準備了足足兩個星期，累死我了。這活儿真不簡單！

他們借給你的你永遠還不清！

不不不！他們不借錢給我，他們從別人口袋裡借錢！

維克特神秘地告訴他說他們不是李奇以為的他們。他在城內五金巷咖啡館得遇的一幫貴人。他們為首的是一個白人老頭，鷹鉤鼻，面相紳士，做派大氣，一看就是江湖大佬，叫布賴恩。他們共計五個領養老金的英國老頭子——管道工，爐渣工，泥水工，電工，花匠。他們問維克特你會什麼。上房修屋頂清理天溝，太棒了，我們就缺一個懂點新玩意兒的生意人。不需要賭運氣，也不要什麼暗黑科技，只要你是一個上房頂的傢伙。一個上房揭瓦有經驗的生意人就是行。讓我們一起來做一單大項目！

李奇退開些，躲避建築垃圾似的說，饒了我吧老闆，我沒錢沒房沒老婆！

維克特拍著大腿假裝歎氣：你是天底下最沒出息的有錢人！誰生來是窮命？掛在檸檬樹上的收音機活像一隻濺了一身綠色油漆的笑翠鳥，大聲聒噪新聞快報：據CNN報導，大批人來自洪都拉斯等國，近日離開祖國，組成移民大篷車隊前往美墨邊境，非法潛入美國……

這就是他媽的窮命啊。李奇拿起水槍說，到處流浪，混口飯吃。去了美國，也還是上屋頂的命！

維克特知道李奇去過美國。他眯起眼朝上望著水槍說，人窮志短。這次算我求你了，什麼時候我拉下臉求人過！你就不讓我有一次鹹魚翻身的機會！

李奇說，我不賭。

維克特說，操！這世界上有誰不賭，從還沒生出來你就開始賭，從小到大，賭你能不能變成一個叫做成功人士的那個走狗屎運的傢伙，區別在於你是不是輸得起和贏的機會有多大。總有人會去賭，害人的不是賭。賭是人性，不是錯。害人的只是你算計不足，控制力不夠。

收音機還在說，……跳入河中，有人淹死。來自洪都拉斯的一個泥瓦匠說，沒人能阻止我們進入美國，除了上帝。我們會繼續前進……

這世上混蛋很多，被窮困淹死的混蛋比河裡淹死的多得多。李奇踩得瓦片嘎嘎響，走到簷前，爽快地摸出皮夾，數清五張百元鈔，他就剩這點錢，抽回兩張，把三百元遞給維克特說，這是最後一次。老闆。誰叫我把你的衝擊鑽賣了。

維克特手裡攥著錢說，我喜歡你這樣，兄弟。你真是屋頂上的有錢人吶。偷東西還帶還錢。算我以前沒白疼你。

但維克特老闆望著他，還是不走。

算我倒楣又去了一回皇冠賭場。李奇再添上一張鈔票，心疼得直咧嘴。但他想到這單豪頌恩區豪宅的活差不多了，馬上就可以收工錢。

維克特鼻子湊到李奇的鈔票上聞了聞，詭笑道：你也好一口？我有好貨。

李奇罵：誰他媽嗑藥！

維克特下了梯子，回頭豎起一根中指說，給我打電話，操，給你交個底，芝麻開門這種大項目，一輩子就那麼一次！

李奇楞了一下，維克特又得意微笑：操，全城最神秘的地下洞窟，阿裡巴巴與四十大盜的山洞，數不清的金條，鑽石，珠寶……不來你一輩子後悔！

維克特說去上廁所，不料卻在富人的花園裡撒尿胡鬧，被女主人的狗發現，他匆忙逃走後，李奇與女主人也話不投機起來。他幹活累了，聽著收音機。他喜歡在屋頂上居高臨下的方式，他看著樓下綠草坪上的女主人、小孩、狗以及法式巨宅門口碩大的佛像，眼光穿過寬大的橡木門，落在客廳裡的神龕上，香煙繚繞著菩薩的臉。

天空像一個透明瓶蓋在女人豐隆的白色緊身背心上慢慢旋轉，翹臀裹著明黃色短裙，她為什麼要化那麼濃的妝，她男人又不在這裡。她對著小鬥牛犬，揚起白玉似的手（他又看到了那幾道傷痕），反復念著「坐」，好像唐僧在念緊箍咒，細碎的陽光穿透碩大的粉鑽，好似藍花楹飛散的碎花瓣。她在笑。李奇看得身子酥軟，一屁股癱坐在屋頂上。她改成「立」的口令，李奇單手支撐著站起來。鬥牛犬不是李奇，也不是孫猴子，做錯了多次。女人抹著汗，氣得踹了它一腳。它尖聲叫喚，竄到邊上向小男孩撒嬌。

小男孩很開心，摟著狗頭，喉嚨裡發出呵呵聲。

女人捏著蘭花指走進房子裡。

李奇關掉收音機，剛剛換過的那根水管裡汩汩的響聲變大了。李奇站到梯子上，二樓靠近洗手間，這個角度配合貼滿黑白大瓷磚的浴室中那面大鏡子延伸了他的視線和想像力，可以遙望到女人的赤裸身子不再像脫離水面的魚，而是一面月白色旗幟，迎著他飄揚。

纖瘦的李奇像一株屋頂上的瓦楞草，隨著風和旗擺動。

3 如果從屋頂一腳踩空

——這個世界可不是笨蛋的，李奇。

維克特的聲音在手機免提下顯得特別高而尖：哈頓花園大劫案，沒聽說過吧。

李奇在屋頂清理水槽污泥雜物，發現了一個大喜鵲的巢。

維克特的聲音突然壓低：2015年還是2014年記不清了，在復活節期間，連金庫的守衛也度假去了。英國發生的金額最大宗盜案哪，4天內連續多次潛入珠寶交易所地下金庫，幾百個保險箱，好幾億英鎊珠寶，數不清的英鎊現鈔……

李奇數著鳥巢裡面的蛋，三顆，四顆……

——兄弟，聽我細細講。案發後，倫敦警方偵查發現他們全是老頭子，他們可不是街上頭插粉色鴕鳥毛的金髮小帥哥，驚天大案就是那幫老傢伙們幹的，上帝也不相信！法官不忍心重判他們，牢沒怎麼坐，他們全出來了，英國呆不下，就來澳洲新大陸發展。聽清了，他們來了墨爾本，找到了我！攻克地下堡壘需要我！

李奇小心地將鳥巢移到鄰近的樹枝上。

——這個地下金庫，就在墨爾本城中心。你當然不知道，因為上帝老人家安排我在那裡修過半個月屋頂和排水系統，我曉得進阿裡巴巴和四十大盜山洞的咒語。我懂IT，只有我這樣能上屋頂也能玩電腦的人才懂得怎麼搞定那麼多360度全方位探頭，紅外感測器，震動探測器……我給他們搞來了地庫結構圖，三道防彈門，四個密碼鎖，3.5噸重半米厚的金庫鋼門，根本沒法撬開，萬一你掉到30毫米防彈玻璃造的氣壓式陷阱裡會怎麼樣，死路一條活活憋死在地下！

李奇坐在屋頂上，望著草坪上那條愚蠢的鬥牛犬。女人訓狗該有老長一段日子了，今天的妝容很簡單，裙子短了。她整理裙子，顯得特別端莊。她反復說著「坐」和「立」，邊上那個小男孩兩隻小手抓著空氣，呵呵亂叫，他也學會了，但狗還是不會。

維克特的聲音越來越大，李奇把手機免提關掉。

——老傢夥們就缺像我這樣頭腦發達的技術人才，他們死命邀我入夥。老頭子裡面一個耳背，不戴助聽器，你喊破喉嚨，他也聽不見；兩個糖尿病，定時吃藥不說，還有關節炎、高血壓、心臟病、前列腺肥大……一身是病。人一老，就與時代脫節，天才也得服老，幹活還得靠像我們這樣年輕力壯的。

小男孩荷荷叫著沖上去，把狗的的屁股直接按在地上。狗雖然笨，卻不會因為笨而變得乖，它瞪大眼睛扭來扭去，小男孩把它前爪提起來，狗吐著舌頭叫嚷不休，好多次逃脫了。小男孩咯咯笑著，在後面跟著跑，不知是追趕還是驅逐。後來，狗也喜歡這樣玩了。

——李奇，你在聽嗎，我們在三四個佈滿塗鴉的綠色大垃圾箱內藏了大半天，等到天黑，箱內那個死人味道，太辛苦了。就是昨晚，等到警衛離開，我從消防樓梯上房，搞定探頭和防盜報警，揭開屋頂下去，把他們一個一個從消防門放進來，我們一起打了個洞，進入電梯井，放下繩梯，爬到地下室，繞開了最最堅固的那道安全門，芝麻開門吧……

女人抹著鼻尖上的汗，眉尖緊蹙的模樣很誘人。李奇的下身也繃緊了。他想起了棄他而去的老婆，當年他多麼迷戀她，現在他又是多麼恨她。她看不起他，把他的家、他最後的盼望和自尊全給毀了。

——唉，操！哭死我們了。強力水鑽機打了一個晚上，鑽頭都打爆了。老傢夥們幹起來是真狠！一個老傢夥現場差點心臟病發作，還有個叫我給他屁股上紮針。紮完了，罵罵咧咧，哆嗦著重新開工。要是活沒幹完就會翹辮子的話，不好玩！

狗也不太好玩。訓狗這事交如果給維克特，可能早辦成了。女人生氣了。她沒有罵狗，而是訓斥小孩子不懂事，眼光露出一絲疲憊。她真美。美得沒法形容。維克特覺得她是一個勾搭西門慶的潘金蓮，但李奇知道維克特弄錯了。這是一個缺少安全感、總想掌控一切的女人，連一條狗一個小孩也不放過。

太陽從積雨雲後面露出臉來，女人，小孩和狗一會兒都不見了。

——混凝土牆壁真他媽厚，今晚上還得去，我們要加添人手，你小子走運了，我向布萊恩第一個推薦你！

——我活儿沒幹完，沒工夫聽你吹牛！

李奇聽完維克特吹牛，就掛斷了手機。登上電梯豪宅的二層屋頂，視野又擘開一層，露出的不是菲力浦灣的碧波，而是雅拉河從土黃向淺紫逐漸過渡的寧靜河水，水裡的天也是破碎的。這片天與他居住的西北很不一樣，墨爾本雖是世界宜居城市，但天看上去也依然需要區分貧富貴賤。傍晚還未到，天空早早露出金子的光芒，再厚的鋼門混凝土牆、再遠的距離也擋不住黃金的光。

李奇是一個屋頂上的窮漢，做一天活吃一天飯，吃不好也餓不死，無聊猶如每天喝得半醉不醒，他感覺不到自己還活著。如果屋頂一腳踩空，也許是最爽快的死法，忽而，他冒出一個尋死的瘋狂念頭，他沒有買壽險，但那有什麼關係，反正沒有受益人，兒子現在也成了別人的了。天空裡好像突然出現了那張特雷薩修女似佈滿皺紋的臉，嘩啦一聲，聲音不大，腳下一溜，真的差點滑下屋頂。遇見維克特，做事就倒楣。他在恐高中望著樓下周遭，綠色灌木、黃色檸檬、藍色泳池和紅色地磚全如波濤般舞蹈起來。

女人在廊簷下仰起精緻的下巴頦。她站遠了些，企圖看清屋面上動靜，然後很肯定地說，瓦片——你踩碎了，你聽見了！

並不是她的耳朵太好使，一把綠色塑膠椅子好端端放在樓下回廊，她其實從來沒有進屋，而是一直坐在那裡偷偷監視他，這一發現叫他更慌張了。

——你這個瓦片太滑……打點膠，給你補好。

——不行，得換新的。如果不換，我就去告你，別忘了，你沒、有、執照！

此刻，李奇後悔得想買一塊豆腐撞死。他開始做活就向女東家坦承他單幹沒多久，還未考出執照（澳洲保護每個行業的法規精細到了苛刻程度，而他英語弱爆，考出機會不大，他多嘴多舌到連這個也說了）。維克特說得沒錯，說實話老吃虧。李奇從三樓屋頂下到地面，拍了怕身上塵土說，行了，明天去找一下，70年代的瓦片不一定找得到相似的。女人說非得一模一樣不可。李奇說那你先把帳結了，我才有錢去買材料。萬一你跑了怎麼辦，女人朝他白了一眼：我怎麼信你，你老闆在我花園裡撒完尿像狗一樣跑了。你跟他還不是一個樣！

李奇按住火氣，好好說話：阿妹，他是以前的老闆，現在我自己幹。這些活我都會。屋頂漏水，裝落葉網，洗雨水槽，裝落水管，洗瓦噴漆，除草，修樹牆，鋪草坪，砍樹，擋土牆，鋪防草布，安裝護欄……

——李查你有完沒完？誰是你阿妹？

——阿妹要是不滿意，可以先付工錢九成，壓下尾款……

——我叫賈思敏，不是你什麼阿妹阿敏。我絕不會付你工錢！我親眼看你幹的，李查你斜眼嗎，還是心長歪了，連管子也裝歪了……

——我是李奇，屋頂上的李奇，不是什麼有錢人！

賈思敏的俏臉出現了風暴，話語也變成了連珠炮：改了名字我也認識你！憑什麼你頭上長角不按質按時完成工作就想拿錢？一看就知道你是國內H省來的。我真不該圖便宜找那裡的人來修，洋人是貴一點，幹活慢一點，但他們品質好，從不扯皮……

李奇憋了半天，只是吼一聲：我的老家是內蒙赤峰！

狗在遠遠地叫，小男孩的哭聲不知從哪扇窗戶傳出來。賈思敏氣得團團轉：管它是哪裡！我可記著你的名字，屋頂上的有錢人！中國人都你這個樣，素質一百年也提不高！

李奇開始收拾工具說，那，那可是你請我來幹活的！

內蒙大財主，曉得你老家有成千上萬的牛啊羊啊，但你別想溜，你還是得換新瓦新管！不換，我就去告你！澳洲是法治國家，你是無照施工！

女人瘋起來跟李奇的老婆有得一拼。不管多少難聽話傾瀉下來，他只能保持充耳不聞。他走到遠處看管子，眯眼目測，心裡一涼，那根連接二樓的落水管裝得是有點歪。最近的活兒幹得不漂亮。他寫發票，手指黏糊糊的，不知何時弄出血了，三角梅似的新鮮血色在紙上留下一塊紅色指紋。一共一千七百澳元，女人撇著手就是不接發票。

李奇飛快地看了她一眼，嘟囔著說，不給錢，我買不了材料。

賈思敏雖然也是中國來的，但她絕不是什麼茉莉花[3]，她是帶刺的三角梅。大粉鑽閃著鑽石才有的光。女人還是不接手寫發票。

---

3 Jasmine：素馨，茉莉。

4　一朵朵黑漆大麗花盛開在地面

李奇駕車白跑了一圈。街上冷冷清清。在加油站看著油表往上跳，心裡就打鼓，幸虧近來油價跌得厲害，加滿油箱只需付平日一半的錢。

你小子露臉機會到了，要是消防門進不去……維克特在手機裡說，兄弟，別再低三下四伺候人！今晚跟我們一起去芝麻開門。咱們從屋頂再進去一回。你是我們現在最需要的人，你馬上去一次柏寧斯，買幾個德國鑽頭送來……

李奇聽見自己用蹩腳英語乾巴巴地說，祝你好運！

下班路上，李奇掐掉電話，沒心思與維克特囉嗦。他開車去了柏寧斯五金超市，挑了一根PVC新管子，順路駕車去找瓦片供應商，可許多建材分銷商都早早關了店，而且連咖啡館、餐館都早早關了，路上沒有行人，車子也特別少，這個鬧哄哄的城市忽然安靜下來，他產生一種奇怪的陌生感，還有點後怕。

晚上，手機又響了，不是前妻，一看還是維克特。他乾脆關掉手機，喝完了冰箱裡最後一罐啤酒，破天荒睡了個好覺。

第二天一清早，六點鐘不到，他去了豪頌恩。讓他大吃一驚的事是一夜之間，這幢豪宅門前豎起了一塊兩人高的巨大售樓看板。看來女人找他翻修落水管道原是為了售樓。他覺得如果這幢沒有男主人的房子出了什麼事，八成是與從不出現的男主人有關。記得那個姓賈的漂亮女人說過她男人在中國，好像還是個什麼省的大官。豪頌恩富人區的大房子裡一多半華人男主都在中國，留下美麗或美麗不再的女主帶著孩子以及許多幸福的貓狗守著豪宅。

更換落水管花了一小時，李奇今天幹得特別吃力。花園工具房通常不上鎖，這一間也不例外。他打開工具房，在滿是灰塵的雜物裡搜尋，找到了備用瓦片，整整齊齊滿滿四箱。她居然不告訴他，女人出挑的美麗容貌現在反而令他有點反胃起來。

小狗在花園裡叫了。遠處小孩子的聲音也開始哭鬧。

李奇煩躁異常，挑出一片瓦，對著陽光看。女人的腳步聲出現在身後，嚇了他一大跳。你進來怎麼也不打招呼？邊門開著。你剛才進客廳也不打招呼。沒有沒有，我一直在幹活。女人頭髮濕淋淋的，好像剛洗完澡，她眼中疑光大熾，你怎麼知道這裡有瓦片，李奇解釋說這房是著名建築師的設計，通常會有備用瓦片存放在什麼地方。女人的臉上依然寫滿了問號。她上上下下打量他半天，才厲聲說，我的戒指不見了。結婚戒指！

她舉起空空的左手盯著他，好像他生下來就是賊。他挾著肩膀斜刺裡退開幾步。

女人又逼問：你真的沒進過客廳？戒指放在鋼琴蓋上。

李奇苦著臉哼了一聲。雙手一松，瓦片掉在地上，碎了。

女人猛地退開幾步，手指著他，秀氣的鼻子劇烈吸動起來。

狗也及時出現了，叫得很凶，他遇到了真正的狗仗人勢。墨爾本陡然間變天了，烏雲朝豪頌恩聚攏來，警方來得比變天還快，一男一女，女員警是一個腰上掛著手銬、手槍、電警棍和對講機的大胖子，她揚著手裡的筆和本子說，又沒有死人，別大呼小叫！

眼圈紅紅的賈思敏說，西澳阿蓋爾粉鑽，一克拉吶。

大高個男員警沒有為難李奇，引導他做完陳述。李奇簽了名，挾著肩膀，站得離員警老遠，只顛來倒去說一句英語：我沒偷。

他拿出施工發票，女警接過發票轉給男員警，那人看過又還給女警，兩個員警聳聳肩說這個我們沒法管。她要是不付錢，你得找律師。李奇可付不起律師費。他把發票揉一揉塞進褲袋。在女人和小狗的目光鎖定下，他挾著肩膀，挺起一個窮漢不該擁有的硬腰杆，開車走了。

他先去超市，買了一箱酒，付款時發現信用卡又透支了，只得用現金付了。走出超市，天上下起了雨夾雹，子彈頭大小的冰雹混在雨點裡，將路邊店面的波紋鐵皮棚頂砸得咚咚響。他躲進隔壁教堂的龐大黑影，抬頭看見一朵特別大的花開在黑暗裡，走近才發現，一個穿花衣的西人女子蜷縮在角落裡，臉埋在膝蓋，雙肩在抽動，地上還扔著一支蘋果手機。李奇本來不打算多事，他走開幾步，重又停下，他猶豫了片刻，歎了一口氣，從錢包裡抽出購物找零的一張紙幣說，我沒更多的了，拿著，天大的事，回家睡一覺就沒了。

女人濕漉漉的臉很白，她瞟了他一眼，用幽怨的英語說，你以為錢能解決所有的事！

李奇訕訕地收起錢說，那就好。要哭，回家去哭。

女人還是埋著腦袋說，不能回家哭，因為家裡還有兩個孩子。

離開時，李奇手心冰涼，記著的全是這座教堂黑暗裡的花以及砸在心頭柔軟處的冰雹聲。

到家雹雨變小了。他把小半瓶威士忌灌下肚子，維克特沒有再打電話來。李奇坐立不安，用手機上網搜索。他聽得見石英鐘指針走路，自己的心臟在胸腔內怦怦亂跳。後悔總是來得太遲。他居然蠢到錯失了芝麻開門這樣的大買賣。這個買賣不是維克特瞎編，芝麻開門的正式大名叫Great Guardian，作為澳洲本土最大的安保金庫，在悉尼和墨爾本等大都會中心都設有秘密地下金庫，替澳洲銀行和富人們秘密保管價值連城不便儲藏的硬通貨。在經濟大蕭條時期，那裡是全國富豪的藏富之地，那裡當然就是阿裡巴巴與四十大盜的山洞。李奇耐著性子在網上看啊看，不知不覺中，喝光了大半箱啤酒，腦袋暈乎乎的，不停地咳嗽，四肢虛脫似的失去知覺。

城內尚沒有任何金庫盜案報導。按說維克特如果真的如他所說進去過地下金庫，這會兒該案發了。李奇肚子餓了，忙活了整整一星期的活，什麼錢也沒賺到，而維克特他們很可能一夜致富，像阿裡巴巴家族那樣幾輩子花也花不完。還沒灌下幾口速食面和香腸，他就停下不吃了。李奇從手機裡翻出一些他喜歡的照片，他褪下褲子，手握住下身蓬勃的欲望，他猶豫中等待著什麼，幸好特蕾莎修女的皺紋臉沒有降臨。照片並不管用，他的眼前交替出現了一些混亂的香豔場景，賈思敏汗津津漲紅的臉，他老婆在床上的臉，雅拉河南岸賭場炫富的霓虹，那條老是學不會的笨狗，那小男孩呵呵地叫著，騎在狗身上，李奇兒子的小面孔……

他精疲力竭倒在床上，發現自己設定鬧鐘時，還在想昨天是週五，今天金庫休息，連續兩個整天沒有警衛上班。即使維克特他們進去過，暫時也不會有人發現。手機在充電中，他還發現自己其實一直在等電話，猶豫再三，還是沒勇氣給維克特打過去，他就在這樣的矛盾中胡亂地睡著。

子夜。鬧鐘響了，他這一覺也不知道睡著沒有，連夢也沒半個。他去廚房水喉上灌下半肚子涼水，直到胃裡吐出來一些腥臭的髒水。

他把工具車悄悄開到豪頌恩，坐在方向盤前數數字，數了好幾遍，數字都亂了。手機又響了，他從座位上跳起來，這一回還是維克特。

操，兄弟，你虧大了！我的媽呀，打三個洞，整整花了我們兩晚上，這混凝土牆厚度簡直超過美國財政部金庫了，瞧瞧我們瞅見什麼了，嘿嘿，全是金燦燦的黃貨，好多排不銹鋼櫃子小抽屜，裡面全是鑽石，白鑽，黃鑽，藍鑽，粉鑽，還有三個保險箱，一捆捆的現鈔，澳元，美元，英鎊，歐元……

李奇的手心出汗了，他很想說我去，但卻沒說出口。

不過，還有最後一個大麻煩，咱們鑽出來的洞被金庫裡面一個大鋼櫃擋住了，櫃子操他娘的太重了，必須用推移千斤頂，有個老傢夥心急瞎搞，把千斤頂搞壞了，李奇你趕緊去找——

李奇心裡一沉，眼前出現了賈思敏沒有戴戒指的手，他改變了主意，打了一個呵欠說，我都睡了……

維克特罵著娘，電話掛了。

李奇決定把該做的事做完。他把手機改為震動模式。他從車頂卸下一把梯子，架到圍牆上，五分鐘後，他扛著梯子來到電梯豪宅牆根，快速剪掉報警探頭電線，取出水管鉗和螺絲起子，開始拆卸落水管，每拆一根，他咬牙罵一句。說到做到，一根都不留給她！

拆卸比安裝容易多了，為了不發出聲響，他都是慢動作，拆完了他親手安裝的所有管子。剩下的就是落葉網。他象貓那樣無聲無息攀著梯子上到一樓房頂，坐在涼如水的瓦片上，還有下午雨雹的遺跡，今晚沒有月亮。他頭上戴著照明燈很方便。朝二層屋頂爬到一半，他聽到了第一聲狗叫。

鬥牛犬越叫越有勁，打了激素似的，叫得他幾次三番停下來。

二樓窗戶開著，靠窗的寫字臺上似乎有什麼東西在暗處像一個會發光的驚嘆號，一顆粉色阿蓋爾大鑽戒在朝他招手。遠處市中心摩天樓燈光與萬千暗影融合到不可辨認；雅拉河面靜止不動，被樹杈分割成碎片，宛如上了一層厚重的釉彩。狗叫聲停止了，聽不到小男孩的聲音，四周連蟲鳴也弱到聽不見，他攀著窗框跳入屋子，地毯如同雨後的爛泥地一樣柔軟。

驚嘆號在照明頭燈的LED光柱裡現了原形，只是光滑橡木桌面的一處凹痕反光。黑漆漆的大睡房沒有人，床上被褥淩亂，活像那四十大盜半小時前剛剛離開。他屏住呼吸，在屋裡轉了幾圈，研究著名貴傢俱、古董、字畫和擺設，帶有豪華私人影院網球場游泳池的電梯大宅內容太豐富了，大大超過了他在屋頂上訓練出來的想像力。

屋外狗叫聲又起，他嗓子極癢，拼命忍住。

狗叫催命，就在房門外面，狗爪劇烈撓著門板。

他忍不住咳嗽起來，沒有逃向窗戶，而是推開了半掩的浴室門。

血液漂在頭燈的光裡是什麼顏色，他總算知道了。石油似的沉重流體在黑色地磚上蔓延；一朵朵塗抹了黑漆的大麗花盛開在地面上，濃腥熏得人雙膝發軟。

他用了好一會兒，看清楚女人白紙似的臉。她仰面躺在浴缸裡，閉著眼，絲綢睡衣敞開，露出一半雪白的乳房，右手搭在乳前，左手耷拉在浴缸外，手腕內側皮肉外翻，宛如嬰兒的嘴巴無聲地張開著。

雅拉河從來不下雪，但李奇現在好似一下子掉落在雪中的雅拉河裡。這個女人的慘狀冰凍住了他。地上扔著一把沾血的西餐廚刀。浴缸裡水還沒有溢出來。他明白自己來得並不算太晚。他手腳並用抱起女人，濕透了的身體和衣服重得出奇，他在地上滑了一跤，胳膊肘重重撞在浴缸壁上，又麻又疼，他呲牙咧嘴，罵罵咧咧，猛然趴到浴缸上，把女人摔在地毯上，他大口喘著粗氣，抓起女人的手，在頭燈的照明光裡，她左手中指上大粉鑽的八心八箭像繁星似的跳動。

他的鼻涕噗噗掉落在水裡，腦後冷風灌了進來，彷彿許多黑暗中的大漢用開山斧硬生生撬開他腦殼，他怎麼也想不通原先文雅高貴的女人為什麼誣告他偷戒指，不付他的工錢，中國人為什麼要欺負中國人……他望著匍匐在黑色液體裡的女人，想到屍體可能也就是這個樣子。他還想起那張特雷薩修女似的臉，皺紋猶如層層舒展的漣漪，來自他藏在內心深處的記憶。他打了個寒戰，眼睛和鼻子裡流出了清冷的液體，這是融化的雹雨。

5 自由從來不是免費的

不知過了多久，李奇從醫院出來，把車停在離超市不遠的一座藍石教堂。他坐在高高的臺階上，看著天色開始放亮。他四肢綿軟，肚子難受起來，不斷站起來又坐下，屁股安了彈簧似的，腦袋裡轉著一台渦輪電機，帶動胸腔內一個大鋸片嗡嗡鋸著心肺。過了五六分鐘，他才分辨出手機裡維克特的聲音：快來……我出不來了，啊，掉在玻璃陷阱裡了，氣壓陷阱，根本逃不出來……我完了！

——你說什麼？我聽不清！

——你看你看，爪子碰到我的腳尖了，擱到我的腿上，我的媽呀，在舔我的臉……不是老鼠，絕對不是，太大了，黑貓的臉，不，不對……布萊恩他們出賣了我，那幫老頭子全跑光了！

那個聲音野獸怒吼般，恐怖極了，李奇差點手機脫手。

——維克特，以後再說，我很累！我想睡覺。

——老混蛋們拿著我的錢和鑽石跑了！救救我！救救我！

李奇根本不覺得耳朵邊的男人聲音屬於人類……我跑不動了！它追上來了，它控制住了我！它的頭上長兩隻角，眼睛是綠色的火焰，它笑了，牙齒很白很尖，不，不，它不僅要吃我的肉，還要吃掉我的魂……我全看見了……李奇，我全身都動不了，說話也很困難，但我認出它了，就是它，它是——

——它是什麼？

——它是，是……

氣溫陡然降到了冬天。李奇打了好幾個寒戰，猛烈咳嗽，咳到咽喉痛，咳到手機斷線了，他回撥過去，沒有應答，也許對方手機沒有電了。也許維克特是編了個故事來騙他，那個傢夥騙人不是一次兩次了，可他說的細節逼真得出奇，不由人不信。然後，他忽然明白了自己為何把車停在教堂，因為他期望看到她，但他沒看見那個坐在黑暗裡哭泣的白人女子。他有點擔心那個陌生女子。這一點兒也不像李奇的風格。李奇什麼時候會替一個陌生人著想呢？他支撐著站起來，找了一圈，此刻，暗沉沉的建築角落鍍上了一層屬於日出的銅箔流光，什麼人也沒有，他甚至渴望見到哪怕是半個鬼影子。

教堂邊門吱嘎打開了一條縫，一雙警惕的眼睛在白眉毛下面掃視著外面。眼睛的主人，一個矮個子黑衣老人，項上掛著十字架，提著鑰匙走了出來，他以含混不清的澳洲口音說，來得太晚了，還是太早呀，小夥子？

他打量咳嗽平息下來的李奇，目光落到他綻線的綠色毛衣上面說，你敲門，門就為你開。你原本可以睡在裡面。不過，瘟疫蔓延開始了，政府很快會頒佈禁令，快封城了！

李奇以為老人把他當作新冠肺炎疑似了，他搖著頭說我沒病。

老人笑了：每個人都以為自己沒病。

看來又把他當流浪漢了。他灰頭土臉的虛弱樣子與流浪漢沒什麼兩樣，他忽而注意到自己身上的乾涸血跡。老人一定起疑心了。然而老人閃身讓他進來，李奇顧不上多想，徑直跑去廁所。他抱著腦袋拉完稀，出了一身冷汗，頭腦清醒了些，慢慢走回來，用廁紙抹著鼻涕和虛汗，彷彿剛剛在廁所裡死過一次。

老人遞給他紙巾，關切地問：眼熬紅了，夜班？

嗯嗯，就是冷一點，黑一點。李奇說完，察覺到照明頭燈不知掉在哪裡。

老人端著咖啡壺，目光深沉，看定他說，黑是光還未出現哪。

李奇堅持不進去，坐在教堂硬背長椅上。喝下熱咖啡，彷彿瞬間來到某個夏天的雨後，樹蔭下一方池塘，前方一道光將水面撕破一個洞，他在水面之下又看見了那張特雷薩修女似的臉。現在，他不再逃避她。從小在內蒙農村長大的他通過蛇頭偷渡到了美國，為一所修道院收留。在他輾轉來墨爾本之前，那位長著特雷薩面孔的天主教老修女總是告誡不要羨慕別人的東西，因為上帝是唯一的主，你的需要他都知道，主必供應，主也必報應。可他敬畏老修女，卻無法相信上帝存在，走前，他拿走她的首飾變賣作路費……今晚當他又一次伸出賊手，卻救下了一個他厭惡的女人，這難道是上帝的特意安排？耳邊是無邊的黑暗，他聽見黑衣老人的衣裳悉悉索索，鑰匙響動……

李奇回到夜半燈火通明的聖文森特醫院似乎只是下一個瞬間就發生的事。那個淡金髮護士小姐怎麼說的，他現在完全想起來了。當時，她們在偷偷議論那個可憐的中國女人。淡金髮從自殺女人手上除下那個大鑽戒，還從血跡斑斑的絲綢睡衣口袋裡找到一份中文遺書，交給李奇。無論多麼美麗的臉入睡以後，都像死了一樣慘白，病床上的女人看上去就像剪出來的紙人，隨時會被風吹走。他拿著遺書，告訴護士賈小姐很可憐，她在中國做官的丈夫出事了。雙規。洋人護士搞不懂。他又解釋了幾句。遺書上還說她不能相信丈夫除了她以外，在外面還有不少新歡，生了不知道多少小孩……訓一條狗多麼不容易，可還有不知道多少條狗在外面。你懂嗎，李奇打了個比方，馬上發現這個一點兒也不好笑。一個懂中文的馬來西亞護士的臉立刻嚴肅起來，你把她送進醫院，難道你不是她的丈夫嗎。李奇說我不是，他撓著頭皮，他當然不是，但他又如何能解釋為什麼半夜會出現在女人的豪宅裡。

他急得到處找地方躲藏，發現牆面上有一個洞，他一頭鑽了進去，卻看見黑暗裡面開著一大朵暗花，一個花衣女人把頭埋在膝蓋裡在哭泣，他沖上前去，卻一腳踩空，掉進了一個黑乎乎的深淵，耳邊除了風聲，還有野獸般的吼叫包圍他，黑暗中一雙狼一樣發綠的眼睛——那是維克特在喊叫，維克特的腦袋很大，上面還長了兩個牛角。李奇一下子從長椅上摔倒在地，醒了過來。身子濕漉漉輕飄飄，猶如一陣風被雨打濕。

教堂外的天光打在他臉上，不曉得睡了多久。

街道沉浸在新鮮出爐的麵包香味裡，顯出被露水洗淨的全新模樣。

黑衣老人不見了，不願回家哭泣的西人女子也不見了，他們都彷彿從來沒有出現過。

李奇咳嗽不止，胸口難受得要命，肌肉酸痛，連小腿肚子都有些疼，但同時，內心卻是出奇的輕鬆。手機好久沒有響動了，他撥回到響鈴模式。維克特在哪裡，他不在意，他儘量不去想維克特，不去想英國老頭幫，芝麻開門僅僅是一部好久以前看過就忘的老電影。

李奇駕車沿著東區高速開了一段，下到布克路，一個原地大掉頭，重新回上高速，朝豪頌恩駛去。

那個小孩在大宅某個角落肯定已經醒了，餓了，找不見媽媽，正在哭鬧。急速後退著的前方路面出現了米色法式別墅的鑄鐵大門，高大的吉屋出售招牌。小鬥牛犬在鐵柵欄裡地面上嗅著什麼，老遠就發現了他，汪汪大叫，嗅到了他車上幾個午餐肉罐頭，它搖著尾巴，頭掙出了鐵柵，黑白色身體卡在裡面，耳朵支起來，濕漉漉鼻子呼呼噴氣，頸毛翻卷，皮膚勒出一條血痕，怎麼看都有點像陷在地洞裡的維克特。自由從來不是免費的，哪怕愚蠢如小狗也能懂。維克特呀維克特，你這個傢伙為什麼總是搞不懂。

起大風了。車速越來越快，他忘了上個月他剛吃過超速罰單。工具車宛如變成了他的身體，他覺得自己一路飛馳是去看自己的兒子，但他也只記得兒子那個年紀小手揮舞找爸爸的模糊樣子。

可他看見自己正坐在赭紅色屋頂上，從亮晶晶的琉璃瓦上滑下去很容易。
大風裡，站在斜屋頂上極困難，但，他終於站了起來。
屋頂上站著，就很好，管他天上下雹雨，還是下刀子。
他像屋頂的瓦楞草那麼站著，在風中搖搖晃晃。

2020年6月9日改定於墨爾本

蠅災篇

鐘聲似血

1　家宴

後院牆面一字掛開各式釣魚竿，足有十來根之多。以路加對垂釣的一點可憐知識，他只認出禧瑪諾（Shimano）碳素釣竿。當他走進廖家，與廖保羅一起從夾道走入後院，兩個老朋友之間只是無語相向，沉默彷佛澳洲大半年都活得茂盛的叢林蠅鋪天蓋地。

保羅的背影似一排蒿草隨風搖擺；風不穩定，猶如黏稠冰涼的雅拉河水從看不見的地方漫過。如果沒有那封信，保羅此刻該身著Slazenger運動短衫褲揮拍灑汗。保羅是華裔裡面罕見的瘦高個頭，即使在教堂附屬乒乓球俱樂部裡各色人種裡，依然顯出他的長手長腳；除了背有點駝，嗓門還保持中年的洪亮；他不光是聖公會公義之聲教堂傳道人（lay minister），也是墨爾本乒乓球界一個挺不錯的業餘削球手。看他前額髮際線退得老高，不難理解他繼承了其父年輕時代的英俊和精力。但路加想過很久，未能明白保羅父親早逝與他退休後勃然煥發的植堂熱情是什麼關係。

砰的一聲，落地沉悶，佔據了兩人的感知，他們不約而同陷入了慌亂，屋裡傳來保羅太太的驚叫，保羅醒過來，邁長腿幾步沖進廚房，兒子約瑟手忙腳亂將祖母從地上抱起來，保羅一路叫著阿媽，幫著將老人家抬去臥室。

約瑟從祖母臥室裡出來，用英語對路加說，很抱歉，祖母不曉得提摩太麼叔會不會來。

他像他媽那樣謙恭，做保險公司精算師，也是坎伯韋爾教堂的監事（warden）。路加很理解這個青年監事的煩躁。保羅家房子建在墨爾本富人區坎泊韋爾（Camberwell）的山坡上，似乎可以聽見教堂的鐘聲敲響這個春夜，但在黑夜的外衣上，聲波震動何其微小。路加在心裡禱告，求上帝不使他陷於不小心產生的幻覺，因為今晚沒有鐘聲，只有等待，但他們心內都不想這個客人來，除了保羅母親。

保羅太太端出一個香噴噴的砂鍋，她化了淡妝，高挑纖瘦，染黑的長髮和水磨牛仔背帶裙使她年輕了20歲。她問路加餓了嗎，看著保羅一臉擔憂從臥室出來。

她端出保羅母親的拿手菜魚頭米粉。廖家是香港來的移民，廖老夫人娘家卻在馬來西亞森美蘭州（Negeri Sembilan）芙蓉市（Seremban），那裡是魚頭米粉的正宗發祥地。今天一大早，她就打發兒媳去買新鮮魚肉和米粉，湯底隔夜熬好，用的是魚骨、豬骨、江魚仔和黃豆，盛湯時加入蕃茄、薑絲、蔬菜、鹹菜等輔料，放入燙熟的米粉和炸魚塊，淋上魚露、胡椒粉和紹興酒，最後灑上綠蔥花紅蔥酥。可是，美食也可以令人喪失食欲。

他們說完謝飯禱告和阿門。尖銳的電話鈴聲嚇了所有人一跳。保羅說你們先吃。他拿起手機離座，走進母親臥室。約瑟站起，複坐下。他對母親說阿媽，路加牧師餓了。路加說不餓。沒有人動筷，也不說話，在折磨人的等待中浸泡著。

等到保羅躡手躡腳從臥室倒退出來，他說母親睡了，睡前還問有沒有酸梅。廖老夫人執意要兒子留出一碗酸梅魚頭米粉，放在那個空位上。保羅苦笑。其他人也不響。誰都知道吃魚頭加酸梅的人是提摩太牧師。他們默默吃完，美味也可以美到讓人集體失語。

飯後，其他人避開，只留下保羅和路加兩人喝咖啡。路加裝出坦然的樣子，說教堂一切如常，什麼也沒有發生。保羅把指關節按出啰啰聲，說他們給我打電話，但我沒接。他們指的是教堂今晚打球的弟兄姐妹。來保羅家之前，路加前往公義之聲教堂，副堂改建成乒乓球場館，裡面燈火通明，球友們紛紛停下乒乓球拍，像往常圍著保羅那樣圍住路加。球迷兼創始人保羅沒出現是幾年來破天荒第一遭。

植入中文崇拜，向社區開放乒乓球俱樂部，凝聚了他退休以來的全部心血。這個新植中文堂就是保羅的另一個孩子。保羅起身像是去找什麼東西，在書房和客廳之間轉了好幾圈，才突然咧開大嘴，似笑非笑，從褲兜裡摸出一封揉得皺巴巴的信。

路加牧師接過來，戴上老花鏡。這封信措辭婉轉，內容嚴厲，坎伯韋爾公義之聲教堂正式通知除名保羅傳道，即時起無權踏入教堂。這就是保羅急得連夜打電話讓路加去教堂查看情況的原因。除名信指出保羅不列席主任牧師提摩太召集的重要會議，還指控他在背後誹謗提摩太，破壞本堂福音事工云云，因此不得不忍痛執行教會紀律。底下簽名人是兩位，本堂主任牧師提摩太・廖（Timothy Liu），以及教區多元文化事工主任特別法政牧師（Canon Priest）萊斯・範（Les Fan）。

保羅說來送信的教會執事講提摩太簽字時手在抖，在場執事們都說牧師流淚了。

送信的人是？

珍妮佛。

路加默然，珍妮佛他沒想到，其實他早該想到她，可他還是不能接受一個像珍妮佛那樣心底單純的人會投票贊同開除保羅。路加是另一間教堂的牧師，本來他抱定宗旨不對坎伯韋爾教堂說三道四，可是，等到把信反復看了好幾遍，他改變了主意，一字一頓地說，這、是、報、複。

現在，路加從未見過的事就發生在他身邊。聖公會開除一名傳道人通常只有在該人犯罪或者錯誤極為嚴重的情況下，保羅傳道在聖公會教區內的作為無可指摘。路加說，提摩太無權這樣對你。你是榮譽傳道人（Honorary），不受薪的義工，而他拿免稅的全職薪資。

保羅感激地看著他說，我退休了，幫教會做事不受薪是應該的，提摩太還年輕，有一大家子要養，他也有很多年輕人的想法……

路加說，上帝說伸冤在他，他必報應[1]。你申訴我支持。上帝站在你這邊。

---

1 語出《申命記》三十二35。

保羅無語。這是提摩太第一次缺席廖家魚頭米粉家宴。保羅非常看重小弟提摩太，兩人之間的親密如同基督徒兄弟姐妹，但卻不是血緣紐帶，而是幾十年長兄如父的關係。

路加說，約瑟怎麼看？

談到兒子問題，保羅歎一口氣，說儿子約瑟已主動辭去教會監事（Warden）一職。約瑟雖然是他兒子，但缺少中國文化浸潤，行事為人幾乎與白人無異。

保羅默然半晌說，剛剛我同阿媽講提摩太來過了，他有事沒吃飯。頓了一下，他又說，我現在可以去釣魚了。可說到底，我還是一個時間上的窮人。

2 休假

廖保羅常說自己就是個窮人，沒有時間的人豈不是真正的窮人麼，他在教會忙裡忙外，連搭夥釣魚的時間也沒有。提摩太缺席廖家愛宴第二天，保羅母親得了感冒，很快加重，轉為肺炎，住進醫院。保羅從此天天往醫院跑。

廖家到保羅這一代子女共七人，保羅和最小的提摩太帶著母親在澳大利亞定居，照顧母親的職責落到長子保羅肩上。廖家如今只有小妹在港繼承家業，其餘四個保羅嫡親弟妹不是遠在美加，就是分佈在歐洲廣袤地域。他們家像許多香港移民家庭一樣開枝散葉，漸漸長成了一棵家族大樹，根須遍及整個地球。

保羅天性隨遇而安，篤信人生每一處境都有神的美意，忙忙碌碌大半輩子，從澳洲郵政總局退休，意外得到200萬澳元退休金，他更相信這完全是神賜的恩典。母親說上帝賜福使人富足，並不加上憂慮。[2]退休後，他虔敬開拓福音事工，忠心服事上帝。保羅和提摩太兄弟倆相差十來歲，但關係最親，一直由他供養提摩太讀完神學院。提摩太做聖公會牧師後，不忘親自按立了大哥保羅担当傳道，兩兄弟很快組成該教會開拓福音事工的黃金搭檔。

如果不是親眼所見，路加牧師怎麼也不會相信這黃金搭檔的兄弟倆鬧掰了。路加去醫院探望，廖老夫人肺炎已經痊癒，但突發中風，癱瘓在床，終日臥床不起，呼吸道插管，她看路加的時候，面容抽搐，構不成笑容，護士說病人多數時間神志不清。

保羅太太數月間老了許多。她幽幽地說，婆婆行動不便，小弟也沒有來看過一次，否則婆婆不會……

保羅對著窗外，把嶙峋的瘦背朝向他們，短短數月，他頭頂剩下為數不多的頭髮全白了。

路加牧師頭一個跪倒，低頭祈禱：我們在天上的父，我們常常忘了禱告。我們的需要您都知道，我們先求您的國度和您的公義，這些東西自然都會加給我們。[3]

---

2 出自箴言十22。

3 語出馬太福音六32-33：你們需用的這一切東西，你們的天父是知道的。你們要先求他的國和他的義，這些東西都要加給你們了。

保羅也跪下，與太太手把手，跟著祈禱：求主讓提摩太不再執拗於人的義，能幡然回轉，明白什麼是神的國，神的義……

保羅待在醫院的時間越來越長，他學會了長時間觀察痛苦如何轉化為忍耐，忍耐如何轉化為漠然。病人們有的滿面病容，有的強裝笑顏，有的與正常人無異，有的卻如枯木，比旁邊的傢俱只多了一口氣，但他們都有一個共同之處：對死的恐懼，以及對恐懼的恐懼。母親在神智清醒時會抓住保羅的手，一定要他再講一講《聖經》關於天堂的描述。保羅無法理解母親做一輩子基督徒也會懼怕死亡臨近。

就在他為恐懼壓倒的那些日子裡，有一晚，他坐上一輛電車回家。一個西人小夥子全身正裝，坐在斜前方，系著義大利真絲領帶，側面有幾分像提摩太年輕時候，膝上端端正正擺著一隻小奶油裱花蛋糕，插著生日快樂的蠟燭。他左手執叉，右手握刀，吃得一板一眼。保羅起身經過，發現他淚流滿面，已經吃掉了一半蛋糕。

保羅猶豫間下了車，電車哐當哐當消失在夜色裡，他站在月臺上，像風那樣筆直。

提摩太來了，但沒有來醫院。母親情況好轉後出院，轉進東區遠郊一家療養院全天候看護，半年裡，提摩太只來療養院兩三次。到了第二年春節，他穿著短衫短褲來，母親在午睡，他沒允許護工叫醒，他嫌空調太冷，早早走了，錯過了最後一次與母親的對話機會。

這年冬天特別冷。保羅上訴到教區遲遲沒有結果。母親也沒能熬過去，臨終人已昏迷。提摩太坐在床前，一聲聲喊著阿媽。保羅在一旁，靈魂好像已經出竅，病房裡全是血液漫過心肺的隆隆巨響。保羅對母親在內的所有人都撒了謊，珍妮佛送信那天告訴他提摩太動怒了，甚至當著教會執事的面指責廖家全是偽君子。

廖老夫人葬禮那天，路加到得很早。

一個風景賽過公園的東南區大墓園，高高的松柏樹下，早早停滿了各色車輛，空氣冷冽新鮮，樹枝上嘎嘎作響，不知是松鼠還是負鼠，跳躍追逐著塵世的快樂。

葬禮開始前，提摩太還是一個人來了。他寬肩矮個，裹一件束身雙排紐灰大衣，除了華裔血統外，他還有1/4黑人血統，1/4白人血統，手上捧的康乃馨是他身上唯一的白色。他在廖家長大，說流利的粵語和英語。他與保羅夫婦等點頭致意，和路加聊了幾句天氣和山火之類話題，一談到教區教會，他馬上住口不講。

約瑟與從歐美遠道飛來的一大群同宗兄弟姐妹手挽手演唱了基督教聖詩，葬禮按逝者遺願請了一位馬來西亞牧師做講員（保羅太太問過提摩太，但遭到拒絕）。保羅穿黑西服，上臺講追思見證，隨著銀幕上幻燈片一頁頁呈現母親在香港和墨爾本教會內外的點點滴滴，他臉色蒼白，數次哽咽，拿出白手帕，無法講完。路加回頭，發現提摩太坐在最後一排，臉埋在雙手裡，肩頭劇烈聳動。

不久，路加去保羅家探望。保羅瘦了，弱了，像月亮在白天製造的一個影子，慘澹而虛幻，深眼窩裡飄著病態閃光的雲。

院牆上那一長排釣竿結了蛛網，保羅說，以前是沒時間釣魚，現在是沒心情。要不你把這些杆子都拿去，全送你了？

路加說算了吧，我也是窮人，我是沒有時間等魚上鉤。

保羅太太說，是的是的，保羅該放大假了。瞧他頭髮快沒了。

保羅取下一根釣竿，釣線絞纏在一起，好像把他內心的一部分纏死了。他說，掉光也好，省得理髮麻煩，白髮還難看。

保羅退休以來，夫婦倆就沒休過假，母親既然不在，他也被教會除名，索性出國休假去了。至少從臉書看，保羅夫婦在馬來西亞玩得很開心，路加打電話問有沒有釣魚，保羅呵呵一笑說，不打自招，我根本不會釣魚，太笨了，從來沒學會過。

路加驚奇地問：那你家那麼多釣竿……

保羅說，每次教會有弟兄離開，都會送我一根釣竿，耶穌說得人如得魚，他們都希望我能學會釣魚，這麼些年下來就積累了那麼多釣竿，一次也沒用過……

保羅夫婦經新加坡轉機前往香港，與小妹一家在大嶼山機場合影。路加終於看到了保羅的笑（電子信號形成的），馬來半島的雨林和香港的陽光編成一個大光環聚在他頭頂，像一個成聖的財主，大嘴咧得快到耳朵邊了。

一個主日崇拜結束，路加算了下時差，忍不住給在港的保羅打電話，發了一通牢騷。當晚，保羅從香港打回電話說他見鬼了。路加半口晚飯含在口裡，差點噎住。保羅說路加，一定來港看一看，我見鬼了。

不妨想像一下，長手長腳的保羅來到香港島，發現一切都不是一個海外假期應有的，一切都像萬千摩天樓峽谷中的大風那樣突如其來，他與寬肩敦實的提摩太在夕陽如血水四溢的港島街道上不期而遇，這種尷尬場面也只有在上帝老人家的劇本裡找得到。

他面前是崇光百貨（SOGO）的軒尼詩道，半年來經常出現那種陣勢：一排電車停駛，逾百防暴警員一字排開，拿住話筒喊話，斥責記者「唔好阻住視線」，從崇光望向灣仔方向，淺紫色的天上一片白煙，那邊剛劈劈叭叭放過催淚彈。軒尼詩道、怡和道站滿了市民，距離防暴員警不到二百米，今天香港人好像都上街了。他看見了提摩太的寬肩，就在街對面。

保羅休的不是減壓休假（stress leave）[4]，他退休後每一分錢都掏自己腰包，不過，這又的確是減壓休假，去海外舒減，因為一年來壓力山大。保羅又說，沒料到他也在港島度假。人家可是真正的帶薪減壓休假。

路加問，他看見你了？

保羅說，我又不是鬼。

4 如果有工作壓力或感覺個人健康被工作壓力和焦慮損害都可以申請減壓休假，按澳洲法律視同帶薪病假，簡而言之，一切與工作壓力相關的健康問題均可視為疾病處理。

3
猶大

電話鈴不斷響起，提摩太把手機關了，他大力捏癟了可口可樂紙杯，把吸管咬成一截一截，吐在垃圾桶內。

保羅以沉默應對小弟的暴躁，許久才說，這下你該信了吧。沒有人說你是鬼佬。我也沒有讓約瑟這麼做。

他們說的是英語，也許英語可以讓他們躲開方塊字一顆顆子彈似的殺傷力。提摩太繃緊的嘴角鬆弛下來：大哥你同約瑟談一下，他從小是乖孩子，讓他考慮一下我的難處，如果你們還當我是廖家的子孫。

保羅很失望，並非是提摩太始終與廖家人疏離，而是他露出越來越明顯的敵意。

提摩太說，我很笨，很窮，很可憐，從神學院畢業多麼不容易，上帝安排我的手是拿廚刀的，每逢考試，我拿起筆就想在答卷上切菜。

提摩太學業一直不好，高中畢業做過許多工作，每一份工都做不長，做得最久當算是廚師。保羅躊躇良久，才問：珍妮佛說的是真的？

提摩太的藍眼睛失焦了：珍妮佛管不住她的嘴。不用猜了，大哥你不肯幫我寫論文，那我只能找她。她是個好人，但我是上帝呼召的牧羊人，有妻有兒，牧養一個中等規模的教會，我做事為人不可隨隨便便。當然，我很感謝她為我寫了些論文，那些《系統神學》論文對我來說就是火星文。

兩人在牧師辦公室內的一次交鋒，發生在魚頭粉絲家宴前三周。提摩太叫人捉刀代寫論文這類事，保羅不想干涉。父親在香港時樂善好施，收養了長相英俊的混血兒提摩太，提摩太也最像父親，繼承了他的暴躁，但廖家富不過三代，父親坐吃山空，早早離世。最小的提摩太跟著保羅來澳洲，靠著長兄接濟讀完神學院，做了牧師，總算實現了養父的遺願。保羅眼前又出現小時候父親胸前抱著雙手任由提摩太在家裡肆意搗蛋的情景，因說，珍妮佛講你讓她去中國宣教，說是上帝的心意，有這回事嗎?

提摩太低下目光說，我禱告了很長時間，她對我這麼癡心，不好隨便處理，我也不是隨便的人，我有家室，有孩子，我求上帝賜我智慧如何處理，經過好長一段日子禱告，上帝才告訴我派她去大陸做宣教士。

——你不知道去大陸傳福音對她一個單身女孩意味著什麼?

——大哥，不用擔心。她有積蓄，又是單身，沒有牽掛，一生奉獻給宣教大使命。上帝替她全部安排好了，她只要去，下飛機就有人接，有人照顧她起居，也有人安排她去考察，她可以在中國大陸投資開辦一所孤兒院，以慈善活動開展天國事工……

——她問過，我沒有給她意見。我實在不理解，她一個臺灣妹對大陸的複雜禾場完全沒有概念，會有什麼可能植堂?

——你對上帝信心不足。大哥。雖然你的學業一直比我優秀，工作也比我好，但論到信心，我覺得你一直過分依賴自己，依靠上帝不夠，我們為什麼不相信上帝豐豐富富的供應呢？錢是很重要，但永遠是小問題。

——所以，你認定上帝的教會替你償付按揭貸款是一個小問題？

提摩太霍地站起，搖動著上臂說，對信靠上帝的人，錢永遠不是問題！我為按揭買房向神禱告了很長時間，我以前住得離教堂遠，路上浪費許多時間，但上帝沒忘記我，對我很慷慨，他告訴我壯膽去買豪頌恩（Hawthorn）的大宅。我不住牧師樓，牧師樓租金拿來還我的住房按揭合情合理，教會執事會一致通過，這是上帝給我的恩典！約瑟作為教會監事，為什麼不理解我的困難呢？大哥，請問你也有意見嗎？

你完全可以入住牧師樓（vicarage），水電煤氣有線電視電話都不用你負擔——說到這裡，保羅突然打住，意識到這麼說沒用，提摩太新買的樓，日常和維護費用照樣全部由教會埋單。

提摩太複又坐下，口氣放緩說，牧師樓又老又舊，太太說廚房太小，臥室也少，四個小孩子住不下，後院沒有地方玩……

那也不一定要買在豪頌恩那麼貴的地方，你不曉得那裡很多都是大陸來的土豪？房價都被他們炒高了。保羅說著，站了起來，長時間坐得腰疼。

提摩太也站起，矮了大哥老大一截：你的腳不在我的鞋子裡，怎麼知道合適不合適？

——你為自己考慮的時候，有沒有想過教會利益和福音事工？

——大哥是拿200萬退休金住坎伯韋爾高尚大宅的財主，你忘了你的小弟是個窮人，你忘了主耶穌說你們貧窮的人有福了！因為上帝的國是你們的。[5]

保羅生氣了，但口氣還是儘量保持溫和：提摩太牧師，請不要曲解《聖經》。

提摩太將目光抽離，投向安靜的窗外，那裡是一片海水似的藍光，反射到他的藍眼睛裡，他說了一句保羅好久未聽到的廣東話：搵食啫。[6]

保羅自己長得像父親，但脾氣秉性一點兒也不像，難怪母親偏愛提摩太。父親死後，母親總是嘮叨著說多吃些長身體。提摩太生得比同齡人瘦小，兩手扳著背帶褲帶，坐著一動不動，好似稍微動彈，面前的碗就會消失。保羅會放下筷子，看母親把最大的魚頭給提摩太，其餘的分給五個弟妹。等到母親離開，五個弟妹立即從提摩太碗裡搶走他的份，有的說提摩太吃不了，有的說他不喜歡吃，還有的說他是鬼佬。提摩太對欺負不告狀，也不哭鬧，只用藍色眼睛直勾勾盯著碗。保羅一聲不響把自己那份撥到提摩太碗裡。提摩太盯著保羅說搵食啫的樣子，就像現在，提摩太的臉圓了，面部硬朗輪廓崩塌了，一滴透明的水珠掛在面頰上，快風乾了。

本來預備走了，保羅卻心神亂了，邁不動步子，重又坐下說，我很著急。聖公會在本城

5　語出路加福音六20。

6　粵語口頭禪：討口飯吃罷了。

華語事工上起碼落後了30年。你看我們好不容易新植的中文堂規模還小，這幾年來給中文堂的預算都是零，如果不是我們弟兄姐妹們努力籌款，新事工不可能得以建立，如果任由英語堂一天天萎縮而不建立不擴展中文堂，看看那些英語堂的老人家，每年都有好幾位離世，用不了幾年，這間教堂就會象許多其他教堂一樣死去。

提摩太也跟著坐下，深深吸了一口氣才說，教會像人一樣，有生有死。大哥，你還是這般死腦筋！你別動怒，這就是你為什麼聖公會服事30年也沒有被按立牧師的原因。

這句話像一把匕首深深插入保羅的心臟，攪動一番，讓他瘦高的骨架徹底散架。

提摩太還想說什麼，畢竟什麼也沒說，他打開了壁爐上的收音機。其實，說了又有什麼用，要不是他把大哥按立為傳道（lay minister），保羅肯定至今還是一個普通同工，平頭百姓，沒有名份，光有幹活的命。

收音機裡，州長安德魯的聲音顯出一種悲憤的張力，一直蔓延到主任牧師辦公室，州長正在就本週三下午東區高速公路（Eastern Freeway）發生的一起車禍發表演講，共有4名員警當場殉職，這是維州有史以來警方殉職最嚴重的一起事故。

提摩太以眼角瞟著他說，大哥你在聖公會一輩子，還不明白嘛，聖公會傳道人得頭腦聰明才行！

保羅臉上的表情瞬息萬變。幾十年來一直當提摩太是小弟，今天發覺自己才是天真的小弟。

他回家後沒敢告訴太太，更不敢對母親說。他上樓來到兒子房間，反手帶上門。他委婉要求約瑟不再管提摩太牧師的閒事。

約瑟聽不懂東方式的弦外之音，他停下敲擊筆記本鍵盤，看了一會兒老爸，說了一個字「No」。

保羅脖子上青筋暴突，他強調說提摩太不單是主任牧師，也是約瑟的小叔。

約瑟則堅持說作為教會監事，他必須盡職指出提摩太牧師做錯了。牧師置下豪頌恩豪宅是他個人私事，每週按揭還貸950元，本來無關教會的事，但牧師樓出租只有750元周租，按揭缺口200元，在他的操弄下，教會同意非但將750元周租盡數給他，且代其償還每週200元按揭差額。他向教會報銷的許多發票也有公款私用問題。

保羅說多一事不如少一事。即便不妥當，也是執事會投票一致通過，假如出事，責任由教會承擔。約瑟回答說監事不監督牧師作為就是瀆職。

隔日，約瑟主動辭去監事。

到了英文堂主日崇拜這一天，提摩太在證道中，突然提高嗓門，眼睛不看保羅，改用粵語對會眾說，本堂某些屬靈長輩不尊重主任牧師，在背後搞小動作，講牧師的壞話，搗亂本堂福音事工，簡直堪比猶大的作為。

英文堂內也有一些懂粵語的雙語人士。無數熟悉的目光好像密密麻麻的澳洲蒼蠅，叮滿了坐在第一排的保羅的背，他自覺在第一排聽道活像出賣耶穌的猶大。

4 蒼蠅

聖公會華人牧師裡，公推萊斯牧師最聰明。他讓秘書把保羅約來火車總站對面的大教堂，他才五十出頭，患有痛風和糖尿病，一瘸一拐帶著保羅轉悠，逐一指給他看四周牆上掛著的畫像和照片。

每一張照片裡至少有一位白衣或紫衣的主教級人物在萊斯身邊。這也許就是萊斯牧師腿腳不便仍顯得氣度非凡的緣由。

萊斯問他有沒有聽說維州警方殉職員警最慘的那起事故。保羅撓著側臉，癢癢的地方好像爬著一隻蒼蠅。經過連篇累牘報導，那肇事經過已路人皆知：一輛黑色保時捷超速，被兩輛警車攔下，沒想到一輛大型冷藏車卡車突然橫刺沖出來，橫跨三根車道，壓死高速公路邊的４名員警，事後發現卡車司機毒品檢測呈陽性。

萊斯回身望著牆上的十字架說，一個吸毒罪犯和一個神經錯亂的瘋子，謀殺了四個員警。但，這是上帝允許的。聖公會數百年傳統歷來恩待牧師，這，也是上帝允許的。我們任何一個人，包括我在內，都不能隨便更改傳統。

保羅喉頭聳動，一時竟想哭。他很想說這個世界怎麼了，四個維護正義的人死了，兩個混蛋活得好好的，也許還可以利用司法漏洞脫逃罪責。但在萊斯牧師面前，他什麼也說不出。

萊斯觀察著他說，坎伯韋爾教堂報告說你身為傳道，家教不嚴，兒子行為不端，敗壞教會綱紀，你兒子的莽撞行為破壞了神的教會的合一。

保羅費力地歎氣，卻不辯解。

萊斯的私密口氣變得緊迫起來：教區已經收到你兒子約瑟投訴提摩太牧師財務問題的書面材料。這很不名譽，很不名譽。

保羅不知道是兒子很不名譽還是弟弟不名譽。

提摩太可是你的兄弟呀，他在教區內工作踏實，人又能幹，前程無可限量。誰沒有錯呢？難道你們不能原諒主內弟兄的一點小錯嗎，萊斯牧師親切地說，多為提摩太禱告吧。他是上帝所鍾愛的僕人。

萊斯親自禱告了足足有15分鐘之久。保羅頭一次在禱告結束沒有說阿門。

分別前，萊斯緊緊握著他的手說，你的手變冷的。保重身體。記著，如果不把材料撤回來，後果會非常嚴重。

約瑟不同父親講話有一段日子了，保羅決定改變現狀。當天約瑟很晚回來，他打完籃球沖過涼，頭髮濕漉漉的。保羅沒有繞圈子，告訴兒子萊斯牧師希望立刻撤回投訴材料。約瑟不正面回答，反問父親是不是曉得萊斯晉升教區多元文化事工主任的故事。

約瑟看出他不想聽什麼故事，但還是把他拉到椅子裡，認真地說像保羅這樣港人背景或約瑟這樣的第二代ABC都很難理解一個萊斯這樣大陸背景的牧師。基督教目前在澳洲衰敗如同在歐洲一樣迅速，但萊斯從寧夏一路打拼到深圳、再到澳大利亞卻一直很興旺，他被稱為墨爾本多元文化成功事奉的典範。說他開創墨爾本聖公會中文堂的另類歷史也並不過分。你不信？（保羅當然不信）他把大陸那套官場學問應用到了墨爾本。神學院尚未畢業，他拍馬屁走關係，從獨立教會跳槽入聖公會寇伯格中文堂，僅僅是一個實習傳道，就破格負責管理一個中文堂。然而，上帝並不喜悅，他去那裡僅僅十個月，那個中文堂就不見了。火箭式上升，火箭式爆炸，過去數十年，本城只有中文堂建立，不見中文堂解散。你還是不信？他就有膽量寫報告給教區，說該堂的羊習性不好，虐待牧羊人；而主教也有智慧認定該堂解散無關萊斯的事。萊斯服事神忠心殷勤，破格提為牧師正職。他又向主教報告說如果任命他做主任牧師，他可以親自部署親自指揮植一個全新中文堂（聖公會屬下許多英文堂差不多都是空的，看來就等著中文堂來招聚人氣），他得嘗所願，出任了東南區教堂主任牧師。

保羅咽下了一隻蒼蠅似的打斷兒子說，這些不幹你我的事。

約瑟像第一次看到父親那樣打量著他，半晌才說，還要我說嗎？

保羅提醒自己在上帝膝下要忍耐。

兒子說一年後，就是萊斯牧師，又報告說中文堂之所以遲遲未建，是因為缺乏人手。至此他已搬入裝修一新的牧師樓，把自己的家出租，水電煤電話網絡帳單全免，兩個孩子送入聖公會私校，豁免一半學費。這位主任牧師頭面一新，又在主教府進進出出，策劃下一個職務升遷。儘管他本人從未植過一個堂，還消滅了一個堂。你還是不信，但你不服不行，他當上了聖公會最年輕的特別法政牧師，一切全賴於報告如何寫，嘴巴如何講。耶穌說他為生病的羊而來，可眼下有的牧師滿世界找不生病的羊。

保羅沉下臉：萊斯是萊斯，你叔叔是你叔叔。你叔叔是一個孤兒，從小吃了不少苦，現在也很窮，我們的神站在受苦的窮人這一邊，這事能不能到此為止？

約瑟冷笑說，難道四個孩子需要統統送私校嗎？老豆，你不也是寶文公立中學（Balwyn High）畢業的，不是也很優秀嘛！

保羅站起來，手扶住腰說，願主饒恕我們只看見弟兄眼中的刺，沒有看見自己眼中的梁木[7]，提摩太有他的難處，四個孩子……約瑟，你什麼時候變得對人這麼刻薄，你要是再說這些無情無義的話，我就不是你爹地。

約瑟愣了一下，半晌才說，記得我受堅信禮前，你的好朋友路加牧師曾說天底下的基督教會有一個土特產，你一定得知道，不是別的，就是偽君子！

他沖到窗前，雙手撐住窗框，窗戶玻璃映出他憤怒的臉，窗外黑漆漆的，什麼也看不見，但能清晰聽見袋貂之類夜裡小獸在樹間呼嚕嚕低吼。

他背對著父親說，如果今天耶穌來我們教會，一定會被趕出去。這裡沒人認他。今天這

[7] 語出馬太福音七3：為什麼看見你弟兄眼中有刺，卻不想自己眼中有梁木呢？

個世界真可悲，耶穌教會裡沒有耶穌的位置。那麼多人不去教堂，不是不信上帝，而是不信我們那些戴領圈的人。宗教腐敗變了質，成為宗教人士裝模做樣的牧師領圈；聖品階級變成好吃懶做、任人唯親的溫床！

兒子從來沒有對他說過這麼多關於教會的話，激動得頭髮上的水有部分灑向保羅，彷彿澳洲漫天的叢林蠅爬上了他的臉。

保羅像一片落葉搖搖欲墜，他迫切需要抓住上帝那微小的聲音。

5 藍霧

在母親去世後的第二年秋季，保羅的前列腺出了毛病，夜尿頻繁，加上失眠的頑疾，他實在苦於長夜難眠。

某天半夜，他起來上廁所，聽見臥室裡有水流聲，有人在咳嗽吐痰。他穿過維多利亞長廊，看見母親臥室門敞著，在半夜的藍光河流撞擊下，那扇木門在吱嘎轉動，他遲疑了，走進去，木床上沒有枕頭，也沒有被子，他坐在床邊良久，忽然感覺出母親枯瘦的軀體其實還躺在床上，他找到母親的手，冰涼冰涼的，終於鼓起勇氣告訴她，不用等，提摩太不會來了。

母親的臉是半透明，天使一般放著光，保羅分明可以透過皮膚看見她那顆藍幽幽的心臟在跳動，那心也是半透明的。他發現她老昏的眼睛一直在尋找出路；她的心一直在禱告；最小的兒子一直沒有來，留在了不反射光的暗處。

濃稠的黑暗宛如一面白天不用的鏡子，反射出一團藍色的霧，微微放光。在霧裡，保羅看見一個十來歲的陌生小夥子，皮膚早已沒有廣東籍先人的黝黑粗糲，依然保有廖家細手細腳的高大骨架，剃著光頭，正準備出洋留學。他也看到了那個混血兒小弟弟，營養不良，吸溜著鼻涕，洋娃娃似的藍眼睛可憐兮兮回望著他。

母親其实沒有開口，但她的話語像看不見的文字書写在兒子眼前：有一陣子，父親熱衷於去酒吧，與一個混血吧女廝混，那個女人生下了提摩太，就跟著一個英國人遠走高飛了。父親收養提摩太后，母親起了疑心，父親無論如何不承認提摩太是他親生，但母親對提摩太益發好了。她說不要把藍眼睛當作其心必異的外族。母親的善良像偏心一樣固執。

關於母親怎麼講述父親冶游史，保羅怎麼告訴母親教會的除名信，都是這個奇異春夜的核心；母子倆經歷半個多世紀共同生活和大半個地球的流浪始終無法說出口的事情，卻在母親亡魂返回的這一夜，抵達事物的核心，這全然是藍霧裡的一個謎。退休以來，他全身心投入上帝的事工，卻感覺反而離上帝越來越遠。他從來沒有像這晚在母親面前傾瀉心裡的苦毒，因為言語無力空乏，是伊甸園裡遍地遊走的那條蛇。

母親的手宛如一隻透明的鳥，她的軀體仿如秋水倒映的霞光，她說保羅你還是偷懶，像小時候。保羅辯解，但母親說別騙我，你禱告越來越少。還記得你曾祖父的大鐘嗎，那口公義大鐘不在這裡，在很遠的北半球，遠得聽不見，但它像血管裡的血液，一直在心裡流，你禱告的時候，閉上眼，仔細聽，一個微小的聲音波好像在漲潮，隆隆聲慢慢地漲上來。

她說坎泊維爾教堂是一個複製品，原版在那個很香很遠的港灣。大鐘的來歷追溯到1843年，倫敦傳道會（London Missionary Society）傳教士雅各牧師從馬六甲抵達香港，出任英華書院第一屆校長。來年設立一座中英雙語教堂，選址於華洋聚居交界處，初名合一堂（Union Church）。在維多利亞女王在位第60年，教堂遷到堅尼地道，改名江河堂（Church of Never-failing Stream）。保羅曾祖父從廣東逃難到香港，歷經艱辛，落地生根，從做洋行買辦中賺得了第一桶金，帶領全家老小在江河堂受洗後，他從英國吉列・莊士敦鐘廠訂制一口大鐘運抵香港，教堂無力支付，老頭以農民的精明質樸說留著吧，每次來做禮拜，讓我能聽見公義的聲音。從此，江河堂又被人稱為公義大鐘教堂。第二次世界大戰，教堂遭到炮火嚴重毀壞，但大鐘在港保留至今。

偶爾，汽車燈光像夜鳥的影子閃過窗戶；米色牆皮如同曬黃的舊書頁那樣裂了；屋裡的安靜宛如籬牆邊的太陽能燈光那樣瑣碎。保羅聽見自己的心跳很有力很陌生，聽見一種更陌生更有力的鐘聲漫上腳面，漫過膝蓋，猶如血液嘩嘩地漫過胸肺，漫過這耗盡了他一輩子的一夜。

保羅就這樣倒在床頭睡著了，腦袋耷拉在一邊，臉色蒼白，但嘴角上翹，睡得很安詳。睡著之前，他記得空蕩蕩的床上那個人形的凹痕；睡著之後，他又聞到了正宗魚頭米粉的嬌香氣味，他知道這味道如同母親的鬼魂，將永遠留在這所房子的夜晚裡，慢慢生長成這房子的特徵。

6 結論

保羅回家，發現太太神色有異。他點點頭，表示知道約瑟搬走了，太太說兒子在外租了一間小公寓，並離開聖公會，去了一間獨立教會，那裡牧師傳道人都是志願者，像保羅一樣不受薪。保羅沒說什麼。他對上帝帶給他的一切變故都樂意接受。

保羅收到了通知，請他去參加特別執事會議。猶豫再三，最終聽了太太的建議，他沒有出席，太太說，你無論怎麼表態都沒用，材料又不是你投的，兒子也沒做錯呀。

萊斯牧師的預言應驗了。保羅收到了那封除名信，不聽從萊斯的後果很嚴重。信是珍妮佛親自送上門來的。她穿著全套黑色運動套衫，這個微微發胖的臺灣女孩長了一副溫柔的眉眼，她在門外對保羅說，真對不住，萊斯牧師已經簽字了。

保羅回進家門，太太問他發生了什麼。他說沒什麼，拿出那封信，半晌才說，珍妮佛講一山難容二虎。但我倆是兄弟，不是老虎，是不是？

那時候母親還在世，保羅沒敢告訴她，他既盼著也怕著提摩太來赴魚頭宴。提摩太缺席那天半夜，太太推開書房門，看見保羅雙手杵地，跪在十字架前，與其說像迷失的羊，不如說像憤怒的獅子。

保羅抬起頭來，淚眼汪汪，看著太太，太太也忍不住抹眼睛。

保羅起身摟住太太，附在耳邊小聲說，別驚醒阿媽，這件事我禱告許久，不要告訴她！

開除保羅傳道是一起偶發事件，但程式完備，由執事會議慎重討論，投票通過，並由萊斯主任最終核准。收到除名信後數周，保羅向教區提出申訴。關於保羅申訴一案，教區的牧職規範調查機構（Professional Standards）相當重視，他們雇傭獨立偵探機構整整花了18個月，最後拿出一份60頁的調查報告。

保羅本人沒有看到這個報告，太太說為什麼不給看報告，保羅想了半天，撓著日益稀疏的頂門說，誰知道呢。

保羅收到一封墨爾本大主教的親筆簽名信，知會他牧職規範調查機構列明了兩個處置建議：一是提議提摩太牧師尋求諮詢和導師指導，二是在第一項提議無效情況下，可考慮辭退提摩太牧師。

太太並不滿意，大主教的信沒有說明誰對誰錯，也沒有做出處理意見。

路加卻對保羅說，起碼你已經得到一個公正的結論，安心放大假去吧。

保羅也說，媽媽落葬了，這事也完結了，我徹底輕鬆了，可以放大假。

說完，他一年來第一次大笑，笑得眼眶濕了。

可他太太忽而冒出一句：既然大主教也承認你沒錯，什麼時候給你恢復傳道人資格呢？

這是最後的大問題。保羅一直沒有接到教區給他平反的通知。他也不敢去問。路加認為這太搞笑，既然沒有錯，為什麼不平反呢，路加倒是去打聽了，他也不敢告訴保羅：提摩太的屬靈導師就是萊斯牧師，萊斯偏袒提摩太無可置疑。路加也不願告訴保羅：萊斯主任因為工作出色，工作報告寫得更出色，已內定為未來的北區主教。本城有史以來還從未有過華人主教。路加記得保羅說過如果萊斯當上華人主教，他會立刻離開聖公會。看來上帝這次沒有應允保羅的禱告。

路加更加不願告訴他的另一件事：路加為此特意拜訪了坎伯韋爾教堂。他在教堂停車場下車，打量上世紀初藍石建築，紅杉木十字架，配搭教堂頂上的Telstra電訊發射塔，牧師樓老舊些，但比自己家還大許多，屋頂很高，房子想必建在澳洲建房黃金時代，當時的人一門心思修百年房。教堂西人秘書告訴他提摩太休假了。

按聖公會的慣例，兩種情況下讓牧師休假走人，要麼是沒錢，要麼是沒人。公義之聲教堂地處商業要衝，教堂有一附屬建築租給外面作咖啡館，租金不菲，還有Telstra支付的電訊設施費用，即便不考慮會眾奉獻，租金收入足以支撐教堂開銷。在這種情況下，只能是沒人了。果然，一名戴白色牧師領圈的亞裔老人上來，很面生，一問才知是代理牧師（locum），新加坡人，路加說自己是提摩太牧師的朋友。新加坡代理牧師說現在很多教友都離開了，英文堂主日出席人數不足1/10，而保羅數年功夫建立的中文堂已風流雲散。

路加離開前，獨自面向教堂頂上那塊巨大的天國看板，久久佇立。那上面中英文寫著：

惟願公平如大水滾滾，使正義如江河滔滔[8]。繼寇伯格中文堂之後，又一間聖公會中文堂消失了，又一批羊失去了牧羊人。

他面上微癢，揮手趕走一隻澳洲蒼蠅，澳洲人把趕蒼蠅的動作叫做澳洲敬禮（Aussie Salute），澳洲蒼蠅不是普通的蠅，它們是叢林蠅，它們是趕不走的神奇聖靈。果然，那只飛蠅馬上嗡嗡地回來了，而且招來了兩三個夥伴。

路加牧師在澳洲強烈的陽光下，面色緋紅，熱汗不止，頻行澳洲敬禮。

7 重逢

午後一時，呼喚公義的鐘聲拍打著香港這個孤獨小島，猶如碧潮環湧，從孤島流向半空。保羅站在半山區堅尼地道，覺得自己如同大鳥北飛，越過無數山脈水系，在一個曾祖父的夢中落腳，面前閃閃發亮的山坡上，一所尖頂教堂建在一塊塊堅實的四方岩石上，並不高大宏偉，地下車庫門楣上公示大字：將教會建造在磐石上。[9]

8 惟願公平如大水滾滾，使公義如江河滔滔。（阿摩司書五24）。

9 耶穌對他說：「西門．巴約拿，你是有福的，因為這不是屬血肉的指示你的，乃是我在天上的父指示的。我還告訴你：你是彼得，我要把我的教會建造在這磐石上，陰間的權柄不能勝過他。我要把天國的鑰匙給你，凡你在地上所捆綁的，在天上也要捆綁；凡你在地上所釋放的，在天上也要釋放。」當下，耶穌囑咐門徒，不可對人說他是基督。（馬太福音16：17-20）

史無前例的跨宗派聯合敲鐘不光是保羅未見過，所有港人都未曾見過，四十間教堂同時在港島上空釋放鐘聲。這不是夢。母親說這是漲潮聲，但他覺得這是最具現場感的炸彈爆炸聲。

太太小聲問他有沒有後悔。

什麼，後悔什麼，保羅近來聽力和反應明顯遲鈍。太太嗔怪他說，後悔退休後做了聖公會傳道又被人開除呀，到現在也不給你平反，留下個污點。

他拒絕回答這種粗淺的問題。

2019年9月1日是一個值得所有世人紀念的主日。保羅夫婦在香港江河堂參加敬拜。一個操粵語的女聲帶領祈禱說，求天父開啟我們的心懷，讓我們保有追求理想的熱情，也有實事求事的冷靜；有渴望公義的心懷，也有促進和平的勇氣；有瞭解真相的理智，也有明辨世事的智慧；求天父憐憫我們在香港的家，也療愈最近因反送中修例受傷的人……

離開江河堂，電話響了。路加牧師在電話裡聲音變了，彷彿風雨摧折窗框的吱嘎聲，他說他也準備去釣魚了。保羅的心臟抽搐一下，路加說他休假了，也是減壓大假，估計要休很長時間，如果上帝允許，他在眾人面前蒙恩，也就如保羅那樣徹底退休。他有些抱歉地說一直沒告訴保羅實情，路加的教會其實訴訟纏身足足18個月了，但教會對外刻意隱瞞，本堂會眾也不曉得現任主任牧師早就被一班教會前雇員以霸淩集體起訴，而路加漸漸被閒置，主任牧師在卸任前從加拿大急忙聘來一個靈恩背景的年輕白人牧師，從那時起路加就被架空了。

路加的聲音充滿壓縮過度的易燃氣體：我不是種族主義者，也不是對白人有意見，但我不得不說一下現實情況。在教會這個充滿白左的天國裡，福音遠不如膚色重要，那個加拿大年輕牧師私下裡赤裸裸地告訴我，如果我們向社區打開大門，十年之內本堂就會變成一個亞裔人教會。言外之意，他對拓展華裔福音事工根本沒興趣。

保羅知道路加的教會位於一個主要亞裔社區，如果對社區敞開教堂大門，不但那教堂會變成黃種人天下，更嚴重的是加拿大牧師會立刻失業，亞裔教會為什麼要雇一個語言與文化雙盲的白人牧師呢，而加拿大牧師家裡卻有三個可愛的孩子和一個漂亮的妻子指望神的教會看顧，如果教會利益與個人利益發生抵觸，如果個人利益與會眾利益發生抵觸……

路加牧師變成了一個氣衝衝的怨婦，他還告訴保羅另一件不可思議的事。坎伯韋爾教堂新加坡代理牧師已離開，走馬上任的是香港人泰瑞牧師，泰瑞剛剛加入聖公會，他是路加的神學院同學，路加對他知根知底，泰瑞實習期間引發一起性騷擾投訴。無論如何也不能相信聖公會經過五次面試，嚴格篩選，居然選出一個有前科的人做牧羊人……

路加最後幾乎是在呼喊了：西方基督教的衰敗不是外部世界的問題，而是教會內在的問題。現在，斧子已經擱在樹根上了，什麼時候砍，什麼時候扔在火裡，就看上帝了。[10]保羅，你說今天他們還期盼耶穌複臨嗎？他們還相信主會再來嗎？

---

10 現在斧子已經放在樹根上，凡不結好果子的樹，就砍下來，丟在火裡。（馬太福音三10）這是施洗約翰在約旦河畔對一些偽善者的預言和咒詛。

保羅果斷收線。他夠了，煩了，也不想聽了。幫著他回到現實世界的是一位好似保羅母親年齡的老婆婆，她在地鐵口抹著眼淚，走落平臺，幾欲跌倒。

保羅夫婦趕緊從茶餐廳要來廚房紙和可攜式生理鹽水，為婆婆洗眼。

婆婆，把口水吐出來。

不要吞。婆婆，眼睛有好一點嗎？

婆婆紅著眼，不斷說多謝你哋。

太太也拿紙巾擦眼，淚水把眼妝糊了。保羅第一次注意到太太的碎花恤衫很嬌柔，前幾天小妹夫婦請他們去海港城，太太當時也是穿著同一件衫說，每次來港我們真系好鐘意買衫，成日買，但今天完全無心情買衫。因為那天他們與大家齊聲合唱《願榮光歸香港》，他們雖然站得離人群遠，背貼商場巨型落地玻璃，但他們感覺不是外人，而是港人的一份子。

今天大遊行之後，香港不一樣了，二百萬香港人的口號和憤怒處處可見，十來個年輕男女跑過來，其中一個短髮女生把「香港獨立」旗幟披上身。

太太說，好心痛班後生。

披旗女生回答：只要不站他們那邊，都會被批鬥被辭退，他們用盡方法滅絕一切聲音，只留附和頌贊。以往還會做點門面功夫，溫水煮青蛙，如今臉也不要了，反正我們平民百姓手無寸鐵，無可奈何。

一個腆著小肚子的計程車司機苦笑道：你跟我兒子說的一樣，志同道合。

太太對女生說，我兒子也支持你們反修例。

女生問：阿姨的兒子也來了？

保羅答：在澳洲。他也是港人的後代。

女生歎息說，香港已跟大陸一樣了，枉費了爺爺那一代逃難來港。很多家庭目前破碎不堪，父母把仔女趕走，一切都回不去了。

計程車司機的聲音沙啞起來：我們爺是大地主，我們是紈褲子弟，地契多到要用行李喼保管，他們太可怕了，我們捨棄了一切逃來香港，現在又得逃了……我告訴兒子，仔，多少錢也好，我會送你走，你必須走！

保羅說，你的兒子很幸福，有你明白他。

想不到司機喉嚨裡咕嘟幾聲，突然放聲大哭，在場的人都有點錯愕，司機面容抽搐，邊哭邊說：我老婆……她不明白！

又一個家庭分裂。保羅苦笑，拍了拍他的肩膀說，我們家也是。

保羅數算著有多久沒見到約瑟了，太太說，約瑟在我們離澳前打電話說他一直在為老豆禱告，他知道你難受，他同你一樣被釘十字架……

保羅太太扯了扯他衣襟，他才看到提摩太休閒打扮也站在人群裡，提摩太的太太和四個孩子都在，離得那麼近，又那麼遠。他太太新剪了直發，腳踏ballerina平底鞋頗有少女味，而那四個孩子都養成了私校生的氣質，個頭最高的那個高過了保羅。他們膚色曬得很健康，興奮地注視著街上的各種旗幟，英國旗，「光復香港、時代革命」旗，以及港英旗，他們一定在奇怪為什麼港人盼望重回殖民時代，做外國的臣民。

在人流裡，提摩太戴著墨鏡，他再不是大哥一手撫養大的那個混血小子，從社會和教會他學到了太多東西。與他相比，大哥保羅活得好像一個傻瓜。但他甘願做一個傻瓜，他期盼著提摩太摘下墨鏡，藍眼睛能與之相對。他們兄弟整整兩年沒有講過一句話了。保羅再沒有咽下滿口蒼蠅的噁心滋味，縱然被剝奪了聖公會傳道人和會眾資格，但他守住了更寶貴的東西。

他想像著自己走上去擁抱小弟，提摩太說搵食啫，一起去食魚頭米粉，雖然再沒有母親手藝好味，但兩人畢竟又像數年前攜手開創中文堂那樣親密無間，迎來周圍人豔羨的眼光。

崇光百貨後邊的駱克道、東角道人山人海。斜陽染紅了滿街人的臉，分不清誰是示威者誰是員警。鐘聲又敲響，如同汩汩的血流漫過每一個人的胸肺。

草於2019年5月

改定於2020年7月24日

蝗災篇

草蜢獨自飛行

流動的姿態

陽光著火了，燒到他頭頂心；一隻藍白方格紋編織袋高舉過頭，他儘量藏在袋子下；象一隻草蜢蹦出長草叢，蹦出北京站的人流。熱風凝滯，樹葉負了太多塵土，擺動不起來。他不敢打計程車，狂走十分鐘，沿著高架，走錯兩次，也不敢問人，被那個都可疑的目光逼著走回頭路，好多輛車貼近擦著他身體駛過，根本沒當他是一個活人。一顆汗珠突破眉毛封鎖線，啪噠一聲掉在地上，他感到頓時失去了什麼，可又說不清是什麼。猛一回頭，眼前一亮，一幢粉刷一新的城門樓子很大氣派，震住了他；日頭懸在樓頭，如同飛在沙漠上空的一柄彎刀，感覺不到刀刃的酷熱，相反是金屬特有的無邊無際的暈眩。在天子腳下，一個人是何其渺小。

他扛著編織袋昏頭昏腦走到長途汽車站之前差點被撞死。因為一輛計程車突然加速，靈活側身繞過了他，女司機踩下剎車探出頭來，沖他蠻客氣地說：你奶奶正誇你呢，快回家去。

他愣在當地：你認識我奶奶？

車後座窗戶搖下來，露出一個女孩，戴著墨鏡，她吐舌頭说，誇你是一好孫子呢。

他記住了她的聲音，沙啞的甘甜，像老家的板栗，有點領導的範兒。好半天他才弄懂那是一種不帶髒字的京罵，有文化有底氣的人那樣罵人孫子。那天就是皇城根腳下的傲慢勁頭促使他決定再奢侈一把，坐空調大巴去添城。車站就是一個簡易車棚，還好沒幾人等車，他找到一個空位，放下藍白方格編織袋靠上，太曬，他挪了一個位，把兩腳攤開在路邊，他睡著了，他太累了。然后，耳邊傳來風聲，風聲增大變為熟悉的警笛，響徹四面八方，他身體縮得非常小，嘴裡鹹鹹的，眼淚的滋味，他動彈不了，全身上下連手腳在內都與他自己作對，他手裡緊緊攥著一件東西，邊緣鋭利，但他感覺不到疼；他渾身一顫醒來，跳起來，手裡汗津津的，什麼也沒有。他看了半天手掌，還是沒看出什麼來。

身邊一個女孩正在打手機，領口掛著墨鏡，她與不知道是什麼人在聊天：我頭一回上飛機，面前一個長得湯姆．克魯斯那樣的空少，我點了咖啡，哪裡好意思問價錢，掏出壹佰元讓他找，他愣了，我想頭一回上天不能太小氣，難道100元還不夠，也不知道該加多少錢，後來他還殷勤給我續杯，好像他對我有意思。免費咖啡還續杯。我想一直喝下去，我活得越來越賴皮，越來越不要臉了……

他也想不要臉地活著，可以隨便說自己還蠻像湯姆．克魯斯的，不是正面，也不是側臉，而是後腦勺。但他什麼也沒說，笨拙地取出保溫杯喝水。

女孩手機收線，用力地看了他手裡的杯子一眼，突然搭訕他：喂，你是去添城嗎？

她的眼光很奇怪，她的樣子似乎是發現他手裡攥著一隻老鼠而不是杯子。他茫然點頭。女孩跳起來，抓著一隻雙肩背包，包上綴著一隻小貓頭鷹的毛絨玩具，一顛一顛，奔向售票處。

須臾，一個女工作人員走出來吆喝去添城的要發車了。他去托運行李，但穿制服的司機手裡提著個大玻璃茶杯瞪他，眼白過多，眼角下墜，目露凶光，司機甩甩下巴頦說拿上去。他拖著編織袋先去上廁所，再乖乖地将袋子拖到车上。上車后他後悔了。他從小害怕全封閉的狹小空間，他想逃，但腳步挪不開，車上很空，他在猶豫，後面一個挾著花傘的中年女人埋冤似的拍拍他，他閃身避讓，留意到坐著的那個搭話女孩的穿著：巨大的墨鏡吞沒了她的小臉，一件除了胸前雪白以外全是灰色的T恤使她看上去活像一隻長了熊貓臉的灰兔。

他脫口而出：你是早上坐出租的那個？

早上我是坐了出租，昨天我也坐了出租，咋樣？女孩透過墨鏡打量他：哇，你是那個好孫子！

他板起臉，但不好發作。他也認出了那板栗似甜黏沙啞的聲音。他選擇在她後面兩排落座，占了兩個座。她探身後顧，發現他也在看她，就飛快地掉過頭去看窗外。他也假裝閉目養神，眼前卻出現她黝黑的皮膚，方正的肩膀，下巴到耳根的曲線條特別柔和，眉毛卻奇崛像劍鞘。他不覺得她有多好看，但印象蠻深刻。

大巴行駛平穩，像一艘船，不像離開皇城根腳下，倒像是一種返鄉之旅；呼呼往後衝鋒的風兒似乎將他家鄉的茶山竹林一路向南方鋪陳，兩側香樟繁茂，中間的高速公路宛如家鄉的小河；河面比初春開闊，他不是行駛在河上，而是與這條繁忙的河道比肩同行；大巴的冷氣不足，在空調冷暖不均的按摩下，他的身體不再是固體的，以液態的形式流淌，他在流動的姿態中睡著了。

風裡送來的草蜢

我們知道是因為胳膊和腿同時碰到了軟軟的東西，使他快快醒來。左手靠窗坐著那個女孩——她不知何時她居然移到了他身旁，著實嚇了他一跳，他馬上意識到沒必要緊張，他的編織袋已經被挪到中間走道。那女孩戴著耳機，頭靠車窗，窗簾露出一條縫，透過鏡面反射出星光那樣晦暗的光線，她出神地望著窗外，她的側臉讓他很愉快。他和她的左胳膊不時碰到一起，她將左胳膊放在窗口托住下顎，把手機放入前座靠背的儲物袋。

車身劇烈地扭動一下，一個停頓，她的腦袋差點撞到前座，他下意識拉住了她的胳膊。

巴士司機猛然扭頭，呲牙咧嘴，瘋狂地按喇叭，聽不清他在罵什麼。

带著藍白方格紋編織袋的他必須站起來才能望見後方公路，一輛私家車拋錨在路肩，兩個人比劃著在說，另一個人舞動手機痛罵過往車輛，打手機的傢夥無意間走入行車道，引起一路汽車喇叭驚叫。

他身邊的女孩也好奇地拉著椅背站起來，兩人恰巧對視，她嫣然一笑，他才發現她笑起來蠻好看。

大巴司機拉開車門跳下去，好像要火拼的架勢，但對方三人統統聚攏上來，打手機的也不打了，他們三人擼袖子，吐唾沫，眉眼猙獰，司機一看寡不敵眾，急忙退回到車上。大巴車悶哼一聲，飛奔上路。

女孩捂住嘴，專注地盯著他的額頭。要命的是這麼一搖晃，他的長髮已經遮不住額角的傷口，傷口雖已癒合，但結著醜陋的紫黑色痂。

女孩取下耳機問他：是你呀，你還恨大偉嗎？

他搖搖頭。

她自說自話地點頭：就是。大偉把你的頭都打破了，你怎麼會不恨他呢？

他說，這是我不小心摔的。

別騙我哈。她說，她的手逕自撩開他的額發，他很不高興地甩頭躲開，他不敢搖頭了：你認錯人了，我不認識什麼大偉小偉。

女孩卻吃定了他：你看你頭髮留長了，故意把傷疤遮住。哎，我同你差不多，我也恨大偉。他現在也不理你了。她停頓一下說，大偉這人很操蛋。但你不一樣。難怪他喜歡你。

喜歡怎麼會打我呢？不，不是打我，我不認識什麼大偉。

他覺得話這麼說太燒腦。

還不認識。你自己都承認了。她說。

一瞬間，他覺得自己就是另一個人——大偉的那個甘心挨揍的朋友。他舔著嘴唇，努力忍住喝水的欲望。但她還在說，那是大偉最喜歡的日本保溫杯，他丟了准有兩三個，每次都買個一模一樣的，在底部刻字。這個還是我幫他買的。

在他一口氣喝了一多半水的當口，她一直盯著他手裡的杯子，目不轉睛，她說杯子底部刻有「偉」字。他不信邪，拿起杯子給她查驗杯底，磕碰痕跡較多，脫漆嚴重，看不出什麼刻字，但也不能否認從前曾有過什麼字樣。

好像既不能確認他是某某人，也不能否認。女孩眼睛亮了一下，黯淡下去：大偉說是去了添城，嗯，有可能，那他也不與我聯繫，你說奇怪不奇怪。北京太令他失望了，他為什麼不回京，肯定是為了我，他不聯繫我，還在生我的氣。沒辦法。喂，喂，你叫什麼名字，我一時間想不起來了。

他說，我叫東子，大偉是誰，我真不認識。

東子，這回我肯定記住你的名字。她問：你為什麼離開北京？

我不是離開北京。東子猶豫著說，我是從太原來的。

你一定還記恨打你的人，我也一樣，我要是討厭誰，也會說我不認識。要是下次你見到大偉，一定要同他講那個望雲寨大風捎來的彝族妹子阿支後悔了，我錯了，他得原諒我！不是我的錯，都怪我的工作不好！

你是什麼工作？

審計，我做審計呀。

審計是個什麼鬼玩意，東子不懂。

她說就是像會計一樣的工作，在網上做。算了算了，你不承認也罷，我不生氣。大偉的朋友都這麼神神秘秘。叫我阿支吧，彝族名字太長，阿支就是老三的意思。她吐了下舌頭，認真起來說，我真的是彝族。彩雲之南來的。我可不是普通人，告訴你。你是大偉的朋友，我才告訴你。

阿支看了看左右，周圍都是空座，右前方那個拿傘的女人低頭看手機，耳朵裡也塞著耳機。阿支詭秘地對他說，我們望雲寨的孩子出生都是千奇百怪的，有的是河裡摸魚摸上來的，有的是樹上鳥巢裡降生的，有的是山裡采蜂蜜采來的，我媽是祖母在野地裡挖野菜挖來的，我爹則比較乾脆，有一年，彝寨下了七七四十九天大雨，下雨落下來很多小孩子，我爹就是天上落下來的雨水，你別笑。而我呢，大偉說我是厲害妹子，是大風吹過三十六道山脊七十二道河流，借著春天的花粉種子一起送來的一隻草蜢，我媽說我就是風裡出生的，我來人世間那一夜，屋後竹林徹夜都在喊我的名字，當然是彝族那個老長老長的名字。所以，我有一對看不見的翅膀，像草蜢那樣，從小會飛，我從雲南飛到北京城，就是草蜢一路獨自飛。

這些天來，東子第一次笑了許多次：那你很可以省點錢，飛著去添城。

阿支對善意的嘲笑不以為然：不行。我現在飛不了了，我做了錯事，翅膀不幫我了。如果你幫我的話。我也許可以恢復法力。

東子正打算好好笑一笑，卻吃驚地聽見她說了一番他從未聽說過的道理：草蜢其實就是蝗蟲。它們單個兒是綠色的，活動範圍很小，獨個兒飛就是草蜢；當它們集合成一大群後會突然變成黑色，它們開始長途飛行，變得法力無邊，吃光路上遇到的所有莊稼，它們就變成了種地人最害怕的蝗蟲。

看著東子張大的嘴巴，阿支又吐了下舌頭說，不要怕，我不是蝗蟲，我是一隻單獨行動的草蜢。

東子不言語，兩人沉默了好一會兒。阿支是不習慣冷場的。她說路還長呢，你講個故事給我聽聽吧，東子搖頭，他不會講故事。那唱個歌吧，也不會。你太悶了，談談北京城吧。東子說北京城他才呆了幾小時，哪來什麼印象。

她說喂喂，那可是大北京城，，我費了多少勁才飛到皇城根腳下，競爭，速度，時尚，崛起，復興……在北京我一早上就可以認識一個研究癌症的人才16歲，認識另一個人一天寫200首詩，一想到天天動腦筋，我腦袋就暈。

他說哪裡認識的，她說手機呀。東子又笑了。這回阿支的臉紅了，訕訕地說，你笑起來有點像大偉。我真有點喜歡你了。你裝得很像，上次你同大偉他們喝酒時候也是這樣不說話，裝深沉。

大偉是誰呢？

大偉是我男朋友呀，你又來裝傻。那個老說我世界觀不正確的成熟小男人。後來他就走了。他生氣了，他那人老笑話我是一隻逢什麼吃什麼的貪嘴蝗蟲，可我真的不是。我是獨飛的草蜢。讓我來告訴你大偉到底是什麼樣的。

他在暗中看她的臉，她膚色黑，長相也一般，但他也有點喜歡她了，想像她穿鑲邊或者繡花的大襟無領右衽上衣，下身配黑黃兩色繡有精緻花邊的長褲，腰上系一塊彝族刺繡的圍腰。在接近白雲的高山上，衣外穿羊皮褂，戴鮮豔頭帕，當然，最好還有一頂銀冠。但阿支的敘述與望雲寨無關，完全是一個城市故事。

審計員阿支和大偉

從前大偉天天來接我。在地鐵口，然後去我出租房，我從來不讓他來我上班的地方。大偉本來也沒覺得一個學歷不高的外地女孩做審計有什麼不對勁。有一天，我發現我屋子裡亂翻了天，大偉坐在我電腦前，還拿著手機到處拍照。我擋住他說這是侵犯隱私。大偉說哪有那麼多窮講究，我說這是在北京學的。大偉說我的眉毛長而濃黑，配上細長的眼睛很好看。

我說他的眼睛才叫好看。大偉像他們沿海家鄉那一帶的人，眼窩深，睫毛長，這時候，大偉就不再毛糙，摟住我，非常溫柔。他逼問我那些電腦檔是什麼，我心一軟，把一切告訴了他。這是領導要我們做的，這是工作。

啥工作？審計唄。我說動腦筋多累呀，審計工作不動腦筋。大偉說，這好工作咋找的？我多年漂在北京，楞是找不到不動腦筋賺錢的差事。

我說挺簡單。我去頂級地段的一幢商務大樓面試，初初以為進了毒梟老巢，被人帶著繞來繞去，頭都暈了，還被關照不能隨便張望，不能拍照，不能議論，後來才曉得原來裡面神秘秘的鴿子籠隔間全是他們的海外審核部，據說上面派了十來個機構進駐，專門審查美國人的言論。哪個上面？上面就是上面唄。

那一回，面試考官說美國用貿易戰打壓中國。我說因為中國厲害了。考官說澳洲也跟著美國佬屁股後面對付中國。我說因為他們害怕了。考官問怕什麼，我說社會主義民主的優越性。考官說北京物價漲得心慌，豬肉老貴老貴。我一緊張沒覺出他是與同事聊天，又回答說因為中國厲害了。考官一聽樂了，他說，我是說肉價反映了人民群眾的生活壓力。我說，因為他們害怕了。考官大概也樂糊塗了，順嘴問怕什麼，我說社會主義民主的優越性。

這樣胡說下去准沒戲，但我挺機靈的。我記起一朋友面試時回答說中國人審查中國人沒問題，中國人歷來不在乎說什麼，大不了不說罷了，可美國人不行。她落選了，我一聽還是那個老問題，馬上改口回答說，咱們愛國就得有行動，不但中國人要審查，美國人的言論更要審查。所以我就被錄用了。你說可樂不可樂。

大偉聽完，就去抽煙，半晌說我是一個厲害妹子。我聽出他是在挖苦我，我頭一次在他面前哭了。我告訴他一個彝族妹子叫阿支，在風裡出生，借著風飄到北京城多不容易。貧窮是我讀書路上最大的大山。望雲寨地處山腹，是雲南深度貧困地區。當地人大都盼著多子多福，像我這樣年齡的妹子在那裡早就結婚，膝下孩子一大幫。初中畢業，為了繼續讀書，我不得不翻山越嶺，走了兩天的路，求老師托人央告縣教科局，給我家特批了2000元生活補助，我爹才准我去讀職業高中。職高還沒畢業，我爹我媽就催我回寨子嫁人，我連夜一個人跑出來，狠狠心一口氣飄到北京。職高學歷找不到工作，每天求職無門，最後一個大型門戶網站來招人，我買了個假文憑，硬著頭皮去了。大概五六千人吧，男的女的，年齡都相差不多。絕大多數是職高或大專，我運氣好，回答問題很機靈，就去那幢商務大樓上班了。我哪裡懂什麼審計，只要能吃飯，能留在北京。入職的大多是向我這樣北漂的外地小姑娘。收入很低。沒什麼特別想法，就是打份工而已。每天早上開早會，每個人輪流彙報國內國際各種最新敏感局勢、動態，做敏感詞整體判斷，制定當日敏感詞。比方說，茉莉花革命的時候，我們早彙報的人要向大家介紹最新動態，如果不瞭解情況就不容易監控，如果看不出來，領導會批評工作瀆職。（茉莉花還會革命？）網警？不，沒那麼厲害，我就是刪帖員，嗯，網管，有人這麼叫。我們要學習許多敏感事件。很多我之前都不知道。比如六四事件，好多人完全不知道，要從頭學起。單位就給我們放各種紀錄片，我看完都震驚了。當時就非常後悔。兩會和六四等特殊日子，我們24小時不停班，看電腦螢幕看得我眼裡全是血絲。單位還要增加人力，就怕萬一有漏看，複查次數得加碼。現在網上發帖的人越來越高明，搞藏頭詩的，做動態圖的，寫外語的。我記得有人寫了一排的「占」字，看上去就很像坦克。有人畫蝴蝶，一個翅膀是6，另一個翅膀是4，忽閃忽閃的，稍微不留神就漏了，就是工作事故。

那天，大偉聽了很憤怒，他說刪什麼刪，刪來刪去還看什麼。摔門出去了。很晚很晚才回來，他說我要是不辭職，他就同我分手。我答應了，我真的想辭職，可第二天碰到房東催房租，我猶豫了一會兒，把辭職報告鎖進了抽屜。

大偉和他朋友們一起去了香港，拍了許多視頻照片回來，大偉就變了，他不去上班，與一班朋友日夜在外面鬼混，經常在網上面發些「香港加油」「時代革命」之類帖子，我利用職務便利偷偷地儘量幫他刪，他很快發現了，他不接我電話，還把我拉黑。我也想過工作上睜一眼閉一眼，但根本做不到。上面管得嚴，層層篩查，我放過了，別人也會攔住。如果漏了得扣獎金，每個人都不想那點低工資再少掉什麼。

我以為與大偉完了。誰知他突然來找我，告訴我他有一個大哥，是一個了不起的攝像師，因為屢遭刪帖挺鬧心的，要求私下裡採訪一個刪帖員。我說我不想見。我是做審計的。但大偉說得了吧，如果我不見，他就把我刪帖員的身份上網曝光。他說明天在地鐵口見面。第二天，大偉沒去地鐵口，他被一群國保帶進了拘留所。他們指控他是恨國黨尋釁滋事。不過，他在裡面也沒待多久，放出來後就消失了，我再也找不到他了。聽說他去了添城。

那天太原城裡下著雨

不怪你。東子說，我也不喜歡。

不喜歡什麼？阿支問。

東子說，政治。

阿支沒有說話。

東子問她：你出過國？

她愣一下，搖頭。

東子說，既然你跟我一個樣，沒見過世界，你哪有什麼世界觀？大偉哪有什麼權利怪你世界觀不對！

原來你也會說笑話，阿支腆著臉央求他唱個歌，東子不肯，阿支說那你也要講個故事給我聽，說說你在太原的事，說說去添城做什麼也行。東子拗不過，環顧四周，他乾咽下些唾沫說，我給講一個關於甲叔的故事。

高中時，我爹病故，治病耗盡了家產積蓄，我媽為撫養老人，讓我輟學離開老家廣德，去太原投奔父親最要好的朋友甲叔。甲叔是我爹的老戰友，在老山戰場丟了一條腿。他見到我很興奮，他離婚多年，家裡啥也沒有，他睡下鋪，我睡上鋪，身邊圍滿了水果箱，空氣裡老是一股子黴爛水果的潮濕甜香。每天我隨他上街去擺水果攤。那種日子艱難，開心。某次為爭搶攤位問題，他持刀誤傷了工商行政管理人員，被抓起來關了一段日子，放出來後，黑道就來找麻煩，我們換了好幾個地段都不行，生意做不下去，我就改行去送快遞，但甲叔咽不下這口氣，他堅持要討個公道，他拄著雙拐去找黑幫老大。我不知道他懷裡掖著一把水果刀，

出事那天好像是一場夢。在當地一家茶館，服務生小哥說了些什麼，甲叔都不記得了，300塊包間費幾小時之類，反正他們超過時間續費200元，繼續談，其實沒什麼好談的。滾燙的煲仔飯打翻在地；水果拼盤早進了各人肚子；瓜子殼像稻穀似的撒了一地；只有那壺白茶還是熱的，好端端的在窗臺上擱著（掀翻桌子之前，甲叔把茶壺鄭重其事放到了窗臺上）。茶色玻璃隔斷的室內灰濛濛的；窗外佈滿了雜遝的腳步聲人聲，一個男人的尖嗓門在叫賣著什麼；連續數輛翻斗車之類大型卡車壓得路面震顫，橡膠摩擦地面發出燒焦的長音。他們到底談了些什麼，甲叔不記得了，也不重要，重要的記憶只有那个傲慢的老大倒下了，大張著口，好像一句話还未說完；其他人逃出包間，屋裡只有還在口吐血沫的老大；刀子插在他背上，進入很深，當時聽到連續骨折的清脆聲，刀柄在微微晃動。

甲叔坐在死人旁邊，冷靜地爬到窗臺邊，找到茶壺，對著壺嘴喝了個飽。室內的黑暗好像羊水似的包裹著他，地上躺著半塊邊緣鋒利的板磚，那是他半路上在工地撿的，特意打磨過，上面沾著些血跡和毛髮。不知過了多久，外面人聲鼎沸，警笛長鳴。

那天太原城裡下著雨，我坐在街頭雨地裡，抱著濕透了的快遞包。我好不容易購置的全新電動車被偷了。我不知道就是那當口，警察們在茶館外面舉著槍喊話，甲叔不理不睬，他把自己鎖在屋內，在門背後用褲帶上吊了。等我趕到，他們已經把他抬下來，他的眼睛睜著一條縫，我曉得他在等我來，他從縫裡面看著我，我在他眼睛裡看到的不是死亡，而是彩虹的七種顏色。僅僅是七種不同的色彩，就可以組成一道希望的光芒。這是甲叔以前常說的。我看見他的小拇指勾了勾，喉嚨裡好像卡著一口痰吐不出來，就死了。給他辦後事時，我在他鞋底找到一張存摺。我記得甲叔以前叫我背熟的一個添城住址。他的前妻帶著兒子改嫁到添城。我代他去添城看一看他們，那是他的遺囑。

阿支望著東子，眼眶濕漉漉的。

你怕嗎？東子問。

阿支搖搖頭：你編的故事？像真的似的。

東子說，故事都是編的，你別當真。解個悶罷了。

她說，既然你故事编得這麼好，那咱們就正式認識一下。

她加了他的微信，隨後，掏出一塊繡有藍黃兩色蝴蝶的手帕擦鼻子，忽然說，我現在想哭了……她停頓了一會兒說，如果不是大偉逼我去什麼採訪，我也不至於想出那種餿主意。對不起，我沒說實話，我不是去添城，我不知道去哪裡，只要離開北京城就行，所以我隨便買了一張票，去哪裡都行，大不了就回老家去，只是現在還不能回去。

車裡只有空調的人造微風絲絲作響，阿支的眼睛迷蒙起來，她對他報以一個古怪的傻笑：真冷呀。

東子的背心濕透了。

阿支說，問題是把他送進去的人是我。我舉報了大偉。

東子不言語，盯著阿支。但她看著窗外，千百朵白雲趕不上的遠方才是她的家鄉。她對著窗外說，我是寨子走出來的唯一一人，我不想跟大偉手牽手回去有人朝我們吐唾沫。我真心為了他好，大偉老說他膽子大，我覺得送他進去是鍛煉，試一試膽量，我們望雲寨不接受膽小鬼做女婿。我告訴過你嗎，我有一個心願，給我們寨子修一座希望小學，那要十來萬塊錢，我已經攢了三萬塊，我一直估算著還需要多少年攢足數……

車到高速公路服務區之前，東子沒再說話。下車時他冷著臉，看也沒看阿支說，我膽子也不大，可我不告密。

東子獨自下車，把阿支留在了車上。

阿支跺著腳，捂住了臉，聲音終於帶出了哭腔。

東子上廁所出來，他望見大巴司機在服務區商店買了煙和一瓶紅星二鍋頭。司機開瓶仰脖就喝，很快半瓶就空了，臉不見紅，反而更白了，眼角下垂得厲害，面容看上去很詭異，酒瓶杵在地上，司機大口吸著煙。

東子不由自主哆嗦了一下。他也想抽煙，但他在口袋內摸到了火機，卻摸不到煙，而是摸到了堅硬的手機。

前方什麼也不是，又是什麼都是

阿支哭累了就睡著了。她醒來時，開往添城的長途大巴早已離開了服務區。身邊的座位是空的。她呆呆地坐著，好一會兒才反應上來。她站起來四顧，感到心裡空蕩蕩的。那個小夥子看得非常牢的藍白方格編織袋還在過道邊好好地放著，她經過低頭看手機的中年女人和她的傘，三四個在閒聊的男女，兩個人無聊的牌局，一群昏昏欲睡的乘客，在車上走了兩個來回，終於來到司機背後。大巴此時正在經過一個極大的水庫。若不是高速路那道護欄，窗外路面幾乎與水庫連為一望無際的灰藍色平面。

她著急地對司機說，他不見了，那個太原來的小夥子沒上車！

司機回頭瞪向他，眼角下墜到眉毛也撐不住了，目中卻是空茫，什麼也看不到，她嚇得得身子抖晃起來；司機抓起茶杯喝了一口，她嗅出他喝的居然是高度數白酒，也許還是假酒，司機噴吐著酒氣說，發車前我點過人頭，沒錯！18個人！

阿支跑到帶傘的女人面前詢問，女人從窗口轉過臉，挺精神地看著她，聲稱她從沒見過額角帶傷的什麼太原小夥子。阿支回到座位上，找到手機，撥打東子，無人接聽。她試著發了一個短訊過去，卻馬上有了響應：他還在高速公路服務區。他不去添城了。短訊大意說：

阿支，你騙了大偉，我也騙了你。那天去茶館赴會的人是我，懷裡掖上刀子的人是我，不是甲叔！甲叔是替我而死的。他上吊自殺，是因為我殺了人，對不起！請你立即報警，舉報者可得20萬元獎金，你回寨子去建一所希望小學，這筆錢就算是我給你們學校捐的。從離開太原起，我想了許多許多，我爹我媽和甲叔一輩子也沒有對我說過愛，對他們來說，愛是什麼呢，什麼也不是，現在想一想，愛又是什麼都是。現在我知道要做什麼，好好活下去。我會好好呆在服務區，等著警察來。不用擔心。

阿支緊緊握著手機，好像望雲寨所有的希望都握在她手裡。面相很凶的司機喝光二鍋頭，猛踩下油門，龐大的銀灰色巴士車身咆哮著急速前沖，好像下一腳油門就會把大巴開進路邊的大水庫，有些人不能成就什麼，但有足夠的勇氣毀滅什麼，只要喝一瓶白酒的時間。

日頭變成了一把在灰藍色沙漠上空飛行的彎刀。

這一天是七月四日，一個非常普通的日子，日頭運行中完全沒有聲息，阿支滿眼全是水庫邊紅色、白色和藍色的茂盛野花。車內一串不經意的手機鈴聲響起來，始終沒有人接，鈴聲一直在響，宛如風掠過水庫鏡子似的水面，向西南的遠方傳遞水波，從水面改變的形態上可以看見一個大風裡伴著花粉誕生的靈魂已經上路。

阿支沒有回頭，她怕看見身後無數蝗蟲在追趕，深黑色的斑點遮天蔽日，會淹沒整個世界。

未知的前方，風裡出生的生來就是獨自飛行，她雖害怕，但並不孤單。

2020年7月4日寫於墨爾本

蛙災篇

美丹的白天，一些有趣的事

楔子

在美丹的白天，你總會發現一些有趣的事，李約拿說那些大都發生在前疫情時代。如果你散步到教堂所在的巴黎社區門口。會看見三三兩兩的警衛和保安身後，在灰撲撲的立交橋下面，兩個黑人像覓食的黑喜鵲跳來跳去，將五彩的易開罐挨個供奉在道路上，等汽車駛過，輪胎擠出扁扁的金屬尖叫聲，他們的歡喜是收拾一片片鋁板，再換上一批新罐，如此循環往復，就像是世上頂好玩的碾壓遊戲。

美到使人窒息的白沙灘上看不見人影，天空乾淨得連雲彩也是多餘之物。你如果走運的話，會遇見一個黑人坐在樹皮剝落的白樹幹上，著大花T恤短褲，空茫的眼白對著海面，你覺得他是從海裡捕獲了安寧幸福的漁夫，而他卻站起來，朝你走來，像等了三年之久的老友與你打招呼，你只有攤開手臂，做出一副苦惱相，模仿土著英語反復申告說我沒錢，兄弟，你我全一樣，趕緊去掙錢吃飯吶。接著，你急忙跳上車逃走。有意思的是他是一名當地警員，但他相信你的話。疫情前的美丹島如同岸邊清晰可見的珊瑚洋底，早晨七點鐘的夏天山川閃耀，永遠不知道天黑。

最初就是李約拿的說法讓我對這美麗的島嶼產生了懷疑。島上常常斷電，今晚也不例外。空調驟然停了，吊扇無力地轉了好幾圈，也不動了。我披著一身臭汗起身，打開房門上五道鎖，五個複雜的鎖頭和加厚防盜門把這個空間逼回島居的原形。

這個島浮在一大片黑暗的蛙鳴中。對門的公寓房門和窗簾緊閉，小夥子米隆早睡了。我打消了叫醒米隆的念頭。教堂操場缺失了路燈光的監視，立刻與周邊的熱帶植物和遠處的立交橋糾纏成一片模糊湧動的暗流。傍晚短暫的暴雨留下了潮解的氣息。美丹島搖呀搖，如同黑色礦山裡的一枚月亮那般孤獨。女人孩子的哭叫聲從夏蟲交響樂背景中浮現上來，蛙鳴夾雜著鼓點似的狗叫，層層迭迭，彎彎繞繞，爬過教堂四周的高壓鐵絲網；屋後高崗上，月光下，那個瘦瘦的黑人喝醉了，又在打老婆，也許是打孩子，白天他老是呆坐在家門口，什麼也不幹。

我在操場上轉圈，忍受著蚊子侵擾，熬到路燈複明電力恢復，我才回房。煩躁讓我無法擺脫思念墨爾本，那已是晚禱後仰面躺在床上的時刻。我靜靜地躺著，彷彿沉沒在黑沉沉的冰山下面；吊扇四片扇葉嘩嘩地在眼前轉呀轉，把天花板轉成了一幅地球平面圖；耳道裡分不清是空調聲，還是扇頁聲，恍然尚在澳大利亞墨爾本家中。南太平洋島嶼上的這間公寓房，存在感極不真實，我可以同時存在於美丹島華頌堂和墨爾本；物理空間的陌生產生了情感上的失落與思想上的空白。

我踱上公寓二樓，教會行政主任的房間依然拉著厚厚的窗簾，我知道他沒睡。敲門，門開了一條縫，露出光影勾勒的一對浮腫的眼睛，彷彿被外面的黑暗一下子刺痛了。

你也睡不著嗎，陳牧師？李約拿說。

他房門上的斑斑撬痕跡實在觸目驚心。但我假裝沒看見，而把目光落在他光腳上的拖鞋。他像是也沒注意到。後來我發現我錯了。

美丹基督教華頌堂教會在操場邊建的白色公寓樓，一共四套，兩室兩浴，挺寬敞，李約拿的房間比樓下我的大一些，一個寬大的白色陽臺晾曬著短衣短褲和浴巾。陳設傢俱與樓下一樣簡單，但異常整潔。按教會規矩，這裡一律沒有電視和影碟機之類娛樂設施，桌上攤開一本《聖經》和一支筆，旁邊有佈滿茶垢的茶杯茶壺，一隻皺巴巴的無紡布口罩和一瓶消毒劑，我聞到了洛神花的釅釅氣息，混合著某種奇異的香味，我固執地認為那是單身漢的味道。

一個人的孤枕難眠變成了兩個人的洛神花茶會。我拿出從樓下冰箱帶來的兩片西瓜，我們吃瓜，喝茶。我思索著已知的有關李約拿主任的事，我對他知之不多，多數來自於我在華頌堂做牧師的同學：約拿不像華頌堂的多數人，他不是馬來西亞人，他來自中國大陸，是一個虔誠的衛理公會基督徒，一個兢兢業業到有點古板的教會同工，飯前、睡前、起床前必讀經禱告，教會外展事工和禱告會從不缺席，他位居教會領袖，但缺乏領袖魅力，話語不多，言談乏味，卻喜歡說教，做事細緻，拘泥細節。除了喝茶讀經禱告以外，我不知道他如何打發時間，我得承認，他不太有趣。

我們吃完西瓜，相對枯坐。我問他什麼味怪香的，他不好意思地笑了，他說他在做八珍鴨。我說我流口水了。他顯得輕鬆了些，他再次感謝我大老遠飛到孤島上來服事華頌堂，我說華頌堂的蔡牧師是你同學，他不在的時候，我樂意效勞。他聊了幾句蔡牧師去美國開會前叮囑的主日講道注意事項，然後說很抱歉下一周的出差安排不得不取消，因為Covid-19政府應對無力。我說全是疫情惹的禍。他說其實去不去也無所謂了。我吃驚地望著他。他抱歉地補充說沒什麼，你慢慢就習慣了，反正航班全取消了，你也回不去澳洲，島內到處走走也不錯。

我有些生氣，他講得太輕鬆，疫情這麼緊張，警方也出動了，到處趕人疏散，其實哪裡也去不了。早上給墨爾本的家人打過電話，我累了，無法隱藏我的沮喪，武漢始發的一波大瘟疫不數月已經蔓延到全球，連南太平洋的小島美丹也不能倖免。我來島上教堂頂蔡牧師的缺服事，原本就是一個月的短宣，不料卻被新冠肺炎疫情爆發困在南太平洋，變成長駐，而蔡牧師也同時滯留在美國，實在無法釋懷。

當我隨口問起華頌堂的建堂歷史，比如，教堂外觀雖然現代，但主體建築為什麼像維多利亞風格那般古老。這次輪到李主任走神了。他重新起身燒水，淺綠圓領恤衫鬆鬆垮垮，一半掖在短褲褲腰，他咳嗽起來，捂住口，對我笑笑，眼神透出一種調過味的紫紅色憂傷，宛如他所烹煮的洛神花茶，加了特別多的冰糖。

他說，對我們這些睡得晚的人，夜晚長得像一個人的一生。約拿不過三十來歲而已，但他膚色黧黑，容貌早衰，中氣不足，吐字發音都需要一些特別努力，下巴的皮膚像中老年人那樣鬆弛垂落。他接著說，我給你講個故事，一個前疫情時代的日子，雖然美丹很短暫的日子，但卻是一個人的一生。

他講故事沒什麼條理，我不得不邊聽邊梳理故事主線。

他說從一個中國青年到達澳大利亞講起，那個小夥子是他的同鄉，為了便於敘述，就叫他雨生吧。

第一章　洛神花開的地方

雨生一個人從上海啟程去南太平洋。他飛了十二個小時，沒放過機上每一口免費的水，沒有解過一次手，他的膀胱爆了。他把一個鼓鼓囊囊的雙肩背包倒置於胸腹，如同許多中國遊客那樣，撒哈拉單峰駱駝的駝峰長在了肚臍上。四十五分鐘內，在布里斯班機場上了七回廁所，在澳洲轉機，要乾等五個小時，仿佛把一生的等待一次性消費完。他胸前的某塊皮膚變得特別敏感，一迭綠色百元澳元貼身，塑膠質感讓他稍稍安心下來；高鼻子藍眼睛洋人老老少少分分鐘落下，宛如候機廳落地玻璃外按季節自動剝落的桉樹皮，被一長溜登機口吸入機艙大肚子；他命中註定要上的那個登機口張開大嘴，只有寥寥十來個人來回徘徊，不情不願，除去五六個黑人以外，清一色全是亞洲面孔。

站在布里斯班機場大玻璃過濾後的純淨光影裡，他使勁想像一個普通人冒險的未來。金頭發黑皮膚晃來晃去，這不是做夢，而是真正的冒險，去天涯海角，一個雞不生蛋、鳥不拉屎的海中孤島。且慢，不是白去，那裡有一座免費的洋房等著他，白白得來，如假包換，陽叔保證。一次免費海外房子大餐，連小娟都拉不住他。他納悶那時自己怎麼那麼勇敢甩掉小娟充滿磁力的小手，好似只有某種革命的激情在胸中燃燒才會發生那種事。要是不飛去美丹（Medang）看一下，革命肯定不能成功。他這麼說。因為那是陽叔說的。

可雨生不是理想家。離家革命的前景其實很黯淡。啟程小娟賭氣沒來送他，雨生躲開老媽目光的糾纏，在浦東機場最偏僻的角落裡給女朋友打電話，打到第五個，小娟還是接了，信號穿過空氣還原成女聲，還不能止住神經的顫抖：我、我媽可沒逼你買、買、買房——！那種鳥不拉屎的地方——等著你的是叢林裡的女、女、女野人，生一堆異……

異形？還是異類？雨生聽不清最後一個字，只能沖著電話裡聲嘶力竭地喊一嗓子：有沒有想過，每天眼睛睜開就欠房東一百八十塊！那個破屋子，下雨就臭烘烘的，整整一百八十塊錢！

他被自己偏尖細的聲線嚇了一跳，陌生到像一種哭腔，其實他不激烈，一向都是好脾氣；他想說他不怕付多錢，可他從小害怕的就是家鄉老房子坍塌；他想說他半輩子都沒離開過老媽，他決心這次要走得遠遠的；他還想說半輩子都沒冒過一次險，為什麼不去試一試運氣。他畢竟不是去冒險，他去的是伊甸園，小娟就是不信。最後一秒鐘，他到底什麼也沒說。記得分手那天，小娟的小手拍桌子拍紅了，她不相信他有那麼孩子氣，但她和雨生老媽都看走了眼。房子不再是一根繞在他脖子上的絞索，而是一種海妖的聲音，類似超聲波，無論白天還是黑夜都在他耳朵眼裡進進出出，只有雨生能聽到，能懂。

不少乘客觀賞著舷窗外。對於碎棉絮似的雲朵，雨生感覺超好，似乎只有他才懂。高他聽一個什麼上僧說，高天上看大千世界，身上的執念會由此得到釋放；不管釋放了什麼玩意，他卻開始惶惑，甚至萎靡，一個像房子那麼巨大的理想有那麼容易做到？除了婚房的壓力，老媽的催促，親戚的竊竊私語，以及同事們探究的目光，還需要什麼才可以將一男一女兩個陌生人之間的感情進行到底，這些問題的釋放，宛如高天上的不明飛行物迷迷濛濛，連綿瑣碎。

雨生的死穴是他從沒單槍匹馬去做過什麼正兒八經的事。儘管從小受教育做人做事要自力更生，但雨生直到雙腳落到澳洲的土地，才做了頭一件自力更生的事。然而，他很快覺得這自力更生也是一個偽真理，如果沒有陽叔，沒有老白頭，他老媽，甚至是極力反對的小娟，他如何能更生，自力存粹是自欺欺人罷了。女朋友小娟說他瘋了，老媽說他做夢。他自己也覺得是去作死。

金色卷髮黝黑皮膚的空姐款款走過來。舷窗闔上，燈熄了。浮在萬米以上的黑暗中，他頭疼減輕了，嘴角濡濕了。再次被叫醒時，光線異常刺目，兩個小時航程已經在口水汩汩裡消逝了。舷窗外風雨大作。他扣上安全帶，環顧四周，全是華人面孔，可象他這樣打扮的還真沒有。一件擋風防雨的連帽美式衝鋒衣配一條肥大的登山褲，腳上一雙錚亮的尖頭皮鞋，一看就是土八路頭一回出國，為什麼不約上一兩個朋友老鄉同行，或者帶上老媽也行，他在後悔中戰戰兢兢走下舷梯，雨水順著脖子直往下灌。

舷窗滿滿全是無邊無際灰綠色的珊瑚海，被大雨擾動得如同煮沸的湯鍋一般。此刻放眼機場之外，漂浮著蒼翠的原野，熱帶暴雨宛如千萬根供水管一齊斷裂，黑紅色的土地濕而軟，他好似在火星那樣的地方登陸，衝鋒衣和登山褲都派上了用處。

雨生像一些中國同齡人一樣，借著既美國又美味的肯德基和可口可樂得了一個小肚腩，臉修得圓圓的，秀氣的眼睛硬生生擠扁了不少，現在怎麼看也不太像嶄新護照上那張清瘦的肖像臉。

光頭的黑人海關官員抬眼，眼光砂紙似的上上下下摩挲著他，用舌頭不打彎的英語問他來這裡做什麼公幹。

私幹。雨生雙手扒在檢查台邊上，使勁兒說半天，連自己也沒聽懂。但總不能笨到說為了房子來這裡吧。行李被翻了個底朝天，抄出六條香煙和一大堆蔬菜種子，光頭官員眼露喜色，召來另外四位穿海關制服的黑人同事，嘰裡呱啦一番，英語裡似乎夾著當地土話和發音古怪的中文，他們聲稱雨生違反動植物檢疫規定，五個員警動手動腳要他繳罰款。

他的圓臉忽紅忽白，小肚腩頂著檢查台，肉乎乎的白手摩挲著背囊的肩帶，眼光停在檢查台後方的一個看板上，一群天真爛漫的黑人兒童坐在窗明几淨的新教室內，讀著黑板上的板書「美丹的明天會更好」，落款是美丹置業集團。那是陽叔的旗艦產業。他半天憋出一句話：Uncle Yang，陽叔陽叔，陽叔請我來……

Uncle Yang是一個神奇的字眼，眨眼間顯出了中國式魔力，五個黑大漢海關官員頓時傻掉，彼此大眼瞪小眼說了幾分鐘，於是，沒收全部蔬菜種子，抽掉兩條香煙，拍了拍大手，走吧走吧，中國兄弟。

謝耶穌謝佛祖謝玉皇大帝。雨生安全出了海關，滿頭大汗等行李，到達大廳簡單到就是一個草綠色波紋鍍鋅鐵皮棚，行李提取處僅有一張長木桌子，沒上漆，佈滿節疤。

同機到達的旅客早散了，大廳裡面只剩下三個男人。除了雨生之外的兩人白色短袖襯衫，黑色西褲。一旦花花綠綠休閒裝束的人群驟然散去後，他們中的那個白髮老頭顯得特別突出，抿成一條線的嘴，好似ATM機閘口，等著鈔票或者選票之類投入。

雨生心情激動起來，沒能一下認出老白頭，沒有認出帶來福音的使者。老白頭邊上是助理弗蘭克，這個身板很直的青年酷似內褲反穿的美國超人，手裡玩著一副美國品牌墨鏡。

老白頭說，陽叔喜歡的就是你們這些年輕人，早晨八九點鐘的太陽！

這種革命時期的中文語彙使雨生恨不能緊緊握住對方的手不放。

弗蘭克拿上雨生的行李，微笑著問一切順利嗎，雨生說沒想到下這麼大雨。弗蘭克說有濺有濕嘛。雨生以為弗蘭克在說什麼暗語切口，後來才弄明白，按弗蘭克家鄉方言來說，濺通財，濕同勢。有財有勢，人同此心。三人上車，渾身上下都是水。

出機場後，雨勢大為減弱，雨生的緊張也減輕不少。

弗蘭克臉上扣著一副誇張的大墨鏡，五官頓時消失了。

雨生特意坐在副駕駛座，以便看清沿路風光。出機場就是筆直一條路，路面高高低低坑坑窪窪，讓人得強迫症似的懷疑走岔路；高大油棕夾道，肆意鋪陳，一望無際，取代了蕭蕭曠野；夕陽落在地平線的婆娑椰林裡，因為懈怠而溶解在淺藍色的水線裡；一座白雲繚繞的活火山閃現眼前，隨時弓身躍起。

弗蘭克努力把四驅帕傑羅開得儘量平穩。告訴雨生從馬來西亞引入油棕的人就是大名鼎鼎的陽叔。美丹氣候溫暖，光照雨量充沛，最適於油棕生長，油棕本身不太需要照料施肥，產油率最高。油棕園在島上興起，只有短短二十來年已蔚然大觀，全賴于陽叔的遠見卓識。

雨生鼻子發癢，連著打起好幾個噴嚏，差點從座位滑下去。電光火石之間，他發現前方十字路口大轉盤，一個黑人青年上身赤膊，蜂腰猿背，一頭黑色卷髮，只套了一條鬆鬆垮垮的黃綠色褲頭，直立平舉著一支步槍，正從準星裡面瞄著帕傑羅。

未等雨生的尖叫從聲帶禁錮裡掙脫出來，弗蘭克腳底生風，飛速猛踩油門，四驅車一昂首，輪胎吱溜怪叫一聲，跳將過去。黑人槍手急忙後退，躲得太急，站立不住，一個翻身，撲通一聲，落入路邊的水溝裡去了。

雨生茫然失措，他不知道如何反應才合適。這種詭異的路遇遠超他的想像。黑卷髮小夥子的眼睛很亮很冷，身上的刺青很炫，那是一隻展開巨大雙翅的怪鳥，如同他護照簽證頁上的印戳，既象鳳凰，又象老鷹，卻在圓溜溜的眼睛後長出兩根長長旗羽，猶如京劇中武將腦後兩根帥氣的雉尾，一搖一擺。

老白頭見怪不怪，輕飄飄甩下一句：小毛賊，嚇唬嚇唬罷了。他將一隻手按在雨生肩上說，不怕，有陽叔在。

弗蘭克故作幽默：歡迎光臨伊甸園！

雨生像洋人那樣聳聳肩。後視鏡裡看不見任何人影。雨不知何時停了，青山翠轂中，幾隻孔雀拖著長長裙裾似的尾巴，踱著方步，路邊稀疏椰林間露出一些熏黑了的土磚牆和茅草屋頂，一些金髮黑人村民正在路邊整理各自的水果攤。路邊的蒼穹下烤得冒出陣陣白色暑氣；一大叢兩米來高的紅色莖稈被水珠壓彎了腰，密密麻麻的紫紅色花萼，仿佛一枚枚血紅色的蒺藜。

老白頭微笑說，洛神花開了。

弗蘭克說，美好的季節來臨了。

雨生捏了捏自己的大腿，疼痛多少有些虛假。眼前洛神花開遍的地方，很熟悉的感覺，莫非夢中來過，自己仿佛一隻斷線風箏飄來蕩去，終於落地。只是熟悉的感覺同時也很陌生，身邊的兩個美丹華人怎麼看怎麼感覺有些離譜。他費力地尋思原因，自己是被這兩個美丹勾魂使者用一套房子勾來的，可他因此產生了某種錯覺：這客客氣氣的一老一少兩名使者看上去非常奇怪，不是他們的裝束，而是他們的氣質，他們看上去都是道道地地的中國人，但他總覺得他們好似一對披著一身華人皮的美國佬。是的，美國佬。他們不是傲慢，而是自信。

從頭到腳每個毛孔裡流溢出來的自信。雨生這麼想。

第二章　天上掉下一幢洋房

約拿說雨生常常做夢，關於房子的夢。在夢裡，雨生曾經無數次走進一幢大洋房，白色法國式鄉村別墅，這不是他自己的房子。他對螺旋形上升的中央扶梯無比好奇，盯著看了許久。光線把樓梯雕花扶手切成一格格，一段段，每一格像是張開一隻眼睛，每一段是震動的一方枕木，連起來便成了沿著S形拋物線甩出來的曼妙空中軌道，無限向半空中延伸，他腎上腺素分泌過多，心跳紊亂。必須仰起頭，脖子折到135角度，扶梯的盡頭還是什麼也看不見，每級樓梯層差極大，他幾乎是跪著往上爬，不知道上一層會看見什麼，在未曾走完鐵與木的軌道之前，他對前方一無所知。他又算什麼呢，他像一隻小小的螞蟻慢慢朝樓上爬去，終於，聽到了一個女孩的呼喊，小娟。

雨生與小娟在上海結識，他們的關係說簡單也簡單，說複雜真複雜。女朋友這個稱號，是雨生主動倡議的，小娟顯得有點勉強。她之所以接受雨生，可能因為他是她住得最近的老鄉。有一次逢五一節老鄉聚會，看電視喝啤酒，聊起天底下最可怕的事，有人說取消五一長假，有人說全球星巴克倒閉，也有人說手機掉了，小娟的室友阿蓮說小娟打呼嚕，至於雨生，則慢吞吞地說是睡覺。小娟先是朝阿蓮瞪眼揮拳，接著笑得花枝亂顫，她是一個睡不醒星人，而雨生的毛病是老睡不踏實。

雨生還是慢吞吞地說，你別笑，這樣笑，挺可怕。

小娟笑得地動山搖，牙齦全露。

雨生給那些認真一點的老鄉們解釋：人一旦睡著了，都不知道自己是不是睡著。睡著的時候，全世界是醒著的，但靜極了，人都不見了，地球上好象什麼人都沒有，就剩下你一個人，風從你頭頂吹過去，月亮向你越來越近，各種各樣奇奇怪怪的聲音鑽進你耳朵眼，你覺得不對勁，你能感覺到有什麼奇怪的事情要發生，比如，外星人的飛碟要來了，但不曉得什麼時候。

眾人又笑。

小娟突然不笑了，她問：外星人為什麼要來？

雨生反問她：你為什麼離開睡不醒星球呢？

小娟冷著臉，拍了一下桌子，灑了半桌啤酒花。

雨生給出一個教科書式答案：地球是家，外星人要回家呀。

大夥兒笑得更凶，小娟咬著大拇指的指甲，半天才說，可能我們是外星人的後裔。

雨生這時才笑起來，他其實是在開玩笑。小娟是做會計的，就這樣好玩。他開玩笑，她當真；他認真，她不當真。

那一回他是說實話。他從小怕睡覺。雖然他一沾著床或椅子之類就會睡著，但刮個風下個雨他立馬就醒。誰也不知道（包括他老媽在內）雨生的耳朵特別靈。他有一個秘密。他曉得每一幢房子，無論新舊醜美都是活著的。房子的作息時間與人類相反，人起床後房子就睡了，而人睡熟後房子才會醒來。他常常半夜醒來，聽著房子扭動翻身的聲音，房子開始活動了。他一直想與房子對話，房子不願意；雨生很小時候就懂，做人不好玩，所以房子不願說人類的語言。

那個主日在上海的教會，證道講的是《創世紀》中伊甸園故事。牧師戴著深度近視眼鏡，看上去蠻有學問，那天證道很枯燥，亞當夏娃不做他們最享受的那件事，而是為樹上的果子與上帝爭來爭去，還沒講到那條妖言惑眾的蛇，雨生就打起了盹。

禮拜結束，牧師在小組團契上照常提問，雨生永遠坐得最遠，但那次他的反應卻奇快無比，把手象一面軍旗舉得最高。雨生問牧師亞當夏娃的房子是什麼樣的，話音未落，在座都愣住了，接著控制不住大笑，幸虧小娟不在（她從來不上教堂），他們七嘴八舌，都說雨生想房子是想討老婆了。

雨生沒笑。他正色說離開伊甸園是因為上帝沒有解決住房問題。

大家越是笑得前仰後合，雨生越是感到莫名其妙。他們笑他傻，但他覺得他們才是傻瓜。雨生脖子上青筋暴起。他又不是基督徒，連慕道友也算不上，但他喜歡教堂敬拜的肅穆氣氛，喜歡高大上的詩班聖頌。雨生平日裡是一個病怏怏的青年，通常隨母親去教堂。那個主日恰巧老媽病了沒去，雨生過得非常有意思，他換了個人似的，從沒這麼勇敢地提問，連牧師也笑瘋了，用絨布使勁擦著眼鏡片。

神愛世人，他指示亞當夏娃生養眾多，遍滿全地，憑什麼不給他們解決住房呢？伊甸園裡人人有房，為什麼子孫後代住不起房呢？這不合理，不公平。雨生想不通人為什麼要把嚴肅的問題當作笑話。他以前始終下不了決心自己搞定房子。他老大不小了，在這個城市裡混吃混喝，混上了一份穩定工作，在一個大嘴巴大肚子的老闆手下，給初中語文編寫教輔材料，每天碼字，各類漢字大小不等肥瘦各異，撐不死，也吃不飽，卻無論如何碼不出房子來。而老媽和未來丈母娘家都靠不上。雨生想房子是想瘋了，不是為了娶老婆，但無論怎麼瘋也買不起房子。即使在偏遠地方，比如，嘉善，昆山……

他回到浦東的出租屋，被老媽拽著去散步。屋裡太小，老媽忍不住老是往外竄。她在老公肺癌去世後，養成了不願一個人散步的習慣。她風風火火賣掉老家房子，突然搬來上海，說是照料獨生子，雨生不樂意，但很快投降，畢竟母親拿退休金來貼補他租房開支，其實際意義超過了不方便。雨生媽如同每週去教堂做禮拜一樣，每隔一天履行遛自家單身狗的神聖儀式。她在前，雨生在後，她不能再牽著兒子走。不過，每次她總能以各種方法從鄰居如何如何開頭講起。諸如，斜對門那個神秘女郎，白天睡覺，晚上出門，身上灑得香噴噴，大腿上紋了一朵玫瑰；樓上夜夜開夜車背豬玀的中年禿頂老師，攙著小女生的手走下樓梯，一路晃著手電筒；隔壁阿婆的小兒子輟學在家，不去好好上班，拿報紙包著管制刀具去找一班小兄弟拉場子……如同一篇秘書寫的領導工作總結報告那樣冗長而費解，老媽總要以什麼時候買新房子結婚來收尾，並闡明預備財禮多少多少。雨生的腦子被灌滿五萬元每平米，十萬元每平米，容積率，建築面積等等一連串阿拉伯數字……末了，他忍無可忍道：你那點錢存在銀行最後連塊墓地也買不到。

每到這個橋段，老媽都要掏出手絹抹眼淚，哭訴說都是廢柴命不好，沒辦法呀，我們從小生下來就是三年自然災害，要讀書了，就搞文化大革命；要工作了，來一個上山下鄉；有家庭有孩子了，驚死人下崗了；人老了快死了，要把我們拆遷到鄉下去……

雨生得空溜了，他曉得再往下是老媽的死穴。她死也不會動用賣房款。那是棺材本。

他給小娟打手機，對方不在服務區。他知道自己四體不勤，但頭腦還算正常。就算是發夢，他也想搞到一套房，無論在哪裡，廉價房，因為他實在買不起，也供不起。他跳上公車，到站下來，就走到了伊恩的樓底下，似乎聽見了樓上面伊恩一歲兒子的哭鬧，他站住，打消了上樓的念頭。伊恩變了，其實是伊恩的生活變了，結婚生子，變正常人以後，漸漸就不與他這樣的單身狗來往了。伊恩很忙，但就算伊恩願意抽時間陪他，他們可以聊什麼？無可否認，伊恩是資產階級了。他在這個資本主義氣味最濃的大城市裡面有一份白領高收入，去年在雙方老人的資助下還買下了一套中環線的二手房（雖然得綁定餘生來還債）。雨生尤其不願與伊恩談論美丹的洋房，就算對方守口如瓶。

福建老鄉圈子裡，從來沒有秘密。雨生就這麼走過伊恩家，在街頭一直走下去。腦子仿佛也有雙看不見的腳在亂糟糟地走。大上海呀大上海，象他老家一樣，變得越來越象一個大建築工地，象點樣的小弄堂小街坊沒幾個剩下，古鎮老街大多是造假。他坐在一條挖開的馬路邊，看著民工們從大地黑洞洞的腹腔裡往外掏內臟，他想這些人裡面有多少是自己的老鄉，有多少人象他一樣汗水濕透了內衣，幹上三輩子也無法在這個城市裡擁有一個自己的窩。

一個穿裙褲的小鬍子男人在他身邊站住，撥弄手機，來回拿眼瞟他。雨生站起坐下好多次，後腰很不舒服，彷佛被什麼銳物撞了一下，卻不曉得如何才能減輕痛楚，耳朵裡又聽見了老家房子吱吱嘎嘎的扭動聲響，他不曉得那是不是幻聽。

他在街頭拐彎繞圈，浦東的馬路太寬太直，跟浦西相去甚遠，閒逛不得不變成暴走。怎麼市政設計師跟小娟一樣越來越沒想像力呢？他曾怪小娟為什麼不能把他想像成合適她的老公，她的終生飯票，小娟哈哈大笑。她說她真的缺乏想像力。她為什麼一定要把自己想像成他的終生房奴，終生性奴？那些字眼脫口而出，她的臉一點兒不紅，彷佛在說晚飯吃白菜豆腐一樣。有一件事情他始終想不明白，是老媽看中小娟，還是他自己喜歡上小娟。老媽退休後的樂趣仿佛僅剩下如何調理兒子的樂趣。他每次與小娟約會，好象都是為了完成媽交給的某種特務活動。特務活動都有一個清楚的目標，但雨生始終弄不清楚：與他接頭的人似乎總是抱著不同的目標。他知道一個人安身立命，需要有個伴兒，以免淹沒在茫茫人海裡；同鄉小娟適時出現了，喜歡未必，談得來而已。關鍵是年齡合適、長相中上的女同鄉並不好找。找到了，也未必看得上一個編教輔材料騙學生家長錢的窮小子。

下一個主日，雨生來教堂聽道。眼鏡牧師把證道講完，把雨生叫醒，拉到一個角落裡，悄悄對他說，他回來了，你找他去。什麼？房子呀。在上海的同鄉圈子裡，誰都知道那個他是誰。他是福建人民的驕傲，在海外混的福建人中還沒有哪個人能那麼厲害那麼有名。那個人其實本人沒來，來的是那個人的拍檔老白頭。牧師有沒有學問不知道，不過牧師不撒謊。老白頭來了，等於那個人回來了。那麼多年，都是如此。雨生沒跟老媽說，也沒回家，出了教堂，直接去找老白頭。

老白頭每次來國內都是衣錦回鄉。找他來的鄉裡鄉親排隊請他吃飯，飯後又一起滿了一整間軒敞的套房，在五星級大酒店裡，老白頭身形高大，少年白頭，老了便添了威嚴，他象一個真正的成功人士，宣講個人海外奮鬥經歷，再介紹陽叔是成功者裡的領袖，及時引入美丹島的歷史沿革與開發展望，每一段都是可圈可點，滿血勵志，讓老鄉們最感振奮的事是他帶來一個驚人的消好息：如果成功移民美丹，陽叔出資，送一幢洋房，保你全家安心在美丹島紮根，共同建設一個富裕幸福的新美丹。三個小時，天花亂墜，老白頭面色淡定，唇線緊繃，端著一杯大紅袍說，如今美丹島持續開發已到第三階段，缺的不再是資金技術或旅遊訂單，而是人才。擁有人才，才擁有未來。只要你是大學本科畢業，面試通過，移民美丹島，連外語也不作要求，一律送一套海濱洋房。陽叔說的，說話算數。

雨生走前，老白頭私下裡對他說，我老白頭就算連屌毛白了也沒本事送你們房子，這事全靠陽叔。不信你去問你媽。

老白頭沒什麼文化，但多年超凡歷練和勤奮好學使他深明事理，他雙目炯炯，壓低聲音，特意叮囑他別告訴外人。

雨生回家去一說，老媽愣了一下，雙眼一瞪：外國的天上掉下一幢大別墅？陽叔送的。老白頭說的，雨生說，老白頭酒喝多了，沒准胡謅。

他還沒反應過來，老媽突然間一巴掌落在雨生頭頂：糊塗！要是這事真是陽叔說的，那你必須信他。陽叔不騙人。

雨生倒是來了興趣。他弄不懂老媽為什麼媽一百八十度大轉彎，堅定地支持兒子離鄉背井。她說，傻小子，跟著陽叔走，肯定不會錯。她又說陽叔年輕時是個破落戶沒錯，她還借錢幫襯過他，陽叔不會坑自己人。

她拿上半隻大饅頭，一邊掰開沾著沙茶醬吃，一邊搜腸刮肚，把想得起來的關於陽叔的事也串起來，抹上醬料，烤得香噴噴的。雨生當然寧願去吃小娟室友阿蓮的烤肉串，但他那回卻好好坐著，耐心地弄懂了老媽肚子裡的故事。說是陽叔出生孤寒，十五歲離開家鄉，下南洋淘金，再轉去紐西蘭，最後落腳在南太平洋的一個無名小島。當年日本鬼子占了中國和南洋，挺著刺刀埋頭南進，也沒到得了那裡，那才真是天涯海角，南太平洋的一顆無價珍珠。陽叔一個人赤手空拳，大半輩子披荊斬棘，篳路藍縷，硬生生做了當地土人部落的外族酋長，據說至今還是南太平洋唯一一位華裔酋長。陽叔發財後大發善心，回饋社會，修公路，建機場，辦學校，開醫院，還介入政治，先當議員，後協助政府組閣，積極參政議政，大力發展旅遊，採礦和橡膠業，不斷引入海外華商華資，終於把一座美丹島舊貌換新顏，開發成海外人間樂土。雨生媽特別強調從老家出來混的的人裡面，就屬陽叔最了不起，一個人赤手空拳，愣是在海外占了一塊領土，做了一個真正的島主。中國與美丹外交關係發展得挺不錯，幫助美丹把美帝國主義和澳洲殖民勢力從島上清除乾淨。

饅頭吃完，講完國際形勢，老媽扳著手指引申到國內緊迫問題：你和小娟的事該辦了，看她一個人在大上海闖蕩不容易，相中她的人家還不少，你一個大男人，不能落後，她老家說讓咱們給買個房安個巢，就安在陽叔的那個島上怎麼樣？

雨生依然是一副愛理不理的樣子，依然像是神經麻痹，雙耳道先天性封閉。

老媽到廚房裡轉一圈，拿著菜刀和一把韭菜出來。雨生早不見了，只剩下她自己一個人在自言自語：天上掉別墅，真的假的？

第三章　華人優先

雨生睜開眼睛的時候，他的頭被車顛得撞到了車頂。

弗蘭克還握著方向盤看著前方，說先去買點生活用品，如果你不累。

後座上一點兒生息也沒有，雨生以為老白頭也睡著了，回頭一看，老白頭不見了，不知何時他已經下車走了。老白頭看上去就是一個神秘人物。

美丹最大的八哩（Eight Miles）購物中心是一個高牆鐵絲網圍起來的三層樓商場，與中國同類相比，頂多稱得上樸素無華。如果不是太平洋吹來的救命海風，正午的豔陽差不多天天要把購物中心的波紋板牆體搞成超級鐵板燒。鏽跡斑斑的灰色大鐵門兩側立著十來米高的白色崗樓，頂上戴著草帽樣的茅草頂，左右崗樓上各有一個保安斜挎著自動步槍，倚靠在欄杆上，掃視崗樓下進進出出的顧客，偶爾，崗樓上一個煙蒂拋下來，底下爆發出幾聲叫罵。

購物中心屋頂上的巨大天堂鳥像是雨生認為最雄偉的島上建築。底樓入口處架設一個同樣巨型的安檢探測儀，十來個穿土黃色制服的保安揮舞著警棍，吆喝驅趕顧客通過安檢。一個胖胖的黑女人身上象粽子似的裹著塊大花布，走得稍慢，一個黑人保安敏捷地伸手，在她門扇一樣的大屁股上摸了兩下，用土語嘀咕了一句，四周爆發出熱烘烘的笑，剛走過去同樣被摸了胸和屁股的七八個男女回頭絡繹趕上笑潮。

雨生掩飾不住失望與無聊，跟著弗蘭克，繞開安檢探測儀，從拐角後面的一個隱蔽電梯進入商場。他在一間小旅館睡過一覺，算是倒時差，弗蘭克按老白頭吩咐特意把他帶來熟悉風土民情，因此雨生繼續有行走在火星地面上的錯覺。

三菱電梯標著中國產，明顯缺乏保養，嘰嘰嘎嘎，一陣亂響亂抖。電梯門好象也不給客人面子，不能完全敞開，電梯女工沒耐心，把門哐當一聲踢開。迎面冷不防，雨生看見一個大紅橫幅，心裡頓時熱情激蕩，橫幅上寫著中英雙語：歡迎中國朋友光臨美丹第一購物中心！

弗蘭克從墨鏡片後面研究著他，手指撚著大花短袖襯衫胸片，扇著涼風告訴他曾幾何時美丹島形成了風俗：土人走安檢通道，而外國人等等上等人，走免檢電梯。雨生的細頭頸象鴨脖子般伸長，張嘴想說什麼，咽了半天唾沫，還是咽了回去，他在商場內隨便轉一圈，什麼也沒買。

弗蘭克斜了他一眼：不奇怪，這裡比澳洲、紐西蘭都貴。

雨生指著身邊的金髮土著說，他們還染髮，一定收入不少。哎，他們的工資平均能拿多少？

弗蘭克搖頭晃腦地說，美丹人不關心別人的工資。因為在美丹，人人平等，工資多少並不重要。美丹在澳洲殖民者撤退後，一直在建設福利社會，教育免費，醫療免費，房子免費，所以工資無論多少，其實是一樣的。

雨生終於忍不住說，瞧瞧，土人住的是什麼呀？街邊全是簡易板房，有的乾脆就是幾根爛木頭破板子拼起來的棚子，用幾塊破磚壘成灶頭，烤玉米烤番薯烤香蕉……

弗蘭克一怔，斜了他一眼說，這裡一年到頭都是夏天，土人喜歡睡在街上，免費，涼快，而且增加了我們華人的存在感和幸福感。

關於這個島，雨生搞不懂，也不想搞懂。但是，誰天生喜歡睡在大街上？雨生木然地咧咧嘴，掉頭去看貨架上陳列的中國產的鐵鍋，他需要買一個新鍋做飯。

弗蘭克不管雨生臉上何種古怪表情，自顧自轉走過去，與中國雜貨店的老闆娘新娣聊起天。新娣的名字洋氣，卻是一個地道的廣東女人，身材嬌小，臉色黧黑，半世操勞都寫在臉上，但風韻猶存，唯獨走路有點問題，雙手叉腰，一瘸一拐，她嘴上不停，手上也不停，聊著天工夫，接待了好幾批顧客，忙得滿臉是汗，還不忘見縫插針，招呼新島民雨生。

新娣很能幹，一個人來本地開店，老公還留在國內照顧小孩子和老人。她告訴雨生美丹島離澳洲近，原屬澳洲海外殖民地，七十年代獨立後，澳洲白人殖民者撤離，華人填補空白，一時之間，澳洲，紐西蘭，臺灣，香港，美國，新加坡，馬來西亞，印尼，汶萊等等來自世界的華人蜂擁而至，最近一波移民狂潮來自中國，陽叔就是其中佼佼者，華人勤勞節儉，腦筋靈活，華裔勢力沒多久就控制了島上的資源和經濟，乃至政治。在島上，黃種人的膚色比白人更尊貴，處處享受特權，建立了比租界還租界的黃種人高尚住宅區。象新娣那樣做生意的華人一般聚居在高尚住宅區，圍牆上都圈著鐵絲網，架著高壓電線。黑人雖然不服氣，卻忍氣吞聲，只得黑吃黑，找自己人麻煩。

雨生說，老輩人說日本鬼子侵略中國就是這樣，建隔離區，搞清鄉。說完，自己也覺得不像說笑話。

新娣不生氣，反而發笑說，要不怎麼土人背地裡也叫咱們中華鬼子耶。不過，美丹人從小就受良好教育，他們都明白一個道理，美丹與中國是朋友！

說著，她用手揉著腰，做出難受狀。雨生覺得奇怪，剛想打聽，被人打斷，弗蘭克說別打擾新娣，她生意好忙。新娣有些尷尬，解釋說店裡太忙，她剛從中國回來，想休息也休不成。

弗蘭克補充說新娣是回國動手術的。

後面有人扯了扯雨生的襯衫下擺，雨生回頭一看，一個黑人紋身青年，衣衫襤褸，戴著一頂破貝雷帽，手持一隻搪瓷缸子乞討。雨生不理，可那黑人青年很堅持，雨生心一軟，摸出吃剩下的半包餅乾扔到他缸子裡。黑人急急往嘴裡塞碎餅乾，朝他微笑，露出潔白的牙齒，下巴上沾滿餅乾屑。搪瓷缸子上印著大紅色漢字：為人民服務。

雨生突然發現黑人胳膊上的刺青很眼熟，像是一隻老鷹的雙翼。他的目光與黑人青年刀對刀槍對槍對上了，他不由打了一個寒戰，他認出了那雙特別亮的眼睛。他記得登陸美丹第一天，在機場路上領教過這個人和他的槍。這蜂腰猿背的健美黑色身體上一定爬滿了那只怪鳥的紋身，彼時他已經知道那是僅產在美丹島的寶貝神鳥——天堂鳥。

自動扶梯送下來一個五大三粗的絡腮胡警長，黑人警長顯然有備而來，大警棍一擺，指揮身後兩名穿土黃色短袖制服的警員，三五下就把這個為人民服務的黑人乞丐趕出了商場。

新娣嘻嘻笑著，迎上來擁抱警長，看見親人似的，她拉著員警們進鐵柵欄後面她的收銀台，她給每個警員手裡塞了紅包，招呼兩個工人將好幾箱可口可樂送到外面警車上。

絡腮胡警長離開前，沒忘記很凶地瞪雨生一眼，啪地一口，將血紅的檳榔渣滓吐在地上，幾乎砸到雨生的皮鞋尖。

雨生嚇了一跳，他大感莫名其妙，退到邊上，多嘴了一句：這麼多要飯的？

弗蘭克陰著臉，盯著警長的背影，沒理他。

雨生繼續說，購物中心裡顧客一多半都是華人？土著去哪裡了呢？

弗蘭克不耐煩地說，土人去集市，路邊攤，農場……那裡便宜。

雨生嘖嘖有聲：貧富這麼懸殊？

弗蘭克酸溜溜地說，那都是美國鬼子經濟制裁給害的。

美國？那麼遠？雨生問，美國鬼子為什麼要對付美丹這麼個小島？

弗蘭克嘿嘿笑著說，雨生，別小看美丹，儘管這裡離哪都遠，但在南太平洋的心臟位置，離澳洲和紐西蘭都不遠，具有極高戰略價值，美丹可是中國人民的老朋友！

雨生啥也沒買，實在沒什麼可買。陳列商品是中國製造，但全是中國八十年代的款式和水準，品質乏善可陳。

帕傑羅車裹著熱帶晨風和豔陽一路疾馳，雨生被弗蘭克送到商業區一幢巍峨的船形白色建築物，他的頭上蒸騰起白汽，後背濕了一大片。船形樓宇門口照樣豎著堅固的大鐵門和荷槍實彈的門崗，與眾不同之處在於還豎著巨大的紅得發紫的洛神花圖案，這裡便是美丹島置業集團總部。樓宇裝潢全是仿唐宋風格，挑高大堂裡，一堵九米長大照壁，上書：中國夢。雨生留意到字體儘管歪歪斜斜，署名卻是國內某著名在職官員，名字常見報。

一個銀髮老者坐在鋪滿花梨木護牆板的大辦公室等他。冷氣機轉得嗡嗡響，室內溫度宜人，陳設顯得老舊，牆上掛滿與重要客人會見的照片，最早可追溯到五十年代，照片發黃了，全部照片的中心人物都是陽叔。從照片上看，陽叔年輕時候長著一張相貌平平的中國人面孔，看過即忘的那一種。陽叔的身後總是站著年輕版的老白頭，身材高挑，雄姿英發，但已經滿頭銀絲，嘴唇堅毅地抿成一條直線。

弗蘭克走了。剩下兩人閒聊，喝一種紫紅色的奇怪飲料，加了冰塊，酸酸甜甜，口感不錯。老白頭說，喝了洛神花茶，你是美丹人了！

他今天的表情活絡一些，他聊了幾句，拉著雨生下樓，說是讓他見識見識。

雨生此番見識無異于劉姥姥進大觀園。後院鬱鬱蔥蔥，別有洞天，一個超大的菜園子，裡頭種的作物他大多不認識。陽叔領他過一座中式小木橋，沿著一條潺潺小溪水，拂開垂柳，峰迴路轉，點一隴隴有機植物：紫薯，甜玉米，波羅蜜，椰子，榴槤，火龍果，鳳梨，青菜，蒜苗，番茄，長豇豆……各種應時蔬菜瓜果，一應俱全。外加一百多隻雞鴨吵吵嚷嚷，大鐵籠子裡還有兩隻猴子吱吱地打招呼。

老白頭梳理著白髮，仰天細細瞅著日頭，口裡數著一二三，仿佛美丹的上空出現了三個太陽，他感歎說陽叔那人就是會來事。創業那會兒，最愁吃不到新鮮蔬菜，島上雖然不缺瓜果，可土人不事種植，不吃蔬菜，打獵釣魚，最多就是烤番薯。所以，陽叔特意從國內引進種子，為集團公司員工種植有機食物，如今幾十年過去，這裡已變成集團特供餐廳菜籃子的超級農場。

談笑間，喵喵聲乍起，冒出來三四隻小花貓，管理園子的幾個黃卷髮土人，穿著置業集團白制服，送來幾枚雞蛋大小黃燦燦的果子。老白頭示範性地剝開一隻，拈著白色汁水四溢的果肉，說快吃快吃，黃金果，討個口彩！

雨生打聽當地土著的工資。老白頭比較實誠，沒有背誦標準答案，他說公司所雇土人一周收入一般在二三百基那[11]。

雨生聽了吐舌頭：這麼低，還染髮？

老白頭笑了：他們有錢染髮？都是天生的黃頭髮。

與澳洲人、歐洲人混血嗎？

[11] 美丹島貨幣單位，一元基納約等於兩元人民幣。

不是與白人混血。金髮黑人，除了這裡，全世界你都見不到，非洲也見不到。美蘭尼西亞土著很特別，他們部落裡不少人天生黃頭髮，比例還相當高。

雨生隨即感歎：看土著住得那麼簡陋，吃得那麼糟糕，收入那麼低，怎麼活？

老白頭搖頭說NO，上帝是偏心的。最優待美丹島，地下有玉米番薯，樹上有香蕉椰子，山裡有鳥獸野味，海裡魚蝦蟹貝，一樣都不缺，不種不收，只要伸伸手，往肚子裡填。

雨生哦了一聲：白叔，你信教吧？

老白頭搖搖頭，笑著說，信什麼都不管用，這裡生活很簡單，只有一條，信陽叔！

兩人對視大笑，把黃金果統統塞進肚子。鐵籠子裡兩隻小猴子長尾巴卷在樹杈上，好奇心驅使它們研究籠外一老一少的人類幸福感為什麼那麼強。笑聲引來柳樹上的三四隻鸚鵡看熱鬧，一隻長著碩大鳥喙和圓眼睛的怪鳥，邁著老闆步子，大搖大擺走來，鳥喙竟然與腦袋高度一致，長度超過一半體長，嘎地大叫一聲，聲音激烈，好象見不得人間過多的幸福。

雨生差點跳起來：天堂鳥！

老白頭無聲地大笑，咧開的大嘴巴很象這只大嘴巴鳥。這是犀嘴鳥！

天堂鳥在哪裡？雨生說，看見天堂鳥的人就找到幸福了，真的假的？

雨生問得天真，老白頭現在不那麼神秘了，以一種智者才有的親切眼光看著他，過了一會兒，從褲兜裡掏出一樣東西，鄭重交到他手裡說，中國夢在這裡！

雨生小心地撫摸掌心裡的銀色鑰匙。金屬質地像幸福那樣沉甸甸的，生硬，硌手，串著一個銅牌，刻著美丹置業集團的標誌，一束盛開的紫紅色洛神花，簡直就是救苦救難觀世音賜予的楊柳枝。

園子外頭，沿著圍牆開滿了作飛翔姿態的洛神花，一眼望去，看不到翅膀，卻能聽見紅紅綠綠的鳴叫，煞是熱鬧。

第四章　有敵人才有朋友

Covid-19疫情雖然在全球引發一波大恐慌，但在美丹閒散慣了的島民中間最多只是造成了一種形式封城。教堂實施了洗手消毒和社交距離等安全措施，期間，教堂晚餐照例只有我、李約拿和米隆三人，由約拿下廚做飯。米隆是東馬來的小夥子，個子高，膚色蒼白，相貌清秀，嘴角總是掛著淺淺的笑，他是李主任的助理。我來後不久，他們倆就鬧彆扭，比如，主日敬拜是實體還是虛擬上意見相左，但兩人在我面前都還和氣。約拿在背後對我嘮叨說米隆對事工配合不給力，但米隆在背後卻不埋怨李主任，以致於約拿總說米隆很酷。我不懂他是什麼意思。米隆的胃一點也不酷，聞到薩拉米辣香腸的氣味就冒酸水。

晚飯後，我與李約拿主任照例開始美丹特色的散步，在教堂大鐵門內轉圈子。米隆露了下臉，回房間忙他的去了，約拿看著我說，還有什麼呢，這個年紀，除了戀愛還有什麼呢。

這提醒了我眼前的李約拿始終是單身，他像保羅那樣持守單身主義，全身心奉獻給上帝。散步按例不能跨出華頌堂教會的鋼制大移門，我們只在小操場上繞圈子。每轉一圈，眺望碎石路北頭的社區大門口，那裡有不少拿著武器的黑人警衛，熱帶小島上暑氣退卻，天黑後除了影影綽綽的立交橋龐大黑影以外，什麼也看不見。路南頭是鱗次櫛比各式小洋房，住家都是華人，來自世界各地的華人。教堂所在是一個標準的高尚華埠，叫做巴黎社區。如果是在白晝，你會驚訝于南太平洋三月的蒼穹，乾淨得纖塵不染，不見一絲雲絮，路邊密密麻麻的花萼組成的紫紅色雲彩。約拿會不厭其煩告訴我那些奇怪的紅花產於印度，經沙撈越來的早期拓荒華人移栽到島上，由於陽叔的大力提倡，洛神花宛如華人移民在島上四處開花，遍及全島。

來美丹之前，我從澳洲福建同鄉會早聽說了傳奇英雄陽叔，據說他建了一個伊甸園在南太平洋，那裡是一個華人的天堂，全是華人當家作主，華人設租界搞殖民地，白人說了不算，美國佬靠邊站。難以置信的是現在我就住在這個華裔伊甸園裡。腳下踩著的孤獨土地，就是這個開滿了洛神花的神奇小島。

我們計畫繞教會操場走十圈，結果走了三十圈。故事講不完，我一再請求他走下去。約拿只是笑笑。他說雨生在交割房子的路上不停搓著雙手。雨生自始至終都有點懷疑陽叔其人，然而，他的擔心終於被證明為小人之心。陽叔的承諾兌現順利得出奇。陽叔不騙人，房子是實實在在的。一幢白牆紅瓦法式房子，三室兩廳，雙車庫，雙浴室，前後花園遍佈綠植，草坪間鋪著細膩的白砂。

弗蘭克不辭辛勞用帕傑羅送他，然後他坐計程車離開。走前他扔下一串車鑰匙：陽叔讓我告訴說你熟悉環境要有一段時間，車子先開著。記著別一個人上街買東西，無論白天黑夜，別一個人沒事閒逛。起碼要找個伴兒同行。

陽叔的房子憑良心說話，品質不錯，按美丹標準也許是最高的，位於成片開發的一個住宅社區內，地點有點偏，但離海不遠，推開法式格子長窗，觸目皆是陽叔造的嶄新的白色別墅，點綴在綠油油草地間，遠處深黑色峭壁下露出海灣的一角，耳邊傳來潮音的拍手歡呼。

雨生用充值卡給國內通了微信視頻，他連連叫著：聽見了嗎、聽見了嗎？聽見什麼？老媽和小娟的耳朵都貼得手機死死的。伊恩讚美說他眼珠子快掉在地上了，可惜老婆孩子不放，否則他立馬買機票飛過來。有些聲音他們都聽不見，此時此刻，雨生正在聽，他聽白色洋房的表白，那種語言不同于海浪拍擊岩岸，也不同海風穿過峭壁，那是來自房子結構內部的深沉的歌唱。

視頻匆匆結束，雨生心疼不已。島上電話和網路太貴了，新買的充值卡兩次用完了。據說美丹島最大的通訊公司也是陽叔的。美丹島真是個奇怪的地方，貧窮落後卻負擔著高昂物價，看來陽叔免費送房子也是一種賺錢的門道。

第二天起床，已經是正午，日光生猛異常，冷氣機特別響。雨生發現自己的房門上居然裝了兩把門鎖。他開鎖費了些時間，昨天沒注意，外面竟然還有兩道不同式樣的防盜門，估計是交房標配。他走到長長的回廊上，社區裡兩個穿制服的警衛牽著一條大狼狗巡邏，其中一個黑人大個子露出雪白的牙齒，朝他摘下帽子舉起警棍。他是社區保安隊長。

雨生從保安隊長那裡證實了弗蘭克的建議：不單獨上街。

他站在車道，欣賞隔壁鄰居花園裡洛神花開得火紅，一個戴草帽的華人在指揮黑人用水管子澆水，因而發現了他，用中文沖著他大喊，把他著實嚇了一大跳。他想告訴草帽他不養什麼草狗，但馬上明白自己聽錯了。

雨生很高興找到了伴兒鄰居張博士，一個紅臉大漢戴眼鏡，穿著得體，住隔壁與雨生一模一樣的白房子。說是研究國學的，雨生很快搞清楚，博士打招呼說的不是草狗，而是一句有學問的古話：天地不仁，以萬物為芻狗。博士說在美丹島，就數華人陽叔有仁心。雨生連連點頭稱是，心悅誠服。

張博士是一個快樂的單身漢，他在抵達美丹第三天拿到房子鑰匙。如今博士家裡用了三個黑人，都住在他的後院，在一個舊海運集裝箱開了窗當住房，其中一個黑人老頭看門，一對黑人中年夫妻替他管家，男的給他開車，女的做飯洗衣刷碗。看來這是本地華人生活的標配。張博士熱心豪爽，主動陪他開通水電煤氣，去銀行開戶，買保險，付上網費，去車行看新車，修剪園藝，教導他白天如何把窗簾布統統拉上，遮得嚴嚴實實，防止外人窺視。

博士笑嘻嘻地說除了想家、想刀削麵以外，什麼都好，陽叔還解決了他的工作問題，他就在島上唯一一所大學上課。那也是陽叔大力投資的高等教育機構，中英雙語教學。

雨生說他也想在美丹找份工作，但學歷不高。

博士說工作不用擔心，在陽叔開發治理下的美丹島，生活有保障！咱們雖然有敵人，但咱們也有堅強後盾！

敵人？

對，有敵人才有朋友！咱們必然需要一個強大的敵人，那就是美國！我準備向陽叔和美丹議會政府提議，咱們不用美丹這個名字，改名為中丹。

重擔？

中丹，中國的中。與美國劃清界限。美丹的飛速發展，沒有中國的大力支持怎麼成，小小一個南太平洋島嶼，離什麼地方都是十萬八千里，如何持續發展呢？還是陽叔從中國爭取到的援助（雨生猜得不錯）。陽叔是首功。中國大力支持美丹，美帝國主義就眼紅，他們也想在南太平洋的心臟插一腳，但咱們陽叔說了，海外赤子，生是中國人，死是中國鬼。我們海外華人熱愛偉大的祖國，這就是美丹持續發展的生命線！

博士的宣言使雨生覺得過去幾十年簡直白活了，鄰居張博士好有學問，好有激情，他首次發現海外華人比國人更富愛國心。

在屬於自己的房子裡，雨生睡得很香，做了一個美夢，夢見漫山遍野開滿了那種叫做洛神花的綠葉紅花，小娟坐在一幢電影裡常見到的爬滿長春藤的三層紅磚洋房門前臺階上，雨生坐在小娟身邊，眼眶濕乎乎，頭暈目眩，他頭一次沒有在半夜醒來就聽見了房子的聲音，地基和樑柱之間傳出的呼吸很沉穩，很莊重，像是已經誕生成長了數十年一樣。雨生終於算是一個有產人士了，哪怕是在一個天涯海角的島嶼上，破天荒頭一遭睡在了自己名下的房子裡面。他把唇貼上小娟的臉頰，卻聽得她悠悠地說，感謝陽叔。

此時，他發現自己和小娟是在小娟阿蓮合租的舊公寓裡，小娟低頭看手機，阿蓮不在，小娟見了興沖沖的雨生，劈頭扔給他一句反問話：你這人要不要自力更生做一番事業？

做會計的小娟老以為能算清他的路數，雨生於是連連點頭，玻璃窗沾滿雨跡，仍然可以映出自己傻傻的笑臉。小娟的微笑很嫵媚，露出了牙齦，她把手機遞給他。螢幕上百度搜索到的就是美丹。雨生學業再不濟，作為一個野雞大專畢業生，混畢業，混就業，他從沒認真思考過什麼事業呀前途呀，就算小娟不嫁，他也不太愁，過舒服日子就成。但過舒服日子的前提好歹得有一套房子，他事先也在網上搜過，真有送房子那麼一回事。美丹是南太平洋美蘭尼西亞群島中的一個小島，處於波利尼西亞和所羅門群島之間，面積很小，但盛產香蕉蔗糖，礦產林業資源豐富，風光旖旎，氣候溫和，作為旅遊勝地不遜於大溪地。

他想起自己晚飯也不吃就來找小娟，她卻老早把他當成了他老媽派來的特務。她用什麼都老早知道了的口氣敲打他：美丹島的介紹，你都看了？

雨生嗯了一聲。

是不是漏了關鍵的一句話？

雨生被兜頭澆了一桶來自南極洲的冰水，他不斷擼著額前的一縷染黃的頭髮，仿佛擼去發間冰茬子。

小娟念完一段心靈雞湯臺詞，換成老師角色說，雨生同學，你知不知道，該島治安狀況極差。美丹據說是世界上最不安全的遊行地點，請注意，沒有之一。

看來她不是見過老白頭，就是做過調查。她的手指飛快地在手機螢幕上移動。她說幾年前一件震驚全球的遊客慘案。兩個年輕美國背包客，一對金童玉女，上了島，進原始森林探險，還雇了土著嚮導，沒想到遇上食人部落，金童被土著擊斃，砍下首級，肢解烹煮食用；玉女則被綁在樹上輪奸好幾天，救出來後就瘋了，玉女的弟弟也瘋了。她說真的全瘋了。

雨生鼻子裡灌滿不知名某種打折促銷的洗髮香波味，一臉胡茬子蹭著小娟細嫩的臉蛋和平胸，手指在她背後摩挲著彈性運動內衣的模糊輪廓。他記不得替該內衣上電視做廣告的那個女明星叫什麼，反正這個偉大時代裡她們都長同一張尖下頦狐狸臉，都不俱備小娟的圓下巴。小娟撥開雨生的鹹豬手，她說阿蓮快下班回來，鄭重地告誡說雨生同學，房子雖好，但是有代價的。別聽你媽那代人胡謅，美丹不能去！

話不投機，雨生快快不樂提前走了。

不久以後，美丹島的面試官遠道來滬，由一名美丹籍律師陪同，雨生參加了面試。陽叔非但是一名成功的華裔富商，且與美丹議會和移民部交情匪淺。事情變得極其簡單，雨生沒費周折通過了面試。他抹著額頭冷汗，他使用了偽造的本科文憑、成績單和推薦信。兩個月不到，弗蘭克經港來滬，送來了雨生的中國護照，上面貼了一張金黃色的防偽水印簽證，蓋了一隻大鳥的黑色印戳，象鳳凰，也象老鷹，在眼睛後面長著兩根羊齒狀旗羽，猶如京劇中武將腦後拖著的兩根長長的雉尾，威風凜凜，如假包換。

雨生來到上班的寫字樓，找他那長著一張闊口的老闆請三個月假，老闆把全身裹在軟軟的沙發椅裡面，皺眉眯眼，盯著這個沉悶的下屬，他吸完半支煙，認定雨生就算是跳槽也找不上好單位，他答應一個月假期，准他回一次福建老家。一個月就一個月，雨生橫下一條心，他要做一番事業，給老闆瞧一瞧，這次走得比老家遠多了去。

那天，他去小娟的住所烤肉串。主廚阿蓮是新疆知青子女，拿手的就是做一桌子新疆菜款待朋友。雨生準備大吃一頓慶祝一下。但小娟一聽他拿到移民簽證就跟他急了，雨生留也不是，走也不是，他瞅著阿蓮的美麗容顏，心想老白頭他們不都是好好的，一根手指也沒少，有陽叔那個華裔大酋長罩著，怕啥——

背後傳來一聲恐怖的尖叫，雨生的腦袋像被一股大力猛然扯回來，一個小娟模樣的姑娘站在洋房的紅色屋頂上，看不清面目，但看得見的是在她背後，黑山似龐大的影子在日頭的壓迫下慢慢移動，漸漸吞沒了她。

第五章　有種老地方來打槍

雨生認出那是他辦理居留身份的地方。美丹市容與海南島一個縣級市差不多，道路房屋和基礎設施落後起碼五十年。最宏偉的建築物不過是一個維多利亞風格的議會大廈，應該是澳洲殖民時期留下的。議會廣場上飄揚著黃黑紅三色國旗。議會大廈僅有十多層高，立面裝飾繁複，仿佛在茫茫大沙漠裡突兀插著一個巨大的房產看板，圍著堡壘般堅固的城牆和雕花大鐵門，四周拉著高高的電網，一隊穿裙子的黑人士兵荷槍實彈在巡邏。

弗蘭克拉開辦公室的窗簾，使雨生可以從總部四樓頂層放眼美丹中心區，一覽無餘。首都的各條主要幹道是從議會大廈呈放射狀出發，或上山，或入海，但你看不到任何店鋪、醫院、銀行和學校。現在雨生已經知道美丹的規矩，店鋪一概隱蔽在路邊的那些大鐵門高牆深院內，凡是裝了鐵門、鐵絲網和防盜柵欄的建築物可能就是商店、銀行、學校或餐館。規模不過蟻穴大小，雨生想非洲內陸的面貌大約不過如此。

雨生冒險一個人上街，跑去置業集團總部，老白頭不在，只有弗蘭克坐鎮，他白襯衫黑西褲，沒有系領帶，敞著懷，曬黑的胸前掛著一個美丹部落喜歡戴的魚形玉石掛件。而這段時間以來，美丹白晝的光和日光燈的協同效應卻把雨生曬白了，冷氣機攪動著門窗縫漏進來的的細沙海風把他生生吹成了魚幹。

弗蘭克看著他的眼光很有意思：你覺得美不美？

雨生不想讓他失望，他說美丹很美，很熱。美得火熱。

弗蘭克糾正說，我是說你的房子。

雨生想了一會兒才說，這裡的別墅與國內不太一樣，像、像集中營。

弗蘭克嗤地一笑：你是想說像監獄吧？

除了沒有足夠的獄卒以外，雨生心裡就是這麼想的。

弗蘭克說晚上可以帶他去見識見識。看雨生一下子沒明白，弗蘭克壞笑著說別看美丹建設比不上中國，但夜店水準卻是世界級的！黑妹皮膚水靈屁股翹，長知識！

雨生推說太累，其實他熱愛婦女，卻愛不上當地土著婦女喝著涼水也長胖的體態。他期期艾艾表示說房子有了，身份也有了，太感謝陽叔了，就是沒工作，心裡沒底。

弗蘭克回答說別著急，陽叔早想到了。夜總會酒吧間那種地方，夜裡全是黑的，只有牙齒白乎乎的，你可能受不了。等陽叔回來吧。你呢，把老婆帶來島上，就不会悶了。

雨生又錯過了。陽叔又不在，似乎永遠在同他躲貓貓。弗蘭克從保險箱裡面取出一本護照，是雨生當時給小娟申請的，上面也貼上了黃燦燦的簽證，蓋著象鳳凰又象老鷹的黑色大鳥印戳。

雨生快快收好護照，總算沒白來。想著回家就跟老媽視頻問一下，他說他想把媽媽接來一起住，可島上物價貴的離譜，再不工作，添一張嘴，難免坐吃山空，無奈他的英語不行，自己外出找工作太難。

弗蘭克有點不高興了：你懷疑陽叔養活不了你們一家？

雨生說不下去了。在島上懷疑陽叔，哪怕只是偶爾想一想，都是一種大罪。

最後，弗蘭克從桌上找出一封金邊請柬，邀請他參加中國領事館舉辦的中秋晚會；移民了，別忘記祖國！

張博士見了雨生也沒忘愛國主義教育。他們聊天的時光裡，屋外儘管陽光如熱帶草木般瘋長，屋內卻依然燈火通明，照得博士的臉紅豔豔的。他們兩人坐在雨生嶄新的廚房裡，喝著同樣紅豔豔的洛神花茶。

天天喝洛神花茶，我們還是中國人，博士說笑著，給他介紹洛神花是一種奇花異草，原產於印度，十六世紀英國引種，十八世紀在歐洲上流社會貴為調味品保健品，但真正將印度花草變為降血壓神藥的是中國人云云。雨生血壓正常，晉身上流社會他也無所謂。他喃喃敘說大白天躲在家裡，不能一個人上街，他的新房子生活好比坐牢。

博士收起笑容說，人在異鄉，安全第一。（雨生在笑），安全有什麼可笑？（雨生不敢笑了）你覺得太悶？上店家、去餐廳，白天、夜晚都在鐵柵欄防盜門後面貓著，你覺得像在做壞事？（博士的臉色喝醉了似的更加緋紅），別忘了咱們得一分為二看問題，土人對我們不滿，甚至可以說是心懷仇恨。因為美丹島獨立以來，華裔移民大量湧入，結果象印尼一樣，土人排華反華暴動發生過好多次了！咱們不少同胞來開店設廠，結果被殺被搶，慘哪！怎麼不會？你看購物中心的水果店老闆阿昌，（博士從手機上找出一個本地新聞），他從馬來西亞來這裡二十來年了，是一個黑白通吃的老土地了，前幾個月他的一家分店還不是給土人燒光了！（博士停頓片刻，以一種過來人的口氣），他們來是沖著賺錢，你們來是沖著房子。

雨生訥訥又說，難怪這裡物價超貴，全都是為了賺更多錢。那博士你不也是沖著房子來的？

博士正色說，我是讀書人，豈能為五斗米折腰？我移民來美丹島，是為了陽叔的華夏理想，中國人百年來的復興夢，咱們華裔受人欺負剝削還不夠嗎，你難道不想為建設一個華人自尊自強當家作主的樂園而奮鬥？你看我每天忙忙碌碌，樂在其中，連談戀愛找老婆的時間都沒有，懂不懂？

雨生慚愧死了，覺得自己特俗特蠢。博士關心雨生老婆什麼時候來，雨聲說只是女朋友，她答應來看看，還不知道能不能留下來。博士說來了就好，伊甸園誰不喜歡。

雨生遲疑著問：博士，我有最後一個問題請教，咱們華人一向勤勞節儉，與世無爭，那些土著們為什麼不喜歡咱們呢？

博士斬釘截鐵地說，這個還不簡單！還不是因為咱們華人有錢嘛。當地土人收入還不如咱們繳水電費的一個零頭，看著咱們在他們老祖宗的地盤上吃香喝辣，開汽車住洋房，還不眼紅，還不動腦筋打土豪分田地，懂不懂？

雨生臨了又提一個問題：黑人要打土豪分田地，他們為什麼不感謝咱們華人給美丹帶來的現代文明呢？

博士站起身，摸著自己鼻子兩翼，沉吟一會兒，拒絕了最後一個問題。他認為這個問題侮辱他的智商。

博士很忙，所以雨生讓保安隊長陪他去了五金店，隊長找人拿來工具，幫他給房子前後門和車庫統一加到每扇門上五把鎖，彈子鎖，密碼鎖，防盜鎖，環形鎖等等，不一而足。雨生拿出錢包給小費，但隊長拒絕了。隊長的黑臉油亮，他扭捏著說他想去中國，請雨生幫忙想想辦法。

雨生倒是愣住了，他在黑人牙膏白的眼睛裡看不出什麼虛偽，中國沒有免費醫療免費教育，人口眾多，競爭慘烈，沒有臉書、推特和穀歌，你為什麼要去中國？黑人隊長就是臉紅了，雨生也發現不了，隊長不好意思地說他在這裡找不到老婆。

雨生說，大哥，我沒老婆就是因為沒房子。沒房子才來移民本島。那大哥你憑什麼認為去中國就會有老婆呢？

隊長很不解地說村裡好幾個朋友得到中國政府資助去中國留學，學費全免，還包女朋友。有的一個月裡換了二十來個中國女朋友，有的帶中國女朋友上酒店開房，女朋友不願意，學校老師會親自來做思想工作。

無疑隊長堅信中國人是真心喜歡黑皮膚，他也不明白為什麼，但他覺得全世界就是中國人最熱愛黑皮膚。這真是一個瘋狂的世界，雨生削尖腦袋來美丹，美丹人則削尖腦袋去中國。雨聲困惑了，他不曉得怎麼說服這個黑隊長他所相信的不是真的。

美丹島上的一切對雨生也不太像是真的。住在與世隔絕的高尚海濱社區不能過分挑剔，因為這裡其實非常安全。他很少見著鄰居張博士。博士實在是一個大忙人。美丹島的時間可以走得很慢，也可以走得飛快。一晃數月過去了，日子過得單調而平凡，雨生覺得是不是身邊這些人有點危言聳聽，或者對陽叔的非凡成就有點嫉妒之心，美丹島並沒有他們說的那麼不安全。不過，一旦想到要去美丹國際機場，他還是發怵起來，眼前老是晃過那個赤膊黑人槍手的紋身。

接小娟那天，適逢島上起颱風，狂風怒號，暴雨如注，整個小島晃晃悠悠，好象一艘小船出沒於海嘯中，隨時要傾覆。首都美丹市到處斷水斷電，美丹內閣總理在電視新聞裡警告民眾偶發性死亡隨時可能發生，但雨生上路了。

他駕弗蘭克的帕傑羅車去機場，車身隨著大風大雨飄來蕩去。半路上拐去八哩購物中心買點火龍果。在商場一樓，他抹著臉上頭上的雨水，看新娣忙著打理那間破爛雜貨店。新娣的雜貨店在阿昌的水果店斜對過，她還沒好利索，插著腰扭著屁股，與黑人顧客討價還價，店裡陳列的商品依然全是中國八十年代的滯銷貨。

水果店老闆阿昌愛管閒事，看雨生瞅著新娣的模樣就嘿嘿發笑，悄悄對著他耳邊說了一句：那一槍打得真准。

阿昌五短身材大鼻頭，滿臉粉刺留下的瘢痕，他自稱是東馬古晉來的，來了二十多年，喜歡家長裡短亂說一氣。雨生常來買水果，也是熟客了，阿昌告訴雨生新娣的確是從國內做完手術回來，不過，她是去國內醫院取出屁股上的子彈頭。雨生拿上水果袋子，腳步忽然站住，他曉得美丹雖然禁槍，但民間藏有不少槍械，而黑市上應有盡有，想要火箭筒也不算離譜。他被阿昌老闆拉到角落裡，把新娣的八卦聽完：也就是數月前，新娣駕車去超市買東西，大包小包才提上車，有人來拉車門，幸虧車門早鎖了，拉不開，就朝車內開了一槍，子彈打穿車門，不偏不倚射入她的屁股，跟著第二槍打碎了車窗玻璃，急得她在車內大叫，陽叔陽叔！那兩個土人扔掉手槍就跑了。

雨生想起博士的話，忍不住問他前幾個月關於燒掉分店的事，阿昌捶胸大歎氣，說何止一家店，二十年裡面他總共被燒被搶四間店！其實他比新娣還倒楣！阿昌繼續嘮叨著：自作孽呀！錢也賺到了，這裡這麼危險，為什麼統統不走呢？

雨生說是呀，走吧走吧。

阿昌臉上的瘢痕由紅變紫，他舉起雙手，豎起兩根食指，朝著外面暴雨狂風的天，神秘地告訴雨生，大清早他看見無數青蛙爬出了池塘，上了公路，他開車留下一路血腥蛙屍。

雨生不解，阿昌說，大災將至，陽叔啊，陽叔還不知道！

雨生脫口而出：管他什麼陽叔陰叔，命最要緊。

說完，他就懊悔。阿昌好象看穿他心思說，陽叔不容易呀。一輩子辛辛苦苦，不為名不為利，為著替華人爭一口氣，在海外建了一個新伊甸園，叫我們大家相信，都來捧場；要是大家都跑了，還有誰會來？指望白人？還是黑人？

事先雨生打聽過好多遍，這回阿昌也證實清楚，去美丹機場自古以來就一條，別無選擇，只有雨生走過得那一條佈滿洞眼的破公路（算是高速公路）。雨生沒找到張博士，弗蘭克也說有事，他只能一個人駕車試一試自己的膽子。他很後悔遇見阿昌，平白無故嚇他一大跳。他在暴雨中惴惴不安經過那個大轉盤，幸好，暴風雨大作的上午，路上車輛稀少，行人連半個鬼影子都沒見到。

雨生慌裡慌張地駕車趕路，他從未走過美丹那樣那樣通暢那樣受罪的機場路。他不知道自己怎麼開到機場的，直到看見小娟。她激動得沖到他懷裡，雨生顧不上渾身是水，把陽叔呀房子呀拋在腦後。

他打手機給弗蘭克道謝，弗蘭克在手機裡的聲音似乎也被大風刮得有點飄忽：這事——簡——單。咱們沒——做什麼，就是找到那個村裡的流氓頭子，告、訴、他，你叫人——在機場路口拿槍打人，陽叔——知道了，咱們、有個朋友某月、某日去機場接老婆——你有種、就派人、早上六點半——再在、老地方來打——槍！

第六章　梵高的黃椅子

僅僅三四個月不見，小娟宛如陽叔菜園子裡的火龍果的大花絢爛開放。雨生手持兩杯紅酒，端著遲遲不給她，隱居了兩個月的欲望猶如無法遏制的颱風，他發癡的神態把小娟的笑靨擠出了水。他剛放下酒杯，急不可待又伸向她的胸前，被小娟笑罵下流，一把打開。雨生把複合木地板踩得咚咚響，他雙手展開做擁抱狀說，我媽微信上說這回要抱孫子了，現在最大的問題——房子問題，解決了！

小娟倒在他的懷抱中說，伊恩來電話你老闆快瘋了，給假一個月，現在都三個月了，他說你再不回去，就不用回去了！

雨生毫不猶豫：去他媽的。

小娟瞪了他一眼又說，你們教會那個牧師，就是那個戴眼鏡呆頭呆腦的牧師，讓我帶口信給你，他一直在為你禱告，說是祈禱上帝，賜給你一幢什麼羅馬的房子。

什麼羅馬騾子，是羅得，羅得的房子。雨生笑著糾正。

那個書呆子牧師說的是什麼意思？

我們得到了伊甸園裡的房子，還不滿意？

小娟像海鷗那樣轻巧地跳出他的擁抱，推開落地門，體態輕盈曼妙，走到後院長條木拼嵌的曬臺上，手指摳在白漆磚牆上，牆面粗糲而扎實，她凝望酒杯狀砂岩海灣的一角，暴雨過去，風勢也減弱了，南半球的天空被大雨清洗過，乾淨得只剩下風的痕跡，她一路上掙扎著的最後一絲疑慮被海灣刮來的風吹散了，峭壁下沙灘四周散置亂草似的斷樹枝，三三兩兩的漁夫和少年正在收拾清理。

雨生從身後抱住小娟柔軟的腰肢，就聽小娟大呼小叫起來：南太平洋的太陽！雨生凝視遠方的海平面，然而，他的眼睛早已習以為常了。

這麼金黃黃的，象黃金，不對，象梵高畫裡臥室那把黃色椅子！她說。

管它哪一把椅子，雨生索性胡說：面朝大海，春暖花開。

俗不可耐呀，雨生同學！

她套著透明絲襪的玉腿宛如剛經過風雨洗礼的美丹島桉樹。他深吸一口氣，不慌不忙，戒驕戒躁，繼續探索前行，終於有所發現，不是粉色彈性胸衣，而是傳統的白色胸罩的蕾絲花邊，她發出含混的笑聲，她把他推開，返身跑入屋裡，邊跑邊說，不行不行，陽叔會知道的。

又是陽叔。這輩子他算是欠他最多了。雨生把心一橫，知道又怎麼樣，他一把抱住她說，伊甸園裡就缺一位夏娃！

他的舌尖在她的口腔裡開始舔舐紅酒的果香。小娟嗯呢一聲，呼吸急促起來。他直接解了皮帶脫褲子，脫去小娟的衣服，就象他在浦東那座老公寓的許多週末做的那樣，小娟的身體成了白赤條條的魚，床軟得出奇，冷氣機大聲呻吟，白晝的燈光投下虛假的陰影。小娟的手臂掛在他的脖子上，重得出奇，雨生的手指慢慢撫弄著她白皙滑膩的髖部，尾椎那裡突然凹陷下去一塊，再往下偏一點，該是那顆子彈嵌入新娣屁股的部位。想到這些，他呻吟一聲，忽然今天就不行了。

四隻車輪一日滾動起來，美丹島會變得非常小。暴雨把天空洗得如漂洗過百次的牛仔布，公路和兩旁的村舍保持著原始風貌，美丹島的樸素之美還是驚到了小娟。

張博士駕車帶著雨生和小娟繞著環島公路不知駛了多久。油棕園，活火山，白沙灘，椰林，果園，潛水俱樂部；壯麗奇偉的懸崖散發出海水的古老氣味；峭壁上的紅頂白色燈塔如同一支巨人的手臂從海裡探出來，高舉著一把鑲紅寶石的匕首；卷髮黑人少年，眼睛閃著與牙齒同樣的白光，三三兩兩在懸崖跳水，動作天然，姿態千奇百怪，卻又矯健優雅。

——你們初來乍到，要多看多學，懂不懂。走地雞為什麼比養殖場雞便宜，因為當地人買雞論個頭。大的貴，小的便宜。咱們華人儘管最有錢，可花的錢還最少。因為咱們吃走地雞，土雞蛋。

張博士對島上風光完全無感。到了土著集市，他蹲下身子，對著一地雞毛卻有學術研究的認真，好象在勘察昨晚發生的養雞場大屠殺現場。

小娟說，土著吃養殖場的雞，養殖場出的大雞蛋。怪不得他們看上去個個都膀大腰圓，卻沒什麼力氣。

雨生不知道說什麼好。博士喜歡來的土人的集市充滿了便宜貨，就是破破爛爛一個大農場，門口卻既無崗樓也無保安，看不到高牆電網，只有稀稀落落的一些樹樁作隔離欄。

張博士走到人頭最擁擠的海鮮櫃台，黑人們自然而然地退開，讓他研究黑板上寫著的當天到貨的魚，博士的眼睛眯成兩條漁線，魚很便宜，帶魚、石斑魚蘇眉魚一律每公斤十二基那。咱們今晚就吃石斑吃蘇眉吧，博士象出論文試題那樣循循善誘地問小娟：別傻站著，土人吃什麼魚，考考你這個大美女？

——帶魚，橡皮魚，蝦……小娟的長髮紮了一條馬尾巴，平凡的五官在海水反射的豔陽下平添了某種閃光魅力。她歪著腦袋，猜了半天都是錯。雨生想難怪三天兩頭看見博士一個人在廚房裡擺弄半人長的石斑魚和腦袋賽過小臉盆的蘇眉魚。當時，他還覺得博士太奢侈。

張博士指著雨生。雨生說我最怕考試。博士來勁了：必答題。雨生說吃螃蟹。

博士得意地宣佈：不，他們不吃新鮮魚，冷凍魚也不吃，他們吃、魚、罐、頭！

雨生的工作至今還沒影子，小娟通過馬來西亞老闆阿昌的介紹，已經在新娣的店裡做上了收銀員。一想到新娣店裡貨架上那些琳琅滿目過期和沒過期的魚罐頭、肉罐頭，小娟誇張地手捂住嘴巴。

博士用下課鈴響起前五分鐘的口吻說，所以陽叔興建了五星級標準的醫院和養老院，當然給華人修的，土人住不起，也用不著，他們平均壽命连五十歲都不到。瞧瞧，美丹島大開發得有多大耐性多大智慧。

雨生難以置信：短壽有智慧？

博士說，別這麼講，陽叔聽到多傷心。

周圍黑人好奇地盯著他們，卻什麼也聽不懂。小娟看著黑人一張張友善的面孔說，陽叔不能對土著好一點嗎？

博士說，在海外建立華人殖民地，華人住租界，土人住土著區，把優質醫療教育生活資源都集中在一起。這是陽叔的智慧，得慢慢地來。文明都有其代價。

小娟有點不屑：像當年帝國主義列強瓜分中國那樣？

博士帶著下課時間早過了的表情說，你錯了。陽叔做了許多慈善，比如，辦了慈善醫院和學校，但建設總是有先來後到，華人優先是我們華裔愛國心的表現。

小娟不服氣：這裡的學校不該教給他們草雞蛋比養殖場雞蛋好的道理嗎？

博士不理睬小娟。他使喚黑人給車上搬石斑蘇眉，他付了錢後，望著周圍黑人豔羨的目光，自言自語說，像我這種讀書人寒窗苦讀數十載，在國內連個廁所都買不起，在美丹獨佔一棟海濱豪宅，做人不能不知足！

博士坐到方向盤後面，看著小娟說，帶你們去議會大廈轉一圈，看看陽叔如何參政議政！

小娟還陷在她自己的思維裡沒出來：萬一陽叔哪一天錯了……

雨生忽然冒出一句：那咱們去找陽叔吧，起碼我們也得感謝他老人家一下。

小娟說是呀，張博士你帶我們去見陽叔吧。

輪到博士沉默了，好一會兒，他才說島上誰能見到陽叔呢。他又說，陽叔身體狀況欠佳，不見生人已經又好多年了。

車內陷入一片沉寂。雨生茫然望著窗外紛紛退避的黑皮膚土著。

博士的藍色馬自達汽車象一把刀切開一條出路，在黑人們的注目禮中駛出集市。

第七章　智慧樹上的果子

米隆選擇的停車地點很方便，就在市區禁停車告示牌下。他接上我和約拿，我們看著他給路邊一個黑人員警懷裡塞了兩罐可口可樂和兩罐啤酒，教會的RAV4隨後在員警的注目禮中緩緩離開。這一幕在首都司空見慣，米隆莞爾一笑。經過市中心一整個街區焦黑的廢墟時，他咳得非常厲害，一邊咳嗽，一邊喝可樂，我與約拿對視一眼。約拿臉上露出厭惡之色。

米隆說，陳牧師，這以前就是鼎鼎有名的八哩購物中心。

我吃驚地望著身邊的約拿，他搓著雙手，點點頭，算是默認這是雨生上島後首先來過的地方。

一大群黑人小孩子手裡攥著石塊，大呼小叫，追著我們的車跑。米隆咬著下唇，腳下加速，無奈這台豐田車是高公里數的二手車，油門簡直無響應。忽然，車前閃出一條人影，差點撞在前玻璃上，一個披頭散髮的亞裔男子被車頭撞翻在地，姿勢很奇怪，衣衫骯髒不堪，我細看，原來他是獨臂。米隆踩了急剎車，等我抓住把手時，李約拿沖米隆大叫：快走。

米隆反應快，猛打方向盤，豐田車急加速雖說不給力，但還是甩脫了。小孩子的石塊追上來，把我們的車頂砸得咚咚響。

我長籲一口氣，問米隆那人不要緊吧，米隆不答。約拿說那是開水果店的阿昌。頓了一頓，他又說，阿昌瘋了。

晚飯後，我們站在操場上，照例米隆沒有加入我們的散步，我看見他臉色灰黃，連連咳嗽，就拿了些從澳洲帶來的感冒藥和蜂膠，米隆說睡一覺就沒事。他消失在自己公寓門口的黑暗中，須臾，他公寓窗簾的縫隙裡漏出昏黃的電燈光。

約拿說，我們已經轉了一星期的圈了，陳牧師有沒有厭了？

我笑著點頭。

他說講講阿昌的事。不過，還得從雨生講起。

小娟使勁把雨生搖醒，嗔怪地打了他一下。他的前胸後背都是水。他知道那是不是汗水，反正枕頭全濕透了。他說又夢見了老家的房子。老屋一根根比大腿還粗的房梁，全是雨生祖父在世時親自架上去的，頭頂正上面的那一根梁裂開了手指寬的人字形縫隙。小時候每晚都睡在黑魆魆的人字縫隙下面。半夜他被嘎嘣一聲驚醒，房梁斷了，一條蛇從縫隙裡遊出來，大雨淋下，老房子吱吱嘎嘎散架了，滿目都是白茫茫的洪水。水面上一根大腿粗細的房梁像一條獨木舟飄過來，上面騎著一個人，眼鏡牧師笑而不語，彷佛觀世音菩薩拿著滴水的楊柳枝，滿臉慈祥，普渡世人。雨生把手比作一個喇叭口喊著，但他發出的聲音太奇怪，好似青蛙的呱呱叫聲，他看見了水面上浮著數也數不清的青蛙，鼓起的大眼睛盯著自己……

小娟說，別編故事嚇唬我，我不上當！

美丹的陽光宛如溶解的奶油汁摻入橄欖油，即便透過厚厚窗簾布，依然黃燦燦，明晃晃，讓他再次覺得天上起碼有三個太陽同時烘烤著這個小島。乳白色窗簾布上若干黑影搖曳，像是外面的洛神花叢在晃動。室外傳來清脆的口哨聲。雨生來不及阻止，小娟已經赤腳下床，拉開窗簾看了一下，去客廳打開前門上的五把鎖頭，再打開兩道鐵門。門外冒出幾個小黑腦袋。小娟的臉紅了。四個黑人小男孩站在屋簷下，一律光著屁股，從小到大，依次排列整齊。他們盯著衣衫不整的小娟過於暴露、過於淺白的皮膚，嘻嘻地笑，用唱歌的調子朝他們喊：快——去——醫院。

福建同鄉會稍後打來電話，請雨生他們一起去醫院探訪水果店阿昌。原來小男孩們不是惡作劇，他們的確是來報信，阿昌出事了。他們駕車載上四個男孩去了醫院。

美丹總醫院住院部外面站著兩人，一個小個子金發黑女人與一個警官堵著門口說話，雨生研究了那個象魚那樣瞪圓眼睛的絡腮胡警官，才意識到對方不是對誰有意見，警長說話習慣喜歡拿大魚眼睛瞪人。金發黑女人蠻漂亮，小巧玲瓏。她把四個男孩拉攏在身邊，讓出門口通道，吩咐小孩們七手八腳拿上同鄉會送來的瓶裝水、文具、中國點心、巧克力和檜木神油等等禮物。絡腮胡警長抱著雙臂，嚼著檳榔，他也分到一些點心和神油，吐掉滿口血紅渣子，帶上兩個手下走了。

室外是陽光燦爛的好天氣，病房內卻是黯淡沉重的另一個世界。阿昌臉色慘白，神情萎靡，斷臂處裹著繃帶紗布，另一隻手時時擦著自己的大鼻頭，把鼻頭擦得通紅。他躺在病床上，實際上也只能活動一隻手，身上插著各種管子，連著儀器，他反復地說一句話：不要難過，一隻手，只不過身體的一個零件。

床前一位衣著得體的少婦連連點頭，抹去眼淚，招呼著雨生小娟，她是阿昌的馬來西亞太太，剛從古晉飛來，就是呀，陽叔保佑，60萬塊養老金總算保住了，代價不過是一個身體零件而已。水果店老闆阿昌斷了一隻手，要回東馬老家去了。她不忘冷靜地承認門外那個面容姣好的土著婦女是阿昌在美丹島的小老婆，四個小黑孩子都是阿昌的骨血，他與黑人老婆的私生子。

雨生看了小娟一眼，意思是說這有什麼稀奇，人一旦有錢，難免幹點別的什麼。小娟回視，你敢。

雨生心裡清楚本島常駐的華人中間，不知多少人都娶了黑人二奶、三奶、四奶，生了一大幫混血小孩，快形成整整一代人了。

福建同鄉會老會長是一位矮小莊嚴的老僑領，滿頭白髮如同雪壓青松，雨生想這才是真正的老白頭呢。老會長富有同情心，他歎氣良久，告訴雨生和小娟慘案經過。數天前，阿昌去銀行取現金，一口氣拿了六十萬基納現金，全裝在一隻黑色垃圾袋裡面，不料剛出門就被人盯上。他機智聰明，反應迅速，沒有直接去停車場取車，而是故意往人多的地方走，七拐八繞，左彎右繞，企圖甩掉身後的尾巴。不料禍不單行，卻被前面小巷裡竄出來的另一個劫匪候個正著，阿昌拼死抵抗，抓著袋子死活不放，那人揮刀砍掉阿昌一條胳膊，搶了錢袋子逃跑，阿昌用盡力氣在昏厥之前喊叫：Uncle Yang！陽叔不會放過你們。那人聽見哆嗦不止，扔下袋子，逃之夭夭。阿昌的手臂總算沒白丟，錢總算保住了。阿昌是一個有良心有擔當的男人。他對非婚生的黑皮膚小孩子不歧視。他負傷殘廢後，把馬來西亞正室叫來，向她坦白一切，求她代為處理在美丹的生意、房產、黑人太太和小孩。

馬來西亞太太的表現通情達理，她拿著手絹輕擦眼睛，她征得同鄉會老會長的支持，從阿昌舍臂保下的六十萬塊現金中取出一部分錢，交給千恩萬謝的土著太太（不久她請她的村子大吃了三天三夜，賽過慶祝部落戰爭勝利的狂歡之夜）。她還大度表示可以將四個黑小孩帶回東馬受教育，但土著太太卻一口謝絕。因為四個小孩不想離開美丹，他們喜歡留在自己的村子裡。

四個黑小孩中的老三喜歡笑起來甜蜜的中國女孩，他扯了扯小娟的衣襟，遞給她一顆奇怪的水果，金黃耀眼，雞蛋大小，皮皺皺的，剝開後，白色果肉酥酥軟軟，惹人喜愛的一股清香。小娟嚼著多汁的果肉，走到病房外面，四個黑小孩歡呼雀躍，跑得沒影了。她問雨生這好吃的果子叫什麼。馬來西亞太太走過來，手裡也拿著一枚同樣的果子。

土著太太用英語插嘴說，伊甸園裡的果子，這是智慧樹上的果子。

雨生不以為然，他覺得土著太迷信，這就是一種俗稱「黃金果」的熱帶水果，在陽叔的伊甸園裡他嘗過。土著太太深深地盯了小娟一眼，攔住正想嘗一嘗得馬來西亞太太說，我同阿昌先生講過不止一遍，不要碰這個惡果子！千萬不可以吃！連摸也不要！吃的那天眼睛雖然亮了，但就要被上帝趕出樂園了。

馬來西亞太太滿臉惶惑。她是永遠不會留在美丹的，阿昌也不該留下，但男人的錯誤早已鑄成，無可挽回。她委婉地將自己的手抽出來。

那只倒楣的黃金果畫出一條漂亮金色弧線，飛入垃圾箱。

回家路上，雨生讓小娟開車練練手。他們已經買了一輛豐田二手RAV4，雨生指揮小娟駕著RAV4笨拙地連過兩個紅燈，車過海邊，眼前一座雄偉的大體育館廢墟似乎快被海水淹沒了，體育館僅僅修了三邊梯形看臺，最後一邊看上去會永遠缺省。小娟隨口問什麼時候修完，雨生罵了一句粗話，搖搖頭說沒錢。小娟白他一眼，好象沒錢全是他的錯。他補充解釋一番，美丹首府市政當局收了華人開發商太多賄賂以至一誤再誤云云，千篇一律的美丹市政設施建設的爛故事。

這也是陽叔的項目嗎？

誰知道呢。在美丹，大項目沒有與陽叔不相關的吧。

小娟突然說，我們是不是去看看陽叔？人家到底白白送了一幢房子給……

到了大路口，亮起紅燈，小絹踩下剎車，RAV4來不及停穩，雨生急忙伸手強拉方向盤：沖過去！

小娟右腳被迫又踩下油門，RAV4風馳電掣地穿紅燈。那麼一秒鐘時間，小娟還是看見了。車窗外，灰扑扑的混凝土天橋下面紮著一個髒兮兮的军绿色大帳篷，帳篷前面滿滿的全是衣衫襤褸的黑人土著，数目有數十人之多人，他們蓬頭垢面，圍著破磚頭壘起的土灶跳舞，神情或悠閒或亢奮，地上亂七八糟，全是空啤酒瓶子和塑膠袋，烤番薯的甜香鑽進車內。

雨生的眼睛一下子瞪到不能再大，他比她看得更清楚，人群中間一個黑卷髮小夥子，眼神像冰錐一樣尖銳，他躺在兩棵樹之間的一張吊床上，著黃色短褲，上身赤裸，紋有一隻酷炫的大鳥圖案，雙翼延伸到兩臂，既象鳳凰，又象老鷹。

雨生前胸後背像被一個大冰錐一下子紮透。

第八章　羅得的房子

半夜裡，我的身體沉淪下去，被類似車胎反復壓癟鋁罐的瘋狂夜聲撕扯著，猛地睜開眼，窗簾縫裡一道銀光飛濺而過；我爬起來，到窗前屏息靜聽，聽見了池塘裡空乏的蛙鳴和水聲；我慢慢拉開雙層窗簾，看見教堂小操場的中央亮如白晝，一個人跪在地上，他雙手合十，我看不見他的臉，但能感覺到他像樹葉那樣輕的顫抖，像暴雨卷過平原般暴烈的祈禱，更奇異的事是他的身邊滿操場佈滿了體型巨大的青蛙，它們一隻隻密密麻麻列著隊環繞著他，都鼓動兩腮有節奏地鳴叫，就是這種瘋狂的蛙聲驚醒了我。等到我打開五道門鎖和防盜門，走到室外，操場上空無一人，空無一物，哪有半隻青蛙，月光如同銀色的塵埃，灑落到水面上。

第二天早起，我沒有見到米隆。教堂門前堆著幾十箱醫用口罩，上面印著眼熟的商標，那是美丹置業捐給教會的抗疫物資。

李約拿說小夥子有點發燒。我說昨晚看見米隆在操場上禱告。看到我擔憂的表情，他說沒事沒事，米隆每天半夜起床向上帝祈禱，只是他也沒想到米隆改到操場中央去禱告。約拿自己也早午餐禁食大半個月了。連我也看出教會出事了。這些天來李主任一直在講故事，故意用輕鬆來淡化教會裡的緊張氣氛。他終於告訴我實情：整個巴黎社區地皮早已被美丹置業集團買下了，除了華頌堂以外。但陽叔再開發巴黎社區的決心已定，他要做的事情從來不可阻擋，華頌堂也不得不被迫搬遷。

難道美丹沒有法律嗎，我問。

約拿搓著他的雙手，良久才說，市政廳歷來給他們撐腰，國會和法院也全是陽叔的朋友。

我說那就去找陽叔求求情吧，都是自己人是不是。

約拿聳了聳肩說，這年頭誰能見到陽叔呢。有時間我們還是祈禱上帝吧。

約拿在禱告後，忍不住又講起了雨生的故事。他告訴我島人見不到陽叔不知有多久了，雖然島上所有華人的生活中心離不開陽叔。小娟一上島就發現了這個問題。小娟在新娣的店裡幫工，顧客不來的空當，她托著兩腮想心事。店主新娣笑她，她就說：這裡的人都講美丹島的寶貝是天堂鳥，見到就會找到幸福，我來了那麼久，就是沒見過！

新娣術後已痊癒，但養成了雙手揉著腰說話的習慣：小姑娘你沒見過，我也沒見過。隨後歎一口氣說，幸福？不容易。在美丹，平安就是福。

新娣雜貨店對面的水果店下著捲簾門，掛著轉租的招牌，小娟問老闆：阿昌全家永遠不回來了？

新娣搖頭說，不知道。阿昌那人，唉，不說了，估計是嚇壞了。

小娟說，因為他失去了一隻胳膊？

新娣說，不全是。去年他的好朋友的事太慘了，在商業區開店的那家上海人全家滅門。你不知道那個上海人也來了十來年了，開麵包店生意非常好。一天夜裡麵包房樓上闖進來七八個黑人，都拿著甘蔗砍刀，上海人一家老少四口全部被砍死，滿屋子是血和殘肢，上海人店主的腦袋到現在還沒找著，那些黑人只有幾把砍刀，上海人手上還有黑市買來的兩把手槍，好幾百發子彈。當時樓下作坊裡一些黑人工人還在做麵包！

看小娟嚇一跳的樣子，新娣把手搭在她肩頭，親昵地說，不要怕！大姐給你實話實說吧，黑人是最講感情的，比華人重情義，你看看咱們店裡幾個黑人工人。那個上海人呢，咱們不是背地裡講壞話，他做老闆門檻太精太精，把黑人當奴隸當牲口，哪象我總是念著黑人店員的好，好吃好喝好住，常常接濟他們，他們就算起壞心，也不會為難一個好東家，你說是吧。

小娟說她和雨生一直想去當面謝謝陽叔，可陽叔像是故意躲起來似的，到現在也沒見過陽叔一面，去置業集團打聽也無下文。陽叔神神秘秘，到底是一個什麼樣的人呢。新娣打發幾個黑人員工去後面倉庫搬貨，自己站到一台電扇前，對著吹了一會兒，神經兮兮地長久望著對面關閉的阿昌水果店。

她說她也沒見過陽叔。小娟問誰見過，新娣說她周圍的人誰都沒見過。雖說雨生事先提醒過在島上處處說話要小心，到底還是忍不住好奇，小娟還是說出她的懷疑：大姐你說陽叔會不會是一個傳說，一個虛構出來的人物。

新娣愣了一下，出店門左右看了一圈，返身才偷偷笑著說，你人小鬼大，剛來這裡就敢這麼想。也難怪你這麼想，這裡許多人都這麼說，不過這全不對。陽叔是大人物，哪能隨便什麼人都見，他肯定不是虛構的，他必須存在，沒有陽叔，就沒有美丹。沒有陽叔，就沒有房子。在美丹，從早晨起床開始，每分鐘都離不開陽叔。陽叔真偉大！

那天，小娟回到那幢陽叔給的漂亮白房子，同雨生拉上窗簾，在燈下默默相對吃晚餐。兩人的膝蓋像往常那樣相抵，腳尖交錯。

雨生握住小娟的手，他喜歡女人柔弱無骨的手，感覺不出任何生活艱辛的痕跡。他說，要不要雇幾個黑人幫忙做家務？

小娟說，你不是想你老媽來嗎？

雨生說，做家務呀，還是黑人好。你沒見博士一個人單身都請了三個黑人照料起居。他還說不夠。你看島上人人家裡都沒有洗衣機洗碗機，都請黑人傭人做，比買機器便宜，還不要維修。

你不怕他們把你家裡搶了，燒了？

我們有什麼好搶的，一沒錢，二不開店。

我懂了，為什麼那麼多人家被搶了，店被燒了，還死活不走。

他們捨不得美丹的房子。

哪裡呀，他們，捨不得做人上人的滋味呀。

小娟不再說話，起身收拾碗筷抹桌子。她雪白的脖子上，一個深綠色魚形掛件閃著玉石深沉的光澤，雨生伸出三根手指，撫摸著美丹部落廣為流行的魚飾品，雕工很粗糙，但造型奇特。誰給你的？小娟低頭說新娣姐，前幾天我看著好看，她就解下來送給我。

雨生哦了一聲：我記得你說過那個上海牧師，他禱告老說要上帝賜給我一幢羅得的房子，你說什麼是羅得的房子？

小娟沒好氣地答，你問我，我問誰。

雨生沒帶上島他老媽要他帶的那本《聖經》，就上網去查閱《聖經》中《創世紀》篇章。半小時後，他對小娟說，我算是搞懂了，從書中看，羅得款待兩位天使，引發所多瑪城內惡人的嫉妒和仇恨，他們企圖加害天使和羅得，天使於是將羅得放在他的房子裡保護起來，迷了那些人的眼睛，叫他們摸不著房門，就沒法進來害人。羅得的房子就是保護好人的房子。上海眼鏡牧師的祈禱有道理，話裡有話呀。

小娟一邊洗碗一邊說，四個小孩子真可憐！在美丹賺了黑人那麼多錢還不夠，那臭男人還占他們的女人。

雨生見她還沒脫離阿昌與土著老婆的世界，就走過去，輕輕拍她的腦袋：羅得的房子再好，最後不是還得離開，對不對？

小娟一甩頭髮：阿昌，活該！

雨生笑了：哪跟哪？我是說羅得。

小娟還是自顧自狠狠地說，我要是阿昌的大老婆，早跟他離了，不，離婚前先把他閹了！

雨生提醒她別忘了她的工作是阿昌熱心介紹的。

我不管，我不管。

雨生打著呵欠，拍打著自己的前額，完了完了，沒法同小娟正常說上話了。他察覺到自己還是十分在意小娟的，是因為身在島上的孤獨呢，還是他上島以來發生的變化，或者是小娟的變化？他不想深究。他打開防盜門，走到屋前車道上，看見隔壁博士的汽車不在。

他披著南半球盛夏的夜露，回首欣賞自己住了幾個月的房子。白色洋房的模糊曲線在海風裡顫抖，他在島上認識的人和事也在風裡漂移，他聽不見房子的歌唱，他將目光投在看不太清楚的房門上，一點兒也不敢挪開。生怕一動，就再也摸不著房門，回不到房子裡，這時候，銀河像冰冷的海水那樣漫過了他頭頂，一隻美丹黑背大喜鵲碰落了樹枝，倒把它自己嚇一跳，叫得像老鴉那樣悽惶。

聖誕節不遠了，這將是他們兩個人第一個夏季聖誕節。

過了幾天，小娟回家較早，見雨生一個人在廚房案板上一刀一刀剁著肉皮。小娟神秘兮兮地說，告訴你一個秘密。

雨生陰著臉，沒言語。

小娟沒注意，反而興致勃勃地問他：知道新娣姐她為什麼屁股上挨槍子嗎？

她一邊大口喝著冰水，一邊說，一聽嚇一跳！

她無意中得知新娣一個人在美丹打拼而把老公和小孩留在廣東是有原因的。新娣早年獨自來美丹做生意，流氓黑道常來惹她麻煩，她不得不去求當地警長幫忙，一來二去兩個人就好上了，讓他國內父母和老公知道了，國內老公逼著要與她離婚，新娣捨不得孩子，就與那警長斷了。（雨生不言語，把案板剁得震天響。）小娟沒察覺，她繼續說那個黑人警長一臉絡腮胡，大魚眼睛，雨生也見過，警長放不過新娣姐，一直纏著她，後來就發生了派黑道跟蹤她拿槍打她的事，這案子永遠破不了。也許警長不是想殺她，就是嚇唬嚇唬，要她回心轉意。

雨生打斷她說，別在人後嚼舌頭。小娟噎住了。

雨生停住手裡的刀，緊緊攥著刀柄，盯著小娟脖子上的深綠色的魚，長時間不說話。

小娟渾身上下被盯得不舒服：你有病？

雨生說，我看到你下車，從弗蘭克的帕傑羅上下來。

小娟答得極快：弗蘭克請我去中國領事館參加華僑聯歡會。不可以嗎？

雨生扔下刀，也抓起水瓶，往喉嚨裡灌冰涼的水。

小娟走到面朝大海的後窗前，留給他一個孤獨的背影，她說，哪裡也去不了，這裡像一座大監獄。你像防特務似的防著我。你以為我是傻是笨不知道？在浦東時候你來找我，老是趁我加班的時候來，我知道為什麼，阿蓮全告訴我了。

這回輪到雨生呆若木雞，連這個她也知道了。比起小娟，雨生起先對阿蓮更有感覺。他的確是借著找小娟接近阿蓮，但漂亮的阿蓮一點兒反應也沒有，他這才舍遠就近，圍魏救趙。小娟天生是做會計的料，他低估了她的財務頭腦，原來她計算得清清楚楚，藏在肚子裡裝沒事人。

一頓飯兩個人吃得極為细膩安靜。誰也沒看誰。

小娟刷碗時，雨生象一隻貓悄無聲息走到她身後，她嬌小的身子被他的手臂有力地環繞著，臉頰被胡茬蹭痛了，她啊了一聲，扔掉洗碗布和刷子，反過來一手摟著他的脖子，另一手給了他一個輕飄飄的耳光。

她的脖子上那個魚形掛件不見了。抹布的油膩味道直灌入雨生鼻腔，他忍不住打了個噴嚏，小娟抹去臉上的唾沫星子，用另一隻手給他看手機。雨生在極不舒服的姿態下，把某段網路恐怖故事讀了一遍，大意說四年前美丹島一個村子裡發生人倫慘劇。一個土著離開老婆後，迷失心智，在父親節那天，把自己僅僅四歲的女兒活活吃了。

小娟說，那傢夥可能吸了致幻劑，島上保留著幾百個原始部落，這裡是食人族的天堂。

雨生說，少說，我想吐。

小娟說，咱們回國吧。

雨生鬆開雙臂，慢吞吞地說，睡覺。

小娟攔住他，看著他的眼睛說，回國。

雨生把小娟的手機拍到桌上，依然慢吞吞地說，我們的房子怎麼辦？象蝸牛那樣背著走？

雨生給小娟談到了家，不是上海的那個出租屋。關於家的印象與那所幽深斑駁的老房子密切相聯，房子坐落在東南沿海一座小城，一下雨下水道就倒灌，泡在水裡，老得說不清年代，一旦颳風下雨，渾身上下就風濕痛，關節唠唠吱吱地響，半夜吱吱嘎嘎地嘮叨。他小時不喜多話，雨後愛坐在天井裡，聽著不識字的祖母坐在板凳上唱小曲，講故事，會講《山海經》和《聖經》之類故事，但祖母總是添油加醋，以至故事象長腳雨那樣沒完沒了，雨生一直坐在那裡望天。不知幾時起，他被一個人放在小床上睡。半夜被風雨驚醒，他蹬著水跡象伊甸園裡的那條蛇那樣蜿蜒順著房梁爬下來，滴在鼻子上，象蛇的粘液，他躲開，盯著那條水蛇一點一滴，在屋內地上，連成一條線，再蔓延開來，最後形成一個小池塘，照得見斑駁的月色。伊甸園裡的那條蛇該是躲在哪一個角落裡，或是哪一道縫隙。只在安全的半夜裡出來，他知道，他能聽見。半夜醒來要是沒有下雨，他心裡更怕，怕到叫不出聲。極靜極靜的夜晚，與夢分不清邊界，他可以聽見比螢火蟲抖動翅膀或者頭髮絲與枕席摩擦更細微的聲音。那時，房子宛如人睡醒起床一般，咳嗽打噴嚏，輕手輕腳走動幾圈，房子有時候也會扭動，象人睡著了動動手動動腳，翻一個身，伸個懶腰，但他們知道在人類的世界裡不能動靜太大，否則不安全。

雨生聽見自己在問，小娟，你能聽見房子的说话麼，小娟搖搖頭。

室內人造白熾燈光經常斷電，有電的時候，也顯得黯淡，遠處傳來濕漉漉的潮音，猶如散漫的雷音，他們不再一起去海灘散步了（據說酒杯灣那裡是世界知名十大潛水海灘之一），整幢房子泡在海鹽析出的味道裡面。

雨生悶悶地說，以後少去中國領事館。

第九章　天堂鳥在燃燒

巴黎社區門口一夜間出現了大隊黑人員警，他們強行封鎖了道路，進出都需申請通行證。米隆和約拿都不在，我在手機上忙乎了一上午，終於搞定一張所謂條碼掃描的電子通行證，教堂裡只留下我一個人獨自吃晚餐，這幾周以來的主日敬拜都不太正常，教會長執儘量中規中矩，禱告會也沒有延長或縮短，但那種過分的嚴謹反而洩露了緊張情緒。約拿回來的時候，在入口也與執勤警員糾纏了好久。他戴著口罩，眼神與天都一起暗了。他告訴我米隆一大早就被送進醫院，確診新冠肺炎陽性。封鎖員警盤問他的就是這事。

因為年輕輕的米隆得的是重症，幸好隔離吸氧後，情況已經穩定。李主任與我交換了眼色，員警的意思我們都明白，明天都要去醫院做核酸檢測，試劑是從中國進口的，據說只有30%準確率。睡覺前我們沒有散步，但約拿多喝了兩杯紅茶，又講了一段，他說他一定要講完故事。

在約拿講的故事裡，雨生的情況開始急轉直下。他被砰砰砰的亂糟糟敲門聲吵醒，絕不是小娟，也不會是張博士。倒像是快遞。他被一種世界末日的絕望情緒擄獲，對美丹的一切產生了厭惡感。他睡眼惺忪，從午睡中爬起來，透過窗戶看清外面熟悉的黑面孔，他打開五把鎖和防盜門，一身土黃色制服的社區保安隊長揮舞著手裡一迭報紙，抽出一份塞給他，要他趕快看電視，接著又去敲下一家的房門。

雨生翻開當天的《美丹每日電訊報》中文版，瀏覽報導內容：

本報援引新華社訊　華人于十九世紀始，移居南太平洋島國美丹。過去十五年出現新一輪中國人移民潮，在當地經營食肆和商鋪，華裔新移民被指不斷蠶食當地的中小型生意，令原住民大為不滿，反華情緒日漸高漲。

據悉這次反華騷亂的導火線是該島國最大房地產企業美丹置業集團有限公司某某分公司建築工地的三名當地工人受傷引起。工人于本月∞日受傷後，由公司方面送往醫院，送院途中有謠傳指他們已經死去，觸發幾十名當地工人及周邊村民情緒失控，到公司建築工地打砸，造成公司逾三十餘人受傷，財物嚴重損毀。當地警方出動直升機，運送員警到場控制局勢。但騷亂已造成建築項目停工，置業公司無法辦公，約有33名工人受傷，其中5人重傷，此外35架車輛和包括電腦在內的上百具設備被砸或盜走云云。

電視裡面滾動播放同一條新聞，某座商業樓宇門口人山人海，漫天遍地全是抗議的橫幅和標語，口號聲喇叭聲震天，黑人記者不時插入簡訊說：數千名成年男子及青少年為抗議美丹置業集團工人無辜被害一案，在城內主要商業區示威遊行，示威者聲明華人正搶掠他們的財富，行賄收買政府公務員，出賣原住民的自由和福祉。示威者情緒高漲，肆意襲擊焚毀華人及其所經營的商鋪，事態升級，演變為一場暴動，，警方措手不及，全城陷入癱瘓。政府宣佈全城進入緊急狀態。

雨生臉色蒼白，心跳加速。他認出了那是八哩購物中心。他不停撥打小娟電話，電話無人接聽。他又撥打新娣，關機了。雨生想起自己的車被小娟開走了，他三步並作兩步沖到隔壁，博士依舊不在，幸好博士的藍色馬自達還在，黑僕人已經洗好車。雨生立刻借了車，一路狂奔去購物中心，路上車載收音機不斷在說：報導指兩名青年企圖闖入八哩購物中心一華人商店時被人砍成一死一傷，目前仍未知死者屬華人抑或是原住民；另一名原住民青年企圖搶劫商店時，被警員開槍制止，該男腳部中槍。

駛到離八哩中心尚有一公里，交通就被阻斷了。雨生等了片刻，丟下車子，雇了一輛摩托車，七拐八繞，繞到八哩後門，果然，這裡人少些，購物中心的鐵柵欄門洞開，冒出了滾滾的濃煙和鮮亮的火光，門崗警衛不見了，裡面的人大呼小叫，全都在往外逃命，三三兩兩幾名員警戴著防毒面具，徒勞無功地在疏導人流。

雨生手腳頓感冰冷而沉重。他後悔貿然返回。他應該護送小娟直接回家，他們早就安全了。他跌跌撞撞找到一個員警，沒說幾句，對方掙脫他，舉起警棍，劈頭蓋臉給了他一棍就跑了。雨生倒在地上，他捂著臉頰上的傷口，腫脹影響了左眼視線，皮肉之痛反而令他頭腦清醒，他無可選擇，只能自救。他脫下T恤，從消防栓上濕了水，卷起來蒙在口鼻上，一個人反向朝裡面沖去。

整個中心早已陷入一片火海。火焰像七彩的海水煮沸，流過正在噴發的火山口，浩浩蕩蕩地吞噬一間間店鋪，雨生發現火勢樓上更大，起火是從二或三樓開始的，人去樓空，狼藉一片的店鋪都是華語招牌。

新娣雜貨店鐵柵欄大門上掛著一把銅掛鎖，裡面一片漆黑。雨生聞到一股濃重的汽油味，一把明晃晃的切菜刀架在收銀臺上，泛出黯淡的光芒。

雨生說是我是我。小娟從貨架後面黑暗裡探出頭，抖抖索索，菜刀掉在地上，她打開鐵柵欄門的鎖，喉嚨裡咿咿呀呀，不知道說什麼，雨生一把拽起小娟冰冷的手，兩個人朝外面飛跑，一口氣跑到後門外的一條小巷裡，回頭望著八哩中心，天空早就淪為火山噴發的模樣，下雨似的飄著黑色煙塵和絮狀物，天堂鳥塑像被天上破洞漏下來的熊熊烈焰包裹，撕扯，體無完膚，面目猙獰，搖搖欲墜。

火焰的光華落在雨生的臉上和心頭。天堂鳥是一隻燃燒的火鳥。小娟抓緊他的手腕，這時才說出一句完整的話：新娣在裡面！

雨生的頭腦反應不上來，由著身體的慣性拉著她在路上逃奔，好像小鳥在龍捲風裡不顧一切地振動翅膀，走了不知多久，才突然間發現那輛藍色馬自達車，他把車鑰匙塞進小娟的手心裡，叮囑她立即開車回家，小娟也愣了一下：家？聲音馬上被周邊噪音淹沒。

你做什麼去，你不能回去——雨生來不及回答小娟，其實也無需回答。他一個人掉頭，重新回到八哩中心，他頭腦裡空空的，八哩中心裡面也是空空的。火勢劈劈啪啪更見瘋狂，消防車閃著燈，嗚嗚地來得膽怯，這些反而使他忘了危險，他跟隨在全副裝備的消防員後面。火頭僥倖繞過了雜貨店，牆壁熏得烏黑，消防員們大聲呵斥，嚇跑了兩個在店內乘火打劫的蟊賊，雨生越過雜亂無章的一排排貨架，在倉庫角落，地上滿是碎裂的陶罐殘片和黑糊糊的液體，他看見廣東來的新娣，半身倚在貨架上，滿面流血，頭髮披散，指甲深深地嵌入貨架邊緣，早沒了呼吸。不知道她死於小娟開鎖後還是之前，這已經無關緊要了。

雨生完全沒料到的另一件事是發生在他回到家之後。小娟居然還沒回來。當他發瘋似地再給小娟打電話的時候，兩個當地員警上門來找他，告訴他剛剛有目擊者報案，說是看開你一個亞裔姑娘在一個十字路口遇紅燈停車，被一幫子土人蜂擁而上，連人帶車整個抬走了，至今下落不明。被劫車輛是一輛藍色馬自達，經查核車牌正是張博士的。員警們面面相覷地說從沒見過這種奇怪的綁架案。

雨生如遭蛇咬，跺腳拍大腿，少說一句害死人！他後悔不該大意讓小娟一個人駕車回家，說了她多少次了她都不聽，在美丹島遇路口紅燈是不能停車的。黑人人多勢眾，真有被連人帶車抬走的事。現在他更無法還車給博士。

雨生在警察局見到的還是那個他見過多次的絡腮胡黑人警長，他兩腳翹在辦公桌上，嘴裡嚼著檳榔，滿口血沫。至今他還是沒抓住開槍打新娣屁股的強盜，也沒破砍斷阿昌手臂的案子。難怪有人說美丹政府腐敗成風，連員警出警都是卡在在強盜賊人跑光之後。雨生不管警長是佛還是賊，他抱住警長兩隻淡黃色的光腳丫子，連聲說，他們綁錯了，我們不是有錢人！

絡腮胡警長霍地跳起來，瞪著佈滿血絲的魚眼，一把將他踹倒：全國騷亂期間，我們暫不處理失蹤案。

雨生跪在地上，抱著警長的大腿，用結結巴巴的英語說，這不是失蹤，這是綁票！新娣也死了！你們警方再不救人，就全死了！全完了！……

警長拔出手槍，哐啷一聲拍在桌子上，罵罵咧咧，把唾沫星子全噴在雨生面門上，用英語破口大罵：操你娘，這種案子咱們能力不夠，辦不了，去找你們的救世主陽叔吧！

雨生臉頰上的創口又開始流血，他隨便抹了幾把，也變成了血流滿面的慘相，警長看了，也嚇了一跳，趕緊叫人來。雨生被架出去時，聽見幾個黑人員警在嘀咕：這幫中國人就會哭窮裝孫子！他們把我們的錢我們的女人全拐走了！……他們那個什麼陽叔還免費送他們大房子呢！咱們弟兄還不是睡得滿大街都是！

誰也不曉得雨生如何出現在嚴密封鎖的美丹置業集團。門前拉起了警戒線，抗議的人群已被驅散，警察和保安三步一崗五步一哨，這麼些門崗都沒攔住他。老白頭、弗蘭克和所有華裔員工全都待在辦公樓內，一律雪白的短袖襯衫和深色西褲，表情肅穆。桌上攤開一份領事館緊急通知：

> 中國駐美丹領事館以及外交部領事司當日發出緊急通知，要求僑胞加強保安，儘量避免外出，要求醫療隊收拾好貴重物品，隨時準備撤到領館避難。中國外交部也提醒中國公民和機構謹慎前往美丹云云。

所有人異口同聲地說陽叔不在。他們都在替小娟失蹤擔心，但實在無能為力。暴亂期間，千萬要注意自身安全。他們的口吻如此響亮如此冷漠，雨生木然看著面前這一群呱呱叫得整齊的青蛙，不停地搓著雙手。

老白頭並不躲閃雨生的目光：陽叔已經請求中國領事館協助尋找，相信陽叔。

第十章　我們都丟失了什麼東西

嘈雜的人聲將我吵醒，天光還未大亮。教堂操場上破天荒聚了不少戴口罩的人，有巴黎社區居民，有教堂會眾和領袖，也有若干個面色陰鬱的員警，疫情嚴重期間這種群聚情況很不正常。約拿主任被這一大群人排除在外，孤零零站在門前碎石路上，嘴裡喃喃，像在祈禱，也像在夢囈。這些日子以來，我常常為他缺乏領導力感到擔憂，為此我一直在禱告。

我問明瞭原委，教堂門前的大十字架不翼而飛。聽見有人憤憤地大聲疾呼反对美丹市政廳，因为他们决定強拆華頌堂，一直遭到社區和教堂強烈抗議，他們居然在夜裡派人偷偷先拆了十字架。有人倡議號召華人基督徒去市政廣場集會抗議，但馬上遭到否定。首都政府剛剛頒佈宵禁令，禁止任何理由的遊行集會，原因很簡單，抗疫優先。還有人說基督徒不可以帶頭破壞法規，必須順服上帝的心意。有多少事是以抗疫的名義頒佈，就有多少事情是以上帝的名義實行。

我和李約拿以及華頌堂的主要教會執事一起去醫院。我們都不被允許接近重症病房，排了3個小時隊，經過禁食禱告，終於拿到核酸檢測結果。感謝上主，全是陰性。約拿手持檢測報告說可以放心咳嗽了。這個笑話一點兒不好笑。

又等了一個多小時，一個黑人醫生出來說米隆上周情況很嚴重，雙肺感染，肺部損傷明顯，肉眼觀測呈斑片，可見灰白色病灶及暗紅色出血，人完全動不了，甚至對抗打針，但經過治療，今天症狀減輕了許多，體力也在恢復。我們還是見不到米隆，離開美丹總醫院的時候，一個打扮時尚的華裔女孩從身邊經過，馬尾飄飄，姿影窈窕，從口罩上僅僅看到一雙清澈的眸子，我想故事裡的小娟或許是這個樣子吧。

回到教堂，李約拿和教堂執事會一直在緊張地開會，期間來了兩個西裝革履的陌生人，說是教會聘請的律師。我在外面聽見他們的聲音一度很大，不知是爭吵還是禱告。會議到晚餐前才結束。散步時分，約拿還打了一個很長的電話，後來將手機給我，手機那頭信號很雜很弱，我的同學蔡牧師在大洋彼岸的聲音很乾澀，他很無奈滯留在美利堅，無法如期返回美丹，美國疫情更嚴重。他告訴我華頌堂已收到政府簽發的正式強制拆遷令，律師申訴複議無果，正在與地產商再次展開相關談判。

收線後，約拿見我臉色不好，他說如果你不想聽下去，雨生的故事可以到此為止。我立刻說請繼續。我想知道結局。

他說結局沒那麼重要。我知道你心裡瞧不上雨生那種俗人，在你眼裡，他是一個從小沒理想沒信仰的庸人，怯弱而猥瑣；在世俗眼中，他也是一個徹頭徹尾的失敗者，最大的夢想就是老婆孩子熱炕頭，血管裡流著膽小鬼的血，頭腦裡滿是小農的算計。如果他留在中國，他最多長成一棵聽話的韭菜。可是，八哩大火使他徹底變了個樣。他去過領事館數次，中國官員們收下他寫的材料，再無下文。他不再顧忌單人不可獨自上街的禁忌，帶了一把菜刀和一把水果刀，半夜在街頭遊蕩。當地即使到了夜深，暑氣也未消退，夜聲熱得嘈雜，露宿街頭的人心煩意亂。一彎月亮慘澹得很，掛在一座未完工的教堂尖頂上搖搖晃晃。他孤零零坐在那個小娟被劫走的立交橋下面，四周冒出些衣衫襤褸的黑人，在身邊走來走去，不時奇怪地望他一眼。

一個黑人小夥子走過來，戴貝雷帽，穿白色T恤黃色短褲，挨著他身邊坐下。兩個人交換了目光，誰也不說話。教堂的鐘聲取代了房子的聲音，取代了永不間斷的手機鈴聲。那轟隆轟隆的金屬撞擊聲，古老到宇宙洪荒，重重打在雨生的心坎上。安全變成了無足輕重的問題。張博士依舊沒回家，黑人傭人也講不清博士上哪裡去了。暴亂期間，很多人莫名其妙不見了，也許只是躲起來了。失去小娟以後，他發現了一個女人在他心裡的分量，生活在有人結伴同行的一刻，似乎從幸運變成了幸福。雖然幸福只是一隻手繪的陶罐，在一場大火裡輕易燒毀了。

街巷裡的野狗今夜很安靜。黑人青年站起身，說了一句「時間到了」；雨生如中了魔法，也起身跟隨這個衣衫襤褸的黑人青年，走進立交橋下的教堂，看不見通常的一排排長椅，只有一個無比空曠沒有時間限制的空間，被鐘聲揉得悠遠綿長。空曠時空中一股看不見的洪流壓迫著他，模仿黑人雙膝跪地，地板已朽爛不堪，發出吱吱尖叫。他聽不見黑人在禱告什麼，他在想那鐘聲，以前他從不覺得鐘聲如此富有音樂感。當然，沒有牧師或神甫出來，整個神殿裡完全是月光和樹影的遊戲，風翻動角落裡《聖經》和詩歌本，在書頁上隨意塗鴉，描摹十字架和祭壇的影子。一黑一黃，兩個青年，肩並肩跪著，教堂的穹頂缺少了一半，他們倆一起仰頭望著缺損的星空，雨生頭一次發覺銀河不像河流，而是某些不可言喻的奧秘，像一種似是而非的微小的聲音，在一瞬間凸顯出來。

——我們把祖先的土地弄丟了！

雨生聽見那聲音出自身邊的土著青年，然後聽見自己的聲音在說，我把老婆弄丟了！

兩人沉默了一會兒，雨生脫口而出：Uncle Yang，你見過他嗎？

黑人青年笑說，Big Guy（大人物）！在美丹要是不跟大人物混，一定倒楣！你看我這個衰樣，不就是夠倒楣的嘛！

雨生的英語還是結結巴巴，黑人青年也好不了多少，起碼兩人可以交流。雨生期期艾艾地說，陽叔，他在哪裡，我要見他！

黑人雙眼放光：真的想見他？

雨生說，你難道沒去找過他嗎？陽叔那麼仗義疏財，不會不管你們的。

呵呵，他送你們房子白住，那可是我們祖先的土地！

黑人告訴雨生島上基督教源遠流長，可追溯到歐洲傳教士深入南太平洋群島的大航海時代。兩百多年前，美丹島上數百個部落開始建造教堂，基督徒普及率一度達到95%。這個教堂之所以沒有完工，是因為陽叔大開發一旦啟動，教堂就建不下去了。在大人物大開發前，島上遍地是基督教堂，當地部落的土著都去教堂做禮拜，後來，大人物不知如何被推舉為島上主要部落的聯合大酋長，開始掌控土著部落，並以此全面地影響當局，在他全力開發本島數十年之後，每逢主日，黑人教堂裡面全是空空蕩蕩。

黑人青年拿出一個吃了一半的吞拿魚罐頭，取出兩把湯匙，遞一把給雨生說，就算你明天不打算活了，今晚還是要吃飯。

雨生不接。

黑人臉上露出疑惑，他把湯匙硬塞給雨生：聖誕快樂，我的兄弟！

黑人打開腰間的一個腰包，裡面全是基納毛票硬幣，五分一角等等，他一五一十點了一遍，把腰包重新束好。他心滿意足地拿出一支當地人卷制的粗糲捲煙，雨生還是不接。

黑人吸著煙說，看看這個教堂，永遠都不能完工。大人物呢，那大人物真聰明絕頂，會賺錢也會折騰，他手把手教會了我們族人如何做官，如何少幹活賺大錢，結果做官的越來越有錢，大人物的房子越蓋越多，無錢無勢的人被趕出來了。我們組織起遊擊隊抵抗，但很快被打散了。三年前我逃到這裡避難，也是在這樣美好的一個夜晚，我怎麼都睡不著。我跟上帝說話，他不理我；我就罵他，都是他害的，我們做錯了什麼吶，我在祖先的土地上卻沒有枕頭的地方。上帝受不了委屈，他開始自我辯解；我說我沒什麼活路，不定哪天就倒閉街頭。可是上帝不肯，他不肯讓我就這麼走了。他要我做一件事。我那夜終於明白了。我就向上帝發誓，要靠餘生來攢錢，讓這個教堂完工。上帝他老人家應許我，他一定會幫我完成這個心願，修完上帝的教堂。哈利路亞！

黑人率先舀了一大勺吞拿魚肉，送進嘴裡，美美咀嚼，哈哈地笑，他的門牙缺了半顆。汁水沿著嘴角流到脖子上衣服上，奮力咀嚼使他的臉好象在哭。他又說修完教堂，他要去看世界。第一站就是去中國，中國政府很歡迎他這樣的，提供全額獎學金和生活費，還配大學女生當女朋友，他的朋友從中國回來說一輩子最精彩的時光全留在了中國。

雨生手裡拿著一把斷了柄的湯匙，眼眶裡流出了熱辣辣的液體，他不餓，他也嘗不出魚肉的滋味。黑人青年告訴他一個秘密，他有一半中國血統，他也是中國人與美丹土著的私生子，他對中國的感情實際上非常矛盾。

這一夜就這麼稀裡糊塗過去了。等到天上的三個美丹太陽再次烤到雨生臉上的時候，已經是第二天的早晨。

三聲槍聲連續響起來，沉悶得象颱風連續折斷手臂粗的古樹枝杈。雨生猛地睜開眼，坐起身來，一縷青煙飄過教堂的尖頂。他扳著手指數一遍，這是小娟失蹤的第九天。

那個青年一走出教堂大門，三個武裝警察不知從哪裡冒出來，呈三角形同時向他舉槍，黑人青年把半塊碎磚剛剛能投擲出去，貝雷帽掉落在地，三顆子彈旋轉呼嘯著幾乎同時鑽進他年輕的黑色肌體，將他瞬間擊潰在地。

沒有太多的流血。他死了。雨生至今不知道他的名字，也許他根本沒問，也許那人沒打算說。雨生最後掃視教堂的門楣，永遠不能完工的穹頂和副堂，不見蹤影的窗戶門扇，這個教堂他永遠記住了，叫做聖司提反堂，他聽島民說基督教第一個殉道者就是聖司提反，是被他的猶太戰友用石頭砸死的。司提反死於自己人之手。

雨生撩起死者的染紅鮮血的T恤，又見到那只熟悉的怪鳥展開巨大雙翅，既象鳳凰，又象老鷹。在熱帶叢林裡，天堂鳥傳說為永不落地的飛禽，兩隻眼睛後長著藍白色旗羽；天堂鳥若是怒目圓睜，猶如京劇中武將奮力甩動腦後的英雄長雉尾，整個叢林世界必將為之傾覆。

雨生深深地吸入一口氣，擦去眼淚，笑了。他把掉在地上的破貝雷帽撿起來，撣去塵土，蓋在那張驚恐的臉上。

他終於看見了一隻美丹的天堂鳥。聖誕節不遠了。

之後，美丹置業集團總部雨生天天去，但陽叔天天都不在。每次見到，弗蘭克都很誠懇，他說陽叔一直在想辦法找小娟。期間，雨生找到一位當地教堂的黑人牧師，安排了簡單的葬禮。他在黑人青年落葬當天，最後一次來到位於商業區的置業集團總部。冷氣機開得太大，老白頭在襯衫外面披著一間藏青色西裝，手裡端著一杯鐵觀音，滿臉悲傷，一語不發。

雨生按耐不住，他惡狠狠用髒話咒罵陽叔的移民專案，他說別騙人了！你們有多少年沒見過陽叔了？陽叔是一個鬼影子！我要向外界拆穿你們的騙局……

弗蘭克頭一個騰地站起來，變了臉色，但被眾人按下。

老白頭平靜地說，小夥子，小娟也是我們老鄉，我們比你更急。但你得信沒有陽叔搞不定的事。

全國排華運動開始了，每個華人處境都很危險。你這樣不明事理鬧下去，對你自己沒好處，萬一陽叔知道了，也不好辦，弗蘭克說著，又站起來，高大的身形像山那樣鎮住雨生。幾個個置業公司員工大嗓門嚷嚷起來：豬八戒倒打一耙！說說清楚我們騙你什麼呢，你白白得到一所大洋房！

雨生見不是路數，急得腿一軟，撲通一聲，跪在大家面前央求：我要見陽叔！陽叔！你們不讓我見，我就不離開！

他們來回撕扯了好長時間。老白頭掏出手絹抹著額頭的汗滴，露出一臉無奈，朝弗蘭克緩緩點頭，弗蘭克在牆壁上敲出有間歇的連續篤篤聲，三長兩短。兩個膀大腰圓的土人保安推門而入，一擁而上，把雨生架出去，塞進汽車，直接送進了警署。

冤家路窄，依然是那個絡腮胡警長拿魚眼瞪著迎接他，這回他更為爽快，把一口血紅的渣滓直接吐在雨生臉上，他對手下一揮手，給他上手銬。雨生又踢又踹，無濟於事。

憑這個，逮捕你。警長出示了蓋章的逮捕令說，我們在購物中心裡面發現了汽油桶上的指紋，經檔案比對，確定與你入境所留指紋完全一致，我們還在縱火現場發現了你的駕照。消防隊起碼有三人證明你頻繁出現在八哩中心現場，形跡可疑，你是縱火嫌疑犯！

雨生抗議說一個中國人為什麼要燒中國人的店鋪。警長嘿嘿冷笑：我們有證據！你也有動機！八哩縱火案，鐵證如山！八哩中心是本城大人物的旗艦物業，而你麼，經過我們反復核查，你反對陽叔，是不是？本地華人全部支援陽叔，有人舉報你在背後詆毀陽叔，我沒說錯是不是？

雨生這次不哭。美丹的白天，你總會發現一些有趣的事。他們居然指他是縱火犯，是不是很有趣，他無法搓手，只能拿手銬摩擦著座椅扶手。

看守所窗外，美丹的陽光像一場大火，燃燒得頗為壯觀。

第十一章 摸不著房門

我們獲准進入太平間，是去看一張凝結霜雪的年輕的臉。美丹總醫院的清冷白色使我不寒而慄。太平間裡滿地的各式手機，宛如裝飾著閃亮金屬外殼的一眾鬼魂，我知道米隆的靈魂也在其中。

米隆死後的臉容清臒灰暗，老了許多。醫生說他昨天半夜情況突然惡化，島上醫院設備簡陋，沒有葉克膜（ECMO）等先進急救設施，淩晨時分，他情況急轉直下，溘然長逝。

米隆是疫情發生以來教會裡死去的第一個年輕人。新冠肺炎疫情在美丹蔓延，主要因為島上醫療條件差，醫護人員少，然而，島民依舊對瘟疫處之泰然，他們以為Covid-19和他們祖先世世代代對付的那些個瘟疫並無不同。華頌堂執事會頗感躊躇，預感疫情會反復爆發，他們還在商議給米隆舉辦追思禮拜的合適日期，但美丹可能變成太平洋上又一艘被瘟疫圍困的鑽石公主號遊輪。

李約拿匆匆進來，他告訴我們一個壞消息：市議會投票表決通過，市長已經簽字同意，地產商雇人很快來拆卸教堂。當天夜裡，教堂執事會主席臨時召集全體會眾開禱告會。從眾人的神色上，我判斷出地產商就是陽叔的公司。

禱告會上，約拿神情緊張，一直在搓手。

晚餐我們都沒胃口。約拿親自下廚，做了兩碗玉米排骨湯。我喝了口湯，食之無味，我想是我的味覺出了故障。我問他治安這麼差的美丹怎麼會是基督徒比例達到95%的地方，他停下湯匙，指著碗裡的排骨說，要不是耶穌基督的福音在200年前就傳進了美丹島，今晚我們的湯碗裡漂著的該是人肉。

天很黑，沒有風，也沒有月亮星星。約拿說雨生那天喝到的也是玉米排骨湯。那天是哪一天？約拿說故事該結束了，他講得太長了。

他說雨生在拘留所裡關了一周，吃了不少苦頭。最後一個晚上，他在夢裡又回到了祖宅，老樓的地板爛穿了，他踩了個空，跌了下去，醒過來慶倖這不是真的。然而，他又想到黎明的可怕，會不會是槍決，他完全不瞭解美丹島的法律。但他懂得若是得罪了陽叔，在島上只有死路一條。隔天中午，他沒有得到午餐，正在他惶恐萬狀之際，他見到了那個現在令他毛骨悚然的人。

老白頭白襯衫黑西褲，胸前戴著名牌，親自開車來拘留所，他摘下口罩，滿臉痛惜的表情不像是假裝的，甚至比他親自接雨生上島那天更為和藹可親，他親自具名把雨生保釋出來，他一再說陽叔絕不坐視同鄉受苦。

一條環島的破公路也是陽叔的集團公司修的，沿著藍得透明的海岸線，把雨生顛得似睡非睡，耳朵濾走了雜質，可以聽得更分明。迷迷糊糊的一片蛙鳴，雨生聽見一種奇怪的聲音，像是召喚，不是人類的，他看見一個熟悉的背影，牧師逆光站著，手裡拿著一卷書。他迎著那光走上去，光刺得他睜不開眼睛，他對牧師說真的，我聽見房子的聲音，像人的呼吸聲，房子也有分分鐘的呼吸，有重有輕，有急有緩。有時候房子唱歌。有時候喊救命，那是拆房的來了。牧師回頭說一起來禱告吧，盼望上帝保守看顧你所得的是一幢羅得的房子。

雨生醒來時背上還是濕漉漉的，面前圓桌上擺滿了菜肴。老白頭笑眯眯坐在對面數著菜名：怡保白斬雞、東馬有名的炒麵、八珍鴨等等。雨生昏昏沉沉，等到兩碗玉米排骨湯送上來，才搞明白自己已經置身於潛水海濱一家有名的沙撈越特色餐館，他抓住老白頭的手問：白叔，陽叔在哪裡？我真的要找他，必須找到他。

老白頭輕輕推開他的手說，怎麼沒有，沒有陽叔，怎麼會有我老白的今天！島上有些人根本誤解了陽叔，陽叔的天下不是動動嘴皮子得來的，那是真正的刀口舔血。陽叔一輩子逃過了十來次暗殺，起碼有四次被土人用刀用槍頂著，壓在地上，最後一次，陽叔還被土人武士用斧背打破了腦殼，砸斷了三根肋骨和大腿骨，險些喪命。陽叔在醫院療傷期間，把當地警長和保安部隊的頭全召集來開會，他只給了一張手寫的清單，上列：打中一隻小腿，賞一百基納；打中一隻大腿，賞一百五十基納；打中一隻胳膊，賞二百基納；打中肩膀，賞二百五十基納；打中生殖器，賞五百基納……會後，一支特遣小分隊駕著四驅車連夜出發，駛向阻擋陽叔開發計畫的那個最大的部落，車上架著機關槍，每個特戰隊員懷裡都揣著一份同樣的賞格單。經過一宿激戰，天明時分，他們把陽叔的敵人那個酋長捉了回來，在刑訊室裡打了個半死，酋長是一個硬骨頭，寧死不屈。數天后，陽叔拄著拐杖，親自到監獄裡，付了一大筆賞金和贖金，犒勞特戰隊，還把那個奄奄一息的敵酋給贖了出來，當場陽叔落了淚，那個敵酋也落了淚，他與陽叔歃血為盟，結拜為弟兄，他一出監獄，就把自己的酋長位置讓給了陽叔。陽叔做了南太平洋第一個華人酋長，後來陸續做了其他部落的首領，直到他將島上所有部落統一，當上聯合大酋長。從此，陽叔在美丹島的事業無人可擋，勢如破竹。陽叔的夢想就是每一個海外華人的復興夢，若是華人富裕強大起來，就可以幫助原住民將美丹建設成一個像中國那樣文明強盛的禮儀之邦。

雨生的湯喝不下去了，話也沒聽進去。他憤憤地說，小娟被綁架了，美丹島治安這麼差，就算房子再好，也住不下去。我就是奇怪陽叔這麼厲害，這麼威風，怎麼光天化日下大街之上就綁架就砍人？怎麼原住民大規模暴力排華？

老白頭吸溜著湯汁，好一會兒，才接著說，要不是陽叔在的話，今天咱們面前湯裡面飄著的不會是豬排骨，而是人肋骨！

雨生難道不知道美丹在陽叔大開發前是一個食人族之島，他當然知道，可是，小娟被人綁架了，生死不明。這是綁架之島，是罪惡之島，陽叔夢想的樂園在哪裡，他冷不丁地吐出一句話：陽叔不仁，以萬物為芻狗。

老白頭吃驚地停住喝湯。雨生冒出一股子橫勁说，陽叔死了。

老白頭不相信似的盯著他，聽他說起聖司提反堂。雨生在破教堂裡睡了一晚，同一個黑人乞丐交了朋友，就是上次在機場路轉盤口朝他們舉槍瞄準的傢夥（老白頭可能早忘了），黑人透露一個秘密，他說十來年前陽叔就腦溢血死了，常年隨侍陽叔的山地族黑人女子有數十人之多。陽叔的混血私生子多流落在民間。而他就是陽叔與山地族土著女子生下的私生子。那個黑人乞丐身上有個天堂鳥紋身，是他母親為紀念陽叔特意給他刺的。陽叔死後，他在山地部落長大，流浪到城裡，他不想回山地，就想找一份好工作，在首都留下來，把那座未完工的教堂修完。如今他也死了。被警方當作暴亂分子打死了。

老白頭的瞳孔縮小了，眼光收縮如同正午貓眼，他的嘴線重新變成一道ＡＴＭ機的插卡口，他默默地將餐巾揉成一團，慢慢搓爛，然後說聲稍等一下。他起身走到戶外，掏出手機打了個電話，沒多久他回來，給雨生扔下一句話：陽叔這就讓你去見他。

老白頭轉身去賬台買單。雨生震驚不已，他是不是弄錯了？那個黑人小夥子也許瘋了，也許騙他，或者雨生自己早就瘋了，从白得一幢洋房起他就瘋了。世上沒有免費的午餐，又怎會有免費的洋房。他還來不及想什麼，老白頭對門外招招手。

一輛無標誌的銀灰色豐田麵包車駛到餐廳門口停下，下來一個穿制服裙曲線妖嬈的女工作人員，高跟鞋哢哢響，說是送雨生去見陽叔。上車後，讓雨生大吃一驚的不僅是車上有一個全副武裝的保安，他腰上的警用格洛克手槍雨生第一眼就認出了，而且他還看見是弗蘭克從司機座上欠身，對那女工作人員頷首示意，好像完全不認識雨生似的。

老白頭沒上車，目送麵包車離去，掏出手機，打了一通電話，摸出一支雪茄點上，眯縫眼睛，眺望機場方向，全身似乎變作了一架活的雷達，他的眼睛一路跟蹤，直到一架美丹航空客機巨大的銀翼慢慢蛻化成天際線上一隻小蒼蠅。除了航空公司和置業集團以外，陽叔在島上到底有多少產業，連老白頭也弄不清楚。陽叔到底有多少宏偉的夢想被無知之人誤解？陽叔到底還有多少善心被小人利用？老白頭悵惘地想著自己也已經老了，在美丹與中國之間往來這麼些年，管不了那麼許多了。這個世界很有意思，為什麼有些人就是不珍惜白白得來的房子呢？他們自己貪心，卻責備別人貪心；他們自己不義，卻責備別人不義；他們自己沒學歷，卻指望別人當他們人才；他們自己無趣，卻希望別人有趣。有些人生來腦子裡只有漿糊，像這個叫雨生的傻小子。成事不足，敗事有餘。老白頭想起了雨生媽，為那個風韻猶存的女人生出如此不肖之子感到深深惋惜。

其實雨生的腦子裡既沒有漿糊，也沒有老白頭式的惋惜懊悔，他腦殼裡出現了一片電視螢幕上的雪花。三個多月前他來時是坐在副駕駛座上，現在他呆呆地坐在後座上，看弗蘭克和女工作人員的後腦勺，看美丹無比濃豔的日頭，看迎風搖擺的油棕樹，看白雲繚繞的活火山，看椰林海浪追著車直到無法抵近。當麵包車駛過屬於他的那幢白房子，大個子保安隊長摘下帽子朝他揮手，雨生只是眨了眨眼，隨後一直盯著副駕駛座。那個女工作人員像是感覺了什麼，回頭不滿地掃了他一眼。這一瞬間他想起來了，他在中國駐美丹領事館舉辦的中秋晚宴上見過她，她是領事館一名工作人員。

雨生渾身難受，那個佩帶手槍的保安似乎一直在監視他。

豐田車停在一棟三層小樓前，這裡看起來像是商旅酒店。弗蘭克不下車，戴著大墨鏡，坐在駕駛室內，手指篤篤敲打方向盤，他穿大花點的波利尼西亞休閒襯衫，胸前深綠色的魚形掛件晃呀晃，晃得雨生心發慌。

雨生面無表情，夾在高跟鞋女人和武裝保安中間，來到酒店內部的一個大禮堂，裡面僅僅亮著四盞角燈照明，觸目所及滿滿好幾百人，套著海藍色條紋病員服，全部是亞裔面孔，或站或坐，鴉雀無聲，無人注意來客。雨生好象走進一個通往地心的深深地洞，冷風颼颼，從暗處竄上他的脊樑。

一個戴眼鏡的紅臉大漢撥開人群，熱情地迎上來，他同樣是全身條紋服。雨生的手心裡滿是汗，沒想到好鄰居在這裡相見。

高跟鞋對雨生說，這是張博士。你在這裡是學歷最低的。從明天起，你也得上張博士的課。這是市政府對思想不健康人士提供的強化培訓班，學費全免！

雨生心裡遲疑。張博士緊緊握住他的手說，天地不仁，以萬物為芻狗。

雨生連聲嚷嚷：陽叔陽叔，在哪裡？

博士說，不急！先住下，陽叔說話算話，答應的事他一定辦到。

雨生猛然抽回手，轉身對那個女工作人員神經質地說，我有一套自己的房子，在酒杯灣，你得放我回去，我要等我老婆回家，水電煤氣帳單要付，花園要除草修整，車道上還有好幾個坑要填平……

女工作人員冷冷地說，別胡思亂想了，你的房子是白白得來的，不具備完整的合法手續。美丹法律規定，凡是進來這裡的人的房子統統由置業公司收回，統一再分配給新移民。

這裡？這裡是哪裡？雨生像剛剛丟了孩子的女人那樣高聲尖叫：什麼狗屁美丹島法律！那是我的房子！我馬上回去！

高跟鞋女人高高的胸脯橫在他面前，漲紅了臉說，本島居民最大的權利就是生存權！請不要忽略美丹法治的公正性。至於房子麼，你忠誠就給你；你背叛就剝奪。

雨生的退路被保安堵住了，去路也被博士堵住了，他只好同博士一個勁地商量：陽叔當初讓我們移民的承諾我還沒忘記呢，給房子不能剝奪自由吧，美丹是一個民主國家，有權投票有權發言，怎麼可以隨便限制人身自由……

張博士的紅臉越發白了，他高大的身軀覆蓋在雨生頭頂說：雨生，能不能講點良心，在島上吃好穿好玩好，還想怎樣？老婆沒了，陽叔會想法子，部落裡的漂亮妹子你喜歡就給你，三四個不成問題。這是美丹的自由。有些人一門心思把子女送去美國英國留學，一天到晚講西方的自由，投個什麼鬼票啊？你看民主選舉這些年能不能解決美丹人貧窮的問題？連飯都不給人家吃，教育住房基礎設施還是靠陽叔來解決的，你說你投票有什麼用，沒有房子就沒有安居，沒有安居就沒有樂業，沒有樂業就沒有教育，沒有教育就沒有未來，民主自由就是poison（毒藥）！

一通大道理砸得雨生不敢作聲，閉上了眼睛，可是博士怎麼講也不累，雨生只能小聲地咕噥：陽叔早死了……

張博士手叉腰說，小夥子你病得不輕，要是陽叔知道的話，不知多麼痛心。他那麼重視中國人才引進，可惜呀可惜。

雨生聲嘶力竭，但喉嚨裡僅僅發出微弱的自言自語：陽叔是一個幽靈……遊蕩在島上的幽靈……

博士看起來比雨生還難受，望著女工作人員和武裝保安說，瞧瞧，我早說了吧，給他們言論自由的結果只能是害了他們，這些寵壞了的年輕人完全不懂得感恩！民主呀，自由呀，那些東西就是寵壞人的邪教！邪教！咱們中國人做了美丹的領導階級，就不能入邪教。陽叔真有先見之明，我要在這裡好好給這些人洗洗腦子……

雨生再次睜眼的時候，驚奇地又看見了那螺旋形上升的中央扶梯，從天上降下來的一束光把樓梯的雕花扶手切成一格格，一段段，每一格像是一隻眨動著的眼睛，每一段是連接震動著的枕木，沿著S形拋物線構成曼妙飛揚的空中軌道。他必須仰起頭，扶梯的盡頭還是什麼也看不見，每級樓梯層差極大，他跪著往上爬……

膝蓋痛得很，主要是骨頭硬。他以為永遠不會知道鐵與木軌道的盡頭，然而他又錯了，這回他看見了一個無比巨大的紅色大理石廳堂，四周的人消失了，暗紅色大廳裡佈滿了成千上萬的青蛙，從每只青蛙一鼓一鼓的冷酷表情上看，這個叫做雨生的病怏怏的人在它們眼裡並不存在。

雨生在天啟般的戰慄中，意識到他一旦離開伊甸園裡的房子，就永遠不能回去了。可是，小娟在哪裡呢？天堂鳥在哪裡呢？陽叔在哪裡呢……此時此刻，他覺得永遠弄丟了的不止是小娟，他弄丟了自己的房子，弄丟了自己。他再也聽不見房子的聲音了。

恐懼象那條伊甸園裡的古老的蛇，在上帝不在的時候，悄悄地爬進了他的心裡，他環顧四周想去看窗外，但屋裡完全沒有窗戶，赤色大理石四壁都是厚厚的紅色窗簾布；他想從門口逃走，這間大屋子居然還是完全沒有門。他居然找不到出去的門。無處可逃。

他模模糊糊記起牧師所說的羅得的房子。羅得藏了兩位天使在那座房子，那些惡人要破門而入，殺害天使，殺害羅得，殺害所有相信上帝的人，因為他們不想要上帝的世界，他們要完全屬於他們的自由，沒有上帝的自由世界何其美麗，可是，他們陡然間眼睛昏迷，無論如何摸不到房門；一件可怕的事發生在那些人身上，也正在發生在雨生身上，他必須離開，但蛙鳴聲越來越急，越來越響，他眼睛昏迷，頭腦暈眩，無論如何摸不到房門的所在。

他漸漸陷入叫聲和動作千篇一律的青蛙們的重圍之中。

也許根本沒有房門。

尾聲

全球疫情高漲創造出一個荒誕的口罩時代。路兩邊擠滿了舉著抗議牌、戴黑口罩的民眾。教堂的鋼制滑門暫時擋住了車隊，操場上不少會眾手持木棍、鐵鏟和高爾夫球棒，與戴著印有美丹置業標誌的口罩的拆遷大軍隔著鋼門怒目對峙，汗水濕透了雙方每一個人的口罩，口罩極大地誇張了劇烈起伏的呼吸。

華頌堂為米隆舉行追思禮拜的日子。我們都穿上黑衣，帶上黑口罩，以消毒液洗淨雙手。我已經得知華頌堂原名聖司提反堂，是在一座古老教堂的廢墟上重建的，這更堅定了我對上帝保守他的神殿和子民的信念。我們目睹了美丹置業公司拆遷隊統帥的工程車，挖土車和挖掘機車浩浩蕩蕩，隆隆開進了巴黎社區。而教堂聘請的律師還在路上，雙方對峙堅持了一上午，直到社區大門口爆發出一陣巨大聲浪，旋即轉為嚇人的靜默。突然，人群騷動起來，有人大聲驚呼軍隊軍隊。隨著尖銳的卡車輪胎嘯叫聲，一支著土黃色軍服的美丹國防軍從兩輛軍車跳下，迅速湧入社區，全副武裝朝教堂挺進。抗議的群眾如同聞聲驚飛的林間群鳥，四散奔逃。

一個穿著置業公司白襯衫的銀髮老者分開拆遷隊，攀上挖掘機車，身手異常矯捷，發動了挖掘機。他沒有戴口罩，緊抿的嘴唇猶如一把鋒利的尖刀。約拿看來沒機會把雨生的故事給我講完，而在我看來，陽叔並沒有死，他始終存在，今天他就坐在挖掘機裡面。他要拆掉島上最後一個華人基督教堂。把他所認為的最破爛最迷信的象徵物拆除，不惜動用國家軍隊。

挖掘機嘎嘎地咆哮著，將巨大的怪手越過鋼門，伸向教堂尖頂。

正在危機關頭，一個黑袍人舉著一個木十字架，大步流星，走出教堂大門，鋼制滑門自動打開了。他也沒戴口罩，他是李約拿。他的身後跟著教會牧長領袖一干人等。他們全不戴口罩，臉上頭髮上閃著聖光。他們列隊昂首迎向挖掘機，坐在挖掘機裡的銀髮老者一下子愣住了。

拆房隊伍如退潮般朝兩旁分開，露出一隊戴著迷彩色口罩的黑人國防軍，他們在一位軍官指揮下端起了長短槍，軍官大喝：退後，全部退後！否則格殺勿論！瞄準！

約拿沒有剎住腳步。教會人群前排有人先跌倒了。

約拿緩緩放下木十字架，臉色煞白，身後很多人見狀轉身潰逃。

軍官的手臂一落下，槍聲稀疏地響了，像是爆竹，只有寥寥數響。

我看見約拿中槍了，一槍在大腿，另一槍在腹部，鮮血噴湧而出，他一手拄著十字架，另一手捂著腹部，嘴巴大張大合，卻發不出聲音，嘴巴開始變形；身體突然間動彈不了；腳下生了根。他變了。嘴巴變作了眼睛，嗚嗚地說不出話來；教堂和巴黎社區消失了，滿眼望去的油棕園與林場，彷彿無邊無際的巨大血田；在熱帶炎炎之風裡，他化成了一株高高的紫紅色洛神花，覆蓋著一層白色絨毛，雙手雙腳化為植物根系，紮在美丹島的黑紅色土壤中。一枚枚鐵蒺藜把他的血肉刺穿攪碎，身軀組織迅速溶解外溢，柔軟的心臟風化成一塊億萬年才能形成的堅硬粗糲的化石。

我永遠來不及問雨生是不是虛構人物，或他與約拿本人的關係。一股看不見的巨大衝擊力擊倒了我，劇痛撕裂了我的右胸，折磨了我好幾周的恐懼像冰水似的覆蓋了我的全身和肢端。在我變成一撮美丹島的泥土之前，彷佛重新仰面躺在床上，浮在黑沉沉的冰山上，恍然尚在澳大利亞墨爾本家中。但我能聽見許多人的嚎叫，從夏蟲交響樂中浮現上來，像是蛙鳴，夾雜鼓點似的狗叫，層層迭迭，彎彎繞繞，爬過教堂四周的高壓鐵絲網；屋後高崗上，那個瘦瘦的黑人坐在家門口，剛剛喝醉，他還沒有開始打老婆打孩子。

夾道盛開著洛神花，妖豔的紅紫一路開到火山腳下。無論是遮天蔽日的叢林灌木，還是火熱如血的洛神花叢，哪裡也找不到天堂鳥的蹤跡；無論是小娟還是雨生，誰也沒見過那種傳說中眼後面長雉尾的鳥，也許從來就沒有那種怪鳥。至於誰是雨生誰是小娟已經不重要了。黑紅色的土地像一卷殘破的百年地圖漸漸擴大，直到爬滿了成千上萬只醜陋的青蛙；洋溢著綠光的蛙皮被風吹皺，如同某種史前生物緩緩移動身上的片片綠色鱗甲，露出一塊中英雙語「陽叔陽叔我們愛您」的招牌。

美丹島的白天，總有些有趣的事等待你去發現。

初稿於2018年10月
定稿於2020年10月

後記　《騎在魚背離去》：《啟示錄》式的隱喻

洪丕柱
大洋洲華文作協副會長，大洋文聯副主席

很榮幸應武陵驛君之邀，為他的小說集《騎在魚背上離去：出埃及記十故事》寫後記。一上來看到書名，我想我也同很多讀者一樣感到奇特而迷惑：這是什麼意思？讓我來分享一些個人的閱讀感受。

《出埃及記》對很多基督徒來說並不陌生。作為《聖經》舊約律法書的第二卷，《出埃及記》第7至9章記載摩西率以色列人出埃及及所經歷的十災。武陵驛君寫的十個故事是安在十災下面的，故事和十災兩者間有一些微妙的聯繫，比如，《草蜢獨自飛行》和蝗災、《美丹島的白天》和蛙災等，但小說本身卻並不是講述這些災。十個故事的題目都非常奇特，光看題目，叫人很不得要領，比如，《親愛的仇敵》、《影子從墻上落到地上》、《紙貓》、《騎在魚背離去》、《屋頂上的有錢人》、《鐘聲似血》、《草蜢獨自飛行》、《我們都住黃色潛艇》等。在看每篇小說之前，面對這些精心設計令人費解的題目，我承認確實不知道會看到什麼；有的題目還很古怪，比如《鐘聲似血》，鐘聲是看不到的聲音，血是聽不見的液體，兩者如何會相似呢？這是我的第一個感覺：作者擬這樣的小說篇目，一定會對讀者立刻產生一種效應，很想馬上看看同這些題目相聯的是怎樣的內容，一旦開始閱讀，你會欲罷不能。

第二個感覺，武陵驛君因是上海人，熟悉上海街道、地區、特點及居民，講故事時他會插入上海俗語。我曾看過北京、山東、山西和陝北籍的作者在寫他們的小說時用家鄉話，也曾看到過香港作家用粵語詞語寫作，但較少看到上海背景的作家將其鄉語用在寫作裡。因我恰巧是上海人，熟悉他故事裡提到的地區和居民，所以讀來甚有身臨其境的真實感。比如，《親愛的仇敵》和《影子從墻上落到地上》中提到蘇州河、長安路，那時是較貧窮的蘇北人聚居的所謂「下隻角」「棚戶區」，文化素質較低，語言粗魯，聚眾鬥毆時有發生，那裡也有孤島似的一些非蘇北居民房屋。故事發生在如此特殊的環境裡，親愛的仇敵是親人相爭引起的悲劇，兄弟親戚爭奪祖輩的房產，母女爭奪同一個熱血青年……不光是上海這個城和上海方言，作者在書中寫到香港的街道和地區，如軒尼詩道、灣仔等，一一符合故事的背景，插入粵語，並不牽強，亦使瞭解香港的讀者倍感真切。

第三個感覺是武君本人作為牧師，非常熟悉教會，特別是澳洲華人教會內部的情況。他有關華人教會的小說《鐘聲似血》中有些情況同我所知的華人教會頗為類似。當華人教會需要新牧師時，有時會從中國大陸引進。教會同工，從牧師到監事、傳道、義工等等不一而足，其實也是一個小社會，有大陸、台灣的，也有香港、馬來西亞等背景的，雖然語言和文字相通，但思想行為很不同，所以產生文化衝突（例如中國大陸來的牧師某些文化習性在那裡司空見慣）和代際衝突（老一代華人和在澳洲長大完全澳化的新一代間的思想模式不同而引發的）。其實牧師仍可帶著人的罪性，如故事中的年輕牧師在神學院就讀時請人代寫論文、就職後挪用公款、買豪宅、送子女進昂貴的私校卻將費用轉嫁給教會；大陸來的牧師靠拍馬、杜撰亮麗的報告（大陸的報喜不報憂或所謂正能量的文化）取得教區信任，不斷被提升，很少幹實事；而幹實事、不受薪的義務傳道保羅卻因檢舉不法而受報復被開除，正不能剋邪的時候，教牧腐敗使教會日漸萎縮。看得出作者揭露教會的腐敗風氣既落筆大膽又滿心苦痛，鐘聲聽上去就「像血管裡流湧動的血液一樣地在漫過心肺」。

《美丹的白天》中那位於美拉尼西亞的美丹島也許是作者杜撰的島名，但故事中描述的這個熱帶島嶼位置、氣候、景色和情景同我兩次去過的所羅門群島中的瓜達爾島極為相似：熱帶植物、貧窮而遊手好閒、說混雜土語的英語的黑人島民，破損的公路、路邊島民的小攤、土著集市、建了一半的運動場（沒錢繼續）、頻繁斷電、海濱高端住宅區和星級酒店，但那裡卻還有議會選舉！約十年前，那裡發生過一場異常劇烈的島民排斥華人的大騷亂，唐人街許多商店、酒樓、飯館被搶、被搗毀焚燒，不少華人受到攻擊殺害。澳洲派出一支1500名軍人的部隊和上千名員警，協助平定騷亂、穩定秩序，並允許當地受害華人來澳避難，足可見當時騷亂的規模。五年前，我再訪該島，澳軍已撤走，但澳洲員警仍留駐那裡，並培訓當地員警，唐人街依然蕭索淒涼。正如故事中所說，瓜島島民酷愛嚼檳榔，他們工資小又不會理財，有錢馬上吃喝花掉。試想島民95%全是基督徒，該不會那麼暴烈？我同當地幾位老華人閒聊，打聽島民為何搗毀唐人街，他們說很簡單：來島華人越來越多，他們「門檻太精」，利用島民的愚昧落後，剝削奴役當地人，很多華人賺了錢就寄回國，毫不關心當地的公益、教育、公共設施和道路建設，卻向議員行賄，換取好處，諸如土地開發權，在當地政界不斷擴大影響。故事中，美丹因島民工人受傷為導火線爆發攻擊華人的騷亂，同瓜島發生的騷亂很相像。不管如何，文中描寫排華事件應是作者對華人的告誡：該思考一下當地居民為何不喜歡華人。

另一個感覺是武君對中港現狀的諸多社會問題極其瞭解，如反腐、三峽大壩、反送中、高房價、官場腐敗、「依法治國」口號下黑暗司法及限制言論自由等等。這些敏感社會問題都是武君小說大力著墨的地方。

《水月花園物語》以上海市委書記陳良宇案後被曝光的高院法官集體嫖娼事件為大背景，揭露上海司法和公安體系的黑暗腐敗，偽君子們生活奢靡、貪贓枉法、傾吞地皮，將人權律師投入監獄，假手黑社會辦髒事，同時，其龐雜體系內部各派又在明爭暗鬥。

《屋頂上的有錢人》表面上看似寫一名窮工人上屋頂修水管，豪宅的漂亮女主人卻用種種藉口不付工錢；生氣的工人在夜間潛入，拆除修好的水管，透過窗戶看到女主人躺在浴缸裡割腕，本想報復的他卻將虧待他的女人送進醫院，實際上，一封遺書卻道出了女人自殺的前因，以及作者的用意：她在大陸做官的丈夫遭到雙規（她從此斷了生路），她丈夫在外另有新歡（大陸貪官包養多少小三）。

《騎在魚背離去》在潰壩和疫情雙重夾擊下，講述了一場幾乎摧毀長江中游某縣大壩的特大洪水，上面為了保壩而秘密決定在半夜作潰壩式的突然洩洪，致使洪水衝毀、淹沒下游大片果園、村莊、農田，造成山體滑坡和村民死亡，水利院院長刻意隱瞞大壩的危險，並將敢於揭露實情的姑娘丁零關押。姑娘在一隻無名的貓的幫助下神奇逃離，風雨中衝上堤壩。有人看到她騎著傳說中的江中巨魚離去，駛向洪水的源頭，然而在小說中關於她的下落，卻交代了另一個不那麼美不那麼瀟灑的版本，看起來似乎更現實更靠譜，讀者如何選擇相信大約是作者的寫作目的。

《鐘聲似血》從主人公廖保羅去香港度假這一契機，不經意間寫到二百萬人上街的反發送中大遊行，道出嚴峻的社會問題所造成的撕裂。

《美丹的白天》毫不留情地揭露大陸的高房價禍害，像套在人脖子上的絞索，想房子想得發瘋、哪怕幹三輩子也買不起房因此無法結婚的小職員，為得到免費洋房而遠離家鄉，來到完全陌生的太平洋小島美丹謀生。

至於中國大陸風行的官場哲學，作者竟在《影子從墻上落到地上》中用一個小學作官場的比喻，以學生間兩起打架事件導致班幹部職務「明升暗降」來體現，這一切都在班主任（最高領袖）的操控下，利用「使人上癮的榮譽感」，失勢幹部馬上感覺自己像一個影子

（本就缺乏實質性的權力）無聲無息地從墻上掉落。

《草蜢獨自飛行》裡面，自稱像草蜢那樣獨自飛往京城找前途的彝族妹阿支，不得不去添城尋找自我救贖。她曾幸運地找到一份審計工作，每天檢查刪除敏感帖子，這讓她新交的男友憤怒，因為他常在網上發表不同意見。後來，男友被帶進了拘留所。

武君也不忘順便諷刺澳洲華人中甚為常見的我稱之為吃裡扒外的小粉紅：雖然有了澳洲身份，經常受到澳洲當地人的幫助，享受著澳洲生活的種種好處，卻仍然認定澳洲為他們「祖國」的敵人。《紙貓》中的東貞就是這樣一個富有愛心的中年女人，她將美帝稱為紙老虎（毛澤東語），把追隨美帝的弱小的澳洲稱為「紙貓」，並以此來稱呼自己的貓。她痛恨澳洲外長對新冠病毒源頭要求進行獨立的國際調查。但具有黑色幽默的戲劇性結尾是，她的紙貓居然咬死了鄰居名為「中國」的鸚鵡！

拜讀這些精彩小說，我不禁感歎武君知識之廣博、語言之豐富和寫作技巧之高超。限於本文篇幅，不擬多談他很有特色的景物和人物描寫、幽默誇張的比喻，如以「從大地黑洞洞的腹腔往外掏出內臟」來形容挖掘道路；家長喋喋不休地訓斥女兒「寫在墻籬上可以繞屋子一圈」等等，書中如此的例子不勝枚舉。

必須指出武君擅長描寫故事中人物的心理狀態，哪怕是《影子》中的一名小學生：當不會打架的好學生喬賓面臨比他高一個頭又蠻不講理的留級生的敲詐挑釁，邊上又有其他學生火上澆油式的煽動，樓上還有很多學生看熱鬧，他到底是逃跑還是應戰，牽涉到他的面子、尊嚴等等。作者細膩逼真地描繪了角色在猶豫中作決定的複雜心理博弈。

這裡需要提及，武君非常善於描寫人物的幻覺、半意識、半昏迷狀態的思維活動，如《水月花園》中的「你」被汽車撞飛鮮血直流地躺在地上的瀕死前幻覺；請留意這故事是用第二人稱來寫的。小說大多用第一或第三人稱來寫作，因為第二人稱寫作難度較大，但這個故事不宜用第一人稱寫，因為主人公最後處於瀕死狀態，而用第三人稱寫又可能過於客觀，距離太遠，突不出主人公的神秘身份，使用第二人稱的寫法作者顯然事先有精心考慮。《鐘聲似血》也有一段對保羅幻覺的超現實描寫：在一個奇異的春夜，他偶爾走進已故母親的臥房，在微弱的夜光中，他感覺到母親仍然躺在床上，看到她那半透明的臉，感受到她心臟的跳動，抓起她的手，同她說話。母子回首過往的一些隱秘家事，直到他倒在母親的牀頭睡去。

值得稱道的是武君的寫作手法很現代或後現代，例如《黃色潛水艇》，這是一篇科幻小說，還是運用超現實手法的小說，抑或是一篇敘述小女孩幻覺的徹頭徹尾的現實主義小說，頗值得探討。如此手法的效果是讀者在閱讀後，對故事中的事和人物可以有截然不同的多種詮釋，不像傳統小說情節和人物交代得那麼清楚，讀者對小說的理解必然趨向分散。該故事用披頭士樂隊的一首歌《黃色潛水艇》開始，通過戴瑞克一家三人同老趙、凱利夫妻倆的交往，講了一個神奇的陌生人遊輪相識故事，其情節鋪陳始終給人以神秘兮兮的迷離感覺，老趙到底是誰，是植物科學家、船長、財富專家，還是騙子？他真的用送僅值三四百元的假畫騙取了戴瑞克兩萬元的投資？誇誇其談的凱莉最後去了哪裡，是如小女孩婕西說的死了，還是老趙說的下船走了？婕西究竟是怎樣進了老趙房艙的壁櫥，又是怎樣離開？房艙裡面到底藏著什麼秘密？為什麼老趙也向船方報告婕西失蹤，同婕西父母和船員一起尋找？婕西從藏身的壁櫥裡所看到的、後來對人所講述的凱莉在實驗中變成龜背竹是真實的，還是侵害所致的精神異常記憶異常？那盆明明被老趙拖進他艙房做實驗的龜背竹為何後來仍然在遊輪的8層樓道裡？婕西為何老是對黃色潛水艇感興趣，儘管潛水艇是一種狹小、氧氣少、沒有新鮮水果的船，而她的鄰居朋友詹尼特卻說她爸爸講起過黃色潛水艇，有樂隊還有派對？這篇小說裡充滿了各種符號、意象和象徵，不宜作簡單的解讀。

《美丹島》是最長、也是寫作難度最大的一篇，寫作手法亦極為現代。它結構奇特，情節曲折複雜，其中包括幾組人物的互動、幾條敘述線路的時而平行時而穿插時而逆行的推進以及事實和虛幻的交叉或混合。說說相互對照反差的幾組人物，一組是故事的講述者教會的李主任、故事的記述者我（陳牧師），還有小夥子米隆；另一組是故事的主人公雨生、女友小娟和他們國內的親友；一組是故事的推動者：圍繞在神秘的陽叔周圍的老白頭、弗蘭克、張博士和黑人警長；另一組是被犧牲者，當地華商，如被滅門的上海人、受傷被殺的阿昌和新娣；最後是書中提及的若干美丹原住民。雨生遭遇的結局是在美丹過上幸福生活的幻想破滅，從而質疑陽叔的存在，最後變得一無所有，「弄丟了自己」。不過，在我看來，美丹島是一個《啟示錄》式的隱喻，宛如一個縮微中國，有權有錢者可有無數的二奶和私生子，強拆教堂像是發生在浙江省等地的強拆十字架事件，負責強化培訓班的張博士代表洗腦不停的宣傳部門，無數醜陋而呱吵不停的青蛙象徵著無腦的小粉紅和五毛，只聞其聲不見其人卻備受眾人敬畏愛戴和歌頌的陽叔就好像是親愛的黨，而那始終見不著的天堂鳥就是人們一直盼望但永不會來的「幸福的明天」。

希望您，讀者，享受這部異常精彩、異常多變的異域小說集。

國家圖書館出版品預行編目

騎在魚背離去：出埃及記十故事/武陵驛著. --
臺北市：致出版, 2021.04
面；　公分
ISBN 978-986-5573-15-7(平裝)

863.57　　110005589

騎在魚背離去

作　　者／武陵驛
出版策劃／致出版
製作銷售／秀威資訊科技股份有限公司
114 台北市內湖區瑞光路76巷69號2樓
電話：+886-2-2796-3638
傳真：+886-2-2796-1377
網路訂購／秀威書店：https://store.showwe.tw
博客來網路書店：https://www.books.com.tw
三民網路書店：https://www.m.sanmin.com.tw
讀冊生活：https://www.taaze.tw

出版日期／2021年4月　　定價／450元

致 出 版　　向出版者致敬